Hervé Kempf

La Guerre secrète des OGM

ÉDITION MISE À JOUR

Éditions du Seuil

LA PREMIERE ÉDITION DE CET OUVRAGE A ÉTÉ PUBLIÉE
DANS LA COLLECTION « L'HISTOIRE IMMÉDIATE »

ISBN 978-2-7578-0418-6
(ISBN 2-02-054944-1, 1re publication)

« Rien ne presse, absolument rien ne presse. »

Erwin Chargaff

Prologue

Entre 1973 et 2007, nous avons vécu un phénomène nouveau : pour la première fois depuis les débuts de la Révolution industrielle, la société humaine a refusé une mutation technologique.

Alors qu'elle promettait de transformer le monde, la dissémination dans l'environnement des organismes génétiquement modifiés (OGM) s'est heurtée à une contestation mondiale. Les OGM ne se sont imposés, partiellement, qu'en Amérique du Nord, en Argentine et au Brésil, et les firmes qui les promeuvent sont relativement peu puissantes.

Personne ne peut prédire l'avenir des OGM, des plantes transgéniques. Mais leur échec à s'imposer universellement est riche d'enseignements : sur l'Europe, qui y a manifesté son unité, sur l'Amérique, qui y a montré la maladie de sa démocratie, sur la redécouverte de l'agriculture par un monde urbanisé, sur les rapports entre la politique et la science.

Mais l'histoire des OGM est d'abord une aventure vibrante, riche de passion, d'idéal, de larmes, et d'argent.

Racines

Le mystère des hybrides

Mitchell. Une ville américaine comme tant d'autres : des blocs qui se croisent à angle droit, un centre assoupi, des maisons sagement alignées le long des routes partant vers l'horizon, de nombreuses églises. À la sortie de l'autoroute, stations-service, motels, supermarchés indiquent que l'on ne fait ici que passer. Mais Mitchell, bourgade de 14 000 habitants posée sur la Prairie, dans le Sud Dakota, a sa fierté, son joyau qui la rend unique : le Palais du Maïs. C'est une grande salle de spectacle dont toutes les façades extérieures sont savamment recouvertes de tiges de maïs, de blé, d'avoine, de seigle, de grain, de paille, qui forment une peau vivante et renouvelée chaque année, surmontée de bulbes colorés qui semblent provenir d'églises russes. Tous les ans, depuis 1892, après la moisson, on refait la peau ocre, brune et jaune du palais de Mitchell, en composant des scènes aux thèmes variant selon l'inspiration du moment : Indiens chassant le bison, paysan poussant la charrue, caravane traçant la piste. L'édifice, qui attire plusieurs centaines de milliers de curieux chaque année, témoigne de la reconnaissance des habitants de la Prairie envers ce qui, depuis plus d'un siècle, les fait prospérer : le maïs.

En 1892, Mitchell n'a que douze ans. Le Sud Dakota existe à peine, et n'a pris vie – du moins aux yeux des Blancs venus de l'Est – que depuis que le chemin de fer a creusé son sillon jusqu'au Pacifique, posant, de loin en loin, un arrêt qui servait de pôle aux nombreux immigrants, souvent allemands ou scandinaves, venus dans ces contrées inconnues chercher une terre où revivre. Au début du siècle, les explorateurs Lewis et Clark ont prétendu que la plaine du Dakota n'était bonne qu'à nourrir les bisons. Voilà une réputation que déplorent les fiers habitants de Mitchell, dont les récoltes prouvent l'excellence des nouvelles terres, et qui ont bâti en quelques années une bourgade de plusieurs milliers d'âmes. Pour démentir, dit-on, le jugement des aventuriers – et aussi tenter d'arracher le statut de capitale du nouvel État –, ils décident de bâtir le *Corn Palace*, illustration vivante des bienfaits de la nature.

Les décennies qui séparent l'arrivée du chemin de fer de la fin de la Première Guerre mondiale constituent l'âge d'or de l'agriculture américaine. La population explose – passant, par exemple, dans les deux Dakota, du Sud et du Nord, de moins de 10 000 habitants en 1870 à plus de 1 200 000 en 1920. La production s'épanouit, trouvant des débouchés par le port de Duluth, sur le lac Supérieur, vers les métropoles de l'Est et vers l'Europe. La plaine présente un visage monotone et régulier : une ligne horizontale, que rompent à peine quelques arbres, des champs parcourus par des paysans équipés des premiers instruments mécaniques – mais tirés par des chevaux –, de grands silos où les trains viennent s'alimenter après la moisson et, autour des silos, une ou plusieurs églises, un bazar, un maréchal-ferrant, un *saloon*. Les Indiens ? Plus d'Indiens – sinon, parfois, un tomahawk déterré par le soc de la charrue. Sous le souffle du vent, le maïs et le blé dessinent pour des familles unies, travailleuses, pieuses, un certain idéal américain.

Les paysans défricheurs ne se préoccupent guère de sélectionner les semences. Ils ressèment chaque année les grains de ce qui leur paraît les meilleurs épis de la moisson. Dans tout le Middle West, du Dakota à l'Iowa ou à l'Illinois, l'habitude se prend à la fin du siècle de célébrer des *corn shows*, « festivals du maïs », joyeuses foires agricoles à l'occasion desquelles les agriculteurs présentent leurs plus beaux échantillons. Sont considérés comme les plus réussis les épis de maïs d'une certaine taille (27 cm de long sur 19 cm de circonférence sont des mensurations idéales) et dont les grains seraient rangés proprement sur une vingtaine de rangs. En ces temps où la génétique n'existe pas encore – les travaux de Mendel restent ignorés –, la sélection des meilleures semences relève de l'art, du coup de main, du jugement. Et les rendements du maïs ne progressent pas.

Pourtant, quelques amateurs éclairés et quelques scientifiques se préoccupent d'une approche plus raisonnée de la sélection végétale. En 1862, le Congrès a voté le *Morril Land-Grant Act*, dotant les États de moyens pour qu'ils créent des collèges agricoles et techniques : ces collèges, qui vont former le noyau de nombreuses universités américaines, développent l'expertise et les préoccupations agronomiques. Le maïs devient ainsi le centre d'intérêt d'une petite communauté scientifique : comment améliorer les caractères de la plante ? Elle présente une originalité qui facilite l'étude de sa sexualité : ses fleurs mâles et femelles sont nettement séparées – les mâles plastronnent au sommet de la tige, tandis que les femelles sont réparties sur les épis qui logent dans l'aisselle des feuilles. La plante peut s'autoféconder – le pollen aller des fleurs mâles aux fleurs femelles du même individu –, mais le plus souvent il y a pollinisation croisée, c'est-à-dire que le pollen va fertiliser d'autres tiges de maïs.

Au tournant du siècle, plusieurs chercheurs américains – James Beal, Edward East, George Shull, Donald Jones – vont, chacun apportant sa pierre, conduire à la mise au point d'une technique dite d'« hybridation ». Plutôt que de laisser le maïs polliniser dans l'anarchie du hasard, ils réalisent des lignées pures en forçant les plantes à s'autoféconder. Si les enfants des plantes autofécondées sont moins vigoureux que leurs parents, ils conservent en revanche des caractères marqués de génération en génération. On réalise des lignées pures, peu productives, mais de caractère stable. Or, si l'on croise ces lignées pures, on obtient des hybrides possédant les caractères de leurs parents, et présentant de surcroît une vigueur bien plus grande. Shull baptise ce phénomène « hétérosis ». Cependant, quand on plante les graines de ces hybrides, les pousses manifestent une production beaucoup plus faible que celles de leurs géniteurs. En revanche, quand Jones a l'idée de croiser deux hybrides – issus, donc, de quatre lignées pures – il obtient des enfants très productifs. Les rejetons de ceux-ci sont, eux, peu vigoureux.

Par rapport aux méthodes de sélection qui prévalent jusqu'alors, le « double croisement » résout plusieurs problèmes : l'établissement de lignées pures apporte des caractères stables, l'hybridation assure une productivité importante, le croisement d'hybrides produit, pour une génération – et une seule –, une quantité importante de semences.

Arrive M. Henry A. Wallace. Né en 1888 dans une ferme de l'Iowa, il est issu d'une famille de paysans écossais et irlandais débarquée aux États-Unis en 1841. Passionné d'agriculture, le jeune Henry passe une partie de son temps à faire des expériences de sélection de maïs. Tôt averti des recherches sur l'hybridation, il en devient l'inlassable propagandiste, usant vigoureusement pour ce faire du journal agricole familial, le *Wallaces Farmer*, lancé par son grand-père et qui est lu dans toutes les fermes du Middle West. Il convaint aussi son père, Henry C. Wallace, nommé ministre de l'Agriculture en 1920, des bienfaits de l'hybridation. Et hop ! Le responsable du programme d'étude sur le maïs du ministère, partisan de la pollinisation ouverte, est remplacé par Frederik Richey, défenseur de l'hybridation, qui met en place des programmes de croisements dans les stations agronomiques fédérales.

En 1926, pourtant, les hybrides restent une curiosité de chercheurs. Rien n'a changé dans les méthodes de sélection des agriculteurs. Mais l'âge de la prospérité agricole s'achève. Si la Première Guerre mondiale a permis un *boom* des exportations de céréales, le retour à la paix signifie la fin du bon temps. Déjà mécanisée, et de ce fait endettée, l'agriculture subit la chute des prix céréaliers alors que le prix des biens manufacturés, lui, ne cesse d'augmenter. L'exode rural commence vers les villes.

C'est dans ce contexte que le maïs hybride prend son essor. Henry A. Wallace crée une compagnie de semences de maïs en 1926 – la Hi-Bred Company, rebaptisée quelques années plus tard Pioneer Company. Le succès n'est pas immédiat – il ne vient qu'après une nouvelle crise agricole, celle qui accompagne la Grande Dépression des années 1930. Les hybrides décollent alors, grâce aux efforts de Pioneer et d'une autre firme convaincue de leurs bienfaits, DeKalb. En 1944, le maïs hybride couvre 88 % des emblavements. Il règne depuis en maître sur la production de la céréale dorée, aux États-Unis comme en Europe.

Si la technique hybride a permis d'augmenter continûment la productivité du maïs – compte non tenu des quantités croissantes d'engrais, d'eau et de pesticides nécessaires pour accompagner cette épopée –, un fait reste troublant : l'hétérosis qui en est à la base n'a trouvé aucune explication scientifique.

Quoi qu'il en soit, une chose est certaine : la méthode des hybrides a permis la création d'une économie semencière particulière. Le paysan achète les semences de maïs, obtient une bonne récolte, mais n'a pas intérêt à garder une part de celle-ci, comme c'était la coutume, pour ressemer la saison suivante. En effet, on l'a vu, les grains issus des semences produites au terme du double croisement sont peu prolifiques. Ainsi, le paysan est contraint de racheter des semences à une entreprise qui les produit, alors que pour les plantes à pollinisation libre, comme le blé, le soja, il peut replanter ses graines et n'acheter de semences que de temps en temps. Le maïs hybride sera désormais, pour les firmes semencières, le modèle à reproduire.

Le vivant n'est-il pas un ordinateur ?

En 1945, la voie qui conduit aux OGM passe, étrangement, par les laboratoires de physique. Celle-ci connait le couronnement d'un demi-siècle d'exploration des mystères de l'atome. Mais la fête a un goût très amer : l'explosion de la bombe atomique sur Hiroshima. L'événement stupéfie les contemporains et horrifie beaucoup de scientifiques. Après la guerre, écrit François Jacob, « beaucoup de jeunes physiciens sont révoltés par l'utilisation militaire faite de l'énergie atomique » et se tournent vers la biologie, un domaine nouveau, loin des soucis politiques et apparemment à l'abri d'éventuelles utilisations bellicistes. Ils ont d'autant plus de raisons de le faire que les concepts de la physique semblent pouvoir s'appliquer à la biologie : celle-ci, depuis qu'elle a découvert la génétique de Mendel au début du siècle, travaille à décrire sous forme de lois la transmission du vivant, et par ailleurs, prouve que cette transmission a un support matériel reproductible, une molécule, l'ADN. Un des plus grands physiciens du siècle, Erwin Schrödinger, livre une réflexion lumineuse sur les ponts entre physique et biologie dans un livre influent, *Qu'est-ce que la vie ?*, paru en 1944.

De surcroît, physiciens et biologistes découvrent un langage commun grâce à la théorie de l'information, en pleine vogue alors que les premiers ordinateurs voient le jour : machines et organismes sont analysables de façon identique en termes d'organisation, celle-ci renvoyant à la notion de message. « Toute structure matérielle peut se comparer à un message », relate François Jacob, et « l'hérédité devient le transfert d'un message répété d'une génération à la suivante ». Le vivant, comme la matière, se plie à des lois, l'hérédité « fonctionnant comme la mémoire d'une calculatrice ».

Enfin, de nouveaux instruments permettent d'appliquer au vivant des méthodes d'investigation et d'expérimentation jusqu'alors réservées aux physiciens ou aux chimistes : la chromatographie distingue des composés biologiques très voisins, les radio-isotopes suivent le cheminement d'un élément dans l'organisme, les rayons X réalisent des mutations dirigées, la microscopie électronique et la diffraction par rayons X exhibent les structures intimes de la matière vivante.

La conjugaison de tous ces éléments va se concrétiser de manière éclatante avec la découverte de la structure de l'ADN (acide désoxyribonucléique, la molécule logée dans chaque cellule d'un être vivant, et qui en porte le code génétique) par James Watson et Francis Crick. Leur découverte donne un coup d'accélérateur à ce que l'on va bientôt appeler la biologie moléculaire. En 1958, le prix Nobel Edward Tatum édicte le credo de la jeune discipline : « (1) Tous les processus biochimiques dans tous les organismes sont sous le contrôle génétique ; (2) ces processus biochimiques sont réductibles à des enchaînements de réactions individuelles ; (3) chaque réaction isolée est contrôlée par un simple gène [...]. L'hypothèse sous-jacente, qui a été confirmée expérimentalement dans un grand nombre de cas, est que chaque gène contrôle la production, la fonction, et la spécificité d'une enzyme particulière. »

Une fonction, un gène, l'organisme est une machine, et l'avenir est à nous !

L'idée d'ingénierie génétique en découle logiquement. Edward Tatum évoque la synthèse de molécules d'ADN et leur « introduction dans le génome d'organismes », « non seulement pour éviter des erreurs structurelles ou métaboliques dans les organismes en développement, mais aussi pour produire de meilleurs organismes ». La majorité des biologistes songe d'abord à des applications médicales, mais quelques industriels imaginent que ces manipulations pourraient concerner les plantes : en 1962, le vice-président chargé de la recherche de la compagnie chimique Monsanto, Caroll Hochwalt, estime qu'« il est tout à fait concevable que, par la manipulation de l'information génétique au niveau moléculaire, une plante telle que le riz pourrait être “instruite” à fabriquer un taux élevé de protéines, ce qui réaliserait littéralement un miracle pour alléger la faim et la malnutrition ».

Cette possibilité de transformation génétique des plantes est étudiée avant même que la technique de manipulation n'existe. Dans les années 1960, un biologiste belge, Lucien Ledoux, analyse la possibilité de modifier le génome des plantes en y insérant des gènes extérieurs. Son laboratoire appartient au centre de recherches nucléaires de Mol, en Belgique. Ledoux utilise les radio-isotopes : en attachant des molécules radioactives à des substances que l'on étudie, on peut suivre le cheminement de celles-ci dans les organismes.

Ledoux affirme que des cellules de différentes espèces peuvent échanger des gènes, ce qui va à l'encontre de l'idée dominante à l'époque de mutations très lentes et de la stricte séparation des espèces. Il insère de l'ADN bactérien dans des plantes et observe s'il s'intègre à l'ADN de l'hôte. Pour ce faire, il analyse les différences de radioactivité sur l'ADN supposé receveur. Il publie en 1966, dans l'hebdomadaire scientifique *Nature*, une étude affirmant que de l'ADN bactérien s'est inséré dans des cellules d'orge et de tomate, puis, en 1968, que l'ADN inséré s'est stabilisé dans le génome de la tomate, c'est-à-dire qu'on le trouve dans les descendants de la tomate hôte.

La nouvelle est de taille et intrigue nombre de biologistes. Entre autres des chercheurs que l'on retrouvera plus tard, comme Mary-Dell Chilton ou l'équipe de Monsanto, qui envoie l'un des siens chercher des échantillons à Mol pour refaire l'expérience. Personne n'arrive à reproduire les résultats extraordinaires de Lucien Ledoux, et les indices qu'apporte celui-ci sont peu convaincants. « Je me souviens de séances à la Société belge de biochimie, raconte Marc Van Montagu, qui sera l'un des inventeurs des OGM. M. Brachet, qui avait été professeur de Ledoux à l'université de Bruxelles, se levait avec agressivité et disait : "Monsieur Ledoux, vous êtes de nouveau là, avec vos preuves tellement marginales ! Pourquoi ne prenez-vous pas quelque chose de sérieux ?" On était fort choqués de voir un collègue houspillé de cette manière. Mais, pour Brachet, les choses étaient claires : le phénomène était possible ou non, mais il fallait posséder des preuves solides. » Elles manquent à l'appel, et l'on finit par penser que le laboratoire de Ledoux a commis des erreurs expérimentales.

De toute façon, au début des années 1970, la pseudo-découverte de Ledoux est balayée par une révolution : on peut manipuler le génome !

Depuis que Watson et Crick ont décrit la structure de l'ADN, qui a donné au concept de gène son inscription matérielle, la biologie moléculaire n'a cessé de progresser dans le décryptage du fonctionnement de la cellule et de la façon dont elle exprime les protéines. Les techniques permettant d'avancer dans cette connaissance ont fleuri, notamment, en 1968, avec la découverte des enzymes de restriction : ces protéines coupent l'ADN d'un organisme en des endroits précis. Les biologistes entreprennent sans attendre de « découper » les molécules d'ADN, afin d'essayer d'en rabouter différemment les morceaux.

L'équipe de Paul Berg, à l'université de Stanford, en Californie, est la première à réussir : en 1972, elle réalise une molécule hybride contenant des morceaux d'ADN extrait de deux organismes, un virus parasitant les bactéries et un virus de singe, le SV 40. Les chercheurs opérent la première recombinaison génétique artificielle *in vitro* entre ADN d'espèces différentes. C'est à une autre équipe que revient peu après la primeur du transfert de l'ADN d'une espèce à l'autre : Stanley Cohen, lui aussi de Stanford, et Herbert Boyer, de l'université de Californie, transfèrent un gène de crapaud dans une bactérie, qui l'exprime et le reproduit en grand nombre.

Ainsi, Berg a joint deux ADN d'espèces différentes, Boyer et Cohen ont montré qu'un fragment d'ADN d'une espèce peut être transféré dans l'ADN d'une autre espèce, où il peut s'exprimer. Jusqu'alors, la biologie avait été un moyen d'observation ; elle devient un moyen d'agir.

Tout de suite, les chercheurs impliqués dans les premières manipulations génétiques visent la fabrication de nouveaux médicaments, tels que l'insuline ou l'interféron. Pourrait-on transférer des gènes dans les plantes ou dans les animaux ? Dès 1972, James Danielli, biologiste à l'université de New York, évoque des plantes qui pourraient fixer l'azote de l'air et, en 1974, le biologiste britannique Sydney Brenner prédit la manipulation génétique de plantes. Mais les plantes sont des organismes beaucoup plus sophistiqués que les bactéries sur lesquelles la majorité des biologistes moléculaires travaillent alors. Il n'est rien moins que certain que l'équation « un gène, une fonction » s'y applique systématiquement. Intervenir sur les plantes sera moins facile, expliquent deux généticiens français, Pierre Tiollais et Alain Rambach, car « le problème est beaucoup plus complexe que la simple amplification d'un gène eucaryote [organisme pluricellulaire] dans une bactérie, organisme unicellulaire ». Des généticiens pourtant enthousiastes sur le génie génétique : « Enfin, s'exclament-ils, il devient possible de démonter pièce par pièce l'énorme ordinateur qu'est le chromosome de l'homme. » Mais l'homme, ou la plante, sont-ils des ordinateurs ?

Chapitre 1

Un génie accueilli avec méfiance

1 – Et si un virus mortel s'échappait ?

La nouvelle que l'on peut manipuler les organismes vivants est accueillie dans l'enthousiasme par les scientifiques. Quant au grand public, sa réaction est teintée de scepticisme. Il n'adhère plus à la foi naïve dans les progrès de la science qui a baigné les années 1950, quand l'Amérique d'Eisenhower proclamait « Une meilleure vie grâce à la chimie » ou « Notre ami l'atome », selon le nom d'un programme de Walt Disney. Le mouvement de la jeunesse – particulièrement en Californie, terre d'élection de la biologie moléculaire – a éveillé l'esprit critique.

L'écologie a fait irruption et, en avril 1970, des millions d'Américains sont descendus dans la rue pour célébrer le Jour de la Terre. Une série de lois organisent le contrôle environnemental des nouvelles installations industrielles et facilitent l'accès du public aux documents officiels. La lutte contre l'énergie nucléaire et le rapport du Club de Rome sur les limites de la croissance (publié en 1972) développent la méfiance à l'égard de la technologie. Les succès de la biologie, dont la presse se fait largement l'écho, sont tout à la fois applaudis et perçus comme source de dangers. La menace d'une invasion par un organisme incontrôlé venu de l'espace est le thème d'un film à succès de Robert Wise, tiré du roman de Michael Crichton, *La Variété Andromède*.

Le mouvement contre la guerre du Vietnam critique la militarisation de la recherche – et ce, d'autant plus que la biotechnologie apparaît maintenant comme un domaine intéressant l'armée. Des chercheurs s'interrogent sur le rôle de la science dans la guerre en

Indochine. Et l'organisation des « Scientifiques et ingénieurs pour l'action politique et sociale » (SESPA), créée en 1969, qui va devenir « Science for the People », écrit dans son texte fondateur : « Nous rejetons le vieux credo selon lequel "la recherche signifie le progrès et le progrès est bon". » Comme le souligne la sociologue Susan Wright : « Quand les biologistes moléculaires ont commencé à comprendre les pouvoirs que recelait leur champ de recherche, ils l'ont fait dans un contexte social où de telles possibilités étaient maintenant considérées comme sujettes au regard critique du public et, au minimum, au contrôle gouvernemental. »

D'ailleurs, les scientifiques eux-mêmes sont partagés. La communauté des biologistes moléculaires est en pleine euphorie : les découvertes biologiques « nous ont fourni une compréhension définitive de la nature de la vie », écrit l'un d'entre eux, Robert Sinsheimer, tandis que les perspectives d'amélioration génétique de l'homme sont envisagées très tôt. Un généticien connu, Herman Muller, a dès 1963 anticipé une « chirurgie génétique » pour améliorer « l'intelligence ou la force native des prédispositions sociales ». Rollins Hotchkiss, qui invente le terme de *genetic engineering* (génie génétique) dans un article de 1965, prévoit que ces découvertes permettront dans le futur d'améliorer les qualités mentales et physiques. Robert Sinsheimer a prédit de même que l'« homme aura le pouvoir d'altérer, précisément et consciemment, ses propres gènes ». Toujours avant la manipulation historique de Paul Berg, le prix Nobel Joshua Lederberg estime qu'on pourra agir sur le génome humain pour guérir des maladies héréditaires.

Pour quelques-uns, la menace que fait peser la pollution – le thème à la mode – justifierait une correction génétique des êtres humains : après tout, les composants cancérigènes, comme les pesticides ou les déchets radioactifs, causent « un dommage irréversible à notre matériel génétique ». De même, l'explosion de la population, dont les « projections sont si effrayantes », justifie-t-elle à demi-mot, pour le célèbre découvreur de l'ADN James Watson, la généralisation de la fécondation artificielle. Celle-ci – Edwards a réussi en 1969 à féconder un ovule humain *in vitro* – s'imbrique étroitement avec la génétique, parce que le travail sur les cellules reproductrices « sont la base de nombreux efforts génétiques pour découvrir la biochimie de maladies » héréditaires.

Or, la recherche avance si vite que ces perspectives apparaissent vraisemblables. En 1969, trois jeunes scientifiques de Harvard tirent la sonnette d'alarme. Ils parlent avec la légitimité des découvreurs, puisqu'ils viennent d'isoler un gène d'*Escherichia coli*, une bactérie colonisant l'estomac humain et utilisée depuis plusieurs décennies par les biologistes en raison de la facilité avec laquelle elle se prête aux expériences. Ils écrivent à *Nature* pour prévenir des risques inhérents au génie génétique, mettant en garde contre son usage par les militaires ou par des industriels seulement préoccupés par le profit. En 1971, James Watson, dans l'article déjà cité, exprime de son côté la crainte que l'on se mette à cloner les êtres humains – « un être humain né par reproduction clonale apparaîtra très probablement sur la terre dans les vingt à cinquante prochaines années. »

Et quand Paul Berg annonce sa réussite, et se prépare à réaliser l'expérience suivante – insérer le SV 40 dans *Escherichia coli* –, plusieurs de ses collègues sont horrifiés, comme Robert Pollack, un spécialiste des virus cancérigènes : « Je piquai une crise, expliqua-t-il. SV 40 est un petit virus responsable de certains cancers chez les animaux. Dans des cultures de tissus humains, SV 40 peut aussi transformer des cellules humaines *in vitro*, en leur donnant une apparence très semblable à celle des cellules cancéreuses. Et il se trouve que le bactériophage lambda [le vecteur que voulait utiliser Berg et son équipe] habite naturellement chez des êtres humains. Janet Mertz [une collaboratrice de Berg qui avait présenté le projet à Pollack] avait l'air de considérer cette expérience comme un exercice académique raffiné. » Pollack s'inquiète du fait que si, par accident, l'organisme manipulé s'échappe du laboratoire, il pourrait infecter des humains et provoquer une épidémie de cancers. La probabilité en est faible, mais d'autres scientifiques confirment le danger et Berg annule son projet.

Certains pensent que son équipe est seule à maîtriser la technologie et que le problème est sous contrôle. Mais la recherche avance à un train d'enfer. Selon le récit de Paul Berg, « les coups de téléphone arrivaient quotidiennement à notre laboratoire : "Envoyez-nous du pSC101 [un plasmide, élément cellulaire formé d'ADN et pouvant se répliquer de façon autonome]. – Qu'est-ce que vous avez l'intention d'en faire ?" demandions-nous. Et on nous décrivait quelque expérience digne d'un film d'horreur, et si vous demandiez à la personne si elle y avait réellement réfléchi, vous vous aperceviez qu'elle n'y avait, en vérité, pas réfléchi du tout. »

Mais ni Berg ni personne n'a le monopole de la technique. Boyer et Cohen annoncent qu'ils ont réussi à insérer des gènes d'une espèce dans une autre. Deux chercheurs de renom, Maxine Singer et Dieter Soll, écrivent alors à l'hebdomadaire scientifique *Science* pour avertir que la technique de recombinaison d'ADN, malgré son « potentiel excitant » soumet les laborantins et le public à des risques qu'il faut considérer attentivement. L'Académie des sciences nomme alors un comité de réflexion présidé par Paul Berg. Le comité limite sa discussion aux risques pouvant advenir dans les laboratoires, et appelle à une conférence plus large pour le début de l'année suivante. Dans une lettre adressée à *Nature* et à *Science*, il recommande, d'ici à la tenue de cette conférence, l'arrêt de deux types d'expériences : celles impliquant le SV 40 ou d'autres virus oncogènes, et celles utilisant des gènes de résistance aux antibiotiques. Le moratoire proposé va être rejeté jusqu'à la conférence d'Asiloman.

2 – Asilomar : la science aux scientifiques !

Il y a plus mauvais endroit pour passer ses vacances : Asilomar est une station balnéaire ensoleillée sur le Pacifique, à côté de Monterey et non loin de Big Sur, posée sur cette côte idyllique chantée naguère par Jack Kerouac ou Henry Miller. Mais ce n'est pas pour se détendre que cent quarante scientifiques pénètrent, le 24 février 1975, dans une ancienne chapelle en bois de séquoia : ils viennent participer au Congrès international sur la recombinaison des molécules ADN convoqué par le comité présidé par Berg, afin de tenter de régler la question des risques du génie génétique.

La réunion va laisser l'empreinte d'un moment historique : pour la première fois dans l'histoire des technologies, on réfléchit à ce qui pourrait aller de travers avant que le premier accident ne se produise. Et la communauté scientifique n'a-t-elle pas observé, spontanément, un moratoire sur des expériences peut-être dangereuses ? Mais, quand les chercheurs se retrouvent sous le soleil de Californie, ils n'ont pas tant envie de marquer les annales que de trouver un moyen de reprendre leurs travaux. Dans les documents préparatoires, les organisateurs ont suggéré la ligne : il s'agit de définir des conditions de sécurité permettant la reprise.

Les débats sont cadrés : si les représentants de l'industrie pharmaceutique – Merck, Searle, Roche, General Electric – sont présents, ainsi qu'un chercheur de l'armée, on n'a pas invité les dissidents de Science for the People, à l'exception de Jonathan Beckwith. Mais celui-ci ne peut venir, et on ne lui a pas cherché de remplaçant. De même, le congrès ne s'est ouvert à la presse qu'avec réticence. D'entrée de jeu, David Baltimore, un des organisateurs, exclut du débat les questions de thérapie génique et d'utilisation militaire du génie génétique. De même n'aborde-t-on pas la dimension éthique ou politique du problème – cela aurait, expliquera Paul Berg, empêché d'atteindre le consensus.

Le débat se focalise sur la sécurité des expériences et sur les règles à leur fixer. Ces règles ne menaceraient-elles pas la liberté de la recherche ? C'est ce que soutient Watson, pour qui il suffit de se reposer sur la conscience des chercheurs. L'assistance approuve. C'est que la compétition scientifique est intense, et toute contrainte est une source de retard. Comme l'explique, dans un autre contexte, un biologiste, « les chercheurs sont en compétition pour des fonds restreints. Pour obtenir les fonds – qui entraînent statut social, prestige et sécurité financière –, il faut produire des résultats. Publier ou périr est encore le mot d'ordre. Mais travailler en respectant les règles de sécurité, ça veut dire travailler lentement ».

À Asilomar, aucun chercheur ne dit nettement que la société, qui subirait après tout les éventuelles conséquences négatives des expérimentations, aurait quelque légitimité à vouloir les contrôler. En fait, les biologistes veulent restreindre au minimum l'implication du public ou du gouvernement dans leurs affaires. Les plus lucides d'entre eux comprennent qu'ils sont face à un dilemme : si le public participe aux décisions, il peut refuser son soutien ; s'il ne participe pas, il peut finir par s'opposer à la science. Quatre jours de débats agités et souvent confus se succèdent, des débats qui, selon le journaliste Michael Rogers, « prennent rapidement l'aspect offert par quelque obscure tribu primitive marchant à l'aveuglette et tombant accidentellement, du tréfonds de la nuit des temps, sur le secret de la procédure parlementaire ». La procrastination menace de l'emporter : ne pourrait-on pas remettre les décisions à plus tard ? Mais Paul Berg emploie un argument décisif : « Nous ne pouvons pas dire que cent quarante scientifiques ont passé quatre jours à Asilomar, qu'ils étaient tous d'accord sur l'existence d'un risque, et que pourtant ils n'ont pas pu faire la moindre suggestion. C'est une façon de dire au gouvernement de le faire pour nous. »

Le gouvernement ? Une loi ? Voilà le vrai danger. Et les scientifiques se mettent d'accord sur plusieurs principes. Ceux-ci permettront à la recherche de se poursuivre, mais pourront aussi persuader le parlement que des lois restrictives ne sont pas nécessaires. Les procédures de contrôle adoptées ne sont d'ailleurs pas anodines : si Asilomar lève l'embargo sur les expérimentations génétiques, il conduira à distinguer quatre niveaux de sécurité requis selon la dangerosité des organismes manipulés, conduisant à une hiérarchie de laboratoires selon quatre degrés de mesures de confinement. C'est un progrès par rapport à la situation qui prévalait auparavant, où la majorité des laboratoires travaillaient sans protection réelle : on va ainsi généraliser, par exemple, les systèmes de dépression d'air empêchant l'air du laboratoire de s'en échapper librement. La presse applaudit au résultat d'Asilomar, bel exemple d'autodiscipline des scientifiques. Mais, sur le fond, la réunion a atteint le but de la majorité des biologistes moléculaires : assurer sans regard extérieur les procédures de contrôle – et exclure le social de la définition du problème.

3 – Les politiques s'en mêlent

Asilomar, cependant, n'éteint pas le débat. Science for the People dénonce la mainmise qu'une « élite scientifique » essaie de s'assurer sur le contrôle du génie génétique. Des chercheurs notoires refusent aussi le consensus d'Asilomar, tel Erwin Chargaff, un biologiste prestigieux – il a été de ceux dont les découvertes ont conduit à la description de la molécule d'ADN. Il écrit, en 1976, une lettre marquante à *Science* : « Rien ne presse, absolument rien ne presse », estime-t-il. Il ironise, « sans douter de la pureté de leurs motifs », sur l'urgence ressentie par ses collègues et s'inquiète de l'emploi d'*Escherichia coli*, si intimement liée à l'être humain. « Il est regrettable que les groupes qui se sont donné la tâche de formuler des lignes directrices, de même que les divers comités consultatifs, se composent exclusivement, ou presque exclusivement, de partisans des expérimentations génétiques. Ce qui semble avoir été complètement oublié est que nous avons bien davantage affaire à un problème éthique que de santé publique. La question principale est de savoir si nous avons le droit de placer une charge supplémentaire sur les générations à venir. » Car, rappelle-t-il, la création de nouvelles formes de vie est irréversible et, une fois dispersées dans la nature, elles ne peuvent pas être rappelées. Enfin : « Sommes-nous sages quand nous nous préparons à mélanger ce que la nature a gardé distinct ; à savoir les génomes des cellules eucaryotes et procaryotes ? » (Les procaryotes sont les organismes dont les cellules ne disposent pas de noyau, il s'agit essentiellement des bactéries, alors que les eucaryotes, presque tous les autres êtres vivants, ont leur matériel génétique protégé au sein d'un noyau, dans la cellule.)

À Cambridge, dans le Massachusetts, une ville où de nombreux laboratoires prestigieux ont leur siège, la municipalité crée une commission incluant des citoyens non spécialistes. Le maire, Alfred Velluci, bloque pendant un an la construction d'un nouveau bâtiment de l'université de Harvard destiné au génie génétique : « Les recherches, dit-il, doivent être poursuivies pour le bien de la communauté, et non en vue d'obtenir un prix Nobel. » D'autres municipalités universitaires adoptent de même des procédures de contrôle des laboratoires biologiques. Le parlement des États-Unis, le Congrès, s'intéresse au sujet. Le sénateur Edward Kennedy penche pour un contrôle strict de la biotechnologie. Au printemps 1977, les propositions de loi se multiplient, appuyées sur des auditions tenues pendant trois jours en mars. Le député

Richard Ottinger en justifie ainsi la tenue : « Quand l'activité scientifique a des ramifications qui affectent non seulement la vie de ceux qui sont engagés dans la recherche mais aussi, potentiellement et sans qu'on puisse le prévoir, la vie de l'écosystème, le public doit être impliqué. » Un autre forum se tient pendant trois jours sous l'égide de l'Académie des sciences. Le débat est équilibré, les chercheurs qui viennent témoigner sont à parts équivalentes favorables ou critiques. Les discussions ne se limitent pas à la question du risque, mais à celle du rôle de la science dans la société. À la fin du printemps, la proposition de loi soutenue par Edward Kennedy prévoit la mise en place d'une commission de régulation du génie génétique, qui serait composée en majorité de non-biologistes. Le Congrès semble prêt à l'adopter.

Cette perspective n'est pas acceptable pour les biologistes moléculaires. Ils cherchent à neutraliser l'intrusion des politiques sur le terrain, et ils ont travaillé activement depuis Asilomar. En application de la décision qui y a été prise, les National Institutes of Health (NIH), l'institut de recherche publique dans le domaine médical, ont publié en juin 1976 des « Lignes directrices » devant régir les projets d'expérience : ceux-ci seront examinés par une commission interne aux NIH – du moins pour ce qui est des laboratoires publics, la question des recherches en entreprise restant dans le flou. Incidemment, les expériences avec plantes en laboratoire sont jugées présenter peu de risques ; il est requis, dans les cas d'utilisation de virus de plantes, un confinement de niveau 3, les végétaux manipulés étant placés en serre de culture sous pression négative et fumigénées pour chasser les insectes. Par ailleurs, plusieurs colloques, en 1976, 1977 et 1978, s'attachent à montrer que les risques évoqués, notamment quant à l'emploi d'*Escherichia coli*, ont été très surestimés. Une course de vitesse s'est en fait engagée entre les chercheurs et le Congrès : la communauté scientifique doit montrer sa capacité à contrôler le problème – pour autant qu'il y en ait un, suggère-t-on – avant qu'une loi n'impose d'autres contraintes.

Lors du forum de l'Académie des sciences, un curieux homme s'est fait remarquer, en perturbant la séance d'ouverture avec un groupe de manifestants de son association, la People's Business Commission (Commission des affaires du peuple). Ils chantent

« We will shall not be cloned » (« Nous ne serons pas clonés »), et brandissent une bannière sur laquelle on peut lire une citation de Hitler, *« We will create the perfect race »* (« Nous créerons la race parfaite »). Le perturbateur se nomme Jeremy Rifkin. Un jeune activiste issu de la révolte étudiante des années soixante, et qui ne va plus cesser de faire campagne contre la voie prise par les biotechnologies. On le traitera de tous les noms : idiot, parasite, extrémiste, mouche du coche, prédicateur – pour ne citer que les épithètes les plus aimables –, mais cela n'altérera jamais sa ténacité, ni son talent d'activiste.

Petit, un aplomb incroyable, une éloquence remarquable, l'homme est né en 1945, dans un quartier ouvrier de Chicago. Son père y est entrepreneur, il dirige une petite entreprise de fabrication de sacs en plastique. Le jeune Jeremy va à l'université de Pensylvanie, mais ses études d'économie l'intéressent beaucoup moins que le vent de révolte qui souffle sur les campus contre la guerre du Vietnam et pour les droits civiques des Noirs. Il participe à l'organisation d'une grande manifestation contre la guerre à New York en 1966. « Depuis 1968, dit-il, j'ai toujours été un activiste à plein temps. » Entre manifestations, lectures et discussions, il travaille à Harlem dans un service d'aide sociale. Il évolue vers une gauche imprégnée de la tradition progressiste américaine, se référant plus à Jefferson qu'à Marx, et marque son mépris pour les militants issus de l'*upper middle class*, intellectuels peu soucieux du peuple et qui déserteront peu à peu le mouvement social : « À la fin des années 1960, je ne me suis plus senti en accord avec mes amis de l'extrême gauche, qui critiquaient tout de l'Amérique et avaient une vision romantique du Vietnam et des régimes communistes. Et j'ai passé les années 1970 à essayer de réconcilier mes compatriotes avec la tradition radicale américaine. » En avril 1975, la People's Bicentennial Commission qu'il a créée en 1971 rassemble 100 000 personnes à Washington et perturbe une cérémonie officielle à laquelle participe le président Gerald Ford. L'année suivante, pour donner un autre visage au bicentenaire de l'indépendance des États-Unis, elle multiplie les manifestations dans tout le pays contre la puissance des grandes entreprises.

Rifkin découvre par hasard le génie génétique. À cette époque, il assure une chronique régulière dans un petit journal, avec un ami, Ted Howard, et tous deux tombent un jour sur un article décrivant l'intérêt d'une compagnie pharmaceutique pour l'ADN recombinant, c'est-à-dire manipulé. Cela les intrigue, ils enquêtent – et ce qu'ils trouvent les conduit à un engagement déterminé, à la création de la People's Business Commission et à l'écriture de *Who should play God?* (« Qui devrait jouer à Dieu ? ») qui contribue à populariser la question. Ils savent s'aider des scientifiques critiques des manipulations génétiques, comme Stuart Newman, du New York Medical College, qui anime le Council for Responsible Genetics, Jonathan King, du MIT, Ruth Hubbard, de l'université de Harvard : « Des héros, dit Rifkin, parce qu'ils devaient résister à la dynamique interne de leur communauté. »

Who should play God? est un best-seller. Howard et Rifkin décrivent les potentialités de transformation du patrimoine génétique humain, en extrapolant largement à partir des connaissances actuelles, mais toujours en s'appuyant sur des références et des citations précises.

Alors que l'on tente d'enfermer le débat sur le génie génétique dans la question de la sécurité, Rifkin et Howard déplacent l'enjeu. Rappelant le passé eugénique de l'Amérique, ils montrent, en multipliant les citations, que de nombreux biologistes moléculaires contemporains ont des tentations de « race parfaite » et d'amélioration de l'espèce humaine. Ils expliquent aussi comment les technologies de fécondation artificielle sont imbriquées avec le génie génétique (Louise Brown, le premier bébé né après une fécondation *in vitro*, verra le jour en juillet 1978), puisque l'on pourrait chercher à modifier l'ADN des cellules mises en culture. Et les auteurs de conclure qu'il y a « deux écoles de pensée révolutionnaire ». « L'une affirme que c'est la constitution biologique de l'espèce humaine qu'il faut modifier pour l'adapter aux changements rapides qui se produisent dans le monde extérieur, alors que, pour l'autre, ce sont les institutions et les valeurs de la société qu'il faut remodeler. » Il va sans dire que les auteurs se rangent dans la seconde école.

Rifkin sait jouer des différents instruments de l'activisme : manifestations originales, livres convaincants, communication avec les médias. Et aussi de cette arme si puissante aux États-Unis, le droit. Il décide de soutenir le Bureau américain des brevets (Patent and Trademark Office, PTO) qui, depuis 1971, refuse la demande de brevet sur un micro-organisme présentée par un ingénieur de la compagnie General Electric, Ananda Chakrabarty. Ce sera la prochaine bataille de Rifkin. L'enjeu ? Peut-on breveter la vie ? La réponse viendra en 1980.

4 – Des soixante-huitards contre les mandarins

Mais le combat des années 1970 ne se déroule pas qu'aux États-Unis. En France, devenue un haut lieu de la biologie moléculaire – Monod, Jacob et Wolff n'ont-ils pas reçu un éclatant prix Nobel en 1965 ? –, les débats ne sont pas moins vifs. « La littérature consacrée aux réalités, aux risques et aux fictions de la biologie prolifère », note *Le Monde*.

Le débat se cristallise à l'Institut Pasteur. De retour de Californie, où ils ont travaillé dans le laboratoire de Paul Berg, de jeunes chercheurs proposent de mener des expériences mettant en œuvre les nouvelles techniques de génie génétique. Le projet de Philippe Kourilsky et de Pierre Tiollais est d'insérer des gènes de virus animaux dans des gènes bactériens. Il est présenté en janvier 1975 – alors même que le moratoire se poursuit aux États-Unis – au conseil du département de biologie moléculaire de l'Institut. François Jacob qualifie le projet de déraisonnable, tandis que François Cuzin recommande d'attendre les conclusions d'Asilomar. Les chercheurs acceptent de patienter jusqu'à ce que la nouvelle commission de contrôle mise en place par le ministère de la Recherche en mars donne son aval. Il se trouve que Kourilsky et Tiollais en sont membres. Et, quelle surprise ! la commission donne le feu vert. Il est par ailleurs prévu de construire une salle dédiée à ces manipulations.

Mais, au sein de Pasteur, nombre de chercheurs et de techniciens s'inquiètent des conditions dans lesquelles on veut mener ces expériences. La direction de l'Institut décide de tenir une réunion ouverte à tous pour tenter de désamorcer la critique, centrée sur les questions des risques encourus par les travailleurs des laboratoires. La réunion connaît une forte affluence, mais les réponses apportées ne semblent pas convaincre le personnel, même si tous les grands « patrons », comme François Jacob, qui est devenu très favorable aux expérimentations, pèsent du côté de celles-ci. Dans tout l'Institut règne un climat de « surexcitation » et la question tourne au bras de fer entre la direction et le personnel. La situation financière de l'Institut n'est alors pas très bonne, et les expérimentations génétiques sont perçues comme une voie prometteuse de ressources grâce aux éventuels brevets. La direction ne tient plus de réunion ouverte et manœuvre assez habilement pour neutraliser la contestation.

Cependant, les événements ont suscité la création d'un Groupe d'information biologie (GIB), qui parvient à faire paraître un manifeste dans *Le Monde*, en juin 1975, et dans le mensuel scientifique *La Recherche*. Il est signé par plus de trois cents chercheurs. « Ces expériences, expliquent-ils, font peser la menace de dissémination de nouveaux germes infectieux n'ayant jamais existé dans la nature et qui pourraient provoquer des épidémies incontrôlables. » Les signataires « exigent : – la suspension immédiate de ces expériences ; – un contrôle par tous les travailleurs et non par des experts qui se sont désignés eux-mêmes ; – une véritable information accessible à tous : les projets de recherche et leurs risques possibles devront être discutés dans des débats publics ». Le GIB, qui regroupe les signataires, donne pour adresse « Les Amis de la Terre, rue de l'Université, à Paris ».

L'Institut Pasteur réagit avec virulence, dans un communiqué : « La démarche de ce groupe témoigne avant tout d'une profonde irresponsabilité », assène-t-il d'entrée de jeu, accusant les signataires d'« erreurs scientifiques évidentes et de contre-vérités délibérées ». « La manière dont les biologistes ont préféré s'entourer de précautions rigoureuses avant de mettre en œuvre des expériences qui présentent un risque potentiel non prouvé a été saluée comme exemplaire dans le monde entier. » Le communiqué énumère ensuite les diverses commissions consultées, et rappelle que « tous les grands instituts de microbiologie, comme l'Institut Pasteur, manient quotidiennement et dans le monde entier des agents pathogènes extrêmement virulents [...] sans que ces instituts soient devenus des foyers d'épidémies ». Il « insiste » enfin « sur les nombreuses applications biomédicales des manipulations génétiques et sur les bienfaits que la société peut en attendre (guérison de maladies génétiques, fabrication de vaccins, amélioration des rendements agricoles, et donc lutte contre la faim dans le monde, etc.) ».

Le texte fait mouche. Les chercheurs contestataires ne peuvent pas s'appuyer, à la différence des États-Unis, sur des poids lourds scientifiques : tout l'*establishment*, après un moment d'hésitation, penche en faveur de la nouvelle technologie. Le débat n'accroche pas véritablement le public – à l'époque du giscardisme triomphant et de la crise économique, la nouvelle technologie apparaît comme prometteuse –, alors que les énergies des quelques écologistes sont surtout mobilisées par la résistance au nucléaire, imposé massivement par l'État. Il en va de même en Allemagne, où la gauche radicale occupe en février 1975 le site projeté de la centrale nucléaire de Wyhl.

Une autre escarmouche a lieu à l'université de Jussieu. Là aussi, c'est la question de la sécurité qui mobilise les personnels. Après plusieurs réunions et avec l'engagement du syndicat CFDT, la création d'une salle de sécurité biologique confinée au niveau 3 (ou P3) est décidée. Elle est prête en 1977, mais, paradoxalement, elle n'est pas utilisée : du fait de l'abaissement discret des exigences, les chercheurs ont pris l'habitude d'opérer leurs manipulations dans des salles P2. Cependant, l'inquiétude continue à sourdre. Elle se réveille quand le directeur de l'institut de recherches en biologie moléculaire, Raymond Dedonder, décide de créer une salle P2 dans son propre laboratoire. Huit de ses chercheurs s'y opposent vigoureusement. Il se trouve que l'un d'entre eux, Philippe Gay, sera plus tard un promoteur des OGM végétaux. Pour l'heure, c'est un chercheur brillant d'une trentaine d'années. Il a été, comme ses camarades du laboratoire, « très remuant en mai 68 ».

Les contestataires réunissent toutes les sensibilités contestataires de l'époque, des « mao-spontex » aux cathos de gauche en passant par l'écologie. Le débat porte sur l'utilisation d'un gène de résistance à l'antibiotique ampicilline. Philippe Gay est d'autant plus sensibilisé au sujet que son épouse est sage-femme et qu'à l'époque les résistances aux antibiotiques sont rares : « Ce qui m'a énervé, c'est que les gens balladaient des choses avec des gènes de résistance à l'ampicilline, et à l'époque l'ampicilline était vraiment l'antibiotique numéro un dans les hôpitaux. Alors, j'ai dit à Dedonder, je veux bien que vous fassiez du clonage, mais il faudrait un sas, pour éviter de s'exposer à ce gène de résistance. » Le patron prend mal la suggestion, et le laboratoire se déchire en deux camps inconciliables. Dedonder exclut les rebelles du laboratoire, le conflit remonte à la direction de l'institut de biologie, les huit chercheurs doivent quitter le laboratoire, mais peuvent former un groupe autonome de recherche, tandis que Raymond Dedonder perd sa fonction de directeur de l'institut. L'affaire, qui dure des mois, est très pénible pour ses protagonistes, mais elle reste confinée au microcosme de l'université. Elle évoque un conflit de générations entre jeunes chercheurs et mandarin, dans un milieu scientifique parcouru des mêmes fluides que la société en ébullition d'après 1968 : « C'était une bataille sans enjeu, circonscrite, dit Philippe Gay, elle n'a jamais embrasé le CNRS. La CFDT était extrêmement minoritaire et, si on a créé une section CFDT, c'est que les syndicats dominants ne voulaient pas toucher au sujet. »

« On n'était pas sectaires vis-à-vis du clonage, ce n'était pas le Mal, notre préoccupation concernait l'hygiène et la sécurité, dont on montrait qu'elles recouvraient un combat politique. » Mais la controverse s'éteint, la recherche se poursuit sans autre heurt. La chronique ne relèvera plus avant longtemps de débat sur le génie génétique en France. Toute l'attention du public va se tourner vers les enjeux de la reproduction artificielle qui, malgré l'analyse de Rifkin, ne va pas s'articuler sur la « chirurgie génétique ».

Incidemment, les zélateurs français des biotechnologies apprennent à choisir leurs termes : ils adoptent « génie génétique », qui sonne mieux que l'artisanal « manipulations génétiques », encore utilisé par l'Institut Pasteur en 1975, et dont *La Recherche* écrit en octobre 1977 : « Le prononcer à voix haute est donner la partie belle aux "opposants", car il en existe. »

5 – Le monde a si faim

Pour convaincre le public du bien-fondé de leur cause, les promoteurs du génie génétique mettent en avant deux arguments : la promesse de médicaments nouveaux, et la solution du problème de la faim dans le monde. C'est que celle-ci est une préoccupation de l'époque. Des famines à répétition se produisent dans le tiers-monde : au Bihar, en Inde, en 1965-1966 – elle a stimulé le lancement de la « Révolution verte » –, en 1968 au Biafra – une famine due à la guerre –, en 1970 au Bangladesh, en 1973-1974 au Sahel et en Somalie, en 1973 en Éthiopie. On découvre les images d'enfants au ventre gonflé et de sols craquelés sur lesquels errent des bovins squelettiques. L'Union soviétique elle-même connaît plusieurs mauvaises années et doit importer du blé. Le biologiste (non moléculaire) Paul Ehrlich a popularisé le catastrophisme démographique en publiant en 1968 *The Population Bomb*, dans lequel il affirme : « La bataille pour nourrir l'ensemble de l'humanité est perdue. Dans les années 1970, le monde subira des famines – des centaines de millions de personnes vont mourir de faim quels que soient les programmes d'urgence entrepris dès maintenant. » L'inquiétude court pendant toute la décennie, et des savants aussi éminents que François Jacob, François Gros et Pierre Royer écrivent en 1979 que « l'abondance actuelle régnant dans certaines régions du monde est peut-être un accident, récent mais précaire, de l'histoire de notre espèce. Il est probable que, dans vingt ans, elle se sera atténuée ou aura disparu de nos pays ». Pas en Afrique. Dans nos pays.

L'argument de la faim dans le monde est brandi dès l'entrée en scène des manipulations génétiques : lors de la conférence d'Asilomar, raconte Michael Rogers, « un jeune Californien bronzé grimpe sur scène, tenant en main une plante haute de trois pieds fraîchement cueillie sur le bord d'une route de Monterey, tandis qu'un collègue distribue des plantes similaires à chaque rangée de biologistes moléculaires. C'est une légumineuse, selon le spécialiste des plantes, et si on la secoue pour faire tomber la motte, on peut voir, dans la structure des racines, les minuscules nodules qui "fixent" l'azote directement à partir du sol, et le rendent directement assimilable par les organismes vivants. [...] De toute évidence, si l'on était capable d'isoler le gène qui permet la fixation de l'azote et qu'on le fasse lire, disons, par un plant de blé, alors on obtiendrait une sacrée récolte alimentaire ». L'argument va être ressassé pendant des années, et utilisé comme arme à l'encontre des critiques. Par exemple, on l'a vu, l'Institut Pasteur range la « lutte contre la faim dans le monde » au rang des « bienfaits que la société peut attendre » des manipulations génétiques. Qui peut vouloir que les petits Africains meurent de faim ?

Il est difficile d'estimer après coup si ceux qui vont répéter comme une rengaine cette promesse y croient sincèrement ou l'utilisent par cynisme. Un chercheur de Monsanto, Robert Horsch, juge aujourd'hui : « Quand le génie génétique est devenu opérationnel, dans les années 1970, on a réfléchi à ce qu'on pourrait faire de réellement important avec les plantes. Et la réponse était : la fixation de l'azote. Mais personne ne croyait réellement à l'époque que l'on saurait comment s'y prendre, sans même parler d'y parvenir effectivement. Et même aujourd'hui, trente ans plus tard, il reste toujours au-delà de tout espoir d'imaginer améliorer la fixation d'azote par le maïs, par exemple. Cela mobilise tellement de gènes que nous n'avons simplement pas la possibilité de faire quoi que ce soit. » De son côté, Marc Van Montagu constate : « Les chercheurs aux États-Unis ont pu ramasser pas mal d'argent pour la biologie moléculaire des plantes avec cette idée-là. »

Dans ces mêmes années, une préoccupation s'éveille plus discrètement, mais sans doute avec plus de pertinence, à propos des ressources génétiques mondiales. Le personnage clé est ici un jeune Canadien, Pat Mooney. Il avait seize ans quand, en 1963, il a été frappé par un discours du président Kennedy sur la faim dans le monde qu'il a entendu à la télévision. Il s'intéresse modérément aux études, abandonne son collège de Winnipeg, participe au mouvement hippie qui anime, comme partout ailleurs, la capitale du Manitoba, et prend la route pour le vaste monde. Un ami lui fait croiser le directeur de la FAO, l'organisation des Nations unies pour l'alimentation et l'agriculture : « J'avais les cheveux longs, et à l'époque, les Nations unies voulaient des hippies. » Et voilà le jeune voyageur recruté comme consultant pour aider à préparer le congrès mondial sur l'alimentation qui doit se tenir à La Haye. Il quitte rapidement la structure onusienne pour travailler avec ce qu'on n'appelle pas encore les organisations non gouvernementales et crée l'International Coalition for Development Action : « On rassemblait de l'argent pour financer des programmes de développement, on arrivait à 40 millions de dollars par an, j'étais très doué pour ça. » Il en démissionne en 1975 et reprend la route pour un périple de plus d'un an avec sa femme. Il se retrouve au Sri Lanka, où il observe une famine dans la région tamoule. Là et ailleurs, il découvre que la Révolution verte pousse les paysans à abandonner les variétés traditionnelles au profit de semences importées : du blé canadien pousse ainsi au Kenya ! Il revient au Canada et constitue un réseau informel d'experts et d'activistes qui, comme lui, s'inquiètent de la prise en main par les grandes compagnies des activités liées au commerce des semences.

C'est que, dans les années 1970, l'industrie chimique a commencé à vraiment s'intéresser à l'agriculture, qui lui fournit déjà, avec un marché des pesticides en pleine expansion, un débouché très appréciable. L'industrie perçoit le lien avec la recherche biologique – on peut, depuis 1959, régénérer des plantes à partir de cultures de cellules – et s'intéresse à l'activité semencière : une vague d'investissements dans ce domaine démarre en 1973-1974, dans la foulée du choc pétrolier et de la flambée des prix agricoles. Aux États-Unis, une soixantaine de firmes de semences sont acquises dans les années 1970 par de grandes entreprises. Sandoz dépense 300 millions de dollars à cette fin, prenant notamment le contrôle de Northrup King en 1976. Pfizer reprend DeKalb en 1982, Cargill achète PAG en 1971 et Acco en 1980, Ciba-Geigy acquiert Funk's en 1974, Upjohn s'offre Asgrow en 1968, Stauffer Chemicals achète Blaney Farms et Prairie Valley en 1978, et RBA en 1980. Shell acquiert de nombreux semenciers, dont Nickerson en 1974, et est considéré au début des années 1980 comme le premier semencier mondial. Quant au prix de la semence, il augmente de 150 % entre 1972 et 1977.

« On a compris trois choses à cette époque, raconte Pat Mooney : la diversité génétique était en train de disparaître, du fait des grandes cultures industrielles ; les fabricants de pesticides rachetaient les semenciers ; de nouvelles lois cherchaient à appliquer le régime du brevet à la sélection variétale. » En 1979, il écrit *Seeds of the Earth* (« Les semences de la terre »), dans lequel il explique l'importance de la diversité génétique et comment l'uniformité des cultures industrielles appauvrit le patrimoine mondial et affaiblit les petits paysans du tiers-monde, qui se voient lentement privés du recours à leurs semences locales. Les préoccupations qu'il soulève avec ses amis sont prises en compte par la FAO, qui organise en 1983 une importante conférence sur les ressources génétiques : « Il y avait là un réseau de militants qui faisaient du lobbying auprès des délégués des pays en développement, raconte Pierre-Benoît Joly, un économiste de l'INRA (Institut national de la recherche agronomique), la question des ressources génétiques était posée de manière très claire. Un point clé était celui de l'échange inégal entre un Sud riche en gènes et un Nord riche en technologie. Il s'agissait de dénoncer le pillage des ressources génétiques, par exemple du fait de la constitution d'une collection de plantes très importante à Forth Collins, aux États-Unis. »

Experts et agronomes commencent aussi à comprendre les limites de la Révolution verte, lancée dans les années 1960 au Mexique et en Inde. Certes, elle a permis des hausses spectaculaires de production, grâce à de nouvelles variétés de céréales et à l'emploi d'engrais et de tracteurs. Mais elle favorise le remplacement rapide de variétés locales bien adaptées par des cultures uniformes et échoue dans de nombreux endroits. Plusieurs spécialistes commencent à penser que, pour assurer le meilleur développement agricole, il vaudrait mieux partir de la base génétique locale, alors que la Révolution verte implique un système technologique lourd et peu adapté aux petits paysans qui sont majoritaires dans le tiers-monde.

Ces débats et ces réflexions se déroulent bien loin des feux de la rampe, où l'on affirme que le génie génétique est LA solution. Mais ils sont comme des graines enfouies dans le sol, qui germeront silencieusement avant de lever, plus tard, pour donner des plantes vigoureuses et inattendues.

Chapitre 2

L'Eldorado…

1 – Des risques ? Non, pas du tout

Depuis Asilomar, les expériences de génie génétique prolifèrent : aux États-Unis, les projets recensés par les NIH passent d'une poignée en 1975 à plus de 300 en 1977 ; de son côté, le Conseil international des unions scientifiques recense 367 expériences dans 155 laboratoires de quinze pays.

À la mi-1977, la controverse s'est retournée aux États-Unis. Les scientifiques ont conclu que, finalement, les risques potentiels ne sont pas aussi grands et incontrôlables qu'on avait pu le penser. Le *New York Times* résume le nouvel état d'esprit en titrant : « Finalement, il ne faut pas faire de cauchemar ».

L'objectif des scientifiques est clairement d'éviter que les communautés locales n'exercent un droit de regard sur les expérimentations génétiques, comme les propositions législatives d'Edward Kennedy et d'autres le prévoient. Un lobbying intense s'exerce pendant tout l'été. On n'hésite pas à recourir aux arguments les plus spécieux : en juin, une Association des Américains pour l'action démocratique établit un parallèle entre les tentatives de contrôle du travail scientifique et « les pratiques inhumaines de l'Allemagne nazie et le contrôle exercé par l'État sur l'expérimentation génétique dans la Russie soviétique », affirmant que « le strict contrôle social des activités des scientifiques est un premier pas dans l'établissement des États totalitaires ».

En septembre, Ted Kennedy adoucit énormément sa proposition de loi, se contentant de demander la création d'une commission pour étudier la question. À l'automne, Paul Berg annonce, avant toute publication scientifique, la mise au point par génie génétique d'hormones d'intérêt thérapeutique par Herbert Boyer et son équipe.

Poursuivant sur leur lancée, les lobbyistes scientifiques cherchent à obtenir, non seulement une loi très assouplie, mais l'abandon même de l'idée de législation. Ils réussissent brillamment : au printemps 1978, les propositions de loi s'évaporent dans la nature. Le Congrès a fini par conclure que les agences fédérales existantes – FDA (Food and Drug Administration), USDA (US Department of Agriculture), EPA (Environmental Protection Agency) – suffiront à contrôler expériences et produits génétiques dans le cadre des réglementations existantes. En pratique, cela signifie que les expérimentations sont placées sous le contrôle de la commission des NIH.

Encore ce contrôle est-il jugé trop sévère, par rapport aux pays étrangers où il semble moins strict. La France, il est vrai, ne saurait démentir ce jugement. En fait, la problématique politique s'est retournée, comme le note Susan Wright : « Le souci du président et du Congrès s'est déplacé de la protection à l'égard des effets de la technologie vers la protection de son développement rapide. » On engage donc une discussion pour réviser les « Lignes directrices » des NIH, issues d'Asilomar, c'est-à-dire pour les atténuer, ce qui est fait en décembre. C'est encore trop pour la jeune firme Genentech qui, pressée de produire avec Eli Lilly une insuline par génie génétique, refuse de les respecter, au motif que les informations à fournir pourraient tomber aux mains des concurrents. Le nouveau comité des NIH, le RAC (Recombinant DNA Advisory Committee) de février 1979 ne compte que trois membres critiques sur vingt-trois. La grande majorité de ces vingt-trois membres est liée à des entreprises ou à des universités engagées dans les expériences.

La nouvelle administration – Ronald Reagan est élu en novembre 1980 – veut faire reculer l'hydre étatiste et libérer les forces du marché. Cependant, nombre d'industriels, qui commencent à rentrer dans le jeu, pensent qu'une réglementation fédérale est nécessaire, à condition qu'elle ne soit pas trop stricte. Faute d'un tel encadrement, les projets pourraient être bloqués par la justice ou par le Congrès. Et puis la réglementation présenterait l'avantage de fournir une sorte d'assurance contre d'éventuelles poursuites en responsabilité si un accident survenait. À propos de ceux-ci, d'ailleurs, la sémantique évolue : on est passé de « risques inconnus » à « risques négligeables ». Entre autres décisions, les restrictions sur les pathogènes des plantes sont levées en juin 1980. En septembre 1981, les NIH abandonnent les restrictions aux manipulations faites en fermentation. La voie est libre pour le génie génétique. Paul Berg conclut en juillet 1980 : la possibilité du danger des expérimentations génétiques est maintenant « mythique ».

2 – Il faut sauver les États-Unis

Si les zélateurs du génie génétique emportent si aisément le morceau, c'est parce que, en quelques années, le climat moral et économique du pays a changé. Les rêves hippies se sont fanés dans la drogue, les communautés ont disparu. Le traumatisme de l'échec au Vietnam et du Watergate a durablement marqué la conscience collective, tandis qu'en 1979 la révolution islamique en Iran et l'invasion de l'Afghanistan par l'Union soviétique marquent l'affaiblissement géopolitique des États-Unis. Quant à l'économie, elle semble s'anémier, et le produit intérieur brut recule de 0,2 % en 1980. Sur le long terme, l'économie paraît beaucoup moins dynamique : le taux de croissance était de 4,3 % en moyenne dans les années 1960, de 2,8 % en moyenne entre 1970 à 1977, bien moins que le Japon, l'Allemagne ou la France. Les industries qui faisaient la puissance du pays et qui ont soutenu la croissance d'après guerre, l'automobile, la sidérurgie, la chimie, vacillent.

Au contraire, les concurrents européens sont vigoureux, et de nouveaux rivaux apparaissent. Les dragons d'Asie se développent dans l'exubérance, tandis que le Japon devient le deuxième grand de l'économie mondiale et affirme sa prééminence en automobile, en hi-fi, en électronique. On craint même la concurrence de l'URSS et de plusieurs grands pays du tiers-monde, qui commencent à maîtriser les technologies plus anciennes.

Alors, il faut se tourner vers les nouvelles industries, vers cette électronique en plein *boom* en Californie – le terme de Silicon

Valley apparaît en 1971 – et vers le génie génétique, qui pourrait bien en devenir l'équivalent. Il est le progrès, l'avenir, un moyen de chasser cette idée de déclin qui taraude l'Amérique du Nord. Et puis ces petites entreprises qui se forment dans des garages, qui recourent au capital-risque, présentent une vertu cardinale aux yeux des *Reagan's boys* : la biotechnologie est une science qui se fait par les entreprises, sans puiser dans les poches du contribuable. Et Reagan a fait de la baisse des impôts, de la baisse des dépenses fédérales, de la libre entreprise, ses mots d'ordre. Ils conviennent parfaitement aux scientifiques entrepreneurs qui piaffent de dégoût devant les réglementations. Ainsi l'administration Reagan décline-t-elle logiquement sa politique scientifique : déréglementation, sélectivité des domaines soutenus par les fonds publics de recherche, incitation à l'innovation technologique par des incitations fiscales.

Si les gouvernants ont de bonnes raisons de développer ces biotechnologies si prometteuses, divers secteurs industriels y voient de surcroît un intérêt particulier. La pharmacie, bien sûr et d'abord, puisque l'insertion des gènes dans les bactéries promet de faire de celles-ci des usines vivantes et peu coûteuses. Les chercheurs annoncent qu'ils vont pouvoir produire de cette manière de l'insuline, de l'interféron, des hormones de croissance, des acides aminés. Et le RAC, le comité des NIH, approuve trente-neuf expériences à visée commerciale entre 1979 et 1981.

Outre la pharmacie, l'industrie pétrolière et la chimie se penchent avec intérêt sur le berceau de la technologie vagissante.

L'agroalimentaire paraît en effet un autre champ d'application de la nouvelle génétique. Le cours des céréales s'élève tout au long de la décennie 1970, stimulé par les achats russes et par le développement du commerce agricole mondial. Le président de la compagnie pétrolière Occidental Petroleum, Robert Abboud, qui investit dans l'agroalimentaire en rachetant Iowa Beef, explique : « Nous nous dirigeons rapidement vers une situation de rareté alimentaire dans les années 1990 de la même manière que nous avons connu des rationnements d'énergie dans les années 1980. » Même son de cloche chez Atlantic Richfield, dont le vice-président déclare : « Si la population mondiale croît de 50 % dans les vingt prochaines années et la superficie arable seulement de 4 à

5 %, cela signifie que nous devons répéter les progrès de productivité que nous avons réalisés depuis vingt ans. Et cela viendra des applications de la biotechnologie. » La compagnie a racheté deux entreprises semencières et créé un laboratoire de recherche sur la génétique des plantes, à Dublin, en Californie.

Un consultant réputé sur le marché agricole, William Teweles, prévoit que les améliorations génétiques apportées aux cultures vont augmenter la valeur de celles-ci de 20 milliards de dollars par an. En 1980, une estimation du marché des biotechnologies par Rhône-Poulenc attribue 42 % du marché futur à la pharmacie et 48 % à l'agroalimentaire. À vrai dire, les analystes travaillent au doigt mouillé, et produisent des estimations du volume du marché global biotech très variables, allant de 5,6 milliards à 21 milliards de dollars. En tout cas, l'avenir leur paraît rose.

Devant la flambée des prix du pétrole consécutive aux chocs pétroliers de 1973 et 1979, on s'inquiète de l'épuisement des ressources fossiles, et on imagine se reconvertir dans la biomasse. Par exemple, la fabrication des engrais consomme beaucoup d'énergie – une tonne d'engrais azoté requiert 1,5 à 2 tonnes d'équivalent pétrole, dit-on ; des plantes modifiées pour absorber l'azote de l'air ne seraient-elles pas un bon placement ? Les pétroliers ne sont d'ailleurs plus complètement étrangers à l'alimentation depuis qu'ils se sont intéressés à la fabrication de nourriture par des bactéries à partir du pétrole – un rêve dissous par la multiplication par quatre du prix de celui-ci. Un premier savoir-faire, une culture biologique ont cependant été acquis. Et les compagnies pétrolières ont gagné beaucoup d'argent avec les chocs pétroliers ; où l'investir ?

L'industrie chimique s'intéresse elle aussi très vivement aux biotechnologies. De la même manière que les bactéries vont pouvoir fabriquer des médicaments, on espère pouvoir leur faire fabriquer les plastiques, textiles, peintures et autres produits chimiques en les manipulant. Cela permettrait d'économiser le coûteux pétrole. Et de distancer les concurrents chimiques qui se multiplient aux quatre coins du monde.

Il y a enfin une facette du diamant génétique qui séduit la grande industrie : le génie génétique apparaît comme une activité « propre », consommant peu d'énergie et promettant une faible pollution. Or, dans les années 1970, toutes les grandes compagnies se découvrent des casseroles écologiques : Hoffmann-Laroche possède, par sa filiale Icmesa, l'usine de Seveso, en Italie, qui a libéré un nuage de dioxine en juillet 1976, une filiale d'Occidental Petroleum, Hooker Chemicals, est responsable de l'enfouissement de déchets toxiques sous une zone d'habitation, à Love Canal, qui fait scandale en 1978, Monsanto est un des producteurs de l'agent orange, déversé sur le Vietnam pendant la guerre, on apprend que Dow a dissimulé des informations montrant le danger de la dioxine, etc.

Une exception, dans ce concert où la France et la Grande-Bretagne assurent des éléments mineurs mais harmonieux de la partition : la puissante chimie allemande ne s'engage pas franchement dans la biotechnologie. Et certains Américains prennent une autre voie : Union Carbide, effrayée par le coût de la recherche en biotechnologie, décide en 1976 de se séparer de sa division *plant sciences* et de ses filiales semencières, pour se recentrer sur la chimie.

3 – Wall Street aime la science

1980 marque l'entrée en fanfare du génie génétique sur la scène officielle. En juin, malgré le baroud d'honneur de Rifkin et de ses amis – ils se sont introduits dans la procédure juridique –, la Cour suprême édicte qu'« un micro-organisme fait par l'homme et vivant est une matière sujette à brevet ». Était en débat, depuis plusieurs années, une bactérie manipulée par un ingénieur de General Electric, Ananda Chakrabarty : il avait inséré plusieurs plasmides dans une bactérie du genre *Pseudomonas*, afin de la rendre capable de digérer le pétrole dans les marées noires, et demandé à la breveter, ce que le Patent Office Board a refusé. En fait, *Pseudomonas* ne sera jamais utilisée, en raison des risques éventuels que pourrait causer sa dissémination dans l'environnement. Mais l'essentiel est ailleurs : la Cour indique que les produits vivants du génie génétique peuvent faire objet de commerce sous la protection du régime des brevets. L'industrie reçoit le message cinq sur cinq.

Genentech entre en Bourse en octobre. La firme créée en 1976 par plusieurs chercheurs, dont Herbert Boyer, récolte plus de 400 millions de dollars dans la journée, marquant, selon le *Wall Street Journal*, « une des entrées sur le marché les plus spectaculaires dans l'histoire récente ». Soudain, la biotechnologie apparaît comme un Eldorado dans lequel entreprises et financiers se précipitent comme les mineurs vers les filons d'or du Klondike.

Dresser l'inventaire des créations d'entreprises du domaine, achats, investissements, s'apparente à essayer de décrire le mouvement brownien des électrons d'un atome. Un des meilleurs observateurs de l'époque, Jack Doyle, en établit une liste précise qui occupe cinquante pages de son ouvrage de 1985, *Altered Harvest*. Encore se limite-t-il aux actions liées au domaine agricole. Essayons d'en donner une pâle image.

Les start-up se multiplient, sur la base du capital-risque, d'autant plus attirantes que l'administration Carter a déjà instauré des dispositions fiscales favorisant l'investissement dans la création d'entreprises en micro-informatique et en génie génétique. Sur cette couche de start-up vibrionnantes se superposent les activités des grandes sociétés, pour qui quatre types de manœuvres sont possibles : créer des centres de recherche spécialisés, investir dans des start-up, acquérir des entreprises de semences, et passer des contrats de recherche avec des start-up ou des universités. Chaque joueur combine à sa façon ces différentes possibilités. En 1980, Ciba met sur pied une unité spéciale de biotechnologie avant de créer, trois ans plus tard, un laboratoire de recherche biotechnologique en Caroline du Nord, dont la direction est assurée par Mary-Dell Chilton. DuPont frappe fort en annonçant en 1981 qu'il va investir 120 millions de dollars dans la recherche sur les sciences de la vie. Mais DuPont achète aussi le pétrolier Conoco, ce qui assèche ses fonds et relègue la biotechnologie au second plan. Occidental Petroleum est intéressée par la biotechnologie et prend des parts dans Zoecon, qu'elle revendra à Sandoz. Deux spécialistes de Campbell partent fonder DNA Plant Technology Corp. avec le soutien de leur ex-employeur. Lubrizol prend 25 % de Genentech en 1979, achète un semencier, Sigco Research, et reprend Agrigenetics, dans laquelle Hoffmann-Laroche a investi plus de 25 millions de dollars. Monsanto crée avec Emerson Electric un fonds de capital-risque, Inno Ven, et annonce avec Genentech la production d'hormone de croissance bovine en 1981. Elle reprend aussi en 1982 le programme de recherche de DeKalb sur le blé hybride, et achète en 1983 un semencier spécialisé sur le soja, Jacob Hartz Seed Company. Allied Chemicals acquiert Nitragin, qui étudie les bactéries fixant l'azote. Nestlé acquiert Carnation, spécialisée dans la génétique animale et végétale. Au total, 800 millions de dollars ont été investis dans les start-up de génie génétique entre 1978 et 1982, année où les choses se calment fortement.

De nombreux contrats de recherche sont par ailleurs établis : entre KabiGen et Genentech, Hoffmann-Laroche et Genentech, Shell et Cetus, Dow et Collaborative Research, American Cyanamid et Molecular Genetics, Campbell Soup et Calgene, Kellog Company et Agrigenetics, on en passe.

De son côté, la France suit, à son échelle et avec un léger décalage. Rhône-Poulenc achète le semencier Clause, reprend les activités agrochimiques de Mobil, celles d'Union Carbide en 1987, s'accorde avec Calgene en 1984. Elf acquiert les entreprises de semences Saint-Jeannet-Lasserre et l'Occitane des semences – qu'il regroupe sous le nom de Rustica Semences –, puis Semouest. La compagnie pétrolière crée aussi, avec Sanofi, en 1984, le centre de recherche de Labège, près de Toulouse. Northrup King, devenue filiale de Sandoz, s'installe en France ; Nickerson, filiale de Shell, y crée de même une filiale. L'INRA installe en 1981 un laboratoire de biologie moléculaire dans les murs du laboratoire de Georges Morel. Lafarge reprend en 1980 Coppée, qui a des activités en biologie, regroupées dans la filiale Orsan ; le groupe acquiert un semencier, Wilson Hybrids. Limagrain rachète plus tard les semences de Shell.

Dans l'euphorie générale, bizarrement, c'est chez un groupe d'experts réunis par l'OCDE, et qui inclut Ernest Jaworski, de Monsanto, que l'on trouve le ton le plus mesuré. Ils soulignent en 1982 que « la biotechnologie a suscité un excès d'enthousiasme qui rend nécessaire un retour aux réalités », et qu'il faut « dépasser le stade où la biotechnologie a été l'objet d'un culte publicitaire sans réserve ». Mais ils vont plus loin : « La biotechnologie affectera l'écosystème de bien des manières, écrivent-ils, tout comme la pétrochimie l'a fait et continue de le faire. Cette fois, une évaluation des conséquences écologiques devrait précéder les développements à grande échelle de la biotechnologie. Ainsi, il ne faut pas répéter l'erreur [faite quand on a fondé] toute notre économie sur le pétrole et le charbon sans avoir étudié les implications écologiques au sens large. » Sages paroles. Qu'emporte le vent qui souffle les dollars.

4 – La science aime l'argent

Les jeunes scientifiques défendent une vision grandiose de l'avenir. Le directeur de recherche d'Arco Plant Research affirme que, d'ici à l'an 2000, il sera aisé de synthétiser toute séquence d'ADN et de rendre une plante capable de croître dans des conditions climatiques qui en interdiraient normalement la culture ; un chercheur de l'université d'Arizona juge qu'en dix ans il sera possible de créer une variété de blé pouvant pousser sous une irrigation salée, ce qui transformerait l'Arabie saoudite en un nouveau Kansas. L'économiste Pierre-Benoît Joly se rappelle avoir visité en 1984 une de ces start-up californiennes, Plant Cell Research Institute, filiale d'Atlantic Richfield : « Le patron était enthousiaste, il affirmait que, dans quelques années, l'on serait capable de faire des plantes sur mesure, à la carte, adaptées aux caractéristiques agronomiques, nutritionnelles, climatiques des terrains. »

Mais, dans un contexte où la figure à la mode est celle de l'entrepreneur dynamique, les chercheurs ont commencé à rêver de dollars autant que d'ADN. Les biologistes moléculaires voient d'entrée de jeu dans leurs techniques un moyen de fonder des entreprises prospères et lucratives. On clame les « promesses » mirifiques du génie génétique, par naïveté et parce qu'on y croit vraiment, mais aussi pour un motif à peine dissimulé : il faut attirer l'argent des investisseurs. Et si tous les chercheurs n'ont pas la carrure pour créer une start-up, la myriade de celles-ci assure à tous des traitements bien plus alléchants que les emplois universitaires : « La rémunération maximale d'un poste post-doctoral à l'université est de 16 000 $ par an, constate une enquête de *Science* en 1981. L'institut Plant Cell Research d'Atlantic Richfield propose des postes pour cette qualification à 20 000 $ par an. [...] Des salaires de 30 000 $ et plus pour de jeunes docteurs ne sont pas rares dans l'industrie. [...] Pour les chercheurs de haut niveau, on entend parler de salaires dépassant 75 000 $. » La situation est telle, s'inquiète l'hebdomadaire, que « les universités ont des difficultés à maintenir les équipes de haut niveau », et de plus en plus d'universitaires partagent leur temps entre la faculté et une entreprise.

La science n'a jamais été moins pure que lors du lancement des biotechnologies. Herbert Boyer rejoint un jeune homme d'affaires en avril 1976 pour fonder Genentech, Ray Valentine, professeur de biologie moléculaire à l'université de Davis, spécialiste des bactéries fixatrices d'azote, fonde Calgene en novembre 1980, le prix Nobel 1975 David Baltimore détient une part notable du capital de Collaborative Research, le biologiste Ronald Cape fonde Cetus. Des centaines de scientifiques ont des intérêts dans des sociétés privées ou siègent aux conseils scientifiques d'entreprises, comme Stanley Cohen, qui est recruté par Cetus dès 1975 au titre de conseiller scientifique, tout comme le prix Nobel Joshua Lederberg ; Paul Berg, auréolé du prix Nobel de chimie en 1980, conseille DNAX, Walter Gilbert assiste Biogen – on en passe.

Sheldon Krimsky, un observateur averti, puisqu'il est membre du RAC, relève en 1984 que, sur 345 scientifiques affiliés à 50 firmes de biotechnologie, 25 % font partie de l'Académie des sciences – une académie souvent amenée à conseiller la politique en matière de biotechnologie... Le jeune député Al Gore tire en 1982 du phénomène une conclusion pertinente : « Si tous les professeurs ont des intérêts dans les entreprises qui cherchent à capitaliser sur toute nouvelle découverte, à qui pouvons-nous demander un avis neutre ? »

Il y a dans l'émergence industrielle de la biotechnologie une différence majeure avec les débuts de l'énergie nucléaire : celle-ci était soutenue par l'État, et donc mise en œuvre par des scientifiques payés par l'État, sans espoir de profits personnels importants. La promotion scientiste du nucléaire a ainsi eu un contenu d'une sincérité incomparable avec ce qui s'est passé pour la biologie moléculaire. Comme le relève le sociologue Martin Bauer : « L'énergie nucléaire est une technologie publique, la biotechnologie est d'abord une technologie privée. »

Cela n'est pas seulement dû à la cupidité d'une génération de scientifiques. La victoire du libéralisme reaganien consacre le retrait de l'État amorcé depuis plusieurs années : après vingt ans de croissance forte du financement public de la recherche – le budget des NIH passe de 2,8 millions de dollars en 1945 à 1 milliard de dollars en 1968, ce qui s'est traduit par le développement des départements de science de la vie dans toutes les universités –, les fonds se restreignent sévèrement à la fin des années 1960, et particulièrement dans les universités, alors que le coût des équipements augmente rapidement. De même le financement public de la recherche agronomique se restreint-il au début des années 1970.

Aussi, alors que les liens entre l'industrie et les universités se sont distendus après la Seconde Guerre mondiale – l'industrie ne finance plus qu'une très petite part de la recherche universitaire (2,5 % en 1968) –, le courant se renverse, et l'université se tourne vers les entreprises, ce qui affecte évidemment les thèmes de la recherche et le rapport des chercheurs à l'argent. Les associations ou contrats de recherche se multiplient, comme entre DuPont et Harvard, Monsanto et la Washington University, Grace et le MIT, Eli Lilly et l'université de Californie.

Au total, résume Susan Wright, « quand le génie génétique a été perçu comme une opportunité d'investissement, il s'est produit une adaptation des normes et des pratiques scientifiques au standard des entreprises. L'éveil du génie génétique coïncide avec l'émergence d'une nouvelle éthique, radicalement définie par le commerce ».

Chapitre 3

La course aux plantes

1 – On peut manipuler les végétaux !

Même si elle se déroule à l'écart des projecteurs qui illuminent les firmes engagées dans la mise au point de nouveaux médicaments, la recherche pour appliquer le génie génétique aux végétaux se poursuit activement. C'est, on l'a vu, plus difficile : les plantes sont des organismes bien plus évolués que les bactéries sur lesquelles travaillent la majorité des biotechnologues, et leurs cellules ont une organisation plus complexe.

Pourtant, c'est sur une espèce de bactéries que les biotechnologues agricoles vont eux aussi s'appuyer. Mais non pas la paisible habitante de nos intestins, *Escherichia coli*, devenue le cheval de labour du génie génétique, mais une bactérie gambadant à l'air libre, *Agrobacterium tumefasciens*, découverte en 1907. *Agrobacterium* a une longue histoire évolutive. Pour se faire une petite place au soleil de l'existence, elle a trouvé une niche écologique en inventant un système bien pratique : aller se coller contre les plantes, au collet, là où la racine joint la tige. Elle y provoque à l'occasion une maladie appelée la galle du collet, qui se manifeste par le développement de tumeurs. Comme elle se place dans les blessures et les infecte, elle gêne toutes les cultures où l'on fait des greffes, vignes ou rosiers ; et c'est pourquoi elle a intéressé, pendant tout le siècle, les microbiologistes des écoles d'agriculture. En 1942, un biologiste travaillant à l'institut Rockefeller, Armin Braun, a démontré que les cellules tumorales de la plante infectée avaient été transformées par la bactérie, c'est-à-dire qu'elles restaient tumorales même quand on en avait retiré l'agent infectieux. En 1960, Georges Morel, travaillant à la station de Versailles de l'INRA, montre que les cellules malades de la plante synthétisent des produits chimiques particuliers. Et son équipe suggère en 1970 l'hypothèse que la bactérie introduit dans la cellule végétale un gène contrôlant cette synthèse. L'idée est audacieuse : si l'on sait depuis longtemps que les espèces de bactéries peuvent transférer des gènes de l'une à l'autre, imaginer que des procaryotes pourraient en transférer à des eucaryotes est une tout autre affaire, qui heurte le dogme de la barrière stricte entre espèces. D'ailleurs, n'existe-t-il pas de nombreuses tumeurs spontanées dans la nature qui n'ont rien à voir avec *Agrobacterium* ? L'hypothèse n'en passionne pas moins les quelques spécialistes attelés au problème.

Et notamment deux jeunes Belges de l'université de Gand, Jeff Schell et Marc Van Montagu. Ils se sont intéressés à *Agrobacterium* parce que Jeff Schell a fait sa thèse dans un service de taxonomie de l'université, dont le directeur, Joseph De Ley, a constitué une des meilleures collections mondiales de souches de la bactérie. « On s'intéressait comme tout le monde alors à l'étude du cancer et de la prolifération des cellules, dit Marc Van Montagu. Mais il nous semblait meilleur marché et moins difficile d'étudier le phénomène chez les plantes, ce que personne ne faisait. Donc, on a commencé avec cette bactérie, dont l'action était un bon modèle de déstabilisation des tissus. » Tant et si bien qu'en 1974 leur équipe montre qu'*Agrobacterium* contient un grand plasmide. Un plasmide, c'est un petit anneau d'ADN qui se trouve dans les bactéries, annexe en quelque sorte du chromosome principal ; mais il porte quelques gènes et a la capacité de se répliquer. S'il y a plasmide, il y a mode de transfert possible du gène. Incidemment, ils ont réussi cette trouvaille parce que les laboratoires concurrents cherchaient des plasmides plus petits : ils avaient donc des méthodes adaptées à cette plus petite taille, alors que Van Montagu s'est initié à Genève à une autre technique de recherche des plasmides.

Le plasmide étant trouvé, l'hypothèse vient logiquement : il est probablement le vecteur du matériel génétique de la bactérie à la plante. Pour le démontrer, il faut enlever et remettre le plasmide dans la bactérie et observer si, dans chaque état, la bactérie induit la tumeur. Le laboratoire de Gand entre en rivalité avec un laboratoire de Seattle, où travaille Mary-Dell Chilton. C'est celle-ci qui publie la première, en 1977, la démonstration que, par l'intermédiaire du plasmide, les gènes provoquant la tumeur se transfèrent de la bactérie à la plante. La découverte n'est pas mince : elle signifie que la barrière d'espèces est franchissable. On peut donc penser que le transfert contrôlé de gènes vers les plantes est possible, que celles-ci aussi sont manipulables.

La mise au point des opérations nécessaires à un tel transfert occupe les années suivantes. Il faut d'abord isoler sur le plasmide le gène responsable des tumeurs. Puis le remplacer par un autre gène et un promoteur (séquence d'ADN « déclenchant » l'expression du gène). Ensuite réaliser le transfert de la « construction génétique ». Et, pour vérifier que le transfert est réalisé, choisir comme gène transféré un « marqueur de sélection ». En effet, il est facile dans la nature de voir si une plante a été infectée par *Agrobacterium* : elle présente, ou non, les signes de la galle du collet. Mais si l'on a ôté le gène responsable de la maladie, il faut trouver un autre moyen d'observation. Les chercheurs adoptent pour ce faire les gènes de résistance à des antibiotiques, comme leurs collègues du génie génétique bactérien. Les bactéries dans lesquelles le gène a été inséré avec succès survivent au bain d'antibiotiques auquel on les soumet, les autres meurent. On introduit alors les bactéries sélectionnées dans les cellules végétales.

Dans l'intervalle, une troisième équipe est entrée dans la course, celle constituée au sein de la compagnie Monsanto. Les rapports entre les laboratoires sont à la fois concurrentiels et amicaux. Mary-Dell Chilton et Van Montagu se téléphonent régulièrement, et Monsanto fournit à l'équipe de Gand le promoteur du gène de résistance à l'antibiotique kanamycine. Mais comme dans les marathons où, après quarante kilomètres d'efforts, les meilleurs champions achèvent la course dans un mouchoir de poche, les trois équipes rivales présentent le même jour l'expérimentation fondatrice : la description du moyen de fabriquer une plante transgénique, un organisme génétiquement modifié (OGM). Le 18 janvier 1983, Horsch (pour Monsanto), Chilton et Van Montagu annoncent avoir réalisé, chacun de son côté, une construction génétique et l'avoir insérée dans des cellules végétales avec succès, c'est-à-dire que les gènes se sont exprimés dans leur nouvel environnement. Cette triple communication au symposium annuel de génétique moléculaire des plantes et des animaux de Miami est, dans le domaine végétal, l'équivalent de la publication de Berg onze ans plus tôt. Et, pratiquement, elle signifie que l'on va pouvoir transformer les plantes sensibles à *Agrobacterium tumefasciens*, telles que la tomate, la pomme de terre ou le coton.

2 – Monsanto sur la voie sans retour

Par quel mystère une puissante compagnie telle que Monsanto peut-elle se trouver au coude à coude avec de jeunes universitaires dans cette course scientifique ? Dans le génie génétique bactérien qu'ont lancé les Berg et les Cohen, les acteurs sont des laboratoires académiques ou des start-up, des chevau-légers, des voltigeurs, pas de lourds cuirassiers. Au début des années 1980, les grandes entreprises ne disposent pas d'équipes performantes dans ce champ nouveau : elles y interviennent par l'investissement. Monsanto, elle, y déploie ses propres troupes.

Monsanto est alors une firme inconnue du grand public, prospère, puissante, qui n'a presque jamais fait parler d'elle, sinon de manière fugace durant la guerre du Vietnam, du fait qu'elle a participé à la fabrication de l'agent orange, un herbicide qui a ravagé les forêts de la péninsule indochinoise. Elle a été fondée en 1901 à Saint Louis, sur le Mississippi, par un ingénieur qui voulait fabriquer de la saccharine, un succédané du sucre. À l'époque, Saint Louis est une ville importante, la quatrième des États-Unis. « Porte de l'Ouest », elle s'est développée comme le point de redistribution des fourrures puis des denrées agricoles acheminées par le Mississippi. Les usines s'y sont multipliées : la ville est polluée à un point tel qu'un ténor venu y chanter annule son récital, « suffoqué » par la fumée. Cependant, Saint Louis est dépassée par Chicago, qui a su jouer plus tôt la carte du chemin de fer et devient le nœud ferroviaire entre le Middle West et les métropoles de la côte atlantique.

John Queeny donne à sa compagnie le nom de sa femme, Olga

Mendez Monsanto. La firme grandit, non sans difficulté, et décolle pendant la Première Guerre mondiale, comme ses collègues américaines, parce qu'il faut remplacer les importations des produits de la puissante chimie allemande, interrompues par le conflit. Monsanto entame notamment la fabrication d'aspirine – le brevet de Bayer est échu en 1917 – dont il restera le premier fabricant mondial jusque dans les années 1980. La firme acquiert une stature de multinationale avec la Seconde Guerre mondiale, pendant laquelle elle développe notamment la production de polystyrène. Elle conçoit ses produits à partir du phosphate qu'elle extrait de deux mines, dans le Tennessee et dans l'Idaho : poudres boulangères, dentifrice, détergents, plastifiants, retardants des flammes – et, bientôt, des pesticides. Le nombre d'employés passe de 6 590 en 1939 à 20 000 fin 1952.

Dans l'Amérique d'Eisenhower, Monsanto fait partie de ces corporations qui dessinent le visage puissant et technologique du leader du monde libre. Elle finance depuis 1957 la « Maison du futur », en plastique, de Disneyland. Elle est un des fournisseurs du centre de recherche sur les armes biologiques de Fort Detrick. Mais, à la génération suivante, l'avenir n'appartient plus à la chimie, des entreprises du tiers-monde commencent à concurrencer certains produits, la critique écologiste affecte la bonne conscience de l'entreprise, qui a fabriqué l'insecticide DDT et reste le seul fabricant américain de PCB (polychlorobiphényl, un produit particulièrement polluant) entre 1935 et 1977. Certes, explique en 1970, en pleine vague écologiste, le président Charles Sommers à ses actionnaires, tous les problèmes de pollution – air, eau, déchets, bruit – sont « dus au cinquième élément de pollution, les gens – la population mondiale devrait doubler d'ici à l'an 2000. C'est cette cinquième pollution – la surpopulation – qui a mis la pression sur les quatre autres ». Mais on sent bien qu'il faut changer, trouver de nouvelles spécialités, défricher de nouveaux champs, d'autant plus que de mauvais résultats contraignent à licencier du personnel (en 1970, 1 300 employés sur 60 000 dans le monde).

Monsanto lance l'herbicide Roundup en 1976. C'est un succès phénoménal. Ses ventes progressent de 20 % par an plusieurs années de suite. Au début des années 1980, les herbicides représentent 60 % du marché des pesticides, et la consommation en a énormément crû depuis 1958. Monsanto devient en quelques années le numéro trois mondial de produits phytosanitaires.

Mais on ne trouve pas tous les jours un tel produit. Un chercheur de Monsanto, Robert Horsch, expose le dilemme de la compagnie à la fin des années 1970 : « Nous étions plus petits que nos concurrents, Ciba-Geigy ou ICI [Imperial Chemical Industries, britannique]. Et les découvertes chimiques devenaient une question de moyens plus que de n'importe quoi d'autre. Il fallait, soit devenir plus gros, soit trouver un domaine dans lequel nous aurions un avantage : c'est ce qui a facilité la transition de la chimie vers la biologie, où l'on avait un bon niveau. »

La firme adopte une politique de recherche d'un volontarisme extraordinaire, même si cela n'a pas été sans mal. Il a fallu près de dix ans pour parvenir à la formuler nettement et vaincre le scepticisme de la majorité des directeurs et du conseil d'administration d'une firme bâtie sur la chimie. Le premier pas date de 1972, quand le vice-président chargé de la recherche, Monte Throdal, conclut un accord avec l'université de Harvard pour l'étude de la culture cellulaire. Il est convaincu que « la biologie des plantes au niveau cellulaire » est un des nouveaux terrains dont l'avenir de l'entreprise dépend. Throdal trouve peu d'échos dans la compagnie, sauf auprès d'un chercheur spécialisé dans les herbicides, Ernest Jaworski. Celui-ci, qui appartient à la compagnie depuis 1952, est lui aussi persuadé que l'avenir est de ce côté. Il s'initie pendant deux mois, en 1972, à la culture de cellules dans le laboratoire d'Olaf Gamborg, à Saskatoon, au Canada. La même année, John Hanley, un homme venu de chez Procter et Gamble, devient CEO (*Chief executive officer*, l'équivalent du P.-D.G. français) de Monsanto. Lui aussi est convaincu de l'importance de la recherche, et comprend rapidement que l'avenir est dans la biologie. Jaworski obtient ainsi qu'on lui confie la création d'un petit programme de recherche biologique au sein de la division agricole de la compagnie. Mais les directeurs restent hésitants, et Monsanto ne répond pas à l'offre de Genentech, dans laquelle elle a une petite participation, d'envisager la production d'insuline par génie génétique – le produit sera, dans les années 1980, un grand succès, peut-être le plus grand de la biotechnologie bactérienne, au profit d'une autre firme, Eli Lilly. Les choses ne bougent vraiment que quand Hanley recrute en 1979 un nouveau directeur de la recherche, Howard Schneiderman. Venu de l'université de Californie, il s'entend tout de suite avec Jaworski et lui confie la responsabilité de créer un groupe de biologie moléculaire autonome et doté de moyens conséquents.

Jaworski sait ce qu'il veut faire. Ses propres recherches ont porté sur le mode d'action dans la plante du glyphosate, la « matière active » du Roundup. Il ne veut pas développer de nouveaux pesticides, mais travailler sur la plante elle-même, la modifier, puisqu'on sait maintenant régénérer les végétaux en cultivant quelques cellules seulement. Il constitue rapidement une équipe, recrutant notamment Robert Fraley, Robert Horsch, Stephen Rogers, et consulte les meilleurs experts, par exemple Mary-Dell Chilton ou Jeff Schell.

Le travail avance de manière trépidante. « Steve a conçu la construction génétique, Rob a conçu le système pour faire pénétrer les gènes dans les cellules vivantes, et moi, raconte Robert Horsch, je m'occupais de reproduire les cellules et de sélectionner celles qui avaient intégré la construction génétique. Quant à Ernie [Jaworski], il orchestrait toute l'affaire. » Constituée *ex nihilo*, l'équipe parvient au succès de Miami. Howard Schneiderman peut déclarer : « Avec la nouvelle biotechnologie, presque tout ce à quoi on peut penser sera obtenu – de nouveaux organismes, de nouveaux membres et organes, de nouvelles thérapies, de nouveaux moyens de contrôler les parasites, des cultures qui produiront leurs propres pesticides, des animaux libérés de la maladie, des industries entièrement nouvelles qui vendront des produits qu'on ne peut même pas imaginer aujourd'hui. »

Jaworski impulse à son groupe un style rare dans une entreprise industrielle. « L'excellence scientifique était la priorité, dit Robert Horsch. Il n'y avait pas de pression pour réaliser un produit. Par exemple, on travaillait sur les pétunias. Personne ne venait nous dire : "Des pétunias, hein ! Qu'est-ce que vous croyez que nous sommes ? Une université ?" En fait, nous étions une sorte d'unité entrepreneuriale protégée par la direction. » Mieux, même, qu'une université. « En université, dit Robert Horsch, on ne travaille pas réellement en équipe. Pour un professeur dirigeant un laboratoire, le nombre de ses « post-doc » et le volume de ses crédits sont le signe du succès. Mais cela ne fonctionne pas bien avec la logique de la collaboration multidisciplinaire. Or, il fallait réunir beaucoup de talents différents pour réaliser un système de transfert de gènes. »

En 1982, l'équipe compte trente-six membres. Elle occupe le quatrième étage du bâtiment U du complexe Monsanto à Creve Cœur, à l'extérieur de Saint Louis. On n'entre pas comme on veut dans le laboratoire. Asilomar et les NIH ont dicté leurs règles au génie génétique, les mesures de sécurité sont strictes et les précautions prises font régner une aura de mystère sur ce bâtiment U que, dans l'entreprise, on dénomme Uphoria, en raison de l'euphorie dans laquelle semblent y baigner les biologistes moléculaires. Les hommes de Jaworski gagnent toutes les batailles budgétaires contre les chimistes, Uphoria aspire le budget de recherche de la firme.

Et Monsanto change de cap. Elle s'allège de diverses activités – telle la vente de ses parts du pétrolier Conoco à DuPont en 1981 – et commence à investir massivement dans la biotechnologie : on lance la construction d'un centre de recherche à Chesterfield, non loin de Saint Louis, qui est opérationnel en 1984 : cent chambres de croissance pour les plantes expérimentales, trente serres perchées sur le toit d'un building, des laboratoires, des instruments, et l'on embauche le nombre de biologistes moléculaires nécessaire. Le budget de recherche passe de 3 % du chiffre d'affaires à 7 % en 1984 – dont un tiers au génie génétique. Monsanto défriche aussi les semences, rachète le programme de recherche sur le blé de DeKalb, prend le contrôle de Jacob Hartz Seed, spécialisée dans le soja.

En 1984, Richard Mahoney devient CEO. Il n'est pas moins déterminé à investir dans la recherche que John Hanley. Il désengage Monsanto de la chimie classique – « parce que la valeur ajoutée se déplaçait de plus en plus vers les compagnies pétrolières, qui développaient leur pétrochimie » –, pour se focaliser sur un nombre restreint de produits chimiques, dans les domaines agricole et pharmaceutique.

Il tranche le nœud gordien l'année suivante quand les hommes de Jaworski produisent leur première plante génétiquement modifiée – c'est une tomate – pour résister au Roundup. La firme vient de racheter la compagnie pharmaceutique Searle pour 2,7 milliards de dollars. Avec l'acquisition de Searle, un nouveau concept émerge : « J'ai commencé à penser, dit Richard Mahoney, qu'il pourrait y avoir une fusion des trois sciences, agriculture, pharmacie et alimentation ; par exemple, on pouvait imaginer de faire des plantes produisant plus de bêtacarotène, qui prévient le cancer, et en faire des produits alimentaires. »

Mais le pari n'est rien moins que risqué : la biotechnologie ne procure pas encore le moindre fifrelin. « Quand je disais à Wall Street : "On a modifié génétiquement un pétunia", raconte Mahoney, on me répondait : "Ah oui ? Et quelle est la valeur du marché du pétunia ?" Personne ne savait comment on ferait de l'argent avec ça. C'était une période très difficile, le marché n'était pas clair, tandis que l'escalade des dépenses de recherche, elle, était très claire. »

Le bilan de 1985 présente un déficit de 100 millions de dollars. Mahoney cherche à réaliser des économies. Lancé depuis vingt ans, le programme de recherche sur la régulation de la croissance des plantes (PRG, *Plant Regulator Growth Program*) n'a toujours pas abouti, malgré des investissements considérables et l'implication de centaines de scientifiques. L'idée en était de découvrir les produits chimiques qui interagissent avec la croissance des plantes. On pourrait alors asperger les plantes de ces produits pendant la phase de croissance, ce qui augmenterait la production de près de 30 %. « Le problème, dit Tom Nickson, un ancien chercheur du programme, était qu'on savait ce qu'on cherchait, mais qu'on n'avait pas de bonne méthode pour le tester, parce qu'il y avait trop de paramètres à évaluer. » En décembre, Mahoney tranche : il démantèle l'équipe du PGR et conserve celle de Jaworski. L'événement signe la victoire définitive des chercheurs biologistes sur leurs collègues chimistes – et l'engagement dans une voie sans retour : pour la compagnie centenaire de Saint Louis, les plantes transgéniques sont maintenant une question de vie ou de mort.

3 – Des Belges en remontrent aux Américains

Parmi les concurrents de l'équipe de Jaworski, les plus sérieux sont les chercheurs rassemblés autour de Marc Van Montagu, à l'université de Gand, en Belgique flamande. L'université, à laquelle on parvient en traversant un jardin botanique, ne paie pas de mine, avec ses ascenseurs préhistoriques et ses murs défraîchis, mais c'est ici qu'a éclos une aventure qui conduira au seul vrai succès d'une histoire des OGM où se sont brisées tant d'ambitions.

Marc Van Montagu a toujours vécu dans ce coin de Belgique, entre Gand et Bruxelles. Au début du XXe siècle, Gand est comme Saint Louis une ville très industrielle, bruyante et poussiéreuse. Les usines textiles y dominent. Marc Van Montagu naît en 1933 dans le quartier Rabot-Kerkstraat, un quartier ouvrier où, à cause de la pollution, les maladies pulmonaires sont fréquentes. Ses parents, ayant fait quelques études, sont employés. Marc est bon élève, et l'instituteur convainc ses parents de le laisser aller au lycée, d'où il pourra entamer des études supérieures. Outre ses résultats scolaires, il montre des prédispositions marquées pour la chimie : il s'entend bien avec le pharmacien qui tient commerce deux rues plus loin, Gustave Prils ; il passe des heures à l'observer dans le petit laboratoire où l'apothicaire fait ses préparations. Le jeune garçon monte son propre laboratoire au premier étage de la maison familiale, s'y exerce à la distillation, à la synthèse organique – répandant des odeurs bizarres, ou provoquant quelques catastrophes domestiques, par exemple en trouant un jour un toit de zinc en versant de l'acide qu'il a oublié de neutraliser. L'itinéraire se dessine logiquement, et le jeune bachelier s'inscrit en chimie, assistant de surcroît au cours de botanique que suivent les pharmaciens.

Dans la tradition familiale – son grand-père maternel a fondé le Parti socialiste de Flandre –, Van Montagu s'intéresse activement à la politique. Le voilà président national du mouvement des étudiants socialistes – mais il préfère la science : « Je la trouvais plus sûre, plus rationnelle, alors que la politique ne me paraissait pas bien fondée, trop dominée par l'émotion. » Il fait des études brillantes et devient chercheur à l'université de Gand, passe sa thèse en 1964 et obtient quasiment la maîtrise d'un laboratoire indépendant. Il s'oriente vers la biologie moléculaire, bien informé de ses développements les plus actuels par les séminaires de Brachet et Chantrenne à l'Université libre de Bruxelles. Avec un ami, Walter Fiers, il commence à travailler sur les organismes préférés des biologistes moléculaires de l'époque, les phages et le virus de la mosaïque du tabac, dans le même bâtiment d'où il n'a plus bougé depuis les années 1960. Jeff Schell rejoint Fiers et Van Montagu, et ils commencent à travailler avec succès sur les tumeurs provoquées par *Agrobacterium*.

Dès ces années-là, ils sont parfaitement branchés sur la Californie ou sur le Cold Spring Harbor Laboratory, sur la côte est des États-Unis, et connaissent tous ceux qui vont compter dans le génie génétique. À la fin de la décennie 1970, leur réputation est bien établie. Jeff Schell accepte l'offre de créer un laboratoire à Cologne, au Max Planck Institut, tandis que Van Montagu refuse l'offre d'Ernie Jaworski d'aller travailler chez Monsanto : « J'étais attaché à l'Europe, je voulais montrer qu'on pouvait le faire ici. » Il est sollicité comme conseiller scientifique par une start-up de Californie, Advanced Genetic Systems (AGS), et accepte. « Ils avaient un laboratoire fantastique, à Berkeley. Ils pouvaient obtenir de grands moyens. Si l'on voulait réussir les mêmes types d'expériences en université, on n'y arriverait jamais. Alors je suis allé voir le ministère de l'Éducation nationale, avec l'idée de faire une start-up belge. Ils m'ont mis en contact avec une organisation d'industriels flamands. » La société Plant Genetic Systems (PGS) est créée fin 1982, grâce à quatre investisseurs apportant l'équivalent de 10 millions d'euros.

Elle se forme à temps pour déposer les brevets attachés à sa découverte du transfert d'*Agrobacterium* début 1983, brevets que Monsanto a pris soin de demander à l'avance de son côté. Ensuite PGS s'attaque d'entrée de jeu à *Bacillus thuringiensis*, communément appelé Bt. Pourquoi cette bactérie ? Elle est connue depuis le début du XXe siècle et ses propriétés insecticides ont été bien identifiées. Chaque sous-espèce de Bt – il en existe plus de cinquante – exprime une protéine : celle-ci forme des cristaux qui, ingérés par l'insecte, sont solubilisés dans son intestin ; les protéines percent alors des pores dans la membrane des cellules de l'intestin des insectes, le système digestif se bloque, l'insecte cesse de s'alimenter et meurt. À ce moment, Bt est bien connue et utilisée depuis vingt ans en agriculture biologique. Incidemment, Bt est une cousine de *Bacillus anthracis*, le vecteur de la maladie du charbon – ce qui permet à des militaires mal intentionnés, comme on le découvrira dans les années 1990 en Irak, de camoufler une unité de production d'armes biologiques dans une inoffensive usine d'insecticide naturel...

Ce qui intéresse surtout les chercheurs de PGS, c'est que la propriété insecticide de chaque variété de Bt est liée à une seule protéine, donc vraisemblablement à un seul gène, qu'il devrait être aisé de trouver. Le travail est financé, à travers AGS, par la compagnie chimique Rohm & Haas, et la jeune compagnie s'y lance à fond : en moins d'un an, le gène Bt est isolé, caractérisé, séquencé, les moyens de détecter la protéine sont mis au point, et le gène est transféré dans un tabac où il s'exprime. La deuxième partie du travail consiste à obtenir un degré important d'expression de la protéine dans la plante, ce qui advient en 1987 : le résultat fait la couverture de *Nature*. Et PGS a doublé, sur cette technologie qui va devenir l'une des deux plus utilisées dans les OGM commerciaux, Monsanto et ses autres concurrents, comme Agrigenetics. Monsanto a perdu du temps, parce que les hommes de Jaworski ont d'abord pensé qu'il fallait insérer le gène Bt sur des souches microbiennes qui coloniseraient les racines des plantes.

Parallèlement, PGS poursuit la mise au point de plantes résistantes au gluphosinate, un herbicide commercialisé par le chimiste allemand Hoechst sous le nom de Basta. Là encore, le travail avance par un mélange informel de contacts, de hasard, de réflexes et de travail. Un jour, Julian Davis, un chercheur de Biogen, une start-up basée à Genève, appelle Marc Van Montagu et lui dit qu'il travaille sur quelque chose qui pourrait concerner un gène de résistance à un herbicide. Van Montagu transmet l'information à Jan Leemans, le jeune directeur de recherche de PGS. Celui-ci réagit de suite : pas tant d'abord pour l'intérêt commercial de la chose que parce que l'herbicide pourrait fournir un marqueur de sélection plus puissant que le gène de résistance à la kanamycine. Il appelle Davis, va le voir à Genève. Davis étudie une bactérie qui produit le gluphosinate, et dont une entreprise japonaise, Meiji Seika, qui l'utilise, a confié à Biogen le soin d'accroître sa productivité. PGS reprend le travail de Biogen et le poursuit dans sa direction propre, jusqu'à la mise au point de plantes résistant au Basta.

PGS bénéficie à plein de sa synergie avec le laboratoire de Marc Van Montagu, qui compte alors plusieurs dizaines de chercheurs : cinq minutes à pied séparent l'entreprise de l'université. L'entreprise utilise les matériels de l'université, tel un microscope électronique, mais surtout bénéficie des contacts de Van Montagu – « Il avait un réseau spectaculaire », dit Jan Leemans : les séminaires qu'organise le professeur sont à la pointe des connaissances dans le domaine et, pour les meilleurs spécialistes mondiaux, Gand est une étape obligée. De son côté, le laboratoire académique retire de PGS des trucs, des techniques, des débouchés pour ses chercheurs.

Le travail est excitant, intense : « C'était un temps de pionniers, se souvient Willy de Greef, qui était chargé des expérimentations en champ chez PGS, on bossait dix-huit heures par jour, six jours et demi par semaine. Une fois, on a eu un *dead-line* pour établir un brevet, les gars qui l'ont fait ont battu un record du monde, séquencer mille bases en une semaine. Aujourd'hui, c'est quelque chose qu'on fait en quelques minutes. Là, c'était deux techniciens qui se sont relayés, un le jour, l'autre la nuit, sans arrêt, pour finir à temps. On n'était pas très bien payé, mais c'était comme travailler dans les ordinateurs dans les années 1950, on savait qu'on faisait un job qui dépassait largement un boulot ordinaire. Chaque fois que les chercheurs avançaient d'un pas, ils découvraient quelque chose de nouveau. C'est unique, ça fait une dynamique de travail extraordinaire. C'était un très beau temps. »

Et, chose étrange, à PGS comme au laboratoire de l'université de Gand, presque tout le monde est indigène : « Ce chercheur que vous avez croisé tout à l'heure a commencé chez moi en 1965, raconte en 2002 Marc Van Montagu. Ça a toujours étonné les Américains, mais on a toujours travaillé avec des chercheurs qui venaient de la région avoisinante, dans un rayon de trente kilomètres autour de Gand. » En 1979, presque personne ne suit Jeff Schell, qui va créer son laboratoire à Cologne. L'aventure de Gand dessine une sorte de contre-Amérique – tranquille, enracinée, placide, suivant un tempérament moins agressif mais sans doute plus coopératif : « Les gens ici sont peut-être un peu moins motivés que dans une université américaine, mais ils ont l'esprit d'équipe. »

4 – Maintenant, il faut ren-ta-bi-li-ser

Toute ces recherches, en Belgique, à Saint Louis, en Californie, avancent très vite, presque frénétiquement. Car c'est la course. Chez Monsanto, tout s'est orienté vers l'obtention d'un moyen de rendre les plantes résistantes à l'herbicide de la société, le Roundup, basé sur la molécule appelée glyphosate. Charlie Arntzen découvre à partir de l'atrazine, vers 1981-1982, que les herbicides ont une cible très spécifique. « Cela a constitué une mutation mentale, explique Robert Horsch : peut-être serait-il possible de manipuler cette résistance à un herbicide. Dès lors, l'intérêt pour la question a vraiment crû. » Un chercheur allemand, Nick Amrhine, dont le laboratoire est financé par Jaworski, étudie la façon dont le glyphosate agit sur les cellules végétales. Il découvre que les molécules de glyphosate s'accumulent sur un composé intermédiaire, qui intervient dans la synthèse des acides aminés aromatiques : ceux-ci sont les constituants des protéines nécessaires au bon développement de la plante. « Il en a tiré l'hypothèse que le glyphosate bloquait l'enzyme qui agissait sur cet intermédiaire, explique Robert Horsch. Cette hypothèse s'est avérée exacte : le glyphosate avait donc une cible, commandée par un simple gène. » UN gène ? Donc la manipulation est possible.

L'équipe de Monsanto se met à étudier le gène de l'enzyme (appelée EPSP), ce qui suppose d'abord de purifier une quantité suffisante de celle-ci, puis d'isoler le gène pour le séquencer, et enfin de le modifier. Elle tente alors de l'introduire dans des pétunias. La manœuvre réussit, à un détail près : la plante supporte un peu l'herbicide, mais pas suffisamment. Car un problème récurrent de la transgenèse est qu'il ne suffit pas d'introduire le gène, mais qu'il faut s'assurer qu'il « s'exprime » assez, c'est-à-dire qu'il commande une quantité notable de la protéine voulue.

Or Monsanto se fait doubler : des chercheurs de Calgene, une start-up californienne créée en 1981, annoncent dans *Nature* qu'ils ont réussi à rendre un tabac résistant au glyphosate. Luca Comai a employé une autre tactique que les manipulateurs de Monsanto. Alors que ceux-ci ont modifié le gène de façon à lui faire produire plus d'enzymes – en espérant que cette surproduction noierait, en quelque sorte, les molécules de glyphosate –, Comai a modifié le gène de façon à ce qu'il produise la même enzyme, mais avec une forme légèrement différente : ainsi le glyphosate ne peut pas s'y attacher. La trouvaille de Calgene est d'autant plus un affront pour les hommes de Jaworski que cette recherche est stratégique pour Monsanto : des plantes transgéniques résistant au Roundup présentent un intérêt commercial certain, à la différence des recherches précédentes qui conservent un parfum académique.

Ils se mobilisent intensément pour trouver une solution leur permettant de ne pas utiliser la trouvaille de Calgene. « Finalement, la nature a résolu le problème, raconte Robert Horsch. Notre compagnie traite les résidus chimiques dans des bassins, pour les détoxifier, avant de les rejeter dans l'environnement. Dans ces bassins, on retrouve du glyphosate, parce que le processus de production de celui-ci n'est pas pur à 100 %. Quelqu'un recueillit des microbes présents dans ces bassins, avec l'idée que certains seraient peut-être résistants au glyphosate. Et effectivement, il y en avait. On a ainsi pu utiliser le gène de résistance d'un microbe d'un bassin de dépollution. »

Mais la concurrence est maintenant acharnée. Calgene passe un accord avec Rhône-Poulenc dès janvier 1986 pour développer en commun des cultures résistantes au glyphosate. PGS, on l'a vu, transforme du tabac pour le rendre résistant au Basta de Hoechst. DuPont réussit à isoler le gène de résistance à son herbicide Glean, Ciba-Geigy celui conférant la résistance à l'atrazine, et une dizaine d'autres équipes, d'entreprise ou universitaires, travaillent sur le thème.

Dans la fin des années 1980, l'urgence est à concrétiser les deux découvertes principales de la décennie dans le domaine : le transfert du gène Bt de résistance à des insectes, et les gènes de résistance aux herbicides Roundup et Basta. Il faut réussir à transférer ce que l'on sait faire sur des plantes « modèles », comme le tabac ou le pétunia, à des plantes de grande culture. On cherche à transformer le coton, la pomme de terre, la betterave, le maïs, le colza. La compétition est autant économique que scientifique : il s'agit d'être les premiers à décrocher les brevets garantissant la propriété intellectuelle des découvertes. Toutes les trouvailles sont brevetées, ce qui nourrit, ici et dans le reste du domaine du génie génétique, une guérilla juridique dont la chronique nourrrirait à elle seule un épais volume. La gagnante incontestée de cette technologie est d'abord la corporation des avocats.

Cela rend d'ailleurs difficile l'écriture d'une histoire précise des découvertes technologiques dans ce domaine. De nombreuses innovations restent en litige en 2003, et l'historien des sciences devra bizarrement attendre que les juges aient tranché pour reconstituer l'archéologie compliquée des OGM, reconstitution dans laquelle les abondants documents fournis aux magistrats seront des sources essentielles. Bien sûr, la date des premières publications scientifiques est cruciale. Mais, entre la publication originale décrivant une possibilité expérimentale et la mise au point d'un produit commercialisable, il y a toute une chaîne d'assemblage de technologies, un savoir-faire de mise en œuvre, ce qui dilue complètement le concept classique de l'inventeur – James Watt et la machine à vapeur, Louis Pasteur et le vaccin contre la rage. Quelques noms émergent incontestablement : Monsanto, PGS, Calgene, derrière lesquels Ciba-Geigy et Rhône-Poulenc laissent des traces plus qu'honorables. Mais qui est, du trio de tête, le *primus inter pares* ? Il n'est pas temps de le dire, pour autant que cela soit possible.

La discussion scientifique, d'ailleurs, devient moins ouverte, à mesure que la connaissance se révèle enjeu de propriété intellectuelle. « Chaque année, note Marc Van Montagu, il était un peu plus difficile d'échanger entre le laboratoire et PGS. Pour collaborer, il fallait passer des accords de confidentialité, des accords de transfert de matériel. » Le journaliste Daniel Charles raconte que, dès 1982, la direction de Monsanto se préoccupait de protéger ses résultats, et que tous les carnets de notes de laboratoire des chercheurs étaient soigneusement vérifiés. Robert Horsch reconnaît par exemple que « l'échange de matériel biologique avec les universités est devenu plus bureaucratique, il y avait des papiers à remplir, sous forme de contrats légaux, et cela a changé l'esprit des collaborations ». Dès 1982, l'OCDE s'inquiète de la « tendance à la privatisation des connaissances fondamentales. De nombreuses institutions universitaires tendent à avoir des relations exclusives et privilégiées avec des sociétés industrielles et nous craignons que, dans une certaine mesure, l'absence de diffusion des connaissances fondamentales ou des restrictions à cette diffusion ne deviennent des obstacles au développement du patrimoine scientifique de base au niveau international ». Cela est aussi dû au fait que, aux États-Unis, la baisse des fonds publics de recherche incite les universités à s'intéresser vivement aux revenus des brevets. « Le domaine de la transgenèse végétale, note le professeur de génétique Paul Lurquin, commença à s'éloigner de la science pure pour devenir résolument orienté vers les applications et la recherche de brevets, comme le montrait le nombre croissant de publications par des auteurs employés par des compagnies de biotechnologies. » Que les OGM relèvent de la science ou de la technologie, à la fin des années 1980, une chose est sûre : l'argent en est le déterminant essentiel.

Chapitre 4

Le réveil de la contestation

1 – Des bactéries sur les pommes de terre

Dans la foulée d'Asilomar et des débats subséquents, l'idée de la nécessaire prudence dans la conduite des manipulations génétiques s'est imposée. Et la succession des catastrophes de Bhopal, de Tchernobyl et de l'explosion de la navette spatiale rappelle avec insistance que la technologie peut être source d'un danger immense. Même pour les micro-organismes, utilisés en milieu confiné, tout risque ne peut être exclu : « Certains experts parmi les plus compétents affirment qu'à partir d'une certaine dimension, il sera pratiquement impossible d'assurer de manière absolue l'absence de fuite de micro-organismes », notent les experts de l'OCDE.

On l'a vu au chapitre 2, les scientifiques ont fait en sorte que le contrôle de leurs opérations reste de leur ressort collectif. Une certaine autodiscipline s'est imposée, et tous les laboratoires se sont équipés de systèmes de confinement, admettant la règle des quatre paliers de sécurité, selon la nature des organismes étudiés. À mesure que les manipulations deviennent habituelles, cependant, et comme les risques annoncés ne se matérialisent pas, on tend à alléger les règles.

Mais, dans le courant des années 1980, on va prendre conscience qu'il y a deux biotechnologies. D'une part, l'utilisation de bactéries génétiquement modifiées pour leur faire produire des substances médicamenteuses s'opère dans des citernes strictement confinées – souvent même, les micro-organismes sont manipulés de façon à ce qu'ils ne puissent pas survivre dans l'environnement, si par aventure ils s'échappaient. D'autre part, il y a les bactéries et les plantes destinées à être lâchées dans le vaste monde où aucune paroi de métal ne forme frontière : elles se révèlent poser un problème spécifique, puisque leurs éventuels effets nocifs ne pourraient pas être contrôlés. Ainsi, la technique de base – la transformation des séquences génétiques – est similaire, mais l'espace d'utilisation crée une différence cruciale.

C'est grâce à Jeremy Rifkin que ce clivage va apparaître. L'homme est tenace : ni la décision de la Cour suprême d'autoriser la brevetabilité d'organismes vivants ni l'euphorie boursière qui emporte les valeurs biotechnologiques sur un nuage dollarisé ne lui ont fait baisser les bras. Il attend l'événement symbolique qui va lui permettre d'agir.

Celui-ci naît, non dans les choux, mais dans des pommes de terre. En 1983, un chercheur de l'université de Californie, Steven Lindow, veut tester en champ une bactérie dont il a modifié la séquence génétique dans le but d'augmenter la résistance des plantes au gel. *Pseudomonas syringae*, qui vit sur les feuilles des plantes, excrète une protéine qui sert de noyau de formation aux cristaux de glace quand la température descend en dessous de zéro. Lindow a modifié *Pseudomonas syringae* de façon à ce qu'elle ne produise plus cette protéine, ce qui empêche la formation de glace. Voilà qui ferait un produit antigel appréciable pour les horticulteurs. Ne dit-on pas que les dommages causés par le gel entraînent chaque année aux États-Unis des pertes de 3 milliards de dollars ? Après avoir observé en serre l'efficacité du procédé – les plantes ainsi traitées ne gèlent plus jusqu'à une température de dix degrés en dessous de zéro –, Lindow veut l'expérimenter sur un quart d'hectare de pommes de terre. Son travail est financé par l'entreprise AGS (Advanced Genetic Sciences) – celle-là même qui s'intéresse aux Belges de PGS – et, partiellement, par des fonds publics. Ce financement public le contraint à demander l'autorisation de son expérience à ciel ouvert au comité des NIH, le RAC (Recombinant DNA Advisory Committee) – une entreprise privée aurait, elle, pu procéder à l'opération sans demander l'autorisation de personne…

Lindow souligne qu'il a déjà disséminé dans l'environnement des bactéries mutées chimiquement et qu'aucune conséquence négative n'est intervenue. Après examen, le RAC donne son feu vert et l'opération est programmée pour septembre. Mais un pépiniériste voisin du lieu de l'essai, à Tulelake, dans le nord de la Californie, qui fait pousser des sapins de Noël, lance une campagne pour empêcher cette dissémination ; les gens craignent que la bactérie se répande et, au cas où elle atteindrait les nuages, affecte la pluie ou la neige.

Le projet a commencé à faire parler de lui. D'autant plus que, l'année précédente, les NIH ont changé leurs règles : les « Lignes directrices » établies en 1976 imposaient que les OGM devaient être contenus dans un milieu clos et proscrivaient leur dissémination dans l'environnement. Eh bien, ce n'est plus nécessaire, décident les NIH. En juin 1983, le jeune député Albert Gore a organisé des auditions au Congrès sur la dissémination des « organismes génétiquement altérés » dans l'environnement. Les témoignages conduisent à penser que de telles disséminations méritent plus ample réflexion, alors que le RAC ne comporte aucun scientifique compétent en écologie. Le sujet est d'autant plus sensible que de nombreuses espèces introduites aux États-Unis sont devenues des parasites envahissants : parmi de nombreux exemples, le plus célèbre est alors celui d'une petite chenille, le bombyx disparate *(Lymantria dispar)*, introduite au XIXe siècle par un entomologiste français qui espérait en faire des vers à soie. Mais les chenilles se sont échappées et, trouvant le nouvel écosystème à leur goût, y ont proliféré, défoliant maintes forêts du nord-est des États-Unis. De ce fait, nombreux sont les biologistes qui pensent que la modification génétique d'organismes pourrait leur conférer des dispositions particulières à se multiplier de manière incontrôlable dans l'environnement.

Rifkin suit évidemment la question et, avec plusieurs autres associations, lance une action judiciaire contre les NIH, le 14 septembre 1983. Sa plainte relève que le RAC ne comporte aucun spécialiste de pathologie végétale, de botanique ou d'écologie, et excipe du fait que le comité n'a pas étudié l'impact sur l'environnement de l'expérience avant de lui donner son aval. Le juge fédéral reçoit ses arguments, et le projet d'expérience est suspendu. Les recours vont se multiplier et bloquer l'expérience pendant plusieurs années. Rifkin a touché juste. L'administration est démunie face au largage d'OGM dans l'environnement, et les décisions judiciaires la contraignent à élaborer une réglementation.

La polémique atteint Saint Louis, la patrie de Monsanto, où la commune voisine de Saint Charles s'oppose, en mars 1986, à ce que des essais aient lieu sur son territoire : la compagnie doit abandonner, pour cette année, son essai en champ. Richard Mahoney écrit au quotidien local, le *St. Louis Post-Dispatch*, pour se plaindre d'un papier à son goût trop élogieux pour Rifkin, qu'il qualifie de « bonimenteur de fête foraine ».

À Washington, l'administration finit par élaborer un ensemble de règles, signé par Ronald Reagan et publié le 26 juin 1986 sous le nom de *Coordinated Framework for Regulation of Biotechnology Policy*. Le texte satisfait pleinement l'industrie : émanant de la Maison-Blanche, il permet d'éviter que le Congrès n'édicte une loi sur le sujet ; il coordonne l'implication des différentes agences fédérales concernées ; et surtout, il pose le principe qu'il faut évaluer les risques du produit final et non de la technique utilisée. Ce principe, dit « d'équivalence en substance », est crucial : il établit que, si un OGM n'a pas une composition chimique « substantiellement différente » de l'organisme dont il est dérivé, il n'y a pas besoin de le tester, comme on le fait normalement pour de nouveaux médicaments ou de nouveaux additifs alimentaires, pas plus que de l'étiqueter. Les aliments issus des plantes transgéniques subiront un examen allégé. Cela signifie aussi que le coût d'un dossier d'autorisation d'OGM sera nettement moindre que celui d'un dossier d'autorisation de pesticide (1 million de dollars contre 10).

L'insistance de l'industrie et de l'administration américaines pour banaliser les OGM est cependant contradictoire. Dans le but d'attirer les investissements, on argüe de la nouveauté de la technologie et l'on cherche à breveter les plantes modifiées. Or, qui dit brevet dit innovation. Mais, pour éviter la réglementation, on affirme que la technique diffère peu des précédentes – on commence à prétendre que les plantes génétiquement modifiées ne font que prolonger l'antique méthode de sélection des meilleures variétés. Enfin, pendant que le gouvernement soutient que les OGM ne présentent aucun danger, ses organes militaires soulignent au contraire le grand risque que représente la dissémination de nouvelles armes biologiques.

Entre-temps, l'EPA (Environmental Protection Agency) donne son autorisation à l'essai en novembre 1985, puis le suspend quand il apprend que AGS a illégalement testé sa bactérie antigel sur des arbres fruitiers poussant sur le toit de son bâtiment. Enfin, l'essai est autorisé et AGS l'effectue le 24 avril 1987 sur des fraises à Brentwood, en Californie, tandis que, cinq jours plus tard, Lindow plante les pommes de terre traitées à la bactérie à Tulelake, dans le nord de l'État. L'essai d'AGS « a été le premier événement médiatique de l'histoire des OGM, dit Alain Deshayes, de l'INRA. Le champ était entouré de grillages de six mètres de haut, derrière lesquels se trouvaient les journalistes, et les scientifiques habillés en combinaisons lunaires répandaient les bactéries. Tous les ingrédients étaient réunis pour faire croire à l'opinion que c'était dangereux, puisque les scientifiques se protégeaient ».

Peu après, le 2 juin 1987, à Jerseyville, dans l'Illinois, Monsanto repique en plein air des tomates aux gènes transformés pour résister au glyphosate, aux virus, ou aux insectes. Robert Fraley, Robert Horsch et Stephen Rogers, casquette de fermier américain sur la tête, assis à côté d'un tracteur, sourient au photographe. Ils savourent ce moment historique : un des premiers essais d'une plante génétiquement modifiée en plein champ. Pourquoi la tomate ? Parce que, comme dans le tabac, les gènes s'y insèrent assez facilement. Ensuite, son cycle de vie, de la graine au fruit, est plus rapide que, par exemple, celui du coton, ce qui permet d'essayer plus rapidement les solutions envisagées. Enfin, elle présente en soi un intérêt commercial probable. La tomate de Monsanto n'est cependant pas le premier essai en champ d'une plante transgénique. Cette première historique a eu discrètement lieu, un an plus tôt : le 30 mai 1986, Agracetus a planté un tabac modifié pour résister à la galle du collet, à Middleton, dans le Wisconsin. Mais, à la différence de ce qui s'est passé en Californie et dans le Missouri, les voisins n'ont pas protesté, Rifkin ne s'en est pas inquiété, et le tabac a pris racine sans tambour ni trompette.

Une autre trouvaille, plus proche de l'univers de Géo Trouvetou que de celui d'Albert Einstein, va accélérer l'industrialisation de la transgenèse végétale. *Agrobacterium* a un défaut : elle n'infecte pas toutes les plantes, et notamment pas le maïs ni le soja, pour lesquels elle ne peut donc servir de vecteur de gène. Or ces grandes cultures présentent un intérêt commercial évident. La solution va être trouvée sous forme d'un bricolage assez étonnant, où un fusil de chasse a servi aux premières expériences : et c'est « un canon à gènes », que trouvent en parallèle un universitaire, John Sanford – qui vend son procédé à Monsanto –, Pioneer, et une start-up, Agracetus. La machine est réellement un petit canon : il bombarde des cellules embryonnaires de la plante avec de petites particules d'ADN modifié enrobées de tungstène. Le tir se déroule dans le vide, de façon à ce que les projectiles ne soient pas freinés par l'air. Ils pénètrent dans les cellules, qui intègrent l'ADN étranger et mûrissent ainsi transformées. Armées de cet engin étrange, qui leur permet de transformer à partir de 1989 le soja, le colza et le maïs, les grandes firmes vont pouvoir s'attaquer à l'agriculture.

2 – Les Européens se rebiffent

En Europe aussi, on commence à s'agiter sérieusement. À la direction générale de la Recherche (dite DG XII) de la Commission européenne, un petit groupe de fonctionnaires – spécialisés dans les effets biologiques de la radioactivité – a insisté pendant des années pour que soit lancé un programme européen de biotechnologie. Ce n'est pas simple : il n'y pas de base juridique claire pour le faire, il faut passer par l'article 235 du traité de Rome ; or, les actions entreprises à ce titre requièrent l'unanimité. Comme les communautés scientifiques des grands pays – France, Royaume-Uni, Allemagne – n'ont pas les mêmes intérêts, on a du mal à se mettre d'accord. Enfin, en 1982, est adopté le *Biotechnology Engineering Program*, doté pour quatre ans de 15 millions d'écus ; il sera régulièrement renouvelé et amplifié.

Dans le même temps, l'élaboration d'une réglementation a été entreprise, dans la foulée d'Asilomar et des dispositions prises par les NIH, puis par la France et par la Grande-Bretagne, qui ont instauré des commissions de contrôle sur le modèle américain. À Bruxelles, on veut s'assurer que les conditions de diffusion des OGM seront identiques dans tous les pays de la Communauté. La première proposition de réglementation de l'usage d'« ADN recombinant », élaborée par la DG XII, en 1978, est stricte. Tellement stricte, juge Donald Fredrikson, directeur des NIH américaines, qu'il vient voir le directeur général, M. Schuster, pour le convaincre de retirer sa proposition. Ce que – fait rarissime – la Commission accepte : elle annule le texte, pourtant déjà en chantier au Parlement européen, où un rapporteur a été nommé.

Sans doute Fredrikson craint-il que les règles européennes ne déteignent sur les États-Unis. Or le but de ces textes n'est pas tant d'assurer la plus haute sécurité que de faire en sorte que les règles du jeu soient les mêmes partout, de façon à ne pas créer de distorsions de concurrence quand l'industrie s'ébrouera, ou, à l'inverse, de ne pas ouvrir la voie, en raison de règles différentes, à des occasions de démêlés juridiques. C'est aussi pourquoi les Américains poussent à ce que l'Organisation de coopération et de développement économique (OCDE) établisse un canevas réglementaire : elle met en place un groupe d'experts qui aboutit, en 1986, à un « Livre bleu ». Celui-ci reprend sans le nommer le principe américain d'« équivalence en substance », et affirme : « Aucune raison d'ordre scientifique ne justifie l'adoption d'une législation spécifique pour réglementer l'utilisation d'organismes à ADN recombiné », laquelle doit être examinée « en évitant toute charge inutile qui pourrait entraver les progrès techniques en ce domaine ».

Pourtant, et ce choix est réellement crucial, l'Europe décide de ne pas suivre cette analyse : elle va établir une réglementation spécifique sur les OGM. C'est que, en pleine période de libéralisme ascensionnel, alors que la gauche s'effrite et s'use, un mouvement étrange s'affirme, en Allemagne, mais aussi comme une sensibilité nouvelle de la conscience européenne : l'écologie. En 1984, les Verts entrent au Bundestag allemand, ainsi qu'au Parlement européen. 1984 est aussi l'année où la question de la « technique génétique » *(Gentechnologie)* suscite un énorme intérêt en Allemagne, alors que le succès du combat contre l'énergie nucléaire y libère les énergies contestataires. « Le nucléaire avait préparé cette discussion, note l'écologiste Benedikt Haerlin, il y avait une ouverture pour se dire : "Bon, la prochaine fois qu'on démarre une nouvelle technologie, il vaudrait mieux l'examiner à fond dès le début." »

Le débat allemand ne se focalise pas tant sur les OGM que sur les enjeux de manipulation humaine attachés à la génétique, ainsi que sur le lien entre les techniques de reproduction et la génétique. Le Parlement constitue une commission d'enquête présidée par le social-démocrate Wolf-Michael Catenhusen. Son rapport, publié en janvier 1987, juge nécessaire d'encadrer le développement de la génétique par une loi. Pour ce qui est des OGM, il recommande que soit appliqué un moratoire de cinq ans sur les essais en champ.

La houle des réflexions allemandes atteint le rivage de la Commission de Bruxelles où, sur le sujet transgénique, l'opposition est virulente entre la DG XI (Environnement) et la DG XII (Recherche). Les services de l'Environnement sont portés par l'évolution de la sensibilité européenne, alors que les pluies acides, la catastrophe de Bhopal en 1984, celle de Tchernobyl en 1986, confirment l'importance de la question écologique. Dans l'obscure lutte bureaucratique qui se déroule derrière les façades opaques des bâtiments de la Commission, la direction Environnement marque un point : elle obtient de co-présider, avec la DG Industrie, le BRIC, le Biotechnology Regulation Interservices Committee, qui prépare la directive sur les OGM. Comme les fonctionnaires de l'Industrie s'intéressent peu au sujet, la DG Environnement devient chef de file du dossier OGM – et, après tout, il est difficile de contester que la dissémination des OGM dans la nature la concerne en premier lieu. Cette préséance a une autre conséquence : la proposition de directive, défendue au nom de la Commission par la DG Environnement, va de ce fait être examinée au Parlement par le comité Environnement de celui-ci, plus soucieux d'écologie que le comité Recherche ou le comité Industrie.

L'Europe a donc pris une voie différente de celle des États-Unis. Et alors qu'à Washington scientifiques et industriels ont réussi à éviter l'entrée en scène du Congrès, le jeu européen d'élaboration d'une directive, donc d'une loi, implique le Parlement de Strasbourg, qui représente le peuple européen. Or les Verts, et particulièrement ceux d'Allemagne, sont très sensibles au sujet : peu nombreux, ils sont très actifs.

3 – Deux rebelles se rencontrent, les OGM trinquent

Dans la famille écolo, Benedikt Haerlin ne serait pas dessiné sur la carte du père sévère – il aurait plutôt la figure du gamin rigolard, toujours en train de sourire d'un air malicieux. Mais le lutin est un activiste d'une efficacité redoutable. Il est né à Stuttgart en 1957. Son père est journaliste. Benedikt passe une jeunesse sans histoire, commence à étudier la philosophie et la psychologie dans l'idée de devenir psychothérapeute – avant de se rendre compte que ramener les gens à la raison n'est pas sa tasse de thé. Il se retrouve à Berlin à dix-neuf ans – un Berlin plus agité que jamais, où l'extrême gauche cicatrise les blessures du terrorisme de la Fraction Armée Rouge et découvre l'écologie. Les *Grünen* (Verts) se créent en 1978 – nombre de maoïstes s'y convertissent. Haerlin est de toutes les batailles de l'époque, entre le camp devant Gorleben, où le gouvernement veut enfouir les déchets nucléaires, et le *Häuserkampf*, la bataille des maisons, dans le quartier berlinois de Kreuzberg, où les jeunes squattent des bâtiments en les déclarant zones libérées. « Le mouvement antinucléaire a été important, dit-il. On avait jusqu'alors cette perspective marxiste qu'on pouvait changer la société en changeant l'État. J'ai commencé à penser en termes écologiques, à comprendre que c'est l'industrialisme qui était en cause. » Au Kreuzberg, les heurts avec la police sont fréquents ; en septembre 1981, lors d'une intervention de la police dans une maison, une manifestation dégénère : un jeune est tué par un bus, Haerlin a le bras cassé.

« Je suis arrivé dans la politique européenne de façon plutôt bizarre, raconte-t-il. J'étais éditeur du journal *radikal*. Je n'y travaillais pas, mais j'étais responsable de ce qu'ils publiaient. Et ils publiaient toutes sortes de déclarations extrêmes, attaquant l'impérialisme, justifiant les bombes au nom de l'anarchie, etc. » Peu avant la venue de Ronald Reagan à Berlin, en novembre 1982 – on est en pleine polémique sur l'installation des fusées Pershing en Europe –, *radikal* imprime des déclarations incendiaires d'un groupuscule, les Cellules révolutionnaires. La visite du président américain est ponctuée de manifestations violentes. La police fouille les bureaux de *radikal*, saisit des textes, le procureur conclut que le journal a incité à des actes terroristes, et Haerlin est arrêté en juin 1983. Il est mis à l'isolement, traité comme un terroriste. L'affaire fait grand bruit, les manifestations de soutien se succèdent, et la presse prend parti pour l'éditeur – ce qui est en jeu est la liberté de relayer des opinions diverses sans en être jugé l'auteur, autrement dit, la liberté d'informer. Haerlin est libéré en août grâce au paiement d'une caution de 30 000 deutsche Mark, payée partie par une collecte, partie par l'éditeur du quotidien *Der Tagespiegel*. En prison, il a réfléchi à la violence, commençant à douter de son efficacité pour changer le monde : « Pour moi, il n'avait jamais été question de soutenir des actes comme ceux des terroristes d'Ulricke Meinhof, mais un certain type de violence, comme dans le cas des mouvements de libération du tiers-monde, me paraissait justifié. Et puis, que faire quand la police arrive avec des gaz et des matraques ? » Le 1er mars 1984, il est condamné à trente mois de prison. Afin de lui assurer l'immunité parlementaire, les *Grünen* le choisissent comme candidat au Parlement européen, où il est élu en juin.

La vie parlementaire surprend le jeune activiste aux cheveux longs, mais il s'y investit pleinement. Il n'a jamais vraiment fait attention à la biotechnologie, jusque ce qu'il se rende à Washington, en juin 1986, à l'occasion d'un voyage officiel. Il demande à un ami installé dans la capitale américaine quelles personnes intéressantes il pourrait rencontrer, et son ami nomme Jeremy Rifkin. Il va voir celui-ci, qui résume : « Je lui ai expliqué tout le dossier. » « J'avais entendu parler de ces problèmes, dit Haerlin, mais c'est la première fois que je me focalisais dessus et que je réalisais à quel point c'était important. Rifkin est un gars fascinant, il peut parler des heures, c'est un prêcheur – je l'aime beaucoup. »

Il est difficile de dire si, entre les deux rebelles que séparent une dizaine d'années et des enracinements différents, mais que réunit une même énergie dans l'engagement, un fort sentiment amical passe. Mais ils se reconnaissent, et ce contact établit une connexion entre l'expérience de Rifkin et un potentiel européen qui ne demande qu'à s'éveiller. Les échanges ne vont plus cesser, dans les deux sens. Haerlin commence à se passionner pour le sujet, d'abord préoccupé par les possibilités de manipulation du génome humain. De retour à Bruxelles, il devient l'un des députés les plus actifs sur le sujet. Une collaboratrice de Rifkin, Linda Bullard, vient en 1987 en Europe, où elle monte avec Haerlin le Genethisches Netzwerk et conseille le groupe des députés Verts sur le dossier biotechnologique. Quant à Rifkin, il prend l'habitude de venir régulièrement en Europe, pour y sensibiliser en Allemagne, en Autriche, en Italie, les Verts, Greenpeace, les groupes de droits des animaux, les associations de consommateurs.

L'éveil de Haerlin à la biotechnologie va rapidement se traduire par la première médiatisation européenne de la question des OGM. C'est la France qui va en être le théâtre. Les chercheurs y ont démarré avec retard la recherche sur les plantes transgéniques – ce n'est qu'en 1981 que l'INRA crée une équipe spécialisée autour de Michel Caboche et d'Alain Deshayes dans le laboratoire de Versailles, où avait étudié Georges Morel, l'homme des opines d'*Agrobacterium*. Mais ils travaillent d'arrache-pied pour essayer de combler leur retard et, dans le même mois où Monsanto fait son premier essai en champ de tomates OGM, ils repiquent discrètement, le 25 juin 1987, à Laminière, près de Versailles, des tabacs portant des gènes de résistance à divers antibiotiques. Une autre équipe de l'INRA, en collaboration avec des laboratoires anglais et allemand et sur un budget européen, a réalisé en mars à Dijon un autre essai, répandant des bactéries du type rhizobium – fixatrices d'azote – dans lesquelles est inséré un gène de résistance à la kanamycine. Aucune communication d'aucune sorte n'a été faite pour ces deux essais, ni à l'échelon national, ni même au niveau local – les chercheurs ont manifestement tenté de se dissimuler au regard du public, échaudés par les aventures de Lindow et d'AGS aux États-Unis. Ils réalisent leur expérience, une des premières au monde, dans un secret coupable.

Or, les Amis de la Terre s'intéressent à nouveau au génie génétique. Ils organisent en mars 1987 un colloque sur le sujet, et y invitent Alain Deshayes, de l'INRA qui, en passant, mentionne l'essai de Dijon. Un journaliste scientifique, Marcel Blanc, est là : « J'ai dressé l'oreille, parce que je lisais dans *Science* et dans *Nature* qu'il y avait un gros débat aux États-Unis sur les essais en plein champ, alors que là, ça se faisait en France sans crier gare. » Il prépare un article pour *La Recherche*, revue à laquelle il collabore régulièrement ; mais la direction de l'INRA l'appelle avant publication – « l'avenir de la biotechnologie en France est en jeu », lui dit-on – et *La Recherche* coupe plusieurs passages de son article. « Quand j'ai vu qu'on me mettait des bâtons dans les roues, j'ai appelé des Verts que je connaissais. Ils m'ont donné le contact de Haerlin. » Il lui téléphone et lui raconte l'histoire.

Haerlin réfléchit : « C'était sans doute le premier essai européen en champ. Que pouvais-je faire ? Un député n'organise pas des *sit-in*. Alors, j'ai sonné l'alarme. » Il organise une conférence de presse à Bruxelles, et explique : « Les dangers d'une pareille expérience ne sont pas encore connus et sont très difficiles à établir ; il n'est pas prouvé aujourd'hui que la bactérie manipulée ne puisse pas transmettre son gène de résistance à des bactéries pathogènes pour l'homme. Le risque d'enclencher un très grave processus est énorme et cela peut nous conduire à une catastrophe effroyable que personne ne pourra maîtriser. » Les chercheurs sont désarçonnés car, si les conclusions sont tirées à l'extrême, les questions sont pertinentes et ils ne connaissent pas les réponses : c'est justement pour étudier les échanges de gènes entre bactéries qu'ils mènent l'expérience. Mais ils jugent que le risque est minime. Quoi qu'il en soit, l'annonce fait choc et, pour la première fois en France, les organismes manipulés occupent les grands titres des journaux, dont la une de *Libération*. À l'occasion, on apprend que les chercheurs n'ont pas soumis leur projet à des commissions de contrôle, dont la Commission de génie biomoléculaire (CGB) créée en novembre de l'année précédente.

La direction de l'INRA est assaillie de questions. Alain Deshayes est chargé d'y répondre et travaille avec Patrick Legrand, qui anime la cellule Environnement de l'Institut. « L'essai de Dijon était mené dans des conditions limites de sécurité environnementale, dit celui-ci. Le champ expérimental se situait à côté d'un centre aéré, les enfants venaient y chercher leur ballon. » La pression se maintient quelques jours, mais, poursuit Legrand, « on s'est dit : Haerlin a fait une erreur majeure, il a lancé l'affaire le 8 juillet, il faut tenir jusqu'au 14, là les Français partent en vacances et la polémique s'éteindra toute seule ». Le calcul est juste : *La Marseillaise* retentit, les campings se remplissent, et le silence retombe sur les OGM.

4 – Les écolos patinent, les industriels trépignent

Dès lors, tout semble se dérouler sans heurts pour les promoteurs des OGM. Au Parlement européen, la bataille se mène en 1989 autour de la réglementation en préparation, qui deviendra la directive 90/220. Les lobbies agissent lourdement : en mai 1989, seize prix Nobel européens de médecine et de chimie écrivent aux autorités européennes pour critiquer les amendements déposés par les députés de Strasbourg, basés sur des « peurs infondées plutôt que sur une évaluation scientifique du risque ». En France, deux éminents Nobel, François Jacob et Jean Dausset, se joignent à François Gros pour écrire au président de la République : « À l'heure où les biotechnologies et le génie génétique paraissent seuls capables d'apporter des solutions aux problèmes du cancer, du sida, des maladies parasitaires et de la faim dans le monde, il nous paraît dangereux que les parlementaires européens et les gouvernements suivent de telles recommandations extrêmes. » L'ambassadeur des États-Unis auprès de la Commission publie une déclaration, le 7 juillet 1989, où il critique le projet de directive et s'inquiète des « créations de barrières au marché international ». En juillet également, les entreprises intéressées (Monsanto, Hoechst, ICI, Rhône-Poulenc, Unilever, et d'autres) se regroupent au sein du SAGB (Senior Advisory Group on Biotechnology).

Le lobbying est efficace : l'adoption d'un moratoire de cinq ans sur les essais d'OGM, promue par les Verts allemands, est repoussée à une faible majorité en mai. Et en Allemagne, la chute du mur de Berlin, en octobre, balaye toute autre préoccupation. Quand la nouvelle parvient à Benedikt Haerlin, il n'est plus député ; il assiste à un congrès scientifique à Boston, alors qu'il enquête aux États-Unis depuis deux mois sur le projet *Human Genome* de décryptage du génome humain. Dès qu'il apprend la nouvelle, il saute dans un avion pour Berlin : pour lui s'ouvre alors une période excitante marquée par des rencontres, des discussions, des projets de journaux où ni les organismes modifiés ni la génétique n'ont plus place.

Un bruit de fond d'opposition aux OGM – le terme et le sigle apparaissent fréquemment en français en 1990 – se laisse cependant entendre de façon continue ici et là en Europe. Aux Pays-Bas, à partir de 1989, de mystérieux groupes aux noms rigolos – Virus ardent, Ravage intégral, le Sarcloir vengeur – innovent en détruisant des essais d'OGM. Au Danemark, ce sont les Pommes de terre en colère, qui ravagent une expérience transgénique. En mai 1990, une centaine de manifestants bloquent l'entrée de l'institut Max Planck de Cologne, où le professeur Heinz Saedler veut tester à l'air libre, sur un demi-hectare, des pétunias transformés. En Suisse, le groupe local de Greenpeace occupe en juin 1991 un centre de recherche de Ciba-Geigy à Changins, où l'on étudie une pomme de terre résistante aux virus. Mais la critique accroche peu, la presse ne s'intéresse que de loin à la question. « Le débat restait théorique, il n'y avait pas d'OGM sur le marché, c'est difficile de faire comprendre l'importance d'un sujet quand il est dans sa phase préparatoire », note Paul Lannoye, député Vert belge au Parlement européen.

Dans la sphère économique, en revanche, la biotechnologie végétale commence à sortir de l'anonymat et se présente comme une mutation inévitable. Nombre de compagnies qui ont investi dans les semences dans les années 1970 s'en sont retirées, comme Union Carbide, Occidental Petroleum, ou Elf, d'autres se désintéressent de l'agriculture et se recentrent sur la chimie, comme Rohm & Haas. Beaucoup de start-up se sont évanouies, telle Agrigenetics, qui flamboyait au firmament des promesses mirifiques. Mais les autres, celles qui ont franchi l'obstacle, trépignent. Le quotidien économique *Les Échos* titre, à l'occasion du salon Bio Expo 89 : « Le secteur de l'agroalimentaire va dans les toutes prochaines années être frappé de plein fouet par le développement de procédés issus des biotechnologies », citant des brocolis produisant des protéines proches de celles de l'œuf, des bananes vertes ayant le goût de bananes mûres, du tabac sans nicotine et du café sans caféine. « Plus personne ne songe à contester, écrit de son côté *Le Monde* en novembre 1990, que dans tous ces secteurs clés de l'économie, agriculture, élevage, santé, la décennie à venir sera marquée par la mise sur le marché d'un nombre croissant de produits issus des biotechnologies. »

Au Parlement européen, la directive 90/220 finit par être adoptée en avril 1990 par le Conseil des ministres de l'environnement. L'esprit en est clairement exprimé dans l'exposé des motifs : « Le développement de la biotechnologie est de nature à contribuer à l'expansion économique des pays membres. » Cependant, les règles posées sont substantiellement plus sévères qu'aux États-Unis, et c'est bien la technologie elle-même qui reste sous contrôle. « C'était la première fois qu'on appliquait le principe de précaution à un nouveau mode de production, dit la juriste Marie-Angèle Hermitte, puisqu'il y a obligation de faire une évaluation du risque avant qu'il y ait le moindre dommage créé. » Le cadre paraît solidement posé, l'avenir des OGM s'annonce rose. Willy de Greef, qui suivait alors la réglementation pour PGS – cela devient un vrai métier –, résume l'état d'esprit des entreprises : « Au tournant des années 1990, on sortait de deux ou trois années difficiles à négocier la réglementation, mais on se disait : "Ouf ! On a passé le Parlement, maintenant on peut travailler." »

Tout va si bien que l'industrie européenne va s'attacher à affaiblir le texte qui vient d'être adopté. Elle s'inquiète de son retard par rapport à la cousine américaine : le 30 janvier 1990, le SAGB publie un rapport alarmiste : « À défaut d'une politique communautaire cohérente en matière de biotechnologie, la compétitivité de l'industrie européenne sera compromise. » Le SAGB répète le message en juin, au cas où l'on n'aurait pas compris : « La compétitivité européenne en biotechnologie décline. [...] Les Européens n'ont acquis que 19 % des brevets récents en biotechnologie, contre 41 % et 36 % à leurs concurrents américains et japonais. »

L'enjeu est en fait d'obtenir que la transposition du texte européen dans les différents pays soit la plus souple possible. Partout, les entreprises répètent que la réglementation est trop sévère et pourrait pousser les entreprises à délocaliser leur activité. Par exemple en Grande-Bretagne où la menace brandie par l'association BioIndustry à l'encontre du projet de réglementation britannique sur la dissémination des OGM est entendue : le nouveau projet, présenté en juillet 1992, satisfait beaucoup de ses demandes relatives aux essais et à la publication d'informations « confidentielles » et relatives aux essais. Cela ne suffit pas : Ed Dart, de Zeneca, affirme devant un comité de la Chambre des Communes que « la directive est viciée et qu'elle nécessite une révision ». Il indique que sa société utilisera tous les « canaux » de lobbying possibles pour obtenir cette révision.

En Allemagne aussi, chercheurs et industriels se plaignent de la lourdeur bureaucratique d'application de la loi et affirment que la recherche va se délocaliser, transformant l'Allemagne en « un pays sous-développé dans ce domaine de recherche ». Hoechst, qui a dû attendre huit ans l'autorisation de produire de l'insuline par voie biotechnologique, délocalise des usines pilotes de fabrication d'une molécule anticoagulante. BASF a installé sa recherche en biotechnologie dans le Massachusetts, Boehringer Mannheim fait fabriquer une protéine recombinante en Irlande. Nombre de parlementaires entendent le message et plaident pour un assouplissement de la loi allemande de 1990, auquel le Bundestag consent en octobre 1993.

Quant aux écologistes, ils semblent se lasser. Fin 1993, on s'étonne que les activistes néerlandais, qui, depuis 1989, ravagent chaque été les champs d'essai OGM, n'aient pas bougé pendant l'année ; ils sont fatigués et amers, relate un manifeste publié lors d'une réunion militante sur les biotechnologies : « Nous avons d'abord pensé que nos agissements contre les sites de culture expérimentale feraient école. Nous devons, hélas, renoncer à cette idée. Aucun mouvement radical antibiotechnologique n'a vu le jour et, parfois, il nous a semblé que nous étions seuls dans le désert. » De même, au sein de Greenpeace, Haerlin (qui y est entré à la fin de 1990) et les rares activistes qui croient à la portée explosive du sujet échouent à convaincre l'organisation de s'engager vraiment. En Suisse, sous l'impulsion d'Isabelle Meister, le groupe local de l'association persiste à penser que le sujet est important : ses militants viennent en mai 1992 occuper une expérimentation mixte INRA-Ciba près de Colmar. Mais ils se trompent de champ, et s'installent sur un terrain où l'on étudie… le moyen de réduire l'apport d'engrais et de pesticides dans la culture, sans la moindre trace d'OGM !

Pourtant, dans la mer de sérénité où naviguent les industriels, un facteur majeur passe presque inaperçu : l'opinion publique se méfie de ces aliments manipulés dont on commence à parler ici et là. En 1991, une enquête d'opinion aux Pays-Bas montre qu'en moyenne les personnes interrogées donnent la note de 5,5 aux aliments génétiquement modifiés, sur une échelle allant de 1 (totalement inacceptable) à 38 (totalement acceptable). L'opinion en Grande-Bretagne n'est pas plus enthousiaste selon un sondage de 1992. Une étude sur l'opinion européenne, en 1993, montre qu'à propos des biotechnologies les personnes interrogées font plus confiance aux organisations environnementales (63 %) ou aux associations de consommateurs (55 %) qu'aux universités et institutions de recherche (39 %), aux pouvoirs publics (17 %) ou à l'industrie (6 %). Même en France, on fait plus confiance aux associations environnementales qu'aux universitaires ou aux pouvoirs publics. L'enquête Eurobaromètre souligne aussi que mieux les gens sont informés des biotechnologies, plus ils y sont opposés.

5 – Les vaches qui ne rient pas

Cette méfiance des consommateurs européens va nettement se manifester avec l'arrivée en agriculture du premier produit transgénique, une hormone stimulant la production laitière des vaches. Chez les bovins, l'hypophyse produit une hormone, la somatotropine bovine (ou BST, de *bovine somatotropin*), qui dirige l'apport énergétique des aliments vers la glande mammaire. On sait depuis longtemps qu'elle stimule la production laitière. Avec le génie génétique, cette hormone peut être fabriquée industriellement, en introduisant le gène commandant sa production dans *Escherichia coli*, ce qui est réalisé dans les années 1980 par plusieurs firmes, Monsanto, Eli Lilly, American Cyanamid et Upjohn. Et celles-ci préparent la commercialisation auprès des éleveurs de l'hormone qui doit permettre une augmentation de la production de lait de l'ordre de 20 % à raison de deux injections par mois.

Rifkin – encore lui ! – en fait un cheval de bataille : « C'est le premier produit biotechnologique qui sorte du placard, et je vais me bagarrer contre lui ! » dit-il à Margaret Mellon, l'une de ses rares alliées de l'époque, qui suit la biotechnologie au sein de la National Wildlife Federation, une association de scientifiques critiques. L'équipe de Rifkin est très isolée, comme le dit Ronnie Cummins, qui était alors, dans son équipe, le directeur de la *Pure Food Campaign* : « Au début des années 1990, parmi ceux avec qui on travaillait – le mouvement contre les pesticides, le mouvement antinucléaire, les progressistes, le mouvement de protestation contre la guerre en Amérique centrale –, personne ne comprenait pourquoi on était aussi focalisés contre la BST et le génie génétique. » La *Pure Food Campaign* est lancée. « Il a vraiment fallu appeler directement chaque groupe concerné par l'agriculture durable à travers le pays, dit Cummins, chaque association locale de protection des animaux, chaque groupe de végétariens, chaque coopérative laitière – partir de zéro. » Le travail finit par payer, ils gagnent notamment le soutien de la National Family Farmers Coalition (NFFC), une association de petits paysans américains qui va sensibiliser le monde agricole. Rifkin convainc aussi 1 700 grands chefs cuisiniers de placer dans leur menu le logo de la campagne, *« We do not sell genetically engineered foods »*, « Nous ne vendons pas d'aliments génétiquement manipulés ». C'est dans ces circonstances que Ronnie Cummins invente le terme de *Frankenfood* (« Frankenbouffe »), associant le monstre de Mary Shelley aux projets des biotechnologues : « J'y étais opposé, dit Rifkin, je pensais que ça simplifiait trop les choses. » Mais le terme accroche les médias, dont le *New York Times* qui le met en titre.

Et ce qui devait être une commercialisation sans problème donne lieu à un débat public, tandis que l'autorisation administrative se fait attendre. Les opposants brandissent plusieurs arguments : l'emploi de la BST augmente la production d'une autre hormone, l'IGF-1, aux effets néfastes, il provoque aussi des mammites chez la vache, enfin des résidus de l'hormone pourraient se retrouver dans le lait. Par ailleurs, affirment Rifkin et la NFFC, le coût élevé de la BST la rendrait surtout accessible aux grands exploitants, ce qui favoriserait la concentration agricole.

En Europe aussi, où les firmes tentent d'obtenir en parallèle l'autorisation de commercialiser la somatotropine, l'opposition se lève rapidement. La NFFC, en relation avec la Confédération paysanne et d'autres groupes paysans européens, leur fait passer le message, tandis que Linda Bullard, qui a collaboré avec Rifkin et est venue travailler avec les Verts au Parlement européen, est un autre relais d'information entre les opposants américains et les écologistes européens. Dès 1987, la Coordination paysanne européenne prend position contre « l'hormone de croissance bovine ». Une campagne est lancée, unissant associations de consommateurs et groupes paysans. En mai 1989, les paysans manifestent, avec une vache, contre l'hormone laitière devant le Berlaymont, le bâtiment de la Commission à Bruxelles. Le groupe des Verts au Parlement européen relaie la campagne sur le plan politique. En 1990, des militants de la Confédération paysanne occupent le siège de Monsanto Europe, à La Défense, pour protester contre la BST. Cependant, les gouvernements et la Commission sont d'autant plus réceptifs aux arguments des opposants que l'Europe est engagée depuis plusieurs années dans une politique de réduction de la production laitière : autoriser une technologie controversée pour augmenter la production est manifestement absurde. Et les Conseils des ministres choisissent sagement de prendre le temps de la réflexion en 1989, de méditer encore début 1991, de continuer l'analyse début 1992, avant de décider en 1994 de maintenir le moratoire jusqu'à l'an 2000... Dans l'intervalle, la controverse scientifique sur l'innocuité de la BST s'est poursuivie, les arguments pesant plutôt en sa défaveur, notamment en raison de ses effets sur l'animal lui-même : l'augmentation du taux de mammites n'est pas contestée. Ce qui conduira le Canada, où des vétérinaires ont constaté que l'hormone accroissait de 25 % les risques pour l'animal de souffrir d'infections des mamelles, à interdire le produit en 1999. Paradoxalement, alors que son utilisation reste interdite en Europe, c'est dans une usine autrichienne de la société Biochemie Gmbh, à Kundl, que Monsanto va fabriquer la somatotropine pour approvisionner le marché américain.

Aux États-Unis, les opposants parviennent à gagner du temps, mais pas à ébranler l'administration américaine : la FDA autorise l'hormone en novembre 1993 et Monsanto la commercialise en février 1994, sous le nom de Posilac. Il est vrai que, comme on le verra, la firme a exercé toutes sortes de pressions et largement utilisé ses entrées dans l'administration. En tout cas, la BST a servi de répétition générale à la commercialisation des OGM.

Dans toute l'affaire, un autre élément a joué fortement, quoique de manière rarement explicite : la BST a été refusée par l'Europe en grande partie du fait du contexte socio-économique de sa politique agricole. Autrement dit, une technologie peut aussi être appréciée en raison de son impact sur la société. Cette idée est exprimée clairement en Norvège, en 1993, quand l'autorisation de tester une pomme de terre résistante à un herbicide est refusée du fait de l'absence de « besoin social ». Deux autres conclusions peuvent être tirées de la bataille de la BST – ou auraient dû l'être : la diffusion des plantes transgéniques ne sera pas aisée, et l'Europe est décidément réticente.

6 – L'éveil du Sud

Parmi tous les fils qui, peu à peu, se nouent pour former la corde qui va constituer le nœud indémêlable des OGM à la fin des années 1990, celui qui se tisse dans les pays du Sud n'est pas le moins important, même s'il est, à l'époque, presque invisible. En 1987, Pat Mooney organise un atelier international à Bogève, en Haute-Savoie, dont le titre est « L'impact socio-économique des nouvelles biotechnologies sur la santé et l'agriculture du tiers-monde ». C'est sans doute la première réflexion collective jamais menée sur le sujet. Mooney a préparé l'atelier avec une organisation de Penang, en Malaisie, la Consumers' Association.

Celle-ci a été créée par un homme d'affaires, Mohammed Idris, qui a été séduit par les idées de Ralph Nader. Il a lancé son association en 1969, l'année même de la naissance de Greenpeace au Canada et des Friends of the Earth (Amis de la Terre) aux États-Unis. Elle mène des campagnes contre le lait en poudre ou la cigarette, évoluant de plus en plus vers l'environnement. Un jeune économiste malais, Martin Khor, s'y joint en 1977, et élargit la vision de l'association. Car parler des problèmes de consommateurs, dans un pays qui sort de la colonisation, cela revient à se battre pour les problèmes les plus quotidiens de travail et de pauvreté. « En aidant des communautés de base, comme celles des travailleurs du caoutchouc ou les indigènes de Sarawak victimes de la déforestation, dit Martin Khor, on a vite compris que leurs problèmes étaient liés à des structures globales, tels le prix mondial du produit ou les financements de la Banque mondiale. » Cela conduit à la création du Third World Network, le Réseau tiers-monde, en 1984, qui noue des liens avec des dizaines d'associations de tous les continents.

À l'atelier de Bogève se retrouvent une trentaine d'activistes, venus de Malaisie, d'Inde, du Togo, du Sri Lanka, du Brésil (José Lutzenberger, qui en deviendra le ministre de l'Environnement en 1990), etc. La déclaration qui en sort, ce 12 mars 1987, définit la position de la société civile du Sud pour les dix ans à venir : sans rejeter la biotechnologie, les participants soulignent que, comme toute technologie, « elle est inextricablement liée à la société dont elle est issue ». Comme celle-ci est injuste, la nouvelle technologie « servira plus probablement les intérêts des riches et des puissants que les besoins des pauvres. [...] Elle accroîtra probablement les inégalités au sein de la population paysanne, aggravera le problème de l'érosion génétique, minera les écosystèmes, accroîtra la vulnérabilité et l'état de dépendance des paysans et la concentration du pouvoir de l'industrie agroalimentaire internationale ». Ils appellent donc à s'opposer à la monopolisation de la technologie par des intérêts privés, demandent qu'on parte des besoins de la société, et promeuvent les technologies « appropriées » – l'agriculture durable, les stratégies alternatives de protection des cultures, la médecine préventive.

La rencontre de Bogève influence fortement une jeune activiste indienne : « C'est lors de ce colloque, écrit Vandana Shiva, que j'ai décidé de consacrer la prochaine décennie de ma carrière à essayer d'empêcher la création de monopoles sur la vie et les ressources vivantes. » Elle retourne à New Delhi : « La première chose que j'ai faite en descendant de l'avion, dit-elle, a été d'aller dans la montagne rassembler des semences, et d'apprendre tout ce que je pouvais sur l'agriculture, la biotechnologie, les brevets, et sur la façon dont Gandhi avait construit un mouvement de libération. »

Vandana Shiva a alors trente-cinq ans. Son père était responsable de forêts publiques, et elle a souvent parcouru, dans son enfance, à pied ou à cheval, les forêts des contreforts de l'Himalaya. Elle part étudier au Canada, où elle obtient un doctorat de physique. De retour en Inde, elle est frappée par la progression de la déforestation, et se joint à un mouvement de femmes qui lutte contre cette exploitation désastreuse, le mouvement Chipko. Elle devient professeur à l'université, puis choisit en 1983 de créer une organisation environnementale, qu'elle appelle Fondation de recherche pour la science, la technologie et l'écologie (RFSTE) et qui s'implique dans les luttes contre l'exploitation minière, la construction de barrages, l'exploitation forestière. Après l'atelier de Bogève, elle devient très critique à l'égard de la Révolution verte et cherche à susciter des banques de semences locales en s'appuyant sur le mouvement Chipko, à organiser des associations d'agriculture biologique et à bloquer les lois sur les brevets.

Dans ces années où l'écologie devient une préoccupation mondiale, les Nations unies commencent à parler du Sommet de la Terre qui doit se tenir à Rio de Janeiro en 1992. On doit notamment y élaborer une Convention sur la biodiversité. En fait, alors que son objectif affiché est de stopper la disparition extrêmement rapide des espèces enclenchée par la Révolution industrielle, la négociation se focalise sur les questions de propriété des ressources génétiques. Car, depuis l'arrêt Chakrabarty de 1980, le génie génétique s'est développé aux États-Unis en multipliant les brevets sur les espèces transformées. La juriste Marie-Angèle Hermitte explique le jeu de la négociation de la Convention sur la biodiversité : « Les pays en développement ont dit : "Nous mettons gratuitement à la disposition de la communauté internationale la base génétique de la biodiversité, et vous nous dites qu'une fois que vous aurez isolé un gène, il sera breveté et que nous devrons payer ! Ça ne va pas." On est alors parti dans un mouvement qui a fait des ressources génétiques non pas un patrimoine commun, mais l'objet de la souveraineté nationale, susceptibles d'être achetées par les compagnies qui brevetteraient ensuite, le cas échéant, les chimères qu'ils en tireraient. Ainsi, la volonté de breveter les gènes est à l'origine de l'échec à établir les ressources génétiques comme le patrimoine commun de l'humanité. »

Les amis de Pat Mooney, le Third World Network, Vandana Shiva, voient bien que, derrière les discours sur la planète, le développement des OGM est en jeu – et donc, pensent-ils, la privation progressive pour les petits paysans de leur droit d'utiliser librement leurs semences. Et chacun essaie de peser auprès de son gouvernement pour l'alerter. Vandana Shiva et Chakravarthi Raghavan, un journaliste indien basé à Genève où il suit les activités du GATT (Accord général sur les tarifs douaniers et le commerce, d'où est issue l'OMC, l'Organisation mondiale du commerce), discutent intensément avec les négociateurs indiens : « On allait à chaque réunion préparatoire, dit Shiva, et on leur expliquait l'enjeu. » Tout cela conduit à un article de la Convention sur la biodiversité qui prévoit à mots couverts le principe d'un contrôle international des OGM. Ce qui, en jargon diplomatique, donne : « Les Parties examinent s'il convient de prendre des mesures et d'en fixer les modalités, éventuellement sous forme d'un protocole, comprenant notamment un accord préalable donné en connaissance de cause définissant les procédures appropriées dans le domaine du transfert, de la manutention et de l'utilisation en toute sécurité de tout organisme vivant modifié résultant de la biotechnologie qui risquerait d'avoir des effets défavorables sur la conservation et l'utilisation durable de la diversité biologique » (article 19. 3). Il faut savoir lire entre les lignes ; le terme clé est « protocole ».

Cette problématique n'est alors saisie que par assez peu de délégués. Le représentant de l'Éthiopie à Rio est un petit homme à la voix calme et précise, Tewolde Berhan Gebre Egziabher. « Je viens d'Éthiopie, un pays fier de n'avoir jamais été colonisé », dit-il. Né en 1940, il est spécialiste de l'écologie des plantes, qu'il a étudiée au Royaume-Uni. Depuis 1989, le gouvernement éthiopien lui a confié la tâche d'élaborer une stratégie nationale de conservation de la nature, et c'est à ce titre qu'il participe au Sommet de la Terre. « Pour les Américains, les choses étaient très claires : le futur appartenait à la biotechnologie. En revanche, les pays du Sud en avaient très peu entendu parler, et ils n'avaient aucune idée des implications socio-économiques du sujet. Quand on a négocié la convention, aucun d'entre eux n'avait conscience, quand on parlait des brevets, qu'il s'agissait de breveter les OGM ; on pensait qu'il s'agissait de breveter les techniques de conservation, ou les techniques agricoles. » Ce n'est qu'un an plus tard que Tewolde se rend compte de l'importance du sujet : « Si vous brevetez les semences, vous contrôlez le paysan dans le moindre détail, il perd complètement la maîtrise de son activité. Or, dans les pays en développement, l'agriculture est quasiment notre seul secteur d'activité. C'est pourquoi il faut lui conserver le plus de liberté possible. C'est pour ça que j'ai commencé à me battre contre les brevets et pour les droits des communautés locales. » À Rio, il a rencontré des membres du Third World Network. Une réunion se monte à Penang, fin 1993, où, avec Vandana Shiva, ils rédigent un texte sur les droits des communautés locales.

C'est encore à Penang que se réunit, en juillet 1994, une conférence réunissant les principaux activistes qui, dans le monde, ont engagé la lutte contre les OGM qui s'apprêtent à transformer l'agriculture planétaire. La cinquantaine de participants se lit comme un annuaire presque complet des ferments de la rébellion contre l'ordre biotechnologique : Martin Khor, bien sûr, Tewolde et Vandana Shiva, Lutzenberger, qui n'est plus ministre, Linda Bullard, qui fait le lien avec les Verts européens, Andrew Kimbrell et Nicanor Perlas, deux amis très proches de Rifkin, deux Français d'Écoropa, Étienne Vernet et Agnès Bertrand, et puis beaucoup d'Asiatiques, un Africain, et des scientifiques, dont un universitaire de Leeds, Richard Lacey, qui réclame depuis quatre ans l'abattage des vaches folles et sera célébré à ce titre, deux ans plus tard, en Grande-Bretagne… La conférence dure trois jours, dans un hôtel. On est au bord de la plage, mais les participants en gardent le souvenir d'une séance de travail ininterrompu. Il n'en sort pas un texte fondateur, mais une détermination commune, une analyse partagée. Pour Vandana Shiva, « il s'est produit là une fertilisation croisée entre scientifiques et activistes, qui a donné au mouvement de la synergie et de la force ».

Chapitre 5

La France militante des OGM

1 – La Commission (des amis) du génie biomoléculaire

Dans les années 1980, la France semble chloroformée sur le terrain de l'écologie. Quand les pluies acides alarment l'opinion allemande, on croit de ce côté-ci du Rhin à une subtile manœuvre de l'industrie automobile germanique pour affaiblir sa collègue gauloise en lui imposant un pot catalytique. Le président de Peugeot, Jacques Calvet, éructe contre « une bande d'hystériques », affirmant que « l'Allemagne est en train de sacrifier l'ensemble de l'industrie européenne ». Et si l'accident de Tchernobyl provoque ici un ébranlement, c'est surtout parce que la façon d'en parler a révélé la fusion incestueuse de l'État et du lobby nucléaire. Ce n'est que vers 1989 que l'écologie commence à être réellement prise au sérieux. La biotechnologie est donc passée inaperçue pendant toute la décennie, y compris de la majorité des écologistes, occupés à traquer les déchets toxiques, à tenter de limiter la propagande nucléariste ou à construire le parti Vert.

Du côté des chercheurs et des industriels, en revanche, la France est une terre d'élection des OGM. Le pays possède une agriculture puissante et qui se veut « moderne », l'école de biologie moléculaire y est prestigieuse, plusieurs laboratoires se passionnent pour ces technologies qui s'annoncent comme révolutionnaires, et la France compte un acteur dynamique dans le domaine, Rhône-Poulenc – nationalisé, qui plus est, ce qui n'est pas négligeable dans cette décennie à dominante socialiste. Tout concourt donc à ce que les responsables soutiennent les OGM. Et quand, par exemple, on apprend au printemps 1992 que le groupe de luxe

LVMH a réussi à transférer des gènes dans une espèce de vigne et espère cultiver un vin transgénique dans quelques mois, qui pourrait penser à mal ?

Ainsi, on l'a vu, c'est à la France que revient d'avoir planté, juste après Monsanto, une des premières plantes OGM. Mais nul clairon, nulle bouteille de champagne ne viennent saluer cette première soigneusement dissimulée. L'INRA sent bien que les OGM sont une bombe médiatique en puissance, à manier avec précaution, ce que lui confirme l'attaque lancée par Benedikt Haerlin en juillet 1987. L'avertissement a été très clairement entendu par l'organisme public de recherche, qui crée en octobre une commission interne Génie génétique et environnement. Guy Paillotin, le directeur général adjoint de l'Institut, souligne en la présentant que « l'évaluation des impacts et la sécurité de l'expérimentation font partie intégrante du travail de recherche ». S'agissant des risques potentiels, « une analyse prospective, la plus objective possible, est nécessaire dès les premiers stades de la recherche ». « Le laxisme serait une attitude indéfendable, poursuit-il. Il conduirait tôt ou tard à des blocages et pourrait provoquer des craintes extrêmement nuisibles. » « Il est impératif que les chercheurs acceptent et prennent en charge des objectifs qui dans un premier temps pourraient apparaître comme des contraintes. » Ce point de vue pertinent et lucide est d'autant plus méritoire que l'homme vient du Commissariat à l'énergie atomique, un lieu où l'idée que le citoyen pourrait avoir quelque droit de regard sur les applications de la « Science » est l'équivalent, dans ces années-là, d'une trahison de la patrie. Il est vrai que Paillotin y travaillait dans les laboratoires de biologie et non de physique. Son approche permettra à l'INRA, qui compte aussi ses biologistes moléculaires obsédés par la compétition internationale et pour qui toute interrogation sur les OGM relève de l'irrationnel, de comprendre mieux que d'autres, quand la tempête viendra, ce qui est en cause.

En pratique, un très grand nombre de sociétés viennent faire leurs essais en France. « Les crédits alloués à la recherche sont de plus en plus réduits, explique en 1992 le responsable de la station de Colmar. Aussi, si nous voulons poursuivre certains travaux, devons-nous faire appel aux collectivités publiques ou aux sociétés privées. » 70 % des recettes de fonctionnement de la station, poursuit-il, proviennent des travaux menés pour des entreprises. Monsanto signe un accord de développement de plantes transgéniques avec l'INRA dès 1987 – que Paillotin rompra en 1994. La France est un marché d'avenir, plusieurs laboratoires forment un foyer accueillant, et l'environnement est favorable. Tout se passe discrètement : « Rien n'était clandestin, dit Alain Deshayes, mais je refusais de dire où avaient lieu les essais. »

Le gouvernement, de son côté, crée, par arrêté du 4 novembre 1986, la Commission du génie biomoléculaire (CGB). Il s'agit certes d'encadrer la nouvelle technologie, mais tout autant d'assurer son développement sans heurts. On choisit pour la présider Pierre Royer, un médecin. Au ministère de l'Agriculture, on pense que cette qualité inspirera confiance au public. Et de même, quand il faut rapidement remplacer Royer, c'est d'abord la qualité de médecin d'Axel Kahn qui plaide en faveur de celui-ci. Tout est fait pour que la CGB assure un développement sans heurt des plantes transgéniques, dont on ne doute pas qu'elles aient un grand avenir.

La Commission est en principe placée sous la tutelle des deux ministères, Agriculture et Environnement. Au quotidien, seul celui de l'Agriculture, chez qui elle est logée et qui assure son secrétariat, la supervise. Les scientifiques qui y siègent sont des biologistes moléculaires ou des chercheurs impliqués dans la production de plantes transgéniques. Encore l'agronomie s'y réduit-elle à la portion congrue : en 1986, la CGB ne compte qu'un expert de l'amélioration des plantes, ses autres membres étant médecins, bactériologistes, vétérinaires ou biochimistes. Ce n'est qu'en 1990 puis 1993 que deux autres spécialistes des plantes arrivent. Mais la Commission ne comporte « ni écologue, ni malherbologue [spécialiste des herbes adventices, dites "mauvaises"], ni agronome spécialiste de la conduite des systèmes de culture, qui devraient pourtant être les têtes pensantes de [sa] doctrine », note en 1996 la juriste Marie-Angèle Hermitte.

Les experts ne sont pas neutres : ils sont convaincus des bénéfices potentiels des OGM. La Commission prend appui « sur des définitions *a priori* relatives à l'utilité socio-économique de l'innovation », relève le sociologue Alexis Roy. « La philosophie générale de la Commission du génie biomoléculaire est que les techniques nouvelles doivent contribuer au progrès et par conséquent à une sécurité accrue par rapport à des techniques antérieures plus empiriques », indique son rapport d'activité pour 1988. Cet *a priori* se double d'une sensibilité extrêmement grande aux intérêts industriels, par conviction personnelle, par la liaison indirecte des contrats de recherche des laboratoires d'où viennent certains experts, ou par une familiarité dont on ne cherche pas à se déprendre. « Nous étions des acteurs de la CGB, dit Alain Chalandon, à l'époque chez Rhône-Poulenc, nous, industriels, on a aidé à sa naissance. Parce qu'on s'est vite rendu compte qu'il fallait des autorisations, une législation, des instruments de contrôle. Et comme on était les principaux chercheurs français dans le domaine, on a été très tôt associés aux fonctionnaires du ministère de l'Agriculture. »

La CGB n'a cependant pas une attitude uniformément laxiste. Elle insiste notamment beaucoup pour que les constructions génétiques soient « propres », que les modifications soient nettement définies, que la séquence introduite dans la plante ne comporte pas d'élément inutile. « Sous l'impulsion d'Axel Kahn, la France a fait le travail le plus sérieux en matière d'analyse, estime Alain Deshayes. Il faisait toujours la distinction entre recherche et commercialisation. Les chercheurs sont fainéants, il reste toujours des petits morceaux de séquences génétiques inutiles – la Commission imposait que ces morceaux soient enlevés des constructions commercialisées. Kahn a placé des garde-fous très importants, qui souvent n'étaient pas compris par nos collègues étrangers. » Cependant, cette focalisation justifiée ne couvre pas l'ensemble des problèmes envisageables. Ainsi, la commission anglaise équivalente (ACRE) insiste davantage sur les interactions entre la plante et l'environnement, tandis que les experts belges sont exigeants sur le protocole de dissémination de l'OGM et de son suivi.

Et les informations contradictoires manquent : « Rien n'a été fait pour lever l'hypothèse en matière de risque. Les industriels ne voulaient pas le faire, et la recherche publique n'y a pas vu d'intérêt suffisant », dit Alain Deshayes. Plusieurs chercheurs, comme Pierre-Henri Gouyon, à l'université d'Orsay, ou Henry Damercy, à l'INRA, commencent cependant à montrer que la fréquence des échanges de gènes entre certaines plantes sauvages et cultivées est un problème appréciable.

Dès 1990, la CGB sait qu'il faut éviter le gène de résistance aux antibiotiques – comme le recommande, de son côté, le Comité anglais sur les nouveaux aliments (Advisory Committee on Novel Foods and Processes) – et conseille aux industriels de s'en abstenir. Mais sur la base d'un argument très révélateur de son état d'esprit : « Au stade d'une utilisation agricole ou industrielle généralisée d'un organisme possédant ce caractère [de résistance aux antibiotiques], des problèmes d'acceptation par le public pourraient se développer, surtout si la présence de ces "anti-antibiotiques" était utilisée pour les besoins de leur campagne par les adversaires de ces méthodes. »

Ainsi la France est-elle, au début des années 1990, appréciée par les industriels pour y mener leurs essais en plein champ d'OGM. Il est vrai qu'elle est le deuxième producteur mondial de semences, toute société semencière avec une ambition internationale se doit donc d'y faire des essais. Le député Daniel Chevallier se réjouit de l'avance de la France dans le nombre d'essais réalisés, pour lequel elle n'est dépassée que par les États-Unis.

2 – Un militant charismatique

La CGB n'est pas une de ces commissions où somnolent des fonctionnaires désabusés et des experts harassés. Portée par l'enthousiasme qui gonfle les voiles du petit monde de la transgenèse végétale, elle travaille ardemment au succès de cette « industrie aux promesses prodigieuses », selon la formule de son président, Axel Kahn. Un président que son énergie et son talent rangent parmi la galerie des héros de l'histoire des OGM, et qui a d'autant plus d'influence que la loi donne beaucoup d'autonomie à la CGB. Les avis et rapports de celle-ci ne sont pas soumis au rituel de la critique des pairs, ses délibérations ne laissent pas de trace écrite, son cénacle éteint les controverses : « Il est frappant pour un non-spécialiste, note en 1996 Marie-Angèle Hermitte, d'entendre de fortes contestations des positions officielles dans les couloirs des colloques, des contestations un peu moins véhémentes dans les interventions scientifiques à ces mêmes colloques, et de ne pas voir la trace des argumentations négatives dans les documents officiels [...] que produit la CGB. »

Kahn est né en 1944. Il passe sa petite enfance dans la campagne tourangelle, d'où lui vient son intérêt pour l'agriculture. Son père est professeur de philosophie, brillant, instable, séducteur. Communiste à partir des années 1930, celui-ci quittera le Parti en 1947 et s'engagera comme un jeunot dans mai 68, avec les gauchistes, quand son fils Axel le vivra du côté des communistes – il a été l'un des dirigeants nationaux de l'Union des étudiants communistes en 1964-1965 et ne quittera le Parti qu'en 1979. Axel est teigneux, remuant, se bagarre beaucoup dans les lycées parisiens des années 1960 où les remous de la guerre d'Algérie opposent fréquemment bandes fascistes et gens de gauche. Il fait médecine, c'est une bête à concours – il est reçu premier à celui de l'internat. Interne jusqu'en 1973, en réanimation, Kahn poursuit en parallèle des études de sciences, jusqu'à entrer à l'INSERM en 1974, où il va se spécialiser dans la génétique des cellules sanguines. Et progresser dans la carrière, sans jamais abandonner la recherche, qui lui apporte « des moments de joie et de bonheur vraiment extraordinaires ». « J'ai un gros laboratoire, cent personnes, je suis un mandarin à plusieurs casquettes, le pire des mandarins, un cumulard », dit-il en riant. Tout en conservant la présidence de la CGB, la rédaction en chef d'un bon journal scientifique, *Médecine/sciences*, il entre au Comité national d'éthique en 1992. Et comme il parle bien, il devient le généticien chéri des médias : « Les journalistes ont extraordinairement peu d'imagination, dit-il, une fois qu'ils ont trouvé quelqu'un qui correspond à ce qu'ils attendent, ils ne vont pas chercher plus loin, ils l'appellent toujours. »

Ses proches louent son charisme, son sens de la morale publique, sa présence énorme, son humanisme. Il est tout sauf un scientiste primaire, et ne signe pas l'Appel de Heidelberg lancé pendant le sommet de Rio de Janeiro, en juin 1992, par lequel une abondante coterie de chercheurs dénonce « l'émergence d'une idéologie irrationnelle qui s'oppose au progrès scientifique et industriel et nuit au développement économique et social ». Au contraire, il explique dans *Libération* qu'il ne croit pas au « progrès linéaire » et refuse d'opposer science et écologie. « Axel

Kahn est une pointure au-dessus des scientifiques utilisés habituellement par les lobbies, résume Marie-Angèle Hermitte. Il a ses propres idées, une pensée qui lui est propre. Ce n'est pas un homme manipulable, il fait ses choix. Il se clone un peu partout, mais ce n'est pas un ectoplasme. »

Certes pas un ectoplasme, mais en revanche, comme beaucoup de scientifiques zélateurs des OGM, un militant qui veut croire qu'il ne l'est pas. Pour lui, « l'opposition aux biotechnologies est complètement idéologique : les opposants pensent que les biotechnologies sont intrinsèquement perverses parce qu'elles violent la nature ». Il se sent en position d'« asymétrie face à des gens qui ont une idéologie ». « Aux yeux des tenants de cette idéologie, qui sont majoritaires au sein des puissants mouvements écologistes de ces pays, toute atteinte aux processus naturels apparaît donc intrinsèquement perverse, parce qu'elle est interprétée comme une agression envers la divinité naturelle. » Mais, quand il affirme que les OGM serviront à lutter contre le changement climatique, à fabriquer « de nouvelles espèces de matières plastiques », ou « un "carburant vert" inépuisable », quand il définit « les biotechnologies modernes, c'est-à-dire l'utilisation productiviste de la vie », quand il insinue que l'opposition aux OGM a des « bases idéologiques douteuses », il reste persuadé de parler au nom de la seule raison.

3 – Les mandarins sortent du bois

Mais les experts de la CGB ne sont que les délégués d'une communauté scientifique qui soutient de façon presque monolithique les OGM, arc-boutée sur le double impératif du progrès inévitable et de la nécessaire compétitivité nationale. Prix Nobel, Académie des sciences, mandarins se défendent bec et ongles quand la société suggère qu'elle pourrait jeter un œil sur leurs activités. Cette solidarité sans faille apparaît avec une limpidité cristalline en 1992.

Le Parlement doit transposer dans le droit français les directives européennes adoptées en 1990, 90/219 et 90/220. Tout le débat va porter sur le degré d'information du public sur les nouvelles installations étudiant ou fabriquant les OGM, ou sur la dissémination de ceux-ci. Le rapporteur de la loi, Daniel Chevallier, propose notamment d'étendre à ces installations la procédure appliquée depuis une loi de 1976 sur « les installations classées » et qui prévoit une « enquête publique ». On n'a que très rarement vu qu'une telle enquête conduise à empêcher la création de l'usine dont le cas est examiné, mais elle permet d'informer les populations concernées et donne accès au dossier aux associations intéressées. Or, dans le cas des OGM, leurs promoteurs se mobilisent avec force pour faire rejeter la proposition.

Mais alors qu'en Allemagne et en Grande-Bretagne l'industrie ne se cache pas dans la bataille pour assouplir les règles, dans la patrie de Pasteur, ce sont les « savants » qui montent au créneau public, même si, en coulisse, les entreprises agissent intensément. Le député Daniel Chevallier constate : « La pression industrielle est très forte. Je suis surpris par la violence des réactions. » La proposition est votée à l'Assemblée nationale le 25 mai. Dès le 27, Axel Kahn fait paraître un article dans *Le Monde* : « Sous l'effet conjugué de l'européanisation des opinions publiques, du manque d'information du législateur et de l'efficacité de certains groupes de pression, la tentation apparaît, dans notre pays aussi, de remplacer une démarche analytique raisonnée, nourrie de l'expérience de plus de dix ans de développement d'une discipline à laquelle aucun accident – aucun incident même – n'est à imputer, par une attitude de principe aux fondements scientifiques nuls et aux bases idéologiques douteuses. »

L'argument de l'absence d'incident, souvent employé à l'époque, est un accommodement avec la vérité. Car il tait une affaire trouble que les spécialistes du domaine connaissent pourtant alors très bien. Depuis longtemps, la compagnie japonaise Showa Denko fabrique un supplément alimentaire, le tryptophane, à partir d'une bactérie, *Bacillus liquefaciens*. Dans les années 1980, elle a modifié génétiquement cette bactérie pour lui faire produire davantage de tryptophane. Le produit, L-tryptophane, est mis sur le marché aux États-Unis en 1989. Or, une nouvelle maladie survient rapidement, qui provoque la mort de trente-sept personnes et en handicape durablement plus d'un millier. Il s'avère que le L-tryptophane en est exclusivement responsable, et il est retiré du marché. L'enquête aboutit à la conclusion que c'est le changement du mode de fabrication de la firme – elle a supprimé une étape de filtration – qui a laissé passer un contaminant responsable de la maladie. Mais les lots non génétiquement modifiés ne contenaient pas le produit suspect, et l'on ne peut absolument exclure que la bactérie modifiée était elle-même cause du problème. On ne peut l'analyser : Showa Denko en a détruit les cultures… L'enquête n'est pas poussée plus loin.

Dans son article, Axel Kahn précise ce que craignent les scientifiques et industriels français de la proposition d'enquête publique : « La conséquence inéluctable d'une telle crispation maniaque serait (je ne peux me résoudre à dire "sera") le départ de notre pays des entreprises déterminées à relever un défi économique pacifique, mais aux conséquences déterminantes, celui de la maîtrise d'une des technologies maîtresses de l'avenir immédiat. »

En coulisse, les défenseurs de la compétitivité française sonnent à toutes les portes – « Les opposants se sont fait entendre ! s'exclame Daniel Chevallier. J'ai vu défiler dans mon bureau tous les directeurs d'organismes de recherche, publics comme privés. » En Alsace, Greenpeace manifeste le 26 mai contre l'expérimentation d'un maïs de Ciba-Geigy sur une station de l'INRA, à Colmar, dénonçant l'absence d'information du public. L'écho de l'action ne dépasse pas le département.

En juin, quatre prix Nobel et la crème de la biologie moléculaire publient un « appel » demandant « de la façon la plus pressante que la procédure d'enquête publique soit retirée du projet de loi » : celle-ci « va constituer un boulet réglementaire qui aura des effets négatifs si la loi est mal appliquée, ou désastreux si elle l'est à la lettre ». « L'aberration réglementaire », qui fera « obstacle au développement du savoir et à la formation des jeunes », freinera « l'innovation et le progrès médical ». Le sida, bien sûr, est appelé à la rescousse : « Depuis près de vingt ans, [le génie génétique] n'a cessé de faire la preuve de son innocuité. Aucun accident d'aucune nature que ce soit n'a été rapporté. En revanche, des progrès considérables ont été effectués dans de nombreux domaines comme celui des maladies génétiques. Et il ne fait de doute pour personne que, si le problème du sida est un jour résolu, ce sera largement grâce au génie génétique. »

En fait, technocrates et experts jugent le public incapable d'intervenir dans ce domaine : on lit ainsi dans une note du cabinet du ministre de la Recherche en 1991, adressée à Hubert Curien, combien il est nécessaire de ne pas céder « aux sirènes d'une pseudo-démocratie qui consiste à faire participer à la discussion sur les dangers potentiels d'une manipulation génétique des représentants d'associations qui n'auraient pas la capacité d'appréhender la nature même de cette manipulation ».

En face, les députés défenseurs du projet sont faibles. Parmi les écologistes, seule la fédération France Nature Environnement, que préside Patrick Legrand, qui dirige aussi la cellule Environnement de l'INRA, tente de faire entendre ses arguments : « Comme pour le nucléaire, on s'oriente vers la disparition d'un contrôle social sur les activités mettant en œuvre des manipulations génétiques. » L'enquête publique « est actuellement le seul moyen pour le public et les associations d'avoir connaissance de la teneur exacte d'un projet, d'exprimer leur avis ». Enfin, « les disséminations expérimentales seront donc effectuées par des établissements dont les activités ne sont pas connues du public ».

Le rapport de forces est cependant sans appel. Et en juin le Sénat supprime l'amendement incriminé : il n'y aura pas d'enquête publique sur les biotechnologies. Quant à la contrepartie de l'abandon de l'enquête d'utilité publique, à savoir l'information du public, elle sera promptement oubliée : contrairement à ce qu'annonce la loi de 1992, aucun décret ne viendra organiser cette information, « situation d'autant plus gênante, noteront plus tard Pierre-Henri Gouyon et Christine Noiville, que ce n'est qu'au vu des garanties données par le gouvernement en termes d'information du public que le législateur de 1992 a renoncé à imposer une procédure d'enquête publique préalablement à toute dissémination d'OGM ».

La cellule Environnement de l'INRA conclut en ironisant : « 1er postulat : le génie génétique est une science très complexe où, seuls, les quinze chercheurs spécialistes comprennent de quoi ils parlent [...]. 2e postulat : la population s'inquiète de cette science, il ne faut donc pas en parler [...]. 3e postulat : la recherche travaille dans l'urgence. Chaque jour a son importance dans la lutte pour le dépôt des brevets [...]. 4e postulat : quiconque souhaite un débat sur le contrôle du génie génétique veut, en fait, la mort de cette science. »

4 – Des avertissements ignorés

Les mandarins, experts et technocrates ont imposé leur point de vue. Ils ont refusé d'entendre ce qui leur a été dit de manière explicite par plusieurs voix, pas hostiles aux OGM, sur les réticences des citoyens. Dès 1990, le député Daniel Chevallier prévoit lucidement : « Il faut éviter que se répète pour les biotechnologies un scénario qui se développe actuellement en matière d'énergie nucléaire, c'est-à-dire le blocage d'une technique utile et nécessaire, par des phénomènes de peur irraisonnée elle-même fruit de la non-information, de l'imposition autoritaire d'une technologie et du refus du débat démocratique. » D'ailleurs, s'agit-il de peur irraisonnée ? « Les biotechnologies, note le député, entraînent l'intervention directe de l'homme sur son environnement et *in fine* sur lui-même. J'estime donc qu'il est normal qu'un tel défi suscite l'émoi. » Le rapport inventorie avec une grande précision les raisons qui justifient l'adoption de la plus grande prudence à l'égard des OGM.

Le tropisme dominant pousse le député à encourager ceux-ci, au nom du progrès. Cependant, il renouvelle l'avertissement : « Je crains que, si un débat n'a pas lieu à brève échéance en France sur les biotechnologies, un blocage se produise au moment où arriveront sur le marché les premiers produits alimentaires issus d'un processus faisant intervenir le génie génétique. »

Pourtant, la France a une expérience forte du nucléaire, accepté malaisément et par un coup de force continu de l'État et des élites. « Ils adoptent la même démarche que pour le nucléaire, dit Pierre Delacroix, de France Nature Environnement, refus de transparence, refus d'évaluer le risque, refus du dialogue social. C'est effarant de recommencer le même type d'erreurs. » De son côté, Alain Deshayes affirme : « Ne recommençons surtout pas les erreurs que nous avons commises avec le nucléaire. Ne ratons pas, cette fois-ci, le dialogue science-société ! »

Rien de tout cela n'est entendu par les « scientifiques » : dans un rapport de 1993 sur la transgenèse végétale, l'Académie des sciences estime que, « si elle devait se heurter à un blocage autre que scientifique, c'est peut-être l'essor de l'agriculture au XXIe siècle qui se trouverait au moins partiellement compromis ! ». L'Académie ne s'intéresse pas aux risques éventuels de la dissémination des OGM, alors qu'elle consacre des chapitres fouillés aux techniques génétiques et aux applications pratiques. Elle ne prête même pas attention au fait que, selon le sondage européen de 1991 qu'elle cite, le public français juge que les organisations écologistes sont fiables à 64 %, l'école et l'université à 31 %. C'est que l'essentiel est ailleurs : « La recherche d'un équilibre entre les partisans du développement biotechnologique et des opposants particulièrement convaincus s'avère d'autant plus nécessaire et urgente que l'industrie des biotechnologies en Europe investit annuellement près de 4 milliards de dollars. » Il ne faudrait pas que ce bon argent soit perdu. « Il faut porter attention à deux excès possibles, notent les spécialistes au terme du chapitre intitulé "Considérations éthiques sur la transgenèse" : le blocage de la recherche à un moment donné par un surcroît de réglementation, et surtout le frein abusif à une évolution. L'intervention du législateur dans le domaine de la science est devenu nécessaire. Mais elle ne peut s'exercer utilement qu'à la condition d'être souple, de s'adapter au progrès. » Le progrès : apparemment, les académiciens n'en connaissent qu'une définition. La leur.

Chapitre 6

À l'assaut du marché

1 – La tomate de tous les espoirs

Au début des années 1990, la poignée de firmes qui se sont accrochées aux biotechnologies agricoles y croient fermement et préparent impatiemment l'entrée sur le marché. Un marché, apprend le *Wall Street Journal* d'« un grand groupe du secteur », qui pourrait représenter pour le seul continent européen 40 milliards d'écus [euros] en l'an 2000 et créer 1,6 million d'emplois. Rien ne semble devoir empêcher l'exploitation de ce pays de cocagne. Toutes les autorités vantent les promesses des produits biotech, telle l'American Medical Association, qui se prononce en 1990 sur l'innocuité de produits qui n'existent pas encore... En mai 1992, l'administration Bush adopte une politique qui renouvelle le postulat reaganien : il n'y a pas de différence de substance entre un aliment transgénique et un autre ; aucun étiquetage n'est nécessaire, non plus que des essais de sécurité particuliers ; les compagnies ne sont pas obligées d'informer la FDA de la mise sur le marché d'un produit OGM, mais sont invitées à la consulter volontairement. 80 % des quelque 5 000 commentaires qui ont été envoyés par le public lors de la préparation de ce texte demandaient l'étiquetage des produits transformés ; on n'en tient bien sûr pas compte.

Parmi les prétendants au pactole, Calgene.

C'est une start-up californienne – typiquement californienne : vibrante, enthousiaste, amicale. On ne chôme pas, on travaille dur, on veut gagner, mais sans l'agressivité froide des équipes de Monsanto. Elle a été créée en 1980, et est dirigée par Roger Salquist, qui a été officier sous-marinier. Calgene est dynamique et, surtout, très inventive.

Elle réalise le premier tabac résistant au Roundup, manipule le coton pour lui faire supporter l'herbicide Bromoxynil de Rhône-Poulenc, transforme le colza pour lui faire produire une huile proche de celle de la noix de coco. « Ils se sont rapidement tournés vers la composition du produit final, dit Willy de Greef, ils ont essayé de modifier la composition en acides gras des huiles végétales, ils ont travaillé la qualité des fibres du coton. Ça n'a mené à rien, mais il fallait essayer pour le savoir. On connaissait très peu de chose sur les mécanismes moléculaires qui gèrent le produit final. » La société passe des contrats de recherche avec de grandes compagnies, avec Rhône-Poulenc pour le coton résistant au Bromoxynil, avec DeKalb pour un maïs résistant au Roundup, avec Campbell, le fabricant de soupes, pour une tomate améliorée.

Mais en 1986, à la différence de ses confrères belges de PGS, Calgene choisit de tenter la grande aventure : elle ne veut plus se contenter de mettre au point des technologies vendues ensuite à de grande sociétés, mais les exploiter elle-même pour en commercialiser les produits auprès du public. Le tournant est pris en 1986, quand Calgene lève en Bourse 32 millions de dollars, commence à acheter des petites sociétés de semences de soja ou de coton et obtient de Campbell de pouvoir exploiter sur le marché des primeurs la tomate sur laquelle elle travaille.

Calgene cherche, comme d'autres équipes, à modifier la tomate de façon à en retarder le pourrissement. Ainsi l'on pourra cueillir la tomate mûre. L'usage veut qu'elle soit le plus souvent cueillie verte, pour pouvoir supporter le temps d'acheminement jusque sur l'étal du commerce : on la fait mûrir artificiellement en la soumettant à une ambiance de gaz éthylène. En fait, les chercheurs ont découvert que le mûrissement de la tomate est lié à une enzyme appelée polygalacturonase. En neutralisant le gène qui la commande, on bloquerait la production de l'enzyme et la tomate mûrirait plus tard. On pourrait donc la consommer à point, elle serait plus savoureuse que les tomates habituelles, donc pourrait être vendue plus cher – et compte tenu de l'importance du marché de la tomate, Calgene imagine que les millions de dollars viendront à foison.

Le gène est isolé en 1988, la tomate génétiquement modifiée est prête en 1992. Mais, dès avant cette date, Salquist a décidé de la faire connaître. Et comment mieux le faire, quand on est une petite entreprise inconnue, qu'en prenant l'initiative de demander l'approbation de la FDA, qui assurera que la nouvelle tomate est parfaitement sûre ? De plus, pensent les dirigeants, cette démarche calmera les inquiétudes que pourrait inspirer dans l'opinion un rapprochement avec l'affaire du L-tryptophane. Calgene n'est pas suivie par les autres entreprises intéressées par les OGM, lesquelles pensent au contraire qu'il faut éviter de braquer les projecteurs sur les nouveaux aliments. La firme de Davis est donc seule, en 1990, à demander une « opinion consultative » à l'Agence de Washington. Calgene demande d'abord à la FDA d'approuver l'usage du gène de résistance à l'antibiotique kanamycine, qu'elle utilise dans ses différentes constructions génétiques, tomate, mais aussi coton et colza, comme, d'ailleurs, de très nombreuses autres compagnies.

L'obtention du feu vert de l'Agence, qu'a racontée dans un document exceptionnel une chercheuse de Calgene, Belinda Martineau, ne va pas sans mal. Car la FDA est soumise à la pression d'opposants compétents : si Rifkin, en pleine bagarre contre la BST, élargit sa *Pure Food Campaign* à la tomate de Calgene, ce qui suscite l'intérêt des médias, il a trouvé des alliés capables de décortiquer précisément le dossier scientifique : Margaret Mellon, de la National Wildlife Federation, Rebecca Goldburg, d'Environmental Defense Fund, Jane Rissler, de l'Union of Concerned Scientists, épluchent les documents soumis à la FDA et en pointent précisément toutes les inconnues. De leur côté, les chercheurs de Calgene jouent le jeu.

Les critiques estiment que le gène de résistance à la kanamycine pourrait se diffuser aux bactéries du sol qui acquerraient de ce fait la résistance, risquant alors de se généraliser. En fait, cette question est aussi ancienne que les manipulations génétiques : elle est citée dans la lettre de Paul Berg de 1974 appelant à un moratoire des expériences de génie génétique. L'inquiétude est d'autant plus justifiée que l'on sait déjà que l'emploi excessif d'antibiotiques multiplie les résistances des bactéries à leur endroit, ce qui conduit cette classe essentielle de médicaments à perdre de son efficacité. L'emploi abusif d'antibiotiques dans l'alimentation animale est analysé dans une étude officielle de la FDA dès 1972. En 1983, plus de trois cents chercheurs signent une pétition du Natural Resources Defense Council demandant l'interdiction de l'usage d'antibiotiques dans l'alimentation animale. Quelques années plus tard, Stuart Levy, de l'université Tufts, à Boston, montre en laboratoire que les bactéries peuvent facilement opérer le transfert de gènes entre espèces et déconseille l'usage de gènes de résistance aux antibiotiques hors du laboratoire.

La question n'est donc ni nouvelle ni infondée. Tout l'effort des promoteurs des OGM – et, pour l'heure, de Calgene – consiste à démontrer que la probabilité de transfert du gène vers les bactéries est suffisamment faible pour ne pas ajouter significativement à une résistance qui se transmet par quantité d'autres voies. Mais ce qui paraissait au départ comme un travail assez aisé, devant durer quelques mois à peine, se montre plus ardu que l'on ne s'y attendait. Car la construction génétique transférée dans la tomate se révèle moins maîtrisée que prévu. Il faut résoudre plusieurs problèmes inattendus, comme le fait que les chercheurs trouvent dans la descendance de la plante transformée des séquences génétiques qu'ils n'y ont pas volontairement introduites – il s'avère que cela découle d'une erreur d'identification des plantes cultivées. Plus tard, des rats nourris de la tomate de Calgene présentent des lésions stomacales. Les chercheurs concluent que l'anomalie se retrouve si l'on nourrit les rats avec d'autres tomates. On découvre aussi que la construction génétique transférée comporte des éléments imprévus, sans que cela ait rien à voir, cette fois-ci, avec des erreurs de tri de semences. Finalement, ce n'est qu'au bout de presque quatre ans, en mai 1994, que la tomate de Calgene reçoit l'approbation de la FDA.

Pourtant, la réglementation ne représente qu'une partie de l'affaire. Car, pour vendre une tomate, il faut savoir… la cultiver, l'empaqueter, l'expédier, la distribuer, toutes tâches dont les crânes d'œuf californiens avaient mal mesuré la difficulté. Ils se font aider par des compagnies spécialisées, mais tout ce travail se révèle beaucoup plus coûteux que prévu. Et ce, d'autant plus que la fameuse amélioration génétique ne fonctionne pas exactement comme elle le devrait : elle ne rend pas les tomates mûres plus fermes au moment de la cueillette, il faut donc les cueillir vertes comme les autres. Ce n'est qu'en fin de parcours, chez le consommateur, qu'elles résistent mieux au pourrissement. Le gain économique et gustatif est donc beaucoup plus faible qu'espéré. La tomate est vendue plus cher que ses concurrentes. Elle reçoit certes un bon accueil auprès du public, mais son coût de production est supérieur à son prix de vente, et plus il se vend de tomates, plus Calgene perd de l'argent. Des 270 millions de dollars levés depuis sa naissance, il ne reste pas grand-chose. Et Calgene doit baisser pavillon : Monsanto rachète en mars 1996 49,9 % du roi de la tomate maudite, avant d'en prendre le contrôle en janvier suivant. Les dirigeants de Saint Louis sont moins intéressés par la tomate que par le savoir-faire de Calgene, particulièrement sur le coton et sur le colza.

Entre-temps, d'ailleurs, le commanditaire originel de Calgene, Campbell, s'est retiré du jeu. La firme avait conservé l'idée d'utiliser la tomate de Calgene pour faire des purées et des soupes. L'enjeu n'est pas mince : gagner 1 % de taux de matière sèche représenterait un gain estimé à 80 millions de dollars par an sur le traitement des tomates pour les préparations de soupes ou de sauces. Mais la polémique fait reculer la compagnie : début janvier 1993, elle écrit à Jeremy Rifkin qu'elle n'utilisera pas la tomate OGM.

En revanche, en Grande-Bretagne, Zeneca, une division du groupe chimique ICI, lance en 1996 des purées d'une tomate transgénique réalisée à partir de la technologie développée par des chercheurs de l'université de Nottingham. Zeneca a très bien préparé son lancement, en travaillant avec les agriculteurs, les transformateurs, les distributeurs. De grandes chaînes de supermarchés comme Safeway ou Sainsbury vendent sans regimber ses produits sous leur marque. Le prix en est d'ailleurs fixé en dessous de celui des concurrents, même si le coût de production n'est pas moindre. Pourtant, la tomate ne convainc pas les industriels. Nestlé, qui fabrique de la sauce tomate, la teste sur ses procédés de fabrication – et la rejette : le cahier des charges n'est pas respecté, il n'y a pas d'augmentation de la matière sèche, l'OGM n'apporte rien à la compagnie.

Cependant, la purée de Zeneca possède un atout qui manquait à la tomate de Calgene : comme les tomates y ont été broyées, la construction génétique a été dénaturée et elle ne soulève pas les mêmes questions de sécurité alimentaire. Zeneca a décidé d'annoncer clairement la couleur : la boîte de conserve porte de façon très lisible la mention *« made with genetically modified tomatoes »* (« fabriqué avec des tomates génétiquement modifiées »). L'information ne rebute pas le consommateur anglais, au contraire, tandis qu'elle désarme les opposants : « Ils ne pouvaient pas dire grand-chose, note Andy Coghlan, journaliste au *New Scientist*, parce que si les gens n'en voulaient pas, ils ne l'achetaient pas, et voilà tout. »

2 – Un gourou chez Monsanto

Pendant que Calgene se débat avec ses tomates maudites, chez Monsanto on s'agite. En 1992, Richard Mahoney s'impatiente : la recherche biotechnologique doit maintenant lui fournir des produits ! Monsanto est alors la seule compagnie pharmaceutique à perdre de l'argent. Le produit Simplesse, un substitut de graisse, lancé en 1991, ne rencontre pas le succès escompté. En partie du fait des opposants, la BST attend encore son autorisation administrative. Il y a une autre raison de s'inquiéter : le brevet du Roundup tombera dans le domaine public en 2000, des concurrents pourront commencer à produire l'herbicide. Or, s'il ne représente qu'un quart du chiffre d'affaires de la compagnie (9 milliards de dollars en 1995), il génère la moitié de ses 985 millions de dollars de marge nette *(operating revenue)*.

Deux produits approchent de la rampe de lancement : le coton Bt et le soja résistant au Roundup. Une équipe de commercialisation des produits OGM est créée. Le soja obtient son autorisation de commercialisation le 19 mai 1994. La technologie est prête, les produits sont là, la stratégie est claire. Il ne reste plus, pour mettre le tableau en musique, qu'à nommer un brillant chef d'orchestre. Ce sera Bob Shapiro. Il remplace Richard Mahoney au poste de CEO en 1995.

Il vient de chez Searle, où il a assuré le lancement et le succès de Nutrasweet, un édulcorant à base d'aspartame. Quelle étrange résonance avec le passé ! La saccharine était le premier produit de la compagnie, en 1901 – la production en a été arrêtée en 1972, faute de rentabilité. Avec l'inventeur du Nutrasweet, l'équivalent moderne de la saccharine, est-ce une renaissance de Monsanto qui s'amorce, fondée sur la biotechnologie ? Ou faut-il se rappeler une autre tranche de la vie de Monsanto, soigneusement oubliée ? En 1952, la firme de Saint Louis a lancé le Krilium : ce polymère soluble est présenté comme un régénérateur de sol miraculeux. Il s'agit d'un polymère soluble, le polyacrylamide. Le *New York Times* est convaincu par la présentation de l'entreprise, et en fait un de ses sujets de une, le 30 décembre 1951, en titrant : « Un nouveau produit restaure la productivité du sol en quelques heures au lieu de quelques années ». Les créateurs du polymère n'y vont pas avec le dos de la petite cuiller : « Les chercheurs présents à la réunion ont exprimé l'idée que le nouveau conditionneur de sol pourrait s'avérer une arme contre le communisme plus puissante que la bombe atomique, puisque le communisme prospère chez les peuples qui vivent sur des sols ne produisant plus assez pour les nourrir. » Hélas pour le monde libre : il faut employer des quantités très importantes, donc coûteuses, de Krilium pour que ses qualités se fassent sentir, et le produit qui devait transformer l'agriculture mondiale est retiré de la vente en 1958. Mais pourquoi exhumer ces vieux souvenirs ? Le futur n'a pas de mémoire.

Surtout pas pour Bob Shapiro, un des plus extraordinaires héros de l'histoire des OGM, un missionnaire de la trempe de Rifkin, un meneur d'hommes capable de multiplier leur énergie en les persuadant qu'il les rend meilleurs, un visionnaire puissant qui croit que son rêve est la réalité. On pourra tout reprocher à Shapiro. Mais pas d'avoir manqué de passion.

Quand il prend les rênes de la compagnie, pourtant, il n'a rien fait de réellement marquant. Son parcours reflète l'aisance d'un dilettante doué plutôt que la hargne d'un ambitieux monomaniaque. Il est né en 1939 à New York d'une famille aisée – son père, juriste, sera président de General Instrument. Il suit des études de droit à Harvard, puis à la Columbia University Law School, dont il est diplômé en 1962. L'ambiance de ces lieux sacrés de la bonne société américaine le surprend, dit-il, et il trouve plus d'agrément à gratter sa guitare que dans leur compagnie. Il lui arrive, dans ce tout début des années 1960, de jouer avec Joan Baez, qui étudie à Boston. L'université se passe, et voilà Shapiro dans l'administration Johnson – une présidence démocrate qui rêve de créer la « grande société » tout en s'enlisant au Vietnam. Il enseigne ensuite le droit à Boston et à Madison, près de Chicago, tout en étant avocat dans un cabinet de New York. Puis il entre comme conseiller juridique avec le titre de vice-président dans la boutique de son papa, General Instrument, où il acquiert le goût des affaires. Et le voilà, en 1979, directeur juridique d'une entreprise pharmaceutique de Chicago, Searle, alors dirigée par Donald Rumsfeld. Celui-ci a été secrétaire d'État à la Défense du président Gerald Ford, et le sera à nouveau, plus tard, pour George W. Bush, après avoir dirigé, après Searle, General Instrument.

Parmi les dossiers que suit le directeur juridique, il y a celui d'un nouveau produit, l'aspartame, un succédané du sucre. En principe, ce doit être une mine d'or dans cette Amérique où les gens boivent des tombereaux de boissons sucrées tout en regrettant de grossir. Mais l'aspartame voit pendant plusieurs années son autorisation bloquée par la FDA, du fait de plusieurs études suggérant qu'il pourrait avoir des effets secondaires nocifs. Expertises et contre-expertises se multiplient sur l'innocuité de l'édulcorant, sans qu'il soit aisé de se faire une opinion définitive. Mais tout le processus est entaché de doutes sur l'impartialité de la FDA par rapport à des preuves scientifiques suspectes fournies par Searle – l'affaire donnera lieu à des auditions au Congrès et à un rapport du GAO (Global Accounting Office). Les actes reprochés à Searle se sont produits, pour l'essentiel, avant l'arrivée de Shapiro. Mais celui-ci ne peut les ignorer. Toujours est-il que l'autorisation finit par être accordée quand le responsable de la FDA est remplacé début 1981 : Donald Rumsfeld a rejoint l'équipe de transition du nouveau président Ronald Reagan, ce qui lui donne quelque moyen d'influence pour faire nommer des fonctionnaires plus compréhensifs, surtout quand le nouveau président entend alléger le poids de l'État et de ses règles. Un des premiers actes du nouveau commissaire nommé à la FDA, Arthur Hayes, est d'approuver la consommation d'aspartame. Deux ans plus tard, Hayes démissionnera après que son usage répété d'avions privés de la compagnie General Foods aura fait scandale; il sera engagé par Burson-Marsteller, la firme de relations publiques qui gère la communication de Searle.

L'obstacle de la FDA franchi, Shapiro va organiser le succès commercial du faux sucre, auquel il donne un nom plus amical, Nutrasweet. Une filiale, Nutrasweet Group, est créée en 1982, dont il est nommé président. Il réussit un joli coup : il obtient de Coca Cola que celle-ci indique sur les canettes de Diet Coke le nom de Nutrasweet. Cela assure une visibilité importante au nouveau produit, dont il peut alors lancer la campagne marketing.

Monsanto acquiert Searle en 1985. La société de Saint Louis veut se diversifier dans la santé et l'alimentation. Richard Mahoney repère vite Shapiro – « Il était très intelligent, très brillant, je l'aimais bien », dit-il –, et il lui donne des responsabilités – lui confiant la division Agriculture en 1990. Quand Mahoney se prépare à la retraite, « je l'ai présenté au conseil comme mon candidat », le conseil accepte et voilà Shapiro aux commandes à l'heure où la commercialisation des premières plantes transgéniques se prépare.

Si, au fond, il reste dans la ligne stratégique tracée par son prédécesseur, Shapiro va lui insuffler une foi qui transforme la politique industrielle soigneusement pesée en une aventure collective. Il vient donner un coup de baguette magique à une citrouille qui ne demande qu'à devenir carrosse – et la triste Monsanto, la froide entreprise chimique, le dur pollueur aux mains poisseuses de PCB et de dioxine se mue en une start-up biotechnologique œuvrant pour le bien de la biosphère. Il détonne d'entrée de jeu par le style. « Avant lui, explique un cadre de Monsanto, Tom Nickson, on était très hiérarchisés. Il y avait deux niveaux de management, puis deux niveaux de direction et, au-dessus, les vice-présidents. Tous les managers portaient des vestes bleues de sport et des pantalons gris; au niveau directorial, ils avaient tous des complets avec des chemises à monogramme – vous pouviez presque dire à quel niveau étaient les gens d'après leur uniforme. Soudain, Shapiro est arrivé et ce formalisme s'est effondré : vous pouviez croiser un vice-président avec un crayon dans sa poche de chemise. » Shapiro prononce ses discours en chandail ou en polo, signe le rapport annuel « Bob » plutôt que « Robert », reçoit *Fortune* sans cravate – la journaliste note qu'il porte un T-shirt noir sous sa chemise Oxford brune.

Il bouscule la hiérarchie. La dizaine de dirigeants les plus gradés siègent dans des bureaux isolés du personnel, lambrissés de bois précieux, avec un salon à grande cheminée et des fauteuils de cuir mimant un club anglais ? Il leur fait abandonner le « D building » – qui devient une espèce de centre social – et les déplace au sommet du bâtiment 1, au contact des employés. « Tout le monde avait les mêmes bureaux, on brisait les cloisons, c'était plus ouvert. » D'ailleurs, Shapiro goûte les thérapies de groupe – ou les confessions à la mode révolutionnaire : pour obtenir l'homogénéité du cercle des dirigeants, il organise une séance où chacun doit décrire ses forces et ses faiblesses, et écouter les remarques des autres. L'exercice dure treize heures… Il emmène vingt-cinq cadres à un séminaire dans le Colorado écouter des experts écologistes de l'Aspen Institute leur décrire un monde en péril : « Je leur ai demandé : "Allez, réfléchissez à ce qui arrive à la planète, et revenez avec des idées sur ce que cela signifie pour Monsanto. Avons-nous un rôle à jouer ? Et si oui, lequel ?" »

Il organise un psychodrame à plus vaste échelle dans un grand hôtel de Chicago, en juin 1995. Cinq cents employés représentatifs de tous les services et de toutes les filiales se retrouvent dans un *Global Forum* de trois jours où, dans une atmosphère fusionnelle, les experts leurs décrivent les défis de l'avenir, les communicants les poussent en atelier à s'exprimer et à dire ce qu'ils peuvent apporter, Shapiro leur décrit le nouvel âge de Monsanto et du monde. Les photos de l'événement montrent les employés enthousiastes levant le bras comme dans un prêche de Bill Graham, dansant avec énergie, discutant assidûment. L'énergie irrigue la rencontre où le nouveau boss leur a ouvert les chemins du futur. Et voilà que, le dernier soir, une toxicologiste, Rebecca Tominack, vient vers Shapiro, et dit : « Je veux que vous sachiez que je suis avec vous. Et comme témoignage de loyauté, je veux vous donner ceci. » Elle enlève de son cou la ficelle portant le badge qui l'identifie, elle le lui passe autour du cou. Et c'est maintenant plus d'une centaine des chevaliers de Monsanto qui viennent sacrer leur seigneur, dans un étonnant serment d'allégeance qui tient plus des lumières féodales que du capitalisme rapace où brûlent tant de vanités.

Shapiro, c'est sûr, est un cas. Aux rares journalistes qu'il accepte de rencontrer, il parle si énergiquement qu'il cogne ses lunettes en agitant les bras. Il doit aussi refouler ses larmes quand il décrit à Michael Specter, du *New Yorker*, tout ce que les OGM peuvent faire pour la Terre et pour l'humanité. Il enthousiasme les gens. Il leur donne des responsabilités, il les implique, il crée des *sustainability teams*, « équipes de développement durable », pour voir comment ses nouvelles idées pourraient irriguer l'entreprise. « Il pensait, explique Gary Barton, un directeur de la communication de Monsanto, que face à une forte compétition il fallait des réactions rapides. Il a lancé nombre de programmes de formation soulignant l'importance des gens, des talents, de l'équipe. Il donnait aux gens le sentiment qu'ils avaient du pouvoir, le pouvoir de faire les choses. » Un cadre français, Yann Fichet, renchérit : « Il était possible de s'exprimer, d'avoir des idées, c'était intéressant. Beaucoup de personnes l'ont suivi là-dessus. »

Cela se traduit par un changement d'organisation : plutôt qu'un système vertical, Shapiro met en place des équipes par projet, regroupant un technicien, un commercial, un juriste, un financier. Il veut « organiser les gens de façon à les rendre capables de coordonner leur action sans gâchis et sans système de contrôle envahissant, ni trop définir au préalable le travail à accomplir ». Pour lui, « les entreprises ne sont plus des machines. Nous avons des milliers d'agents indépendants essayant de se coordonner parce que c'est leur intérêt de le faire ».

L'implication de tous passe aussi par une forte stimulation financière : les cadres sont invités à acheter des actions avec de l'argent prêté par l'entreprise. Si, dans les cinq ans, la compagnie se place parmi les entreprises situées dans le premier quart de l'indice boursier Standard & Poor, le prêt sera effacé, sinon il faudra le rembourser… Shapiro lui-même s'est engagé pour 6 millions de dollars – un sacrifice après tout supportable pour un homme qui gagne plus de 20 millions de dollars en 1997. Mais Shapiro ne semble pas un de ces patrons cupides dont les fortunes insensées remplissent la chronique économique des années 1990. Il est porté, bien plus que par l'appât du gain, par une vision.

Pour lui, l'environnement court à la catastrophe. La biotechnologie va sauver la biosphère des périls écologiques. « La technologie est la seule alternative face à deux désastres : ne pas nourrir les gens – laisser la mécanique malthusienne dérouler son effet magique sur la population –, ou une catastrophe écologique. » Il veut que Monsanto « invente de nouveaux *business* autour du concept de développement durable », qui « deviendra un des principes organisateurs autour duquel Monsanto et beaucoup d'autres institutions vont probablement se redéfinir à l'avenir ». Le monde est limité, nous commençons à toucher ses limites, et « cela va changer fondamentalement l'économie, les prix, et ce qui est socialement acceptable ».

Shapiro établit un lien entre environnement et société de l'information : « la substitution de l'information à la matière est essentiel à la soutenabilité ». Le gène – l'information – remplace la matière – le pesticide. D'ailleurs, « la biotechnologie est en fait un sous-ensemble de la technologie de l'information, parce que cela concerne l'information encodée dans l'ADN ». (L'image est reprise par un ses chercheurs : pour Robert Fraley, la graine est le *hardware*, et le gène inséré le logiciel.) Et, comme le code génétique est universel, les « sciences de la vie » vont fondre les trois domaines aujourd'hui séparés : agriculture, chimie, santé. « Nous avons plaisir à imaginer, poursuit Shapiro, comment les usines chimiques vont être remplacées par des champs où pousseront des plantes capables de produire des produits chimiques. » De même, les végétaux transgéniques fourniront les médicaments utiles aux humains.

Il n'y a pas le choix, affirme Shapiro : « Le début du XXIe siècle verra une lutte entre la technologie de l'information et la biotechnologie, d'un côté, et la dégradation de l'environnement, de l'autre. » Et son rêve d'homme d'affaires, c'est de faire de Monsanto le Microsoft de la génétique, de dominer son industrie parce qu'il en maîtrisera le système d'exploitation. Car l'idée que la biotechnologie sauve l'environnement en remplaçant les sales processus chimiques par la délicate interaction du vivant ne se sépare pas chez lui d'une vision d'entrepreneur. Ayant compris avant les autres comment la génétique unifie les activités, Monsanto en tirera profit plus tôt que les autres. Dans l'agriculture, les OGM permettront de capter la plus-value générée par l'industrie agroalimentaire dans la transformation des matières premières agricoles. C'est tout l'enjeu du développement des caractères génétiques tels que la variation du taux de matière sèche dans la tomate, la viscosité de la pâte, la teneur en acides gras. On va aussi intégrer pharmacie et agro-industrie – ce qui permettra de faire des économies d'échelle dans la recherche. D'ailleurs, le marché est beaucoup plus intéressant : dans le monde, la pharmacie pèse environ 250 milliards de dollars, les pesticides 20 milliards, et les semences 15.

Alors, on annonce des plantes qui fourniront des plastiques biodégradables, des substances réduisant le cholestérol, des huiles de colza et de soja enrichies en acides aminés contre les maladies cardio-vasculaires, des maïs fournissant des anticorps contre le cancer. Les compétences pharmaceutiques de l'entreprise lui permettront de vérifier que le produit est sans danger, et il pourra être vendu soit pour la production agricole, soit comme supplément alimentaire. Et mieux encore : la connaissance du génome humain permettra de connaître les prédispositions à telle ou telle maladie, à partir de quoi on développera des aliments qui atténueront le risque qu'elles ne surviennent. Jusqu'à présent, on faisait des remèdes combattant le mal ; bientôt, on produira des aliments qui le préviennent.

En 1998, Shapiro dévoile le nouveau slogan de l'entreprise : *« Food, health, hope »* – « Aliment, santé, espoir ». Avec cet homme, Monsanto va connaître la plus exaltante et la plus dure aventure qui soit : la montée jusqu'au sommet du ciel – et la chute.

3 – Le triomphe des OGM

On ne saisit pas tout à fait l'affaire des OGM si l'on néglige la magie qu'ils représentent pour le milieu agricole. Les plantes résistant au Roundup, par exemple, sont une vraie surprise – un acte contre nature, une impossibilité. C'est comme si quelqu'un avalait une assiette de cyanure et vous regardait en souriant largement. Yann Fichet, directeur technique de Monsanto France, se rappelle avoir vu pour la première fois des colzas résistant aux Roundup dans les serres de Chesterfield, au début des années 1990 : « Une plante en pleine santé alors qu'elle a reçu des litres d'herbicide, on se dit : "Il y a un truc, c'est du pipeau." Et plus tard, quand on faisait les essais dans les champs et qu'on montrait les betteraves magnifiques aux clients, ils n'en revenaient pas, c'était l'ébahissement. »

Cette surprise va se répandre dans les champs américains comme une traînée de poudre. On ne tient aucun compte des réserves qu'expriment les scientifiques, comme lors de ce colloque à Monterey, en Californie, en novembre 1994, sur les résultats des essais en champ, et que *Science* résume ainsi : « Les essais ont produit des données insuffisantes sur les risques transgéniques. » Pendant l'été 1995, les noctuelles – des petits papillons nocturnes, la plaie du coton de grande culture – envahissent les champs de coton dans l'Alabama et le Mississippi. Monsanto annonce son coton Bollgard, dans lequel est inséré le gène insecticide de *Bacillus thuringiensis*. En octobre, l'EPA donne son autorisation. On peut vendre. Au printemps 1996, la semaison commence – c'est un énorme succès. La même année, Monsanto propose son soja résistant au Roundup et, au Canada, un colza résistant à l'herbicide. Ciba et Northrup King présentent un maïs Bt, Northrup King, utilisant la technologie de Monsanto. Asgrow, un semencier spécialiste du soja, commence lui aussi à vendre un soja résistant au Roundup. Pour tous, le succès est au rendez-vous.

D'entrée de jeu, l'activité est rentable pour Monsanto, même si le chiffre d'affaires des semences de coton et de soja transgéniques est encore assez peu élevé en 1996 – 45 millions de dollars. Les ventes d'herbicides, en revanche, reprennent une allure verticale : le Roundup taille des croupières aux autres herbicides, tel le Pursuit de Cyanamid ou le Touchdown de Zeneca, la concurrence doit massacrer ses prix pour tenter de sauver quelques parts de marché. 1997 ne fait que confirmer le succès des OGM sur les marchés nord-américains, alors que Pioneer, DeKalb, Monsanto introduisent des maïs transgéniques résistant à la pyrale. Les années suivantes confirment le succès : partie de 1,7 million d'hectares en 1996, la surface cultivée en plantes transgéniques passe à 11 millions en 1997, 28 en 1998, 40 en 1999, dont la moitié en soja OGM. Monsanto domine largement ce nouveau marché, directement ou indirectement, par la vente à d'autres semenciers du droit d'usage de ses constructions génétiques dans les variétés qu'ils diffusent. La conquête est incroyablement rapide, on n'a jamais vu une innovation agricole s'imposer aussi vite.

Chez Monsanto, dit Bob Horsch, « nous avons ressenti de la fierté, et de la surprise ». La presse économique célèbre Monsanto : *Fortune*, le *Wall Street Journal*, la *Harvard Business Review* viennent voir ce Shapiro, ce patron magicien qui affirme qu'on peut à la fois « être bon pour les gens, bon pour la planète, et bon pour les actionnaires ». La Bourse applaudit : en 1995, le cours de l'action de Monsanto a grimpé de 74 %, et gagne de nouveau 71 % dans les dix premiers mois de 1996, dépassant le cours de Dow Chemical, dont le chiffre d'affaires est cependant deux fois plus important. À 40 dollars début 1997, l'action est cotée vingt-quatre fois son dividende. Elle va encore monter, jusqu'à 64 dollars en août 1998 – l'Anapurna, l'Everest de Shapiro, d'où il aura contemplé des horizons que les autres hommes n'imaginent même pas, avant de retomber vers la plaine, la glaise, et ses soucis.

Le succès des premières commercialisations suscite l'enthousiasme de l'industrie. Les professionnels sont persuadés que, dans quelques années, toutes les cultures seront transgéniques. C'est à peine si l'on remarque que PGS a choisi durant l'été 1996 le bon moment pour se vendre et livrer ses constructions génétiques à Agrevo, une filiale de Hoechst, qui verse 725 millions de dollars aux astucieux chercheurs belges. Les OGM auront fait quelques heureux. Les autres joueurs suivent en se bousculant la locomotive de Saint Louis. Pioneer, notamment, qui est présent au moyen de la technologie Monsanto, dont il a acheté à un prix assez faible le droit d'usage sur ses variétés de maïs. Ciba-Geigy, de son côté, commercialise aux États-Unis le maïs transgénique qu'il a mis au point. La construction génétique en comporte un gène de résistance à l'ampicilline, un antibiotique utilisé en thérapie humaine – Calgene avait essayé, écrit Belinda Martineau, d'en dissuader la firme de Bâle, mais sans succès.

Et – Shapiro aurait-il totalement raison ? – les écologistes américains sont plutôt favorables à ces plantes transgéniques. Au début, explique Larry Bohlen, de la branche américaine de Friends of the Earth, « on pensait que les OGM étaient bons pour l'environnement, parce qu'ils utiliseraient moins de pesticides. Carl Pope, le directeur du Sierra Club, était de ceux-là ». La neutralité des mouvements écologistes avait déjà été notée par Mahoney : il avait rencontré plusieurs de leurs dirigeants, sans pourtant arriver à les convaincre de soutenir Monsanto. Alors, il ne resterait que Rifkin ? Même pas. « On a fait une erreur, regrette celui-ci : on sortait des campagnes sur l'hormone laitière, sur la tomate, on manquait de ressources et de temps. Je me focalisais sur d'autres sujets. Et je ne pensais pas que Monsanto irait si vite. J'ai été pris de vitesse. » Si même l'adversaire le plus redoutable des biotechnologies baisse les bras, qui pourrait arrêter la révolution transgénique ?

4 – Des utopistes… brutaux

Portée par son histoire, par son succès éclatant, par la vision que lui a insufflée Shapiro, l'entreprise développe un sentiment de supériorité absolue. « Nous sommes les experts, écrit Robert Shapiro. Nous savons que nous avons raison. Évidemment, les “anti” ne comprennent pas réellement la science et sont aussi évidemment animés par un motif caché – probablement détruire le capitalisme. » Monsanto adopte une attitude arrogante et brutale à l'égard de tous les autres acteurs du champ et, sans s'en rendre compte, du public. Cela est d'ailleurs ressenti de longue date par ses partenaires. « À PGS, on les respectait beaucoup sur le plan scientifique, dit Willy de Greef, ils étaient très forts, ils avaient une équipe de qualité mondiale, mais on n'aimait pas leurs méthodes, ils étaient très agressifs. Il fallait négocier avec eux des échanges de licence, il était toujours très difficile d'arriver à une situation *win-win*, gagnant-gagnant. Il ne leur suffisait pas de gagner, il fallait que l'autre perde. » Chez Novartis, le directeur de la communication, Arthur Einsele, dit au journaliste Bill Lambrecht : « Ils arrivent dans la pièce à dix, et ils poussent, ils poussent, ils poussent… Ils causent des problèmes avec leur attitude. » L'ancien président de l'Union des industries de protection des plantes, en France, dit quant à lui : « Monsanto a toujours été une société conflictuelle, particulièrement agressive à l'égard de ses concurrents. »

Dure dans les relations professionnelles, Monsanto est aussi une société qui ne connaît pas le grand public, le consommateur final. Les rares fois de son histoire où elle a tenté de pénétrer le marché de grande consommation, comme avec la lessive anti-moussante *all* au début des années 1950, la greffe n'a pas pris. La puissante société chimique – qui vend des biens intermédiaires à d'autres entreprises – a, en revanche, une longue expérience des coulisses du pouvoir. Cela remonte à la Seconde Guerre mondiale quand, comme toute l'industrie chimique, Monsanto est mobilisée pour fournir les matières premières indispensables à l'effort de guerre, peintures spéciales, agents plastiques, aspirine, et une usine entière de styrène monomère, nécessaire pour fabriquer le caoutchouc synthétique des pneus de Jeep. La compagnie s'engage aussi dans des projets plus délicats : deux usines prévues pour fabriquer des armes chimiques sont ainsi mises sur la table à dessin, avant que l'armée n'annule les contrats – pour raison de victoire – en 1945. En revanche, la firme chimique participe à la fabrication de plutonium dans le cadre du projet Manhattan et maintient un laboratoire en 1947 dans le complexe nucléaire fédéral d'Oak Ridge. Monsanto a été un fournisseur, parmi d'autres, du centre de recherche sur les armes biologiques de l'armée américaine à Fort Detrick dans les années 1960 – un endroit où l'on a notamment étudié les moyens de propager les maladies des céréales. Pendant la guerre du Vietnam, Monsanto fournit 30 % de l'agent orange à l'armée. Ainsi, sans être au cœur du complexe militaro-industriel, l'entreprise de Saint Louis a toujours conservé des liens avec le pouvoir fédéral. Le journaliste Bill Lambrecht, du *St. Louis Post Dispatch*, écrit : « Je regarde Monsanto opérer depuis plus de vingt ans, et j'ai appris à ne pas sous-estimer le talent de lobbying de la compagnie. Où qu'elle agisse, Monsanto n'hésite jamais à mettre du muscle dans les affaires publiques et à financer largement avocats, experts et élite politique. »

Ce lobbying recourt fréquemment à l'entregent de personnes bien placées dans l'administration et rendues attentives au point de vue de l'entreprise. Il est vrai que, dans les années 1980, la philosophie de l'administration Reagan n'est pas de compliquer le travail réglementaire. La FDA a une attitude constamment favorable à la BST, malgré les nombreux éléments troublants sur l'innocuité de l'hormone laitière. Une implication directe de Monsanto dans ce jugement est un dénommé Michael Taylor : ce commissaire adjoint à la politique de l'Agence de 1991 à 1994 rédige à ce titre une directive interdisant de spécifier qu'un lait est issu de vaches traitées à la BST – Monsanto craint que le consommateur refuse d'acheter un lait ainsi signalé. On apprend peu après que M. Taylor, qui travaillait déjà à la FDA entre 1976 et 1981, a ensuite été employé sept ans dans un cabinet juridique défendant Monsanto, puis est revenu à la FDA pour s'occuper de la BST. Il sera plus tard embauché par Monsanto comme vice-président. D'autres fonctionnaires se sont révélés utiles : Margaret Miller, chercheuse chez Monsanto jusqu'en 1989 avant de devenir directrice adjointe du Bureau des nouveaux médicaments vétérinaires de la FDA, ou Suzanne Sechen, qui a aussi suivi le dossier BST à la FDA de 1988 à 1990, alors que ses travaux sur l'hormone, à l'université Cornell, avaient été financés par Monsanto.

L'entreprise de Saint Louis explique : « Les citoyens sont libres de passer du secteur public au secteur privé, et *vice versa*, comme ils le souhaitent. Aux États-Unis comme ailleurs, ces mouvements sont réglementés par la législation et certaines restrictions sont imposées à ces personnes par le fait qu'elles interviennent dans des affaires où pourraient apparaître des conflits d'intérêts. Monsanto et ses employés ont suivi ces réglementations à la lettre. »

On apprendra plus tard, lors d'auditions publiques tenues par la FDA sous la pression de l'opinion, que des réserves exprimées sur les OGM par des experts de l'Agence en 1996 et 1997 ont été étouffées par leurs supérieurs. On ne peut cependant lier cette attitude à une relation d'intérêt entre ceux-ci et les entreprises promouvant les OGM. Mais Monsanto a des relais à plus haut niveau. Elle a su séduire Linda Fisher, qui exerce des responsabilités importantes à l'EPA de 1983 à 1993, avant de se retrouver, de 1995 à 2000, vice-présidente de la compagnie. William Ruckelshaus, ancien administrateur en chef de l'EPA, est quant à lui membre du conseil d'administration de l'entreprise, ainsi que

John Robson, secrétaire adjoint du département du Trésor de 1989 à 1992. Les liens sont excellents avec le cabinet même du président Bill Clinton : Mickey Kantor, représentant officiel du Commerce américain de 1993 à 1996 puis ministre du Commerce jusqu'en 1997, est au conseil d'administration de Monsanto. Marcia Hale, assistante de Bill Clinton pour les relations internationales, devient en 1997 directrice des affaires publiques de la firme en Grande-Bretagne. D'ailleurs, Bill Clinton apprécie le « Microsoft des OGM » : dans son discours sur l'état de l'Union du 4 février 1997, il cite nommément Monsanto parmi les cinq entreprises qui s'engagent dans son *Welfare to Job Programm.* Il remet personnellement, en décembre 1998, la médaille de la Technologie aux quatre mousquetaires de Monsanto (Jaworski, Fraley, Horsch, Rogers). En juin 1999, il nomme Robert Shapiro à son comité consultatif pour la politique commerciale et les négociations.

Les entrées de la compagnie en haut lieu sont si grandes qu'elle peut faire visiter le Bureau ovale à un groupe de journalistes irlandais invités aux États-Unis pour les persuader des bienfaits des OGM. Et l'administration Clinton intervient fortement pour convaincre les Européens d'ouvrir la porte aux OGM : les pressions sur le Premier ministre irlandais, notamment, un proche allié, sont très fortes pour que son pays vote favorablement lors des Conseils européens sur les OGM. La Maison-Blanche intervient aussi directement auprès de Lionel Jospin en 1998.

Si Monsanto sait se créer des oreilles attentives en haut lieu, la compagnie recourt enfin fréquemment à l'arme juridique. Après tout, Shapiro est un excellent juriste. Si l'arme est fréquemment employée en matière de protection de brevets, elle peut aussi l'être à l'encontre des médias. En février 1997, une chaîne télévisée de Floride, WTVT, appartenant au réseau Fox, s'apprête à diffuser une série de reportages sur la BST, titrée « Le mystère dans votre lait ». Les deux journalistes, Steve Wilson et Jane Akre, professionnels depuis une vingtaine d'années, et ayant reçu plusieurs prix de journalisme, ont longuement travaillé leur sujet. La chaîne est satisfaite du résultat et elle diffuse des bandes-annonces les semaines précédant la première émission. Or, trois jours avant celle-ci, la direction de WTVT reçoit une lettre d'un cabinet juridique agissant au nom de Monsanto : « Ce qui se passe en Floride représente un gros enjeu, non seulement pour Monsanto, mais aussi pour Fox News et son propriétaire, ainsi que pour le peuple américain et une population mondiale qui peut bénéficier de manière significative de l'usage de la BST et d'autres produits de la biotechnologie agricole. » L'émission est repoussée d'une semaine, une nouvelle lettre arrive, menaçant Fox News de « sévères conséquences » si les « affirmations diffamatoires » du reportage sont diffusées. En fait, les journalistes, dans leur enquête, ont donné la parole à un scientifique qui souligne que, comme l'hormone stimule la production d'un facteur de croissance, l'IGF-1, qui pourrait avoir des effets cancérigènes, on pourrait s'exposer à un risque en buvant du lait à la BST. La question est soulevée de longue date par les opposants à la BST – mais sans jamais avoir atteint l'audience d'une diffusion télévisée. La pertinence, d'ailleurs, en est peu après confirmée par deux journaux scientifiques, *Science* et *The Lancet*, qui publient des études associant un taux élevé d'IGF-1 à une augmentation des cancers de la prostate et du sein.

Mais, dans l'intervalle, la direction de la télévision cale sous la menace d'un procès et annule la diffusion des reportages, après les avoir fait réécrire plusieurs fois par les journalistes. Quelques mois plus tard, Wilson et Akre sont licenciés. Ils intentent un procès à leur employeur, le gagnent en première instance. Mais les reportages n'ont pas été diffusés.

Chapitre 7

Les Européens se révoltent

1 – La méfiance et la « vache folle »

Monsanto ne se pose pas la question de savoir si l'Europe va accepter les OGM. Pourtant, la réticence européenne à accepter l'hormone laitière pourrait l'alerter. Mais à Saint Louis, on se fie à des études comme celle de Thomas Hoban, de l'université de Caroline du Nord, qui a interrogé des milliers de consommateurs – surtout aux États-Unis et au Japon – et a constaté que plus des deux tiers d'entre eux n'ont pas de réticence à l'égard des OGM. Or, il s'est passé vers 1992 quelque chose qui a échappé aux contemporains. Jusque-là, des deux côtés de l'Atlantique, l'intérêt porté par la presse aux biotechnologies, mesuré par le nombre d'articles publiés à leur propos, a été similaire. Mais, à partir de cette date, l'intérêt européen décolle : l'attention portée à la biotechnologie par la presse européenne ne cesse de croître, alors qu'elle stagne voire diminue aux États-Unis.

Des balises plus visibles s'allument, affleurement de ce mouvement d'opinion souterrain : en Norvège, le Parlement adopte en avril 1993 une loi sur la technologie génétique imposant des contrôles stricts et ouvrant la possibilité d'interdire l'importation de produits OGM qui ne seraient pas « socialement justifiables ». La Grande-Bretagne en 1994 organise une Conférence des citoyens, c'est-à-dire un groupe de citoyens initiés en quelques jours à la biotechnologie et qui discutent en interrogeant des experts de tous les bords ; la Conférence recommande l'étiquetage des OGM, soulignant qu'ils ne présentent pas de bénéfice notable pour la société ; elle s'inquiète aussi des flux de gènes possibles.

Au Danemark, le Parlement décide en 1994 que tous les aliments contenant des OGM devront être étiquetés. De même, la Suède a-t-elle adopté une loi très restrictive sur les technologies génétiques. Les sondages régulièrement effectués par l'Union européenne attestent que l'opinion – particulièrement en Allemagne – est de moins en moins favorable aux manipulations génétiques. Mais fi de tout cela. Après tout, les OGM ont le soutien ferme des autorités à Bruxelles, en Allemagne, en Grande-Bretagne et en France, qui est le premier pays agricole européen : n'est-ce pas là l'essentiel ?

Pourtant, voilà que tout se met à coincer, à gripper, à patiner. Les dossiers d'autorisation des plantes transgéniques, au lieu de filer allègrement le long des voies bureaucratiques, se mettent à lambiner. « Les gens en charge de la réglementation ont commencé à perdre le contrôle de la situation », note Christian Morin, qui dirigeait alors la division semences de Ciba-Geigy en France. En 1995, l'autorisation du colza de PGS traîne depuis dix-huit mois. De même, celle du soja de Monsanto est à l'arrêt : le Danemark, la Suède et l'Autriche demandent qu'il soit étiqueté comme transgénique. C'est seulement en avril 1996 que la Commission européenne parvient à l'autoriser.

Le principal dossier est celui du maïs de Ciba-Geigy résistant à la pyrale, une chenille qui détruit le maïs en se creusant un chemin dans la tige. Et là aussi, ça ne va pas bien. Les experts anglais s'inquiètent du gène de résistance à l'ampicilline qu'il comporte. « Dès 1990, dit Derek Burke, qui était alors président du Comité consultatif sur les nouveaux aliments (Advisory Committee on Novel Foods and Processes), on s'en est préoccupé. On en a énormément discuté. Le Comité était inquiet de la possibilité que ce gène se transfère à une bactérie ou à un animal qui absorberait le maïs, et que la bactérie puisse se répandre et accroître la résistance aux antibiotiques. Chacun d'entre nous savait que c'était peu probable, mais pas impossible. » Et le Comité de conseiller dans son rapport annuel : « Aucun organisme contenant des gènes conférant une résistance à des antibiotiques utilisés en thérapie humaine ne devrait être disséminé dans la chaîne alimentaire. » Il entreprend en 1994 une étude approfondie qui le conforte dans son avis. Une expérimentation pour vérifier ce fait serait très difficile à mener, la discussion reste donc théorique. « Le Comité s'est partagé en deux camps, relate Derek Burke : pour les uns, la résistance aux antibiotiques était déjà à un niveau très élevé dans la population humaine, et une toute petite augmentation n'avait pas d'importance ; pour les autres, ceux qui avaient une formation médicale, la résistance aux antibiotiques était un tel problème qu'on ne devait pas l'accroître du tout. Finalement, le Comité s'est rangé du côté de la prudence, et nous avons conseillé au ministre de ne pas accepter le maïs. »

De son côté, Ciba-Geigy ne doute pas du succès final et prépare activement sur le principal marché européen, celui de la France, la commercialisation de ses maïs Bt. La firme connaît bien les cultivateurs de maïs, à qui elle vend des pesticides, mais surtout des semences, comme la variété Furio, qui est un grand succès commercial. Dans ce secteur, Ciba est dans un mouvement ascendant : sa part du marché des semences passe de 1,8 % en 1990 à 8,5 % en 1996. Son maïs transgénique est prêt, avec deux ans d'avance sur ses concurrents, Pioneer et Monsanto, le feu vert se profile à l'horizon – la CGB transmet un avis favorable au ministère de l'Agriculture, qui le transmet à la Commission européenne. Sur le terrain, où des démonstrations sont menées sur 608 parcelles, l'accueil est positif. Quand Christian Morin tient des réunions avec les agriculteurs, les OGM sont perçus comme une nouvelle étape, une solution aux problèmes du productivisme, une nouvelle ère agricole.

2 – Qui veut du maïs aux antibiotiques ?

À la Chambre des Communes de Londres, ce 20 mars 1996 pourrait être un jour comme les autres. L'opposition travailliste va critiquer le gouvernement de John Major, en position fragile – rien de très surprenant, le train-train politique. Or, voici que Stephen Dorrell, ministre de la Santé, annonce le contenu d'une étude à paraître dans une revue médicale, *The Lancet*, concluant que la maladie de la vache folle pourrait se transmettre à l'homme. Ce qui avait été conçu comme une astucieuse manœuvre politique

– montrer le sens des responsabilités du gouvernement en légitimant une rumeur qui court depuis plusieurs années – se transforme en maelström. Le lendemain et les jours suivants, toute la presse londonienne fait sa une sur le sujet, les médias décrivent cette maladie qui transforme le cerveau en « éponge » et que l'on pourrait attraper en mangeant un simple steack. Ils répercutent l'hypothèse que la maladie pourrait provoquer entre 5 000 et 500 000 morts par an au siècle prochain. Les pays voisins – et particulièrement la France, son premier acheteur – interdisent l'importation de bœuf britannique. On ne parle plus que de ça. Le public découvre avec horreur que les bovins sont nourris de cadavres en poudre, et non de bonne herbe verte. On arrête de manger du bœuf, on passe au poisson, au poulet, on jure de devenir végétarien. L'opinion s'indigne contre une industrie alimentaire qui transforme les herbivores en cannibales, vitupère contre les gouvernements et leur manque de souci de la sécurité alimentaire, se méfie des scientifiques qui, dans leur grande majorité, n'ont rien dit. Et le doute, pour dire le moins, est jeté en Europe sur la technicisation de l'alimentation.

La vache folle offre un renfort inattendu aux rares écologistes attentifs à l'invasion prochaine des OGM et désireux de l'empêcher. À la réunion de Penang, en juillet 1994 – à laquelle assistait, on s'en souvient, Richard Lacey, un des rares scientifiques qui décrivent depuis des années le risque attaché à la maladie de la vache folle –, il y avait aussi deux Français, Étienne Vernet et Agnès Bertrand. Celle-ci milite depuis longtemps au sein d'Écoropa, une petite association d'intellectuels, fondée en 1976 par Denis de Rougemont, avec Jacques Ellul, Bernard Charbonneau, René Dumont, Théodore Monod, Jean-Marie Domenach, Edward Goldsmith, Jean-Marie Pelt, on en passe. Écoropa est, selon le joli mot de Denis de Rougemont, « le collège invisible des dissidents de l'Occident ». Dans les années 1980, l'association s'est investie dans la lutte pour les forêts tropicales, en liaison avec le Third World Network. Agnès Bertrand connaît bien Martin Khor, Vandana Shiva ou Paul Lannoye, le député Vert européen. Quant à Étienne Vernet, de retour de deux ans passés à Los Angeles, où il a travaillé dans une compagnie de cinéma, il s'est retrouvé un peu par hasard dans Écoropa, où un déclic a eu lieu : il devient militant écologiste à plein temps.

L'association vit de bouts de ficelle, son téléphone est parfois coupé faute d'avoir payé la facture, mais ses deux animateurs ont une foi et une énergie inépuisables. Au début des années 1990, au combat contre la destruction des forêts tropicales s'est ajoutée la lutte contre le GATT, le précurseur de l'OMC, et contre la BST. Jean-Marie Pelt, un des fondateurs d'Écoropa, est un très bon botaniste et un excellent vulgarisateur. Tous trois décident de lancer un appel au moratoire sur les OGM, en s'appuyant sur un texte conçu par le Third World Network dans la foulée de l'atelier de Penang. Vernet utilise le carnet d'adresses de Pelt, dont il appelle toutes les relations scientifiques, l'information circule, et ils se retrouvent avec plusieurs dizaines de noms. L'appel est officialisé par une conférence de presse au Muséum national d'histoire naturelle, le 28 mai 1996. Fort peu de journalistes sont présents. Jean-Marie Pelt souligne l'incertitude scientifique entourant les OGM et demande qu'on prenne son temps : « Il faut aller moins vite, faire plus d'études de précaution. Certaines techniques seront peut-être prometteuses, mais, pour l'instant, elles sont prométhéennes. » De son côté, le député Paul Lannoye explique : « On nous "vend" les OGM comme un moyen de résoudre les problèmes d'alimentation dans le monde. Mais les plantes qui sont mises sur le marché sont seulement conçues pour résister aux herbicides. » Le texte lui-même est mesuré : « Nous préconisons un principe de précaution, afin qu'à tout produit de type nouveau corresponde d'abord, s'il le faut, des contrôles nouveaux pour mesurer des risques nouveaux, à court et à long terme. [...] Ce moratoire devra être mis à profit pour entreprendre une étude approfondie des risques, et solliciter l'ensemble de la communauté scientifique sur les critères d'évaluation et de contrôle à venir. » Le texte insiste aussi pour que l'évaluation soit menée de façon interdisciplinaire – c'est-à-dire hors du monopole de la biologie moléculaire.

La conférence suscite peu d'échos. Elle n'en est pas moins importante, parce qu'elle montre qu'il existe une fissure au sein de la communauté scientifique. D'ailleurs, on apprend peu après, par des études publiées dans *Nature*, que le colza transgénique peut se croiser avec d'autres espèces et diffuser ses gènes dans la nature. L'appel au moratoire attire aussi deux chercheurs en biologie moléculaire qui, en termes d'influence académique, pèsent plus lourd que le botaniste Pelt. Gilles-Éric Séralini, spécialiste d'endocrinologie et professeur à l'université de Caen, rejoint l'appel, ainsi que Pierre-Henri Gouyon, directeur de recherche à l'université d'Orsay, qui s'intéresse depuis quelques années aux problèmes de diffusion des gènes dans l'environnement. « Dans le laboratoire, on a vu cette pétition, dit-il, on était d'accord avec la conclusion, qui demandait un moratoire. On a beaucoup réfléchi, mais on était tellement dégoûtés par le refus de prendre en compte les problèmes qui se posaient qu'on l'a signée ; on a été les premiers scientifiques reconnus dans nos domaines à le faire. » Un geste modérément apprécié par les autorités : par mesure de rétorsion, dit-il, le ministère de l'Agriculture ne verse pas la seconde partie du financement (500 000 F) d'une recherche sur les flux de gènes pourtant préalablement acceptée.

Il est mal vu de briser la loi secrète de la solidarité des mandarins. « Un jour, poursuit Gouyon, j'ai déjeuné avec Axel [Kahn] pour discuter de tout ça. Il m'a dit qu'il trouvait inadmissible que j'aie signé la pétition de Pelt, qui contenait des choses qu'il jugeait inacceptables. Je lui ai répondu que je ne voyais pas pourquoi il avait une tolérance zéro pour les bêtises quand c'est Pelt qui les disait, et une tolérance très forte quand c'était Rhône-Poulenc. »

Au même moment, en Autriche, la question des OGM entre en fanfare dans la sphère publique. Depuis plusieurs années, les associations écologistes – qui s'appuient sur une agriculture biologique en plein développement – critiquent les OGM et s'opposent à leur dissémination dans l'environnement. Le débat a atteint la sphère politique, et le ministre de la Santé propose de faire un essai scientifique sous le strict contrôle d'un institut public. C'est à ce moment qu'Agrartechnik, une compagnie liée à Agrevo, soumet une demande d'autorisation pour un maïs résistant à l'herbicide Basta. Les écologistes s'indignent, l'opinion s'émeut, deux ministres se rangent du côté des opposants – et voilà que l'on apprend qu'une autre entreprise, Zuckerforschung Tull, filiale de la société autrichienne Agrana, a planté des pommes de terre transgéniques avant d'en avoir obtenu l'autorisation ! C'est le tollé. Le ministre de la Santé annonce un moratoire, promptement démenti par le gouvernement, mais l'opinion autrichienne est faite : non aux OGM !

La commercialisation du maïs Bt dépend d'un accord européen. Pour qu'un OGM soit autorisé en Europe, prévoit la directive 90/220, il faut que le Conseil des ministres entérine le feu vert donné par un État de l'Union. Or, si la France y est favorable, elle est presque seule : la Grande-Bretagne, l'Autriche, la Suède et le Danemark y sont plus ou moins fermement opposés. Le sujet doit venir au Conseil des ministres de l'Environnement en juin. Corinne Lepage est alors ministre de l'Environnement du gouvernement d'Alain Juppé : « Je ne connaissais pas cette affaire des OGM, mais, instinctivement, je me suis dit qu'on ne pouvait pas autoriser un truc pareil pour la première fois en Europe alors qu'on était en pleine vache folle. Il m'est arrivé quelque chose d'assez étonnant : j'ai envoyé un collaborateur à une réunion interministérielle de Matignon sur le sujet – et voilà qu'il voit débarquer un type de mes services de l'Environnement, qui ne m'a pas prévenue, et qui dit qu'il faut maintenir la demande d'autorisation du maïs, présentée par la France en décembre 1994 ! Nous partons donc à Bruxelles, avec un ordre écrit de peser en faveur de l'autorisation. »

Greenpeace est à la porte du bâtiment où se tient le Conseil, déployant une banderole sur laquelle on lit : *« Ciba's genetech aliens – keep them out of Europe »* (« Les envahisseurs biotech de Ciba – maintenez-les hors d'Europe »). Les activistes ont aussi apporté une caisse contenant du maïs, que les manifestants cadenassent avec une chaîne constituée de quinze étoiles, symbolisant les membres de l'Union. À la surprise de la Commission, la discussion entre les ministres montre une opposition massive du Conseil : douze délégations s'opposent à l'autorisation du maïs génétiquement modifié, seule la France la soutient, l'Espagne et l'Allemagne s'abstiennent. On tente de convaincre la France de s'abstenir, ce qui permettrait de constater l'unanimité du Conseil contre l'autorisation. Corinne Lepage n'a pas mandat pour accepter. Finalement, on convient que le Conseil ne peut statuer. La décision revient à la Commission, qui la prendra plus tard : la directive 90/220 est en effet conçue de telle sorte que le Conseil n'a le choix qu'entre accepter la demande à la majorité qualifiée ou la rejeter à l'unanimité. On se rend alors compte que cette règle asymétrique est biaisée en faveur des OGM : l'unanimité requise pour le rejet ne peut jamais se trouver puisque, par construction, toute proposition est présentée par un État. Si une majorité qualifiée suffisait, l'autorisation aurait été refusée par les États. En tout cas, un scénario inimaginable est en train de se dérouler : celui du refus par l'Europe d'une plante transgénique.

3 – « Alerte au soja fou »

Tout policier, tout journaliste, tout flâneur attentif connaît ce moment étrange, à l'orée d'une manifestation, d'une polémique, d'une situation collective tendue : l'air se charge d'une sorte d'électricité, les énergies se dévoilent, les arguments se déploient, les corps s'ébrouent. Il pourrait, il devrait se passer quelque chose. Mais le plus expérimenté, le plus subtil des observateurs n'ose affirmer avec certitude dans quelle direction va se mouvoir la combinaison des charges explosives. Le plus souvent, les cumulus se défont. Il arrive que le tonnerre se déchaîne. Il faut, pour que la situation bascule, qu'intervienne le facteur oublié, celui qu'on n'a pas vu venir.

En 1995, Greenpeace est plus connue que jamais : elle a su apparaître, pendant la campagne contre les essais nucléaires français décidés par Jacques Chirac, comme le moteur de l'indignation générale, alors qu'elle ne l'a en fait qu'intelligemment accompagnée. Ce que le public ne sait pas, c'est qu'elle traverse une passe difficile : le nombre de ses donateurs diminue régulièrement. En fait, depuis 1991 et la guerre du Golfe : le public américain n'a pas apprécié la position prise par l'organisation internationale et lui a massivement retiré son soutien – le nombre de donateurs a diminué de près d'un million. En revanche, les bureaux européens se maintiennent, voire progressent vigoureusement : aux Pays-Bas, les donateurs sont près de 800 000, en Allemagne, plus de 600 000, et Greenpeace vient de remporter une victoire sur Shell, qui voulait faire couler la plate-forme pétrolière usagée *Brent Spar*. Dans l'organisation en proie à une crise financière larvée en raison de l'affaissement américain, le centre de gravité se déplace de l'Amérique vers l'Europe, ce que concrétise, en novembre 1995, le choix du directeur de Greenpeace Allemagne, Thilo Bode, comme directeur exécutif. Jusque-là, l'organisation fondée à Vancouver avait toujours été dirigée par un Américain.

Depuis plusieurs années, quelques activistes de Greenpeace ont formé un groupe informel. Isabelle Meister, en Suisse, Arnaud Apoteker, en France, et quelques autres, sont convaincus de l'importance des OGM. Ce groupe informel se réunit régulièrement, fait le point, essaie d'alerter la direction de Greenpeace. Isabelle Meister est très attentive aux activités de ses compatriotes, les multinationales Ciba-Geigy et Sandoz. Elle a organisé, avec Arnaud Apoteker, un raid – au résultat assez piteux, on s'en souvient – contre une expérimentation de Ciba sur un terrain de l'INRA, près de Colmar. Isabelle Meister cosigne également une étude de l'organisation quant aux conséquences des OGM sur les pays en développement. La direction est presque convaincue, il est même question d'embaucher une coordinatrice internationale sur les OGM – une Indienne. Un « texte de position » est discuté vers 1994, mais il n'est pas formellement adopté.

C'est qu'engager une campagne est une décision stratégique lourde, et coûteuse – à un moment où les caisses sont fragiles. « Il y a eu de longues discussions, dit Benedikt Haerlin, mais, pour Greenpeace, ce n'était pas une question semblable à celles auxquelles ils étaient habitués : c'est invisible, on ne peut pas lancer des Zodiac à l'assaut, il n'y a pas de victimes, et puis les OGM étaient-ils réellement nocifs ? » En 1996, Greenpeace tourne autour du pot, mais ne s'est toujours pas décidée. Thilo Bode est pressé par le groupe de Meister et d'Apoteker : ils savent que le soja transgénique est maintenant cultivé, qu'il va bientôt arriver sur le marché. « On pensait que, si on ne montrait pas maintenant qu'on pouvait le bloquer, on passerait à côté de l'histoire », dit Arnaud Apoteker.

Tout part d'une étincelle qui allume un terrain prédisposé, pas d'une stratégie longuement préméditée. Un jour, deux émissaires de la grande chaîne de distribution Tengelman viennent voir Haerlin à Berlin. Celui-ci est alors responsable pour Greenpeace Allemagne de la campagne contre le PVC, un plastique dont la combustion émet de la dioxine. Ses visiteurs veulent discuter d'un exposé qu'ils l'ont invité à prononcer lors du prochain congrès de l'association mondiale de la grande distribution alimentaire, le CIES. Au détour de la conversation, ses interlocuteurs lui demandent ce que Greenpeace compte faire à propos du soja transgénique, parce que, disent-ils, on trouve du soja dans 60 % de leurs produits. Le soja transgénique ? « Ç'a été une révélation pour moi, dit Haerlin. En fait, c'était la seule chose qui les intéressait. Quand ils sont partis, j'ai été voir mon patron, Thilo Bode, qui était de passage à Berlin. Je lui ai dit : "Je prépare quelque chose sur le PVC, mais… laissons tomber cette action, marquons le coup sur les premiers sojas qui arrivent en Europe, ça ne prendra que six semaines de préparation, il s'agit juste d'alerter le public." – "D'accord pour trois mois, me répond Thilo, mais… promets-moi que ce ne sera pas une campagne à long terme…" »

Une ruche survoltée se met en place autour de Haerlin et du groupe de Meister. Une logisticienne est embauchée, Michelle Sheather, pour coordonner les actions des différents bureaux, les mobiliser aussi, et transmettre l'enthousiasme des « croyants » de la première heure. Les réunions de *brain-storming* se succèdent dans une petite « salle de guerre » des bureaux de Greenpeace à Amsterdam, un immeuble au bord d'un canal. Il faut trouver le type d'action à mener – l'idée de bloquer les ports s'impose, elle permettra de rendre visible ce qui est invisible, le transgénique –, déterminer les symboles à utiliser – on choisit le grand X, symbole du coup d'arrêt et de l'inconnu, comme dans *X-Files*, une série télévisée qui raconte comment des pouvoirs secrets manipulent la vie quotidienne –, rassembler les informations utiles – les lieux de culture du soja aux États-Unis, les lieux d'expédition et d'arrivée, les noms des bateaux, ceux des clients –, préparer les équipes d'intervention. Et puis concevoir les messages à transmettre aux médias : « Greenpeace est l'organisation idoine pour prendre la position apparemment fondamentaliste, explique Benedikt Haerlin. C'est la seule façon d'ouvrir un débat, il faut en faire une question du type "c'est à prendre ou à laisser !". Et pour faire connaître au public l'étendue des incertitudes à propos du génie génétique, il fallait se focaliser sur un seul point : les OGM se retrouvent dans l'alimentation sans qu'on le sache. Notre position était très simple : ne disséminez pas les OGM ! »

Sur la mer tranquille voguent les navires. Chargés de soja, dont quelques pour-cent sont transgéniques. Cette légumineuse est un point fort de l'agriculture des États-Unis, qui en est le premier producteur mondial. Principal débouché : l'Europe, depuis que, par un accord agricole ancien, celle-ci a accepté de le laisser entrer sans droits de douane. Le tourteau (résidu de fabrication de l'huile de soja) est de ce fait beaucoup moins cher que les céréales dont les Européens nourrissaient auparavant leur bétail. Et l'Union achète pour environ 2 milliards de dollars de soja chaque année aux États-Unis, soit 40 % de leurs exportations de soja. C'est le jeu classique du « je te tiens, tu me tiens par la barbichette, le premier qui rira... ». L'Europe a besoin du soja, les États-Unis des dollars. Qui aura une tapette ?

Voguent, voguent les navires. Ils contiennent, fiers galions, le nouveau trésor de l'Amérique : dans leurs graines, anonymes, les premiers fruits des semences transgéniques plantées au printemps. Qui craindrait les flibustiers ?

En Allemagne, aux Pays-Bas, en Suisse, Greenpeace a lancé la première phase de son action. Il s'agit de mobiliser les consommateurs pour faire pression sur les grandes firmes de transformation alimentaire, plus précisément Nestlé, Unilever et Danone. Dès octobre, Greenpeace a rassemblé en Allemagne 120 000 signatures contre les OGM, et en Autriche, en Suisse, en Norvège, en Suède, plusieurs distributeurs déclarent qu'ils refuseront le soja transgénique s'il n'est pas identifié séparément.

Dans l'Iowa, le 10 octobre, Greenpeace lance sa campagne : dans un champ d'essai de soja Roundup, les activistes dessinent un X géant avec de la peinture rose à base de lait. L'action passe presque inaperçue aux États-Unis. Le même jour, des manifestants déguisés en lapins de laboratoire s'agitent devant le siège allemand d'Unilever. Souffle le vent, avancent les cargos.

En France, Arnaud Apoteker rame dans le désert. De son côté, un journaliste de *Libération*, Vincent Noce, s'intéresse à ces discrets navires. Critique gastronomique, il s'intéresse depuis la crise de la vache folle aux comportements et aux peurs alimentaires. Il a entendu parler des OGM, repère un jour dans un magazine américain que des bateaux sont partis pour l'Europe. Il se met sur leur piste, enquête, et convainc sa rédaction, qui découvre complètement le sujet, qu'il y a là matière à une controverse de grande ampleur. Ce vendredi 1er novembre, l'actualité est creuse. Et *Libération* sonne les trois coups de la pièce, en annonçant « L'arrivée en Europe du premier légume génétiquement modifié » et en titrant à la une un tonitruant « Alerte au soja fou ». Le journal est d'ailleurs fataliste – « La révolution biogénétique en agroalimentaire aura lieu », assure l'éditorialiste Gérard Dupuy – et ne donne pas la parole aux opposants, mais à un représentant de Monsanto et, dans un autre article, à Axel Kahn, qui représente « les scientifiques ». Aucun problème, proclament-ils. Ce que retient pourtant le lecteur, c'est l'idée de la une : soja transgénique égale vache folle.

Et Greenpeace poursuit son festival : le 6 novembre 1996, le premier bateau chargé de soja arrive à Hambourg. Le destin, qui sait marquer ses enfants, a fait qu'il se nomme *Ideal Progress*, « Progrès idéal ». L'idéal transgénique est accueilli par un vaisseau de Greenpeace, le *Beluga*, qui parvient à le retarder quelques heures tandis qu'il projette sur la coque du *Progrès idéal* un texte lumineux, *« We are not your guinea pigs »* (« Nous ne sommes pas vos cochons d'Inde »). La police arrive, le cargo accoste et peut débarquer ses 44 000 tonnes. Ce n'est que le début du feu d'artifice : le 7, le *Ziema Zamojska* est bloqué quelques heures à l'écluse du port d'Anvers, le 10, le *Sirius*, un bateau de Greenpeace, stoppe le *Bunga Saga* dans le port de Gand, le 11 on manifeste en Suisse devant le siège de Nestlé, le 12 à Hambourg devant une minoterie, le 14 à La Nouvelle Orléans, le 23 – on en passe – aux Pays-Bas, autour du *Pawnaa*. Des grues de déchargement sont occupées vingt-cinq heures à Liverpool les 28 et 29, actions encore en Espagne, au Danemark, en Grande-Bretagne, tiens, en France, à Saint-Nazaire, le 19 décembre, à Bâle, à Hambourg, sur le Mississippi, en Nouvelle-Zélande… « En quatre mois, on a fait en moyenne une action tous les deux jours et demi quelque part dans le monde », dit Michelle Sheather en riant.

Et sous l'assaut de ces pirates vibrionnants, les murailles sont ébranlées. Un député allemand appelle au boycott par les consommateurs des nouveaux produits, s'ils ne sont pas étiquetés. Les filiales allemandes de Nestlé et Unilever promettent de ne pas utiliser le soja de Monsanto. En Grande-Bretagne, les distributeurs

Tesco, Sainsbury et Safeway demandent aux États-Unis de séparer et étiqueter le soja transgénique. Et à partir de ce moment, « les médias ont mordu très fort », comme le dit Paul Lannoye. « Le rejet n'avait rien à voir avec l'innocuité des produits ou leur effet sur l'environnement, analyse Andy Coghlan, du *New Scientist*, mais avec le choix des consommateurs ; quand il est apparu que les industriels des OGM avaient essayé de les introduire en cachette, sans rien dire, ça a instantanément changé la perception des choses. » Le Parlement européen demande, le 14 novembre, que le soja transgénique soit séparé et identifié. Le 5 décembre, le gouvernement danois édicte que les produits OGM devront être étiquetés comme tels. À Bruxelles, l'organisation professionnelle des huiles alimentaires, le FEDIOL, reconnaît la « légitimité des peurs des consommateurs » et demande une « information leur permettant de faire leur choix », c'est-à-dire un étiquetage spécifique.

À Paris, le téléphone sonne dans le petit local d'Écoropa. « Ici la Fédération du Commerce. Le président aimerait parler avec vous. » Étienne Vernet va au rendez-vous : « Il me reçoit, j'étais remonté comme une horloge, je lui fais tout le topo, je sens que les arguments font mouche. À la fin, je lui demande : “Vous avez des enfants, monsieur Bédier ?” Il était déstabilisé. » Le lendemain, Jérôme Bédier, le président de la Fédération du Commerce, annonce que celle-ci décide de ne pas distribuer de produits OGM dans l'attente d'un système clair d'étiquetage : « Le consommateur a droit à une information précise et crédible. » En Allemagne, raconte Benedickt Haerlin, « on a fait une manifestation devant Unilever avec une bannière “Pas d'OGM dans Rama”, Rama est la marque d'une margarine très consommée ici. Deux semaines plus tard, un gars m'invite à leur siège, il y a de la Rama sur sa table. Il me dit : “Elle est sans OGM. Il y a six semaines, il y en avait. Maintenant, il n'y en a plus.” En quelques semaines, ils avaient modifié leur processus de fabrication pour ôter l'huile de soja. »

Les milieux économiques se divisent donc tout de suite, ce qui assure le succès des opposants. « Ça énervait les industriels et les semenciers que l'industrie agroalimentaire ne rentre pas dans le combat pour les OGM, dit Alain Deshayes, qui travaillait alors pour Nestlé. Mais elle ne voyait aucun avantage aux OGM, pourquoi se mouiller ? » Quant aux promoteurs des OGM, ils sont tétanisés. « L'industrie des semences n'était pas préparée, dit Willy de Greef, ses interlocuteurs sont les agriculteurs, pas les consommateurs. Elle n'avait jamais pensé que le public pourrait s'intéresser à la façon dont on produit les céréales. Et puis nous n'avions pas fait le rapport avec la vache folle : cela concernait les vaches alors qu'on travaillait sur les plantes. Mais Greenpeace a vu la faille, ils ont mieux analysé la situation que nous. »

Qui défendra les OGM ? La Commission de Bruxelles. Déjà, elle s'oppose à l'étiquetage – c'était sa position lorsqu'elle a autorisé le soja transgénique le 3 avril, ainsi que le rappelle *Libération* : « Il n'est pas nécessaire pour des raisons de sécurité de distinguer ce produit des autres fèves de soja ou de mentionner sur l'étiquette que le produit a été obtenu par modification génétique. » En novembre, elle enjoint à tous les pays membres d'achever de transposer la directive 90/220 dans leur législation, expliquant que cette directive permet de ne pas « entraver indûment le développement des nouvelles technologies qui contribuent à l'expansion économique des États-membres ». Début décembre, elle informe les États-membres que « 4 000 à 5 000 tonnes de maïs sont entrées dans les pays de la communauté, chaque semaine, depuis le 1er octobre 1996, principalement par les ports d'Anvers, de Rotterdam, Lisbonne et Barcelone ». Or, le maïs transgénique – qui, pour l'heure, n'est pas autorisé en Europe – peut se trouver mélangé à ce maïs importé. Non seulement, elle ne dit rien, mais elle tente le coup de force : alors qu'au Conseil des ministres de juin la majorité des membres étaient contre l'autorisation du maïs Bt de Ciba-Geigy, elle annonce qu'elle va l'autoriser !

Les opposants aux OGM, qui depuis un mois ont joyeusement embarqué à bord du train conduit par Greenpeace, lancent le hourvari. Il s'agit, résume la Coordination paysanne européenne, d'« une véritable provocation vis-à-vis des consommateurs, moins d'un an après le déclenchement de la crise de la vache folle ». Et chez la firme suisse, passée en première ligne, on goûte modérément ce geste si malhabile de l'allié bruxellois : « Ç'a été l'explosion médiatique, dit Christian Morin, de Ciba-Geigy, le déchaînement, un raz-de-marée, on se faisait allumer de tous les côtés, on n'avait jamais connu ça. On se demandait : "Mais qu'est-ce qui se passe, qu'est-ce qui nous arrive ?" »

Le coup d'épée tombe dans l'eau. Le 23 décembre, le gouvernement autrichien entre en dissidence : il n'autorisera pas le maïs, excipant d'une disposition de la directive 90/220, l'article 16. Joyeux Noël, les OGM. Et bonne année, les envahisseurs : « Ces nouvelles formes de vie sont relâchées dans l'environnement où elles pourront se reproduire, muter, se déplacer. Si elles envahissent l'habitat naturel, elles pourraient provoquer à long terme des changements irréversibles et détruire la nature telle que nous la connaissons », s'alarme Greenpeace dans un communiqué au sous-titre délicieusement ambigu : « La fin du monde tel que nous le connaissons ».

Chapitre 8

Le pas de deux des Français

1- Juppé et les générations futures

Les pions ont bougé, les cavaliers sautent, les fous glissent. Pour que le paysage s'ébranle vraiment, il faut qu'une pièce majeure se meuve. Cette pièce, c'est un grand pays agricole. Lequel ?

En France, l'opinion hésite. Greenpeace n'a pas ici l'importance qu'elle a en Allemagne ou aux Pays-Bas. Les agriculteurs ne savent trop que penser, mais l'Association générale des producteurs de maïs (AGPM) soutient totalement les OGM. Le message qu'émettent les scientifiques est contradictoire, mais le fameux Axel Kahn dit qu'il n'y a aucun problème. Les partis politiques restent dans une prudente réserve. Le match est loin d'être joué. Que l'industrie se ressaisisse, qu'elle se coordonne, qu'elle communique habilement en utilisant les savants médiatiques et en vantant l'idée de « progrès », si intimement liée à l'identité nationale dans le pays de Descartes, et elle surmontera l'embuscade tendue par les flibustiers de l'écologie.

Mais elle n'a pas encore senti à quel point il fallait agir vite, elle ne comprend pas qu'il y a péril en la demeure des OGM. Aux États-Unis, où les cultures transgéniques ne rencontrent aucune opposition, Monsanto néglige le raidissement européen. Et à Bâle, la direction de Ciba-Geigy est mobilisée par sa fusion avec Sandoz, lancée en mars 1996, pour former Novartis, et ne se préoccupe guère de ces affaires de semences qui pèsent si peu dans son chiffre d'affaires. Rhône-Poulenc, Agrevo, qui n'ont pas encore d'OGM commercial, observent. Tous les industriels croient que la protection de Bruxelles suffira.

Corinne Lepage est une femme très déterminée. Surdiplômée, elle est avocate, et s'est spécialisée dans l'environnement depuis de nombreuses années. Le cabinet qu'elle dirige avec son mari Christian Huglo – tiens, un co-fondateur d'Écoropa – est, dans son domaine, le plus réputé de Paris. Un de leurs titres de gloire est d'avoir obtenu de la justice américaine une indemnisation substantielle des communes bretonnes souillées par la marée noire de l'*Amoco Cadiz*. Mais Corinne Lepage a aussi plaidé des dossiers moins spectaculaires, et notamment contre les illégalités dans lesquelles baigne le surgénérateur Superphénix.

Alain Juppé l'a nommée dans son gouvernement comme ministre de l'Environnement, en tant que femme d'ouverture, non affiliée au sérail RPR. Juppé n'aurait pu faire un meilleur choix : inconnue du grand public, elle a une culture écologique que très peu de responsables politiques possèdent, même chez les Verts.

Depuis le Conseil européen de juin 1996 sur le maïs de Novartis, le dossier des OGM l'intrigue. Elle décide d'en savoir plus, se fait constituer une revue de presse scientifique sur le sujet, auditionne des écologistes, des chercheurs – Pierre-Henri Gouyon et Axel Kahn, parmi d'autres –, des critiques, des zélateurs, et finit par se faire une opinion : « Les défenseurs des OGM n'arrivaient pas à répondre aux questions posées par les opposants. »

À la fin de l'année, elle écrit directement au Premier ministre : « Je lui ai expliqué que, moralement, nous étions face à un processus d'irréversibilité qui me paraissait gravissime, dit-elle. Que, dans la vache folle, on pouvait arrêter de se servir de farines animales, mais qu'avec les OGM, on ne pouvait pas revenir en arrière. Et que je ne voulais pas prendre la responsabilité vis-à-vis des générations futures d'avoir contaminé génétiquement notre pays. » Pas de réponse, pas d'accusé de réception.

En janvier 1997, la Commission de Bruxelles autorise officiellement le maïs de Ciba-Geigy, ou plutôt, de Novartis, selon le nouveau nom de l'entreprise. Elle peut le faire, puisqu'en juin précédent le Conseil des ministres européens, on s'en souvient, n'a pu se décider. En application de la directive 90/220, c'est maintenant à l'État qui a donné le premier un avis favorable de consentir à cette notification pour permettre la mise sur le marché. Donc, à la France. Début février, Corinne Lepage prend un petit déjeuner avec Philippe Vasseur, le ministre de l'Agriculture. Elle lui dit : « Philippe, il y a un truc qu'il ne faut pas autoriser, c'est les OGM. » Mais les services de l'Agriculture ont déjà agi, l'arrêté d'autorisation – qui ne requiert pas la signature du ministère de l'Environnement – est signé et a paru au *Journal officiel* du 5 février. « En revanche, poursuit Philippe Vasseur, j'allais signer l'autorisation de mise en culture. – Surtout, Philippe, ne fais pas ça ! » Le lendemain, au menu du Conseil des ministres du 12 février 1997 figure une communication du ministre de la Recherche, François d'Aubert, sur les biotechnologies. C'est le moment ou jamais. Corinne Lepage prépare son intervention et demande la parole. L'avocate expose son point de vue. Et, à sa surprise, Alain Juppé dit : « Corinne Lepage a raison, je suis convaincu par ce qu'elle a dit, nous allons interdire la mise en culture. » Jacques Chirac opine du chef. Et le gouvernement interdit la culture en France du maïs Bt de Novartis.

Dans le landerneau transgénique, l'émoi est à son comble. « Ç'a a été un coup de tonnerre », dit Pierre-Henri Gouyon, « un *crash* », selon Yann Fichet, de Monsanto, « un événement déclencheur », pour José Bové. Axel Kahn fulmine et démissionne de ses fonctions de président de la CGB, jugeant sa crédibilité « détruite » vis-à-vis de ses collègues et affirmant qu'« il y va aussi de l'image de la France ». Selon lui, la décision a été prise « sans raison scientifique crédible », elle est « inexplicable ». C'est aussi le point de vue de l'industrie : « Pour nous, dit Yann Fichet, la décision du gouvernement constituait le paroxysme de la décision politique. Elle paraissait absurde à tout le monde, parce que le maïs transgénique n'a pas d'impact environnemental en France. » Mais, pour Corinne Lepage, la colère d'Axel Kahn a un autre sens : « Cela signifiait que l'expert prend les décisions à la place du politique. Eh bien non, désolée, ce n'est pas comme cela que ça fonctionne ! » En fait, comme le rappelle tranquillement Derek Burke, président à l'époque du comité britannique équivalant à la CGB : « C'est aux ministres de prendre la responsabilité finale. Pas aux scientifiques : parce qu'ils ne sont pas élus, et parce qu'il y a des facteurs de décision qui ne relèvent pas de la science. »

En tout cas, pour l'heure, la terre d'Europe est fermée aux graines transgéniques. Ce qui n'empêche pas les cargos américains d'arriver – les importations de soja et de maïs sont toujours autorisées – et les OGM de conquérir les plaines du Middle West. Or, quinze jours après la décision d'Alain Juppé, on apprend que des scientifiques écossais ont réussi à faire naître une brebis à partir d'une cellule somatique : Dolly est génétiquement identique à sa « mère », elle en est un clone. Sa naissance donne lieu à un brouhaha politique et médiatique international à la mesure de celui qu'avait provoqué la vache folle au printemps précédent. Ce n'est évidemment pas fait pour rehausser la cote des plantes génétiquement modifiées auprès de l'opinion. En Italie, en particulier, restée jusque-là assez indifférente aux biotechnologies, Dolly suscite pour la première fois un large débat, dans la foulée duquel le Parlement vote, le 4 mars, un moratoire sur la culture – mais non l'importation – du maïs transgénique. Or, l'Italie est le deuxième producteur de maïs après la France. Les agriculteurs biologiques y sont aussi très nombreux et commencent à élever la voix contre les plantes transgéniques.

En Allemagne, Greenpeace lance le boycott des produits transgéniques dans les supermarchés. En mars, encore, une étude révèle l'émergence et la multiplication de nouvelles résistances bactériennes aux antibiotiques utilisés en élevage. Début avril, le Parlement européen prend position à la quasi-unanimité sur le maïs transgénique, accusant la Commission d'avoir cédé « de façon inquiétante aux pressions économiques et commerciales qui ont prévalu sur les considérations de santé publique et de protection de l'environnement ». Et peu après, en Autriche, la pétition populaire *(Volksbegehren)* lancée l'année précédente annonce ses résultats : plus de 1 200 000 citoyens – le cinquième du corps électoral ! – demandent l'interdiction des aliments transgéniques, de la dissémination des OGM et du brevetage des gènes. Ce n'est que la deuxième fois en Autriche qu'une *Volksbegehren* rassemble autant de signatures, et celle-ci n'a été portée par aucun parti, mais seulement par les associations.

L'Europe peut partir en vacances. Les OGM y sont K.-O. debout.

Aux États-Unis et au Canada, ils prolifèrent : la surface ensemencée en plantes transgéniques, en ce printemps, dépasse 10 millions d'hectares.

2 – Les paysans contre les « plantes folles »

Outre-Atlantique, consommateurs et citoyens sont restés hors du jeu, les OGM n'ont eu qu'à convaincre les agriculteurs, et ils l'ont fait – pour des raisons instructives, on le verra. En Europe, au contraire, la vache folle puis le coup d'éclat de Greenpeace ont inversé le scénario. Les agriculteurs y constatent la méfiance des consommateurs et sont ébranlés par la crise de la vache folle. Celle-ci se traduit pour eux non en craintes hypothétiques, mais en coûts économiques très concrets et souvent en drame, quand il faut abattre le troupeau où un animal malade a été détecté. Et puis ils savent bien que le modèle industrialiste de l'agriculture triomphante des années 1970 n'est plus adapté à l'époque. Ils s'interrogent de plus en plus sur l'agriculture biologique qui, en Italie ou en Allemagne, constitue déjà un secteur prospère. Les producteurs de maïs sont, on l'a vu, des zélateurs des OGM ; mais représentent-ils vraiment l'avenir, eux dont la prospérité dépend de subventions massives – 1 800 à 3 000 francs par hectare ?

À la Confédération paysanne, pourtant, on discute ferme. Si ces OGM marchent si fort aux États-Unis, il y a bien une raison, non ? On dit que ça réduit l'emploi de pesticides, et nous on se bat pour une agriculture moins polluante, alors ? Si la BST aggrave l'état sanitaire des vaches et si ses effets sanitaires sur les consommateurs de lait sont presque certains, pense la Confédération, qui s'y est opposée vigoureusement quelques années auparavant, le sujet des OGM est beaucoup moins évident.

Au sein de la direction du petit syndicat paysan, deux hommes plaident contre les OGM. René Riesel est un des secrétaires nationaux de la Conf', comme disent les membres de celle-ci. Cet éleveur de moutons a un parcours pour le moins original. Né en 1950, il est devenu un des enragés les plus turbulents de mai 68, se retrouvant le 6 mai en compagnie de Daniel Cohn-Bendit parmi les huit étudiants de Nanterre convoqués en conseil de discipline à la Sorbonne. Il a été élu président du comité d'occupation de celle-ci, un président éphémère et contourné par les gauchistes plus organisés. Après mai 68, il est devenu un proche de Guy Debord, le maître à penser du situationnisme. Ils se brouillent en 1971, Riesel quitte alors Paris pour la campagne et s'installe dans les Pyrénées-Orientales – « une vie paisible, heureuse, on avait quatre poules, un peu de maïs, pas d'argent », avant d'entreprendre d'élever des moutons. L'envie d'agir lui revient, en 1991 il rejoint la Confédération paysanne qui a besoin de sang neuf et qu'il trouve intéressante. Il parle bien, écrit avec talent, le voilà « aspiré » jusqu'à se retrouver en 1995 au secrétariat national. Entre-temps, il s'est s'installé en Lozère.

Il va y fréquenter régulièrement un des fondateurs du syndicat, un voisin aveyronnais, qui prend souvent le même train Béziers-Paris du soir dans lequel ils discutent des heures durant. José Bové est né en 1953 d'un père chercheur à l'INRA. Il s'est vite désintéressé de la faculté, devenant militant antimilitariste tout en s'imprégnant de lectures anarchistes ou non-violentes et de discussions avec le maître français de l'écologie, Jacques Ellul. Insoumis, il écrit alors qu'il veut « faire croître l'idée d'objection au service national, la prépondérance de l'individu sur les structures étatiques et développer la lutte contre l'idéologie du progrès technique ». Le jeune Bové s'investit en 1972 dans la lutte du Larzac : il s'agit d'un causse apparemment désolé que l'armée veut transformer en camp militaire. Les paysans indigènes s'y opposent, et leur résistance farouche devient l'un des mouvements sociaux phares de la décennie 1970. Bové, qui s'y installe en 1976, en devient un des acteurs les plus combatifs, tâtant à l'occasion de la prison. Il participe à la fondation de la Confédération paysanne en 1987. En 1997, Bové, qui est parfaitement inconnu du public, est bien informé sur les OGM : il a sympathisé avec Arnaud Apoteker quand il est allé à Papeete rejoindre le *Rainbow Warrior*, un bateau de Greenpeace, pour protester contre les essais nucléaires français de l'été 1995. Les deux hommes ont longuement discuté, et Apoteker est revenu l'été suivant passer quelques jours sur le Larzac avec sa famille.

Dans leur train, l'un tirant sur sa bouffarde, l'autre sur sa cigarette roulée, Bové et Riesel sont sur la même longueur d'ondes : « À la Confédération, dit Riesel, on était minoritaires sur les OGM, on s'appuyait l'un l'autre. » Le syndicat s'interroge. Souvent, afin de s'éclaircir les idées, il invite des experts extérieurs à parler. Au printemps, se rappelle Gilles-Éric Séralini, « ils m'ont contacté, et m'ont dit qu'ils voulaient se faire une opinion : "Le fait qu'il y ait moins de pesticides, ça nous plaît, disaient-ils, mais on ne sait pas très bien ce qu'est le génie génétique, certains sont pour, d'autres sont contre, on veut faire un colloque contradictoire" ».

Le séminaire se tient à Glay, dans le Doubs, le 6 juin. Beaucoup de Suisses sont là, dans la salle communale, et d'autres Européens ; il y a une traduction simultanée. Philippe Gay, de Novartis, et Gilles-Éric Séralini exposent leurs arguments. Celui-ci raconte : « J'interpelle Philippe Gay : "Vous vous préoccupez des pesticides dans les petits pots pour bébé et vous ne regardez pas la toxicité des pesticides dans le maïs transgénique", et au lieu de me répondre : "Mais si, on regarde tout !", il fait l'erreur de me dire : "Mais enfin, vous n'avez pas compris que la valeur ajoutée d'une plante ne sera jamais celle d'un pesticide, et qu'on ne pourra jamais faire les mêmes contrôles." Cela voulait dire qu'il n'y avait pas suffisamment de bénéfice, variété par variété, pour analyser l'effet sur la santé des pesticides dans les plantes. Ça a paru scandaleux aux agriculteurs. "On est déjà pris en otages avec l'histoire de la vache folle, parce que les contrôles nécessaires n'ont pas été faits, c'est nous qui trinquons, et ça se reproduirait pour le maïs transgénique ?" » Philippe Gay garde un souvenir différent de l'épisode : « On m'a laissé parler une bonne heure, les gens écoutaient, on m'a posé beaucoup de questions, il y a eu un débat assez long où Séralini ne m'a pas trop sauté dessus. » En fait, explique une agricultrice, « Philippe Gay a utilisé des arguments scientifiques très pointus auxquels nous n'avons pas pu répondre, tandis que lui n'a rien pu opposer à nos conceptions globales. » « Le débat n'était pas idiot, se rappelle René Riesel, la problématique s'est rapidement élargie, et les gens se disaient que si l'on commençait avec les plantes, on finirait par les hommes. »

Le syndicat, en tout cas, bascule dans l'opposition. Le samedi 7 juin, des dizaines d'agriculteurs de la Confédération et d'écologistes de la fédération régionale de protection de la nature se retrouvent à Saint-Georges-d'Espéranche, en Isère, sous la banderole « Après la vache folle… les plantes folles ! ». Ils pique-niquent, puis fauchent un champ de colza transgénique dont ils apportent la récolte à Lyon, devant les bureaux français de Monsanto.

3 – Jospin et Voynet vont dans une galère

À la surprise générale, le président Jacques Chirac perd en juin les élections législatives qu'il a provoquées en dissolvant l'Assemblée. Le socialiste Lionel Jospin devient Premier ministre. Il nomme Dominique Voynet ministre de l'Environnement – c'est la première fois qu'un Vert, en France, devient ministre. Personne ne se rappelle – à peine les Verts eux-mêmes – que, dans un coin de l'accord politique qu'ils ont passé avec le parti socialiste en janvier, les deux partis se sont engagés à « proposer, à l'échelon européen, un moratoire sur l'utilisation » des OGM.

Les débuts de l'équipe Jospin sont énergiques et efficaces. Le gouvernement semble dénouer l'un après l'autre les dossiers dans lesquels le brutal Juppé s'enferrait. Sans-papiers, 35 heures, emplois-jeunes, Superphénix, on décide, on tranche, on agit, et l'opinion aime ça. Dans la pile des questions à résoudre, l'imbroglio transgénique arrive à son tour. Que faire ? On réfléchit. Après tout, la France est en infraction avec la réglementation communautaire, même si celle-ci est passablement compliquée. Le parti socialiste, par habitude, croit au « progrès » technique, et le ministre de la Recherche, Claude Allègre, un vrai copain de Jospin, lui dit que les écolos exagèrent beaucoup. Allègre est géologue, ce qui limite ses connaissances en agronomie, mais c'est un savant, non ?

À vrai dire, Lionel Jospin s'intéresse peu au sujet, pas plus qu'à l'écologie, en pur socialiste. En revanche, il est sensible à la dimension européenne des problèmes : la France doit respecter sa signature et le texte de la directive. Et c'est un expert de l'analyse des rapports de forces. Depuis l'été, le soufflé OGM semble être retombé : il est encore chaud, mais ne paraît plus devoir déborder. Les milieux agricoles – qu'aucun responsable politique n'aime s'aliéner – sont hésitants : la FNSEA est plutôt favorable aux nouvelles semences, son inquiétude essentielle est de perdre en compétitivité sur la rivale américaine ; l'Association générale des producteurs de maïs est résolument pour ; et la Confédération paysanne, qui vient à peine de faire sa religion en la matière, n'est pas encore vraiment sortie du bois.

Une longue réunion interministérielle a lieu en novembre. Autour de Lionel Jospin, il n'y a pas moins de quatre ministres et deux secrétaires d'État. Dominique Voynet se sent isolée. Militante de toujours – l'adolescente alliait dans un même enthousiasme la défense des chiens perdus à la protestation contre les missiles nucléaires –, elle a été un des artisans de la construction du parti des Verts. Elle est d'une écologie plus sociale que celle, plus naturaliste, de Corinne Lepage. Les Verts sont peu affûtés sur la question, et elle connaît mal le dossier. Elle pense encore que les OGM peuvent limiter la consommation de pesticides. La jeune femme est, comme Lionel Jospin, une experte en évaluation des rapports de forces. À cette réunion, elle jauge les possibilités. Quand elle voit le consensus se dessiner, elle décide de l'adopter.

Le maïs, à la différence du colza, ne risque pas en France de se croiser avec des plantes sauvages : les gènes introduits dans le maïs ne devraient donc pas se transférer dans d'autres espèces de plantes. Et pour ce qui est de la question de la résistance aux antibiotiques, on se range aux avis des experts de la CGB. Le gouvernement pense donc avoir trouvé une bonne solution, soigneusement balancée : autorisation de la culture du maïs Bt, interdiction de celle du colza transgénique, dont les possibilités de dissémination de gènes sont, elles, bien connues. Et pour décorer de démocratie moderne le gâteau, on organisera une conférence de citoyens, sur le modèle scandinave. « Le paquet n'était pas déshonorant, dit Dominique Voynet, le rapport de forces ne permettait pas d'empêcher l'autorisation. »

La réunion dure des heures. Elle est suivie de la présentation de la décision en conférence de presse par Louis Le Pensec, flanqué de Dominique Voynet, Bernard Kouchner, secrétaire d'État à la Santé, et Marylise Lebranchu, secrétaire d'État au Commerce. Bernard Kouchner proclame : « Les OGM ne sont pas la marque du diable, mais la marque du progrès. » Dominique Voynet explique de son côté : « Dans l'attente du débat public, nous devons poursuivre le moratoire sur les OGM, sauf sur les quelques espèces ne comportant aucun risque. C'est le cas du maïs, il fait l'objet d'un consensus, tant des scientifiques que des médecins et des écologistes. [...] Le choix des OGM ne se fait pas à l'encontre de la lutte biologique, au contraire les deux méthodes sont complémentaires. »

C'est le bide : les écologistes poussent les hauts cris, les Verts lèvent les boucliers et Marie-Hélène Aubert et Noël Mamère se désolidarisent de leur camarade ministre. Nombre de socialistes, aussi, renâclent. Laurent Fabius a bien vu le danger et évoque la vache folle : « Le problème est qu'il faut étudier si le maïs transgénique, lorsque les animaux le mangent, n'a pas des conséquences sur les animaux et lorsque l'homme, lui-même, mange ces animaux. Cela rappelle des histoires qu'on a connues », dit-il le 30 novembre sur la chaîne télévisée TF1.

Le feu vert du gouvernement est d'autant plus maladroit qu'il s'est appuyé sur un avis du Comité de la prévention et de la précaution, attaché au ministère de l'Environnement, en prétendant que celui-ci a donné un avis favorable au maïs. Surprise dudit Comité, qui a conclu à l'inverse : du fait de la présence d'un gène de résistance aux antibiotiques dans le maïs, a-t-il dit, « il faut recommander à l'avenir l'interdiction de toutes les constructions génétiques qui en contiendraient ». Le gouvernement omet par ailleurs de rappeler que la majorité des autres États européens est opposée à la commercialisation de ce maïs, et il se retranche derrière l'avis favorable de la Commission de Bruxelles. Et si l'on annonce un débat public, la décision prise le vide d'entrée de jeu de son contenu.

Axel Kahn soutient la décision du gouvernement, dans un article du *Monde* intitulé : « Pourquoi tant de haine contre ce pauvre maïs ? » Mais la crédibilité de l'ex-président de la CGB a du plomb dans l'aile : ne vient-il pas d'accepter, en octobre, de devenir directeur scientifique pour les sciences de la vie chez Rhône-Poulenc – le seul acteur français des OGM –, pour des émoluments qui doublent son salaire de chercheur public ? Il affirme que « tous les experts français, européens et américains consultés ont été unanimes pour dire que, même s'il était "inesthétique", ce gène ne posait aucun problème » – sans doute eût-il fallu en consulter d'autres, ce qui aurait fissuré cette belle unanimité. Car le nouveau directeur de Rhône-Poulenc oublie l'avis du Comité de la prévention et de la précaution, celui du Comité anglais, sans même parler des scientifiques de l'appel au moratoire. Kahn approuve aussi, évoquant l'interdiction du colza, « la prudence gouvernementale, en ce qui concerne d'autres variétés, qui peuvent, elles, échanger des gènes avec des plantes présentes dans l'environnement » – deux ans auparavant, il s'apprêtait à autoriser leur mise sur le marché, certes de « façon temporaire et conditionnelle ».

Cependant, si elle est vilipendée, brocardée, dénoncée, la décision du gouvernement s'impose. En février 1998, un arrêté autorise la vente et la culture des graines de Novartis. Allons, tout cela n'était qu'un mauvais rêve. L'Autriche, combien d'hectares de maïs ? La France, c'est 1,8 million. Elle a tranché, l'Europe suivra. Et derrière le maïs, cheval de Troie, s'engouffreront les OGM.

4 – Les paysans entrent en scène

Il y a une chose que José Bové aime bien faire, quand il ne lit pas Lanza del Vasto ou *Le Monde*, c'est regarder la télévision. « Lors de la décision interministérielle d'autoriser la culture du maïs, France 2 a diffusé un sujet montrant le directeur de Novartis, devant un entrepôt, disant qu'il était prêt à vendre les semences OGM aux paysans français. Je me suis dit : “Les semences sont déjà là, ils vont tout balancer au printemps dans les circuits commerciaux, il faut enrayer le processus avant que la force de vente se mette en branle.” »

Les paysans découvrent rapidement que Novartis possède un entrepôt important à Nérac, dans le Lot-et-Garonne, ils vont repérer les lieux et décident de manifester. « Bové m'a appelé, dit Riesel. “Qu'est-ce qu'on fait ? On ne va pas cramer un silo de maïs, quand même.” » Bové : « Un copain a dit : “Et si on le mélangeait avec du maïs normal, ça le ruinerait.” C'est ce qu'on a choisi de faire. » Deux ou trois cents agriculteurs, dont quelques « bio » de l'association Nature et Progrès, se retrouvent à Nérac, ce 8 janvier 1998. « On rentre dans le site, raconte José Bové, et les gars se mettent à fouiller les hangars. On ne trouve pas, il n'y avait que des semences normales. On avance, et on voit un employé qui s'agite à une porte. On y va, et on tombe sur la caverne d'Ali Baba : le stock était là, il n'y avait pas de doute, à voir la façon dont les gens de Novartis paniquaient. On est arrivés avec notre sac de trente ou quarante kilos de semences de maïs, on l'a éventré, et on a commencé à le mélanger avec les OGM, à la main, au pied, à la pelle ; il y en avait d'autres sur les étages, on s'est dit qu'il fallait les faire germer, on a pris une lance à incendie et on les a arrosés. » « La police est arrivée, dit Riesel. Il y a eu une échauffourée pour fermer la vanne de la lance. Quand l'endroit s'est retrouvé dans un état de désolation suffisante, nous nous sommes retirés. »

Sur la route du retour, après le casse-croûte, le car des syndicalistes s'arrête à une agence Assedic devant laquelle des chômeurs manifestent. Les paysans veulent témoigner de leur solidarité – l'équipée a un côté Pieds Nickelés –, ils commencent à grimper sur les grilles, la police rapplique, les trublions sont encerclés, des employés de Novartis arrivent, désignent les paysans qu'ils reconnaissent. On palabre, on téléphone à Paris. Riesel négocie avec le procureur qu'on inculpera trois syndicalistes – lui, José Bové et Francis Roux –, tandis que les autres paysans qui sont intervenus chez Novartis ne seront pas inquiétés.

En fait, selon Christian Morin, les semences transgéniques auraient été ailleurs : « Il n'y avait là que des graines de betterave, de maïs classique et surtout de tournesol. » Mais peu importe. Les trois inculpés passent en procès, à Agen, le 3 février, soutenus par des manifestants. L'audience au tribunal manifeste pour la première fois la cristallisation des forces opposantes : Arnaud Apoteker, de Greenpeace, vient témoigner, et Vandana Shiva, qui élargit la question à l'agriculture des pays du Sud. Les consommateurs aussi s'engagent : Marie-José Nicoli, présidente de l'Union fédérale des consommateurs *(Que choisir)*, déclare à la barre : « Si nous ne pouvons accepter les voies de fait employées, nous sommes néanmoins sensibles aux préoccupations de la Confédération paysanne qui ont motivé cette intervention. » Bové s'explique : « Je sais qu'en agissant comme je l'ai fait, je faisais quelque chose d'illégal. Mais c'était nécessaire, et nous n'avions pas d'autre choix. La façon dont les produits génétiquement modifiés ont été imposés aux pays européens ne nous a pas laissé d'alternative. Quand y a-t-il eu un débat public sur les organismes génétiquement modifiés ? Quand les agriculteurs et les consommateurs ont-ils été interrogés sur ce qu'ils en pensaient ? Jamais. » La dynamique du procès retourne l'accusation : ce sont les OGM qui sont en cause. Mais les voies de fait sont évidentes : les accusés sont condamnés à huit mois de prison avec sursis.

L'épisode bloque la commercialisation du maïs. L'équipe de Novartis en France sent qu'elle a l'opinion contre elle ; elle n'est pas soutenue par la direction de Bâle, pour qui cette polémique survient au plus mauvais moment ; les agriculteurs eux-mêmes ne sont guère demandeurs. Ce qui restait d'énergie commerciale au semencier français, épuisé par une année éprouvante, s'effiloche. Malgré le feu vert de Bruxelles, malgré celui de Paris, la France, premier pays agricole d'Europe, n'adopte pas le maïs transgénique.

Le coup de Nérac, parce qu'il est traduit en justice, marque un moment important. Le débat se solennise, il se déplace sur le terrain du droit. Non pas le droit embrouillé des réglementations avec leurs recoins et leurs procédures, où l'opinion des peuples aurait pu être enfermée si l'Autriche, l'Italie et le Luxembourg n'avaient marqué leur refus du maïs Bt. Mais le droit à visage humain de la rébellion, le droit où s'incarnent des êtres vivants, où des actes vifs dans des lieux précis concrétisent ces transgènes invisibles. Jamais l'expression « traduire en justice » n'a sonné avec autant de clarté : dans le procès, un travail de traduction s'opère, du langage invisible de l'ADN au langage humain des actes et des paroles. À partir de Nérac, la bataille n'est plus seulement dans les pages des journaux, dans les rayons de supermarché, dans les embrouillaminis bureaucratiques. Elle s'élève sur le terrain austère et humain où il faut répondre à cette question : qu'est-ce qui est juste ?

5 – La bataille des antibiotiques

Cependant, l'industrie commence enfin à se remobiliser. En Suisse, toute la communauté génétique se mobilise pour faire face à la menace que les agréables possibilités de la paisible démocratie helvète ont fait surgir : lancée en 1993, la *Gen-Schutz Initiative* (Initiative de protection génétique) a réuni plus de 100 000 signatures en demandant l'interdiction de la production et de la vente des animaux génétiquement modifiés, l'interdiction de la dissémination d'OGM dans l'environnement, l'interdiction de l'octroi de brevets pour tout animal ou plante génétiquement modifiés, et la demande à celui qui veut utiliser des OGM « qu'il fournisse la preuve de l'utilité, de la sécurité et de l'absence d'alternative, et qu'il démontre que l'opération est acceptable sur le plan éthique ». Cela impose d'organiser un référendum.

Industriels et généticiens estiment que le succès de l'Initiative empêcherait ou handicaperait lourdement la recherche. Comme les animaux sont concernés, c'est toute l'industrie pharmaceutique – et pas seulement les semenciers, beaucoup plus faibles – qui prend le taureau par les cornes. Elle agit habilement. D'une part, elle soutient les autorités qui allument un contre-feu, sous forme d'une législation sur les biotechnologies rigoureuse, inspirée de la directive 90/220 et qui montre à l'opinion que l'État assume ses responsabilités. Le Parlement travaille « particulièrement rapidement » et la loi est mise en œuvre peu avant le vote, qui doit intervenir en juin 1998. D'autre part, l'industrie, qui finance largement l'opposition à l'Initiative – elle rassemble 35 millions de francs suisses, à quoi Monsanto contribue pour 250 000 dollars –, prend soin de ne pas se mettre en avant, laissant parler les scientifiques, quitte à les stimuler. Toute l'année 1997, les débats se multiplient, les chercheurs interviennent pour expliquer que c'est le progrès de la science qui est en cause, le tout récent prix Nobel Rolf Zinkernagel, de Zurich, s'engage activement. Et, le 28 avril 1998, plusieurs centaines de chercheurs en biotechnologie et de sympathisants manifestent contre l'Initiative. Le 6 juin, elle est rejetée par 67 % des suffrages. Un observateur note que le sujet a attiré une participation (40 %) supérieure à celle du référendum contre l'entrée de la Suisse en Europe.

La nouvelle constitue évidemment un soulagement pour l'industrie et les biotechnologues. Mais, pour ceux qui s'occupent des plantes transgéniques, le message est ambigu : la question des animaux a, en quelque sorte, obscurci l'enjeu. Les animaux transgéniques sont surtout utilisés en laboratoire pour mener des études médicales, et ils renvoient à la question de la recherche sur la santé. La problématique est complètement différente de celle des plantes, qui concernent l'agriculture, la nourriture, et où les alternatives sont beaucoup plus visibles. C'est pourquoi le débat suisse n'influence pratiquement pas la discussion dans les autres pays européens, notamment en France, où tout le champ est occupé par la préparation de la conférence des citoyens annoncée par le gouvernement.

Elle doit avoir lieu en juin. Après le procès d'Agen, le débat se déplace sur le terrain scientifique, et notamment autour de la question du gène de résistance à l'ampicilline intégré dans le maïs de Novartis, maïs appelé Bt 176. Le débat sur l'usage d'un tel gène est récurrent. En 1987, quand Benedikt Haerlin critique l'essai INRA de Dijon, il invoque notamment le risque de transmission du gène de résistance aux bactéries du sol. La question était également au cœur de la procédure d'autorisation de la tomate de Calgene.

Les OGM vont pourtant être commercialisés alors que cette hypothèque n'est pas levée. Pour une raison triviale : les chercheurs industriels ne savent pas, à ce stade, s'en passer. Ces gènes de résistance sont d'excellents marqueurs. De surcroît, la méthode de création d'une plante transgénique tient du bricolage tout en étant assez lourde. Bricolage au sens où les chercheurs tâtonnent avant de parvenir à ce que l'insertion d'une construction génétique « prenne », comme on dit qu'une greffe prend. Assez lourde parce qu'une fois qu'on a réussi l'insertion, un long travail de sélection et de multiplication des plantes transformées intervient. Si bien que, quand on a trouvé la bonne formule, on s'y tient.

C'est ce qui est arrivé à l'équipe de Ciba-Geigy : même si leurs camarades de Calgene, on s'en souvient, les ont dissuadés d'utiliser le gène de résistance à l'ampicilline, ils l'ont gardé parce qu'ils étaient partis sur cette construction génétique et qu'elle « marchait ». L'équipe de Mary-Dell Chilton a inséré le gène sur le plasmide, a bombardé celui-ci sur des cellules de maïs avec le canon à gènes. Les cellules qui ont intégré un fragment de l'ADN des plasmides ont aussi intégré le gène de l'ampicilline. On le garde. Ciba était en avance sur Monsanto, dont le maïs Bt n'était pas encore au point. Ce retard vient de ce que, bien des années auparavant, les chercheurs de Saint Louis pensaient intégrer les gènes Bt dans des bactéries qu'on répandrait sur les plantes

– comme dans le modèle des bactéries antigel de Lindow – et non directement dans les plantes ; le temps de se rendre compte que la voie n'était pas bonne, de précieux semestres de travail étaient perdus. Renoncer au gène de l'ampicilline contraindrait Ciba – ou plutôt, maintenant, Novartis – à reprendre tout le travail, et conduirait à se faire doubler par le grand concurrent. De son côté, Monsanto a obtenu des cellules végétales où le gène de l'ampicilline ne s'est pas intégré. Ses plantes ne conservent que le gène de résistance à un autre antibiotique, la kanamycine, qui, n'étant pas utilisé en thérapie humaine, semble moins problématique.

C'est donc une logique industrielle – inavouable – qui bloque la possibilité de dénouer le débat. Les experts de la CGB le savent bien, tout comme ils connaissent parfaitement l'ancienneté du débat scientifique sur le problème posé par ce gène. Ils savent qu'il vaudrait mieux l'éviter. Mais ils sont, eux aussi, largement guidés par les impératifs industriels, comme en témoigne – un exemple parmi beaucoup d'autres – le fait que leur « Livre blanc » de 1996 s'ouvre sur un chapitre décrivant « Les perspectives économiques de la transgenèse végétale », ce qui est tout à fait hors de la compétence de l'organe d'expertise. Axel Kahn en est bien conscient, quand il écrit à propos des « risques économiques », que leur « évaluation est aux frontières du mandat de la Commission » ; il note d'ailleurs que « les craintes et incertitudes de la population vis-à-vis des plantes transgéniques et des produits dérivés aboutissant à leur échec commercial, représentent le risque économique le mieux identifié par les industriels ».

Quoi qu'il en soit, la CGB certifie l'innocuité de l'emploi de ce gène. Kahn est de surcroît allé à Bruxelles, où il a présenté « une étude circonstanciée, théorique, bibliographique et expérimentale qui m'amenait à confirmer l'absence de risque ». Encore en novembre, soutenant la décision gouvernementale, il répète que « ce gène ne posait aucun problème. Il n'est pas actif dans la plante. Son passage à des bactéries dans le tube digestif est hautement improbable. Et surtout, si ce passage se produisait néanmoins, il serait sans aucune conséquence, puisque, malheureusement, déjà 50 % des bactéries pathogènes du tube digestif du bétail et de l'homme possèdent ce gène de résistance ».

Peut-être a-t-il raison. Mais peut-être non : car l'affirmation reste contestée par nombre d'experts qui, paraissant aussi crédibles que l'ex-président de la CGB, le dépossèdent du monopole de la compétence scientifique sur le sujet : le Comité anglais, on l'a vu, le Comité de la prévention et de la précaution, des chercheurs suisses qui, en mai, affirment lors d'un congrès international que le gène de résistance aux antibiotiques « peut provoquer une nouvelle résistance chez les consommateurs » – « un risque minime, mais qui existe ». Le débat se cristallise au printemps autour d'un article de Patrice Courvalin, publié dans *La Recherche* en mai, alors que la conférence est en pleine préparation et que les médias suivent la controverse avec la plus grande attention. Sur cinq pages fouillées, dans ce qui est alors un journal de vulgarisation très lu par la communauté scientifique, le biologiste met en pièces le discours rassurant des experts officiels. Or Courvalin vient du saint des saints de la recherche biologique en France – l'Institut Pasteur, qu'on ne peut suspecter d'abriter des cohortes d'ennemis du génie génétique. Il est de surcroît un excellent spécialiste des antibiotiques – chercheur brillant et ambitieux, il dirige déjà un laboratoire important à l'Institut, l'unité des agents antibactériens. Élément psychologique non négligeable, enfin, il est réellement en colère devant la façon dont les autorités et les mandarins tentent de couvrir la question et ont balayé l'avis du Comité de la prévention et de la précaution, dont sa femme est secrétaire. Sur le sujet des antibiotiques, Courvalin est au moins aussi crédible que Kahn qui, quoique excellent scientifique, est spécialiste du foie et des cellules sanguines.

Tout cela ne signifie pas que la thèse de Courvalin soit juste, d'autres spécialistes la contredisent – ce qui ne signifie pas que Courvalin ait tort… Mais, sur ce qui est à ce moment le point clé du débat, un des meilleurs connaisseurs du domaine jette son poids dans la balance, sur le plateau des contestataires. Le public en déduit que les scientifiques ne sont pas d'accord entre eux, donc que la réponse n'est pas si évidente qu'on le pensait. Surtout, les questions de Courvalin – comme, sur d'autres sujets, de Séralini et de Gouyon – révèlent ce que la communauté des biotechnologues tente soigneusement de tenir voilé : le domaine est miné d'incertitudes et les réalisations relèvent plus du tâtonnement expérimental que de l'assemblage précis d'une fusée ou d'un avion de chasse. Autre révélation : on s'apprête à lancer sur le marché, et en l'occurrence dans l'environnement, des « constructions » qui ne sont pas maîtrisées. Comme l'a dit quelques mois auparavant un membre de la CGB, Yves Chupeau, au détour d'un article, l'autorisation du maïs Bt de Novartis relève d'« une expérience agronomique à grande échelle ». Le monde entier est leur laboratoire : mais lui ont-ils demandé son avis ?

La diffusion du maïs transgénique à grande échelle pose ainsi un problème bien vu par les chercheurs rebelles : « Ces gènes, explique Courvalin, n'ayant pas d'"étiquette moléculaire", ne pourront pas être tracés jusqu'à leur source. On ne pourra jamais établir la contribution de ce type de plantes transgéniques à l'évolution des bactéries vers la résistance aux antibiotiques. » Si un jour, explicitent Pierre-Henri Gouyon et Christine Noiville, « il arrivait qu'une personne soit infectée par des bactéries devenues résistantes car ayant intégré ce gène provenant du maïs, nous ne pourrions pas le savoir ».

La polémique bat son plein. Articles, émissions, reportages se multiplient. Dans le milieu agricole, notent des sociologues de l'INRA, les nombreuses assemblées générales des coopératives, syndicats ou autres associations sont autant d'occasions d'aborder le sujet. Les conférences se multiplient dans les écoles et dans les universités. « Certains responsables nationaux d'associations ou chercheurs impliqués dans la controverse disent, agendas à l'appui, être intervenus, à partir de début 1997, dans une conférence-débat par semaine. »

Le débat prend, pour ceux qui y participent, un tournant presque passionnel. Les deux pôles en sont sans doute Philippe Gay et Arnaud Apoteker. Pour Gay, la controverse active un déchirement intime : car c'est sur ce même gène de résistance à l'ampicilline qu'il s'était, jeune chercheur, rebellé contre son patron de Jussieu, comme on l'a vu au premier chapitre. Étrange destin : il est maintenant celui qui dit que le gène ne pose pas de problème : « Nous sommes dans la situation d'un plongeur sous-marin qui aurait peur de la pluie, explique-t-il. La résistance à l'ampicilline est tellement répandue que l'éventualité très faible d'en rajouter un tout petit peu ne changerait pas les choses. » Mais, derrière la rationalisation, il y a cet étonnement : « Je me serai fait taper dessus dans les deux directions, quand j'étais pour et quand j'étais contre. » Chez Ciba, Philippe Gay a développé les variétés de maïs Bt à partir de la construction génétique mise au point dans le laboratoire de Mary-Dell Chilton. En d'autres circonstances, on l'aurait salué comme un brillant innovateur. Il se retrouve acculé dans le rôle du vilain, qu'il accepte d'autant moins qu'il pense n'avoir jamais démérité. « Je fais connaissance avec la télévision, les plans de trente secondes, l'équilibre "un pour, un contre". Je suis inactivé : la seule force sur laquelle je m'appuie, je ne sais pas l'exprimer dans les délais de la télévision. »

De l'autre côté, Arnaud Apoteker, de Greenpeace, est lui aussi un intervenant paradoxal. Car il est très différent des militants écologistes habituels, ou du moins de l'image que l'on pourrait s'en faire : il est calme, posé, son regard semble toujours étonné – il ressemble, sans la barbe, aux astronomes des albums de Tintin. L'eau paisible cache une grande détermination. L'homme sait très bien peser ses arguments pour ne pas dépasser la limite au-delà de laquelle ils seraient exagérés. Surtout, il a une formation scientifique qui lui permet de ne pas se faire bousculer par les experts patentés. Il a mené des études scientifiques poussées, obtenant une thèse en biochimie, qu'il a poursuivie par un « post-doc » en enzymologie aux États-Unis, à Tucson. Dans les années 1980, il a vécu en Amérique latine, dans un milieu scientifique, passant une partie de son temps à mener des analyses physico-chimiques et à développer des programmes informatiques. Il est à Greenpeace, où il est entré fin 1990, un des rares *campaigners* à posséder une réelle culture scientifique. Bon pédagogue, il explique clairement la position de l'organisation : « Nous n'avons pas d'opposition de principe aux techniques du génie génétique en tant qu'outil de recherche et de connaissance, ni même une opposition de principe à l'utilisation confinée de micro-organismes génétiquement modifiés pour la fabrication, par exemple, de substances d'intérêt médicamenteux comme l'insuline. En revanche, nous sommes résolument opposés à la dissémination dans l'environnement d'organismes génétiquement modifiés, et ce, principalement pour des raisons écologiques. »

Dans la mêlée, les positions se crispent souvent. « Greenpeace est très sectaire, juge Philippe Gay. Ils étaient imperméables au dialogue scientifique. D'autres associations se sont greffées là-dessus, comme Écoropa. Ils disaient n'importe quoi, des slogans. » Étienne Vernet, d'Écoropa, a un autre souvenir : « Les industriels étaient nuls : ils ne montraient même pas un début d'écoute de ce qu'on disait. » Axel Kahn juge que les opposants sont des « tenants de l'écologie profonde ». Gilles-Éric Séralini estime que Kahn est un « militant type ». Un chercheur suisse, Klaus Amman, parle d'écostalinisme, et dit des écologistes : « C'est un terrorisme, parfois assorti de violence physique, ou de menaces de violence. » Claude Allègre, ministre de la Recherche, invite les « partisans d'un naturalisme dépassé » « à retourner dans les cavernes faire du feu ». Le voilà à son tour armé d'une massue et d'une peau de bête, par la grâce de l'Association contre la technologie et son monde, pour qui « la dépossession radicale de la nature vivante » opérée par la biotechnologie constitue « une régression jusqu'à un état social proche de celui de l'âge des cavernes, où les hommes étaient dominés et fascinés par les puissances incontrôlables de la Nature. Ils le sont maintenant par la Technologie ». Allons bon ! Mais pour qui penche le Neandertal ?

6 – L'économie ou la démocratie ?

Dans cette foire d'empoigne sémantique, il manquait les lourds sabots de l'imagerie publicitaire. Monsanto va s'employer à les faire entendre avec une délicatesse de dinosaure. La firme a, cette fois-ci, compris que les choses chauffaient sur le Vieux Continent – au printemps 1998, on le verra, la Grande-Bretagne se réveille. « Au début, on pensait que la réaction émotive de refus était normale, dit Robert Horsch, qu'elle serait temporaire. Et puis on a essayé de dire aux gens : "Attendez, attendez, laissez-nous vous expliquer pourquoi vous n'avez pas à vous inquiéter !" On s'est dit que, si on le disait plus fort, les gens entendraient mieux. (Il élève la voix.) "VOUS N'AVEZ PAS À VOUS INQUIÉTER !" En 1998, il est devenu clair que ça ne marchait pas. » Les dirigeants de Saint Louis décident d'intervenir. Le bras droit de Shapiro, Hendrick Verfaillie, vient en France en mars, rencontre quelques journalistes, jure de ne plus utiliser de marqueur antibiotique dans les nouvelles variétés vendues en Europe, promet la création d'un centre de recherche en France lors de sa visite à Matignon – où le lobby pro-OGM est vivace et auprès de qui la Maison-Blanche est intervenue. Et il enjoint à ses troupes de mieux communiquer. Ce que les autorités apprécieraient aussi, comme l'indique Yann Fichet : « Dans mes relations avec les ministères, en France, au Danemark ou ailleurs, on nous reprochait de ne pas communiquer. »

Monsanto commence à discuter avec les autres industriels, leur propose une grande campagne de publicité commune. La proposition est fraîchement accueillie par ses concurrents : soit qu'ils jugent le moment mal choisi – comme Novartis –, soit parce que les intérêts sont antagonistes et que – c'est le cas de Rhône-Poulenc – ils ne veulent pas mener une opération qui profiterait surtout à l'Américain. Chacun communiquera donc, à sa façon, en ordre dispersé.

L'offensive commence en juin, une semaine avant la Conférence des citoyens. Au même moment, Monsanto lance une campagne similaire en Grande-Bretagne. Conçues par Euro RSCG, de pleines pages de réclame envahissent les quotidiens français pendant dix jours. Le ton joue la connivence du second degré :

« 69 % des Français se méfient des biotechnologies, 63 % déclarent ne pas savoir ce que c'est, heureusement 91 % savent lire. »

« Qu'est-ce que la biotechnologie végétale ? A. La science qui améliore les végétaux en apportant à leur patrimoine génétique de nouvelles propriétés. B. La production d'oranges bleues. C. L'étude des plantes qui dansent sur de la musique techno. »

« Combien de pages de publicité ont [-elles] été nécessaires pour convaincre les Grecs de manger des fruits nés des premières techniques de greffage en 300 avant J.-C. ? »

« Vous avez le droit de savoir ce que vous mangez. Surtout quand c'est meilleur. »

« Pour plus d'écologie gie gie, la biotechnologie gie gie. »

« C'est prouvé, les biotechnologies sont nocives. Pour les maladies. »

Sous les gros titres d'appel, des textes énoncent des affirmations fallacieuses : « Les biotechnologies permettent d'avoir une approche infiniment plus précise et maîtrisée [que la sélection classique] »,

« Les biotechnologies permettent de faire pousser des aliments naturellement meilleurs pour la santé », « Nous saluons cette avancée [la réglementation européenne sur l'étiquetage des OGM], car nous pensons que les produits issus des biotechnologies sont meilleurs, et qu'ils doivent donc être étiquetés », « Les biotechnologies végétales permettent d'utiliser les plantes comme des usines naturelles pour fabriquer des molécules pharmaceutiques », « Sans l'utilisation de cette nouvelle technologie, il faudrait défricher 2 500 millions d'hectares supplémentaires pour pouvoir, à rendement constant, nourrir les 10 milliards d'habitants que devrait compter la planète en 2050 ».

Par peur de laisser le champ libre à Monsanto, ses concurrents ont concocté leurs propres réclames, qui renforcent l'effet de matraquage. « Rhône-Poulenc unit les sciences pour la vie. » Novartis déclare « Semer pour la vie » ou « Agir en harmonie avec la nature ». Hoechst, dont Agrevo est une filiale, postule pour le grand prix surréaliste : « Imaginez un monde avec plus d'épinards, de choux de Bruxelles et d'endives. »

Ces publicités – alors que l'INRA publie une synthèse du dossier transgénique extrêmement prudente, voire réticente – manquent totalement leur effet. Non seulement elles ne retournent pas l'opinion, mais elles donnent l'impression d'avoir voulu manipuler la Conférence des citoyens qui se tient alors et qui vise à permettre un débat plus serein et non partisan. Car le député Jean-Yves Le Déaut a mis en œuvre la Conférence annoncée l'automne précédent par le gouvernement. Il œuvre efficacement et intelligemment, s'entoure d'une pléiade de sociologues avisés, veille à l'équilibre des compétences mobilisées, sous l'œil attentif de Dominique Voynet. La presse apprécie cette première : on choisit un échantillon de citoyens qu'on tâche de rendre représentatif en y mêlant hommes et femmes, ruraux et citadins, jeunes et vieux, niveaux sociaux différents. Et quand ces sept hommes et sept femmes, âgés de vingt à cinquante-huit ans – comptant un éleveur de porcs, un prothésiste dentaire, une employée de librairie, une retraitée, un étudiant en science politique… –, ont accepté de jouer le jeu, ils sont initiés pendant deux week-ends aux données de base de la génétique, à la transgenèse, aux questions environnementales, aux enjeux agricoles, etc., par des formateurs ayant des opinions différentes.

De façon plus sereine qu'en cour de justice, la Conférence des citoyens opère une superbe théâtralisation du débat sur les OGM. Dans la salle Lamartine de l'Assemblée nationale, le « panel » de citoyens se retrouve face aux « experts » et représentants des parties en jeu, de Monsanto à la Confédération paysanne – René Riesel – en passant par Patrice Courvalin, Philippe Gay, Arnaud Apoteker, ou la FNSEA. Les travées des journalistes et autres observateurs sont pleines, et l'on y suit d'une oreille attentive les débats présidés par Jean-Yves Le Déaut. Le rapport d'autorité dialectique est renversé : la retraitée ou l'artisan encadreur n'hésitent pas à interrompre le professeur ou le responsable d'entreprise pour demander des précisions. « Nous n'avons pas du tout compris, s'exclame l'un, expliquez-vous ! Vous avez parlé en hébreu. » « Je vous arrête car je crois qu'il faut répondre clairement, morigène l'autre à l'adresse d'un intervenant qui s'enferre dans la langue de bois. Vous recommencez à tourner autour du pot. »

L'exercice est très vivant, c'est une vraie discussion, animée et presque jubilatoire, qui éclaircit tous les enjeux, qui permet de mettre toutes les cartes sur la table. Parfois, on se dispute : « Non, excusez-moi, depuis Pasteur on a montré que c'était faux, mais renseignez-vous un peu ! – En technologie alimentaire, j'en sais peut-être un peu plus que vous ! » Les croyances se révèlent, comme la vision de l'humain par ce membre de la CGB : « Nous sommes des OGM dans des boîtes qui s'appellent des espèces. » On dévoile les questions secrètes, comme celle de l'indépendance des chercheurs, dont les liens avec l'industrie font jaillir cette évidence : « Si on ne peut pas croire les personnes qui font les recherches, qui doit-on croire ? » Ce qui ressort, surtout, c'est la révélation que le discours de la science n'est pas unanime, la démonstration que de l'incertitude voire de l'ignorance, au fond, préside à toute l'entreprise transgénique. Dès lors : « Vous avez deux avis différents, qui croire ? »

Ce qui surprend, note Catherine Vincent dans *Le Monde*, c'est « la défiance qu'expriment un grand nombre d'[experts] vis-à-vis d'une précipitation excessive des pouvoirs publics à lancer ces nouveaux produits sur le marché. Une prudence qui, au fil des débats, paraît d'autant plus relever du bon sens qu'à la plupart des questions posées ne répondent que des connaissances partielles, voire contradictoires ».

À l'issue de la Conférence, que l'assemblée a conclu dans l'allégresse, en s'applaudissant comme après un spectacle où la vie s'est imposée, les citoyens rendent un avis mesuré, ne marquant pas un rejet des OGM, mais une acceptation réfléchie, sous réserve du respect des recommandations qu'ils préconisent : l'interdiction des gènes marqueurs de résistance aux antibiotiques, la réforme de la CGB, un étiquetage clair des OGM, le développement de la recherche sur le risque écologique, un régime de responsabilité pour les vendeurs d'OGM.

La Conférence est un succès : elle a été équitable, réfléchie, elle a montré que « l'homme de la rue » peut comprendre les enjeux et dessiner une politique pertinente, elle a produit un réel consensus face auquel les opposants les plus radicaux sont démunis. Sur cette base, les autorités auraient pu faire repartir sereinement la mise en œuvre des plantes transgéniques. Mais Jean-Yves Le Déaut commet une erreur politique majeure. Il pourrait suivre l'avis qui lui est donné par le *panel*, au terme d'un processus original mais salué par tous ; il pourrait saisir ce moment de grâce pour faire passer à l'*establishment* – et à ses camarades socialistes, empêtrés dans une idée vermoulue du progrès – une nouvelle lecture de la technologie. Il pourrait donner cette nouvelle chance aux OGM qu'il soutient profondément. Mais il ne voit pas la fenêtre qui s'ouvre, et il suit son idée : il rend un rapport qui ne tient pas compte de ce qui a été dit sur le point focal du maïs Bt, considérant que c'est au Parlement – donc à lui, le député expert – de former la politique. Il a formellement raison, politiquement tort.

Car, comme tout l'*establishment*, il surévalue l'importance des facteurs économiques, il prend pour acquit les vertus qu'on prête aux OGM, il ne s'interroge pas sur les conditions de leur succès aux États-Unis. À l'inverse, il sous-estime les enjeux symboliques, culturels et écologiques de la bataille des OGM. Si bien, affirme-t-il, que le blocage des OGM en Europe « peut signifier à terme la complète disparition de nos pays d'Europe de l'Ouest comme grands fournisseurs mondiaux de produits agricoles ». Dans le même esprit catastrophiste, il reprend les chiffres de Rhône-Poulenc selon lesquels les pertes dues aux parasites dans les grandes cultures seraient, même en cas de traitement sanitaire, de 52 % pour le riz, 34 % pour le blé, et 38 % pour le maïs – alors qu'en 1993 l'Académie des sciences donnait des chiffres très différents : respectivement 8,9 %, 9,1 % et 9,4 % ! Le député en conclut, sans s'interroger sur le degré d'efficacité à long terme des OGM, qu'ils doivent sauver la planète de ce désastre. Et alors même qu'il recommande que ne soient plus acceptées à l'avenir les plantes contenant un gène de résistance à des antibiotiques, il se déclare favorable à la culture du maïs de Novartis porteur du gène controversé.

Il s'agit bien sûr de ne pas contredire le gouvernement qu'il soutient, en tant que socialiste. Mais tout donne l'impression qu'il y a double jeu, que la consultation des citoyens était une mascarade, que les décisions sont prises ailleurs. Bien sûr, l'opinion est surtout préoccupée à ce moment de la Coupe du monde de football. Mais la fêlure est créée, une de plus parmi celles qui détournent l'opinion de la politique. Au cœur de l'été, le 30 juillet, le gouvernement confirme l'autorisation du maïs transgénique, l'étendant même à de nouvelles lignées. Aussitôt, en août, du maïs débarque des États-Unis. On apprend même que Novartis a vendu du maïs Pactol, qui a été planté en juin, dans le Haut-Rhin et dans le Loir-et-Cher, avant même d'avoir été autorisé par les arrêtés d'août. Le préfet du Haut-Rhin reconnaît que « la profession a pu avoir connaissance bien avant la signature de l'arrêté » du 3 août des variétés qui y seraient autorisées – ce qui a conduit Novartis à mettre en culture le maïs Pactol Cb plusieurs mois avant son autorisation.

Comment s'étonner, dès lors, quand les autorités donnent l'impression de tricher, que des fauchages sauvages commencent à intervenir ? Le 13 juin 1998, la Confédération paysanne effectue une « récolte prématurée » d'une expérimentation de colza Agrevo à Chambon (Charente-Maritime), le 10 septembre 1998 à Monbequi (Tarn-et-Garonne), ce sont du maïs et du soja transgéniques qui sont fauchés.

L'autorité est contre le peuple. Qui, alors, peut contrer le pouvoir ? L'autorité de la loi.

Greenpeace et Écoropa ont attaqué devant le Conseil d'État, voici quelques mois, l'arrêté de février autorisant le maïs de Novartis. L'affaire vient en audience en septembre. Le Conseil d'État est, en quelque sorte, le juge des actes administratifs de l'État. Et à la surprise générale, à l'encontre de l'avis que lui avait donné le magistrat du Conseil présentant l'affaire, il suspend le maïs au nom du principe de précaution, un moyen juridique que le Conseil estime, « en l'état de l'instruction, sérieux et de nature à justifier l'annulation de l'arrêté attaqué ». C'est une première : jamais sur une affaire aussi importante, jamais, d'ailleurs, en fait, le principe de précaution, timidement introduit depuis quelques années dans le droit, n'avait été utilisé dans un conflit juridique. Le Conseil d'État juge que, sur la question du risque posé par le gène de résistance à un antibiotique, il manque d'éléments d'appréciation, ce qui justifie l'application du principe. Il fait entrer le principe de précaution dans la panoplie des instruments de l'action publique.

La décision, cependant, est un simple sursis et ne tranche pas sur le fond. En décembre, le Conseil choisit de renvoyer la question à la Cour de justice des communautés européennes : en effet, il ne sait pas si l'État français avait la possibilité d'interdire le maïs, dès lors que l'autorisation en avait légalement été donnée au terme du processus réglementaire européen. Un an plus tard, la Cour européenne décide, comme on pouvait s'y attendre, qu'il y a compétence liée. Ce qui, relèvent les analystes de l'INRA, met « à jour un défaut sérieux de la procédure communautaire : s'il n'est pas possible de présenter un recours lors de la décision d'un État, quand ce recours est-il légalement envisageable ? ».

Quoi qu'il en soit, fin 1998, le Conseil d'État a donné à la lutte des opposants un fondement non seulement légitime – celui que revendiquait la Confédération paysanne à Nérac –, mais légal. Un ferme coup d'arrêt est donné à l'expansion des OGM en Europe.

Chapitre 9

La bataille d'Angleterre

1 – Dieu a-t-il des droits ?

La rébellion européenne est contagieuse : les petits pays, au premier rang desquels l'Autriche, ont sonné le clairon. L'Allemagne, sous l'influence de Greenpeace, a vu ses consommateurs refuser, placidement et massivement, les aliments transgéniques en 1997. La France s'est bloquée, on l'a vu, tout au long de 1997 et 1998, en jouant la partie sur le terrain politique. Reste le Royaume-Uni.

Comme la France, il possède une puissante communauté biotechnologique – plus forte, d'ailleurs – enracinée dans la prestigieuse découverte de la structure de l'ADN qui a eu lieu à Cambridge. Comme en France, les dirigeants voient dans les OGM un vecteur de développement économique dans un domaine où leur pays possède de sérieux atouts. L'Angleterre a d'ailleurs engagé la privatisation de sa recherche agronomique sous l'ère Thatcher. Ainsi introduit-elle, calmement mais sans complexe, des OGM dans l'alimentation : elle a été la première au monde à en autoriser un, une levure de boulanger de la firme danoise Gist-Brocades en 1990. Elle s'interroge, on l'a vu, sur le gène de résistance à l'ampicilline, mais elle autorise en 1995 le soja résistant au Roundup de Monsanto, ouvrant la voie à son autorisation européenne. Le champion indigène des OGM, Zeneca, a préparé soigneusement la commercialisation d'une purée de tomates transgéniques que les deux distributeurs Sainsbury et Safeway lancent début 1996 sous leur marque : il est indiqué très visiblement qu'il s'agit de « tomates génétiquement modifiées », et la boîte est vendue moins cher que les produits concurrents – en fait, une vente à perte délibérée. C'est un succès commercial.

Mais voilà qu'arrive la vache folle. Plus encore qu'ailleurs, bien sûr, l'affaire traumatise la société : elle répand la crainte envers les processus techniques mis en œuvre dans l'alimentation, et elle ébranle la confiance que le public avait dans les experts et les responsables politiques, qui ont juré pendant des années que la maladie de la vache folle n'était pas dangereuse pour les humains. « Quand le gouvernement Major a enfin révélé la vérité sur la vache folle, au printemps 1996, le pays a été horrifié de ce qu'il apprenait sur les méthodes de fabrication des aliments, dit Paul Brown, journaliste chargé de l'environnement au quotidien *The Guardian*. Et quand les OGM sont arrivés, ils ont été perçus comme une extension de ces techniques. »

Les actions de Greenpeace à l'automne 1996 ouvrent le feu, ici comme ailleurs. Mais, apparemment, les panaches du canon s'évaporent et le ciel des OGM redevient serein. Souterrainement, pourtant, la méfiance se répand par le bouche à oreille. Les Britanniques sont très attachés au *countryside*, à la campagne, et paradoxalement d'autant plus que leurs racines paysannes se sont presque évanouies. Dans le sentiment collectif, la campagne n'est pas tant le domaine de l'agriculture que celui de la nature. Le mouvement de protection des sites est très vivace. Les observateurs des oiseaux, les *bird watchers*, se comptent par millions. Et, discrètement, l'agriculture biologique se développe, marginale encore mais dynamique. Par ailleurs, les écologistes anglais ont dans les années précédentes inventé des formes d'action non violentes mais énergiques : face à la construction effrénée d'autoroutes au début de la décennie, et en dehors des organisations patentées, telles que Greenpeace ou Friends of the Earth, des groupes de rebelles organisés de façon assez informelle ont maintes fois investi les sites de futurs chantiers, campant dans les forêts menacées ou s'installant au sommet des arbres situés sur le tracé de la route. Un épisode célèbre est celui de la Stanworth Valley, où, pendant plusieurs semaines, ces pacifiques mais énergiques *road protesters* ont occupé trente-huit cabanes dans les arbres. Nombreux sont ceux qui s'intéressent aux OGM.

Ainsi, sans relais médiatique, le refus des OGM se diffuse à travers le réseau des associations, d'autant plus que la défiance est totale à l'égard des assurances officielles sur l'alimentation. L'organisation qui regroupe les agriculteurs biologiques, la Soil Association, prend position contre les OGM en 1997. Le Réseau des femmes pour l'environnement coordonne une semaine d'action en avril, avec débats et distribution de tracts devant les supermarchés. Le 21, une cinquantaine de manifestants occupent les bureaux de Monsanto à Londres. Le 6 août a lieu le premier saccage d'un terrain transgénique sur le sol britannique : des betteraves expérimentales de Monsanto sont arrachées près de Kingsbury (Staffordshire), par des activistes ayant revêtu des combinaisons protectrices. Fin septembre, c'est en Irlande que le Front gaélique de libération de la Terre, jusque-là inconnu, revendique la destruction à Carlow d'un demi-hectare de betteraves de Monsanto. En début d'année, une association, Genetic Concern, avait engagé une action juridique contre l'autorisation de l'essai ; la Cour devait commencer à examiner le cas en décembre – sans le sabotage, les betteraves auraient été récoltées avant que la justice n'ouvre sa réflexion. L'action des libérateurs gaéliques inaugure deux semaines de « Jours globaux d'action » regroupant une cinquantaine d'associations. Et voilà que, le 4 novembre, trois manifestants nus – une mère de famille, un chanteur et un agriculteur bio – squattent quelques heures le toit d'une agence londonienne de publicité travaillant pour Monsanto. Ils déploient une bannière sur laquelle on lit : *« Expose the genetix cover-up »* (« Dévoilez le secret génétique »). Quelques jours plus tard, une longue liste d'associations remet une lettre au principal syndicat agricole, la National Farmers Union (NFU), pour l'engager à ne pas cultiver les cultures transgéniques : « Pourquoi semer ce que vous ne pourrez pas vendre ? » interrogent-ils.

Cette agitation a un point d'application précis : le gouvernement s'apprête à autoriser la culture commerciale d'un colza transgénique, qui pourrait donc être semé le printemps suivant. Le hasard, si c'en est un, fait bien les choses pour les opposants aux OGM. Alors que les Français se focalisent sur la question des antibiotiques, les Britanniques sont beaucoup plus préoccupés par l'atteinte à l'environnement que pourraient provoquer les OGM en y répandant leurs gènes. « La dissémination sans retour des cultures génétiquement manipulées dans l'environnement, écrivent par exemple les écologistes à la NFU, [provoquera] la perturbation d'écosystèmes équilibrés aussi bien que le croisement avec des mauvaises herbes et, ce qui est important, avec des cultures non OGM. » Or la facilité de croisement du colza avec des cousins sauvages est attestée par de nombreuses études. La préoccupation écologique des rebelles anglais se fixe donc sur un cas d'école peu contestable.

En décembre, la vapeur commence à soulever le couvercle des médias : après de longues discussions en rédaction, le quotidien *The Guardian* décide de réaliser une série exhaustive sur ces organismes encore méconnus. Pendant une semaine se succèdent des articles reflétant les différents points de vue possibles à leur propos. « À notre grande surprise, raconte Paul Brown, la réponse du public a été massive et passionnée. Et, dans ce flot inattendu, l'opinion était à 100 % opposée aux OGM. On a senti qu'on avait touché un point névralgique. » Les autres journaux emboîtent le pas et publient dans les semaines qui suivent leur propres enquêtes à la découverte des plantes transgéniques – en s'y opposant, à l'instar de leur public.

Le sujet, dès lors, passe de l'étage des discussions d'activistes à celui du débat public. Les chaînes de supermarché se retrouvent sous pression pour retirer les aliments transgéniques de leurs rayons. En mars 1998, un petit distributeur, Iceland, annonce qu'il ne vendra plus de produits OGM. Et le claironne même, achetant quelques pleines pages de publicité qui jouent sur le rejet latent des États-Unis par la Grande-Bretagne : *« The US president doesn't care what you put in your mouth »* (« Le président américain se fiche de ce que vous avalez »). Ses ventes augmentent de 12 %. Les concurrents observent et enregistrent. En avril se crée discrètement à Manchester le Genetix Snowball (Boule de neige génétique) : il s'agit de reproduire avec les OGM une méthode de désobéissance civile utilisée dans les années 1980 contre les armes nucléaires. L'idée est d'associer des citoyens anonymes, qui commettent de concert un acte illégal mais non violent pour protester contre ce qu'ils considèrent comme une injustice. Chacun doit convaincre d'autres personnes, ce qui fait boule de neige. Au même moment, la Soil Association se mobilise autour d'une culture de maïs transgénique qui jouxte la ferme de Guy Watson, près de Totnes : Watson n'est pas le premier venu des agriculteurs biologiques, puisque son exploitation couvre 400 hectares. Il craint que son maïs ne soit contaminé par le maïs transgénique, ce qui lui ferait perdre son label bio – et ses revenus. Il engage une action en justice, la presse raconte l'histoire. Pour la première fois émerge nettement le fait que les OGM, en contaminant les terrains alentour, menacent un secteur économique légitime.

En juin, le feu qui maraudait dans les clairières trouve de formidables appels d'air. D'abord, l'héritier de la Couronne, le prince Charles, entre dans la bataille, en publiant dans le *Daily Telegraph* un article intitulé « Les semences du désastre ». « J'en suis venu à penser que ce type de modification génétique conduit l'humanité dans des régions qui appartiennent à Dieu, et à Dieu seul. En dehors de quelques applications médicales très spécifiques, avons-nous le droit d'expérimenter et de commercialiser les briques de la vie ? Nous vivons dans un âge de droits – il me semble qu'il est temps que notre Créateur ait quelques droits, lui aussi. » L'héritier de la Couronne rappelle la vache folle et déroule un argumentaire bien informé contre les OGM. Son article consacre la validité de la question transgénique : elle n'engage plus quelques bandes de gauchistes et d'amoureux des oiseaux, elle concerne la société tout entière.

Avant sa parution, plusieurs essais ont été « décontaminés » – selon la formule maintenant employée par les rebelles : on compte sept actions du 3 au 5 juin, une supplémentaire le 9. L'article de Charles, daté du 8, ne semble pas dissuader les opposants de continuer, et la chronique en relate les 11, 13, 14 et 17 juin. En juillet, cette sarabande de la Saint-Jean continue, non plus sous le couvert de l'anonymat, mais à visage découvert : le samedi 4 juillet, cinq femmes vêtues d'une combinaison protectrice arrachent 200 pousses de colza à Watlington et les fourrent dans des sacs marqués du symbole de danger biologique. Selon la méthode de Genetix Snowball, elles ont écrit avant le raid à l'agriculteur, à la police et à Monsanto, déclarant et expliquant leur intention. Elles sont interpellées en fin de matinée. D'autres actions se reproduisent en juillet et en août, comme près de Totnes, à côté de l'exploitation de Guy Watson que la justice a débouté. Au total, depuis le début de l'été, plus de trente sites transgéniques sur environ trois cents ont été « vandalisés » ou « décontaminés », c'est selon.

Les non-violents s'expriment, Charles s'exprime. Et les pro-OGM ? Eh bien, eux aussi s'expriment. Monsanto choisit en effet juin pour lancer une campagne de publicité, du même type que celle assénée aux Français au même moment. Depuis le début de l'année, les hommes de Monsanto ruminent une parade à la montée de la révolte. Ils cherchent à impressionner la presse, dont la firme chimique, à Saint Louis, s'est toujours méfiée. Vers avril, raconte Paul Brown, « on a écrit un article sur Monsanto, et leur attaché de presse a insisté auprès de John Vidal, mon collègue qui avait écrit l'article, afin d'organiser un entretien avec le rédacteur en chef du journal. C'est la réunion la plus extraordinaire à laquelle il m'ait été donné d'assister : d'un côté de la table, il y avait six cadres de Monsanto, leurs directeurs pour le Royaume-Uni et pour l'Europe, un juriste, et trois dirigeants qui étaient venus spécialement des États-Unis. De l'autre, il y avait John Vidal et moi, ainsi que le chroniqueur scientifique, le rédacteur en chef et son adjoint. Ce n'était pas une discussion, ils nous criaient dessus en tapant sur la table, en nous enjoignant de ne plus parler du sujet, que Monsanto avait raison, qu'il n'y avait aucun problème sur les OGM, et que l'Europe les accepterait ». John Vidal se souvient de la réunion, qui a duré quatre heures : « Ils tapaient sur la table, comme ça (il frappe du poing sur son bureau) en disant : "Vous ne comprenez pas, vous ne comprenez pas !" *Ouch* : ceci est si *unbritish*... » L'épisode n'a pas affecté le journal, sinon que le rédacteur en chef s'est convaincu qu'il y avait vraiment là un sujet – et qu'il fallait le suivre avec encore plus d'attention qu'auparavant. Monsanto se plaint contre *The Guardian* devant le Britain's Press Complaints Board, et est déboutée.

Hum. Ces journalistes sont difficiles à comprendre... De la publicité, alors ? La campagne est aussi tapageuse qu'outre-Manche, et aussi efficace : elle fait connaître la marque, mais la proportion des consommateurs interrogés qui ne souhaitent pas acheter d'aliments transgéniques est passée de 44 % avant la campagne de publicité à 51 % en septembre – l'étude est réalisée pour Monsanto, d'autres sondages donnant des taux de rejet plus élevé, de 58 % dès le mois de juin, avant l'article du prince Charles.

La politique de communication de Monsanto « a été très inepte », dit l'ancien dirigeant de la compagnie, Richard Mahoney. Le *Wall Street Journal* résume : « Monsanto a fait quelque chose de tout à fait remarquable en Europe : elle est passée de l'anonymat à l'infamie en quelques années à peine. » À Greenpeace, Benedikt Haerlin s'en amuse encore : « Ils avaient une approche très arrogante, ce qui est très utile aux adversaires au début d'une confrontation. Dans notre campagne, Monsanto tenait le rôle du méchant – ils ont joué leur rôle brillamment, ils ont commis toutes les erreurs qu'ils pouvaient commettre. »

2 – Les rats n'aiment pas les pommes de terre

En ce 9 août 1998, Arpad Janos Pusztai est un scientifique éminent et respecté. À soixante-huit ans, la fin de sa carrière approche, une carrière très honorable : ce biologiste hongrois, qui s'est réfugié en Angleterre lors de l'invasion de Budapest par les Soviétiques en 1956, est une autorité dans son domaine, l'étude d'une catégorie de protéines, les lectines. À l'horizon d'une retraite qui sera couronnée de lauriers, aucun nuage. Le 10 août au soir, la chaîne de télévision Granada diffuse un magazine de reportages très regardé, « World in Action ». Les journalistes ont enquêté sur les aliments issus de plantes transgéniques en cherchant à comprendre s'ils avaient des effets sur la santé. Ils ont interviewé le chercheur en juin, avec l'accord de sa direction à l'institut Rowett d'Aberdeen. Il y a de bonnes raisons de l'interroger : il dirige l'étude nutritionnelle d'une recherche associant deux autres équipes universitaires, lancée depuis 1995 et dotée d'un financement important (1,6 million de livres) du ministère écossais de l'Agriculture et de l'Environnement. Une partie de l'étude consiste à nourrir un groupe de rats de pommes de terre dans lesquelles a été inséré un gène produisant une protéine insecticide, la lectine. À la surprise de Pusztai, les rats ainsi nourris présentent un poids inférieur à ceux du groupe témoin nourri avec des pommes de terre non modifiées. Pendant le reportage, et sans entrer dans les détails – son interview dure 150 secondes –, il déclare : « Je trouve très, très déloyal d'utiliser nos concitoyens comme cobayes » et : « Si vous me donniez le choix, je n'en mangerais pas. » Le reportage fait intervenir des écologistes, un chercheur allemand qui certifie que l'ADN se conserve dans l'estomac, des scientifiques assurant de l'innocuité des OGM, et interroge un représentant de Monsanto, Catherine Hooper, qui déclare : « Nous ne menons pas d'études à long terme sur les animaux pour chaque nouvelle variété [de plante transgénique]. »

La direction du Rowett Institute d'Aberdeen, où Pusztai travaille depuis trente-sept ans, est d'abord très contente du reportage, dont elle pense qu'il va lui assurer une publicité salutaire. Elle diffuse même, le matin précédant l'émission, un communiqué de presse soulignant l'importance de la recherche menée. Le président de l'institut, le député James Provan, écrit le même jour une lettre au président de la Commission européenne et au secrétaire d'État à la Santé pour souligner l'« importance stratégique » des travaux conduits dans le laboratoire. Ce que n'a pas prévu l'institut, c'est que, dans le contexte polémique qui entoure les OGM, le documentaire suscite beaucoup d'attention. Granada publie un communiqué de presse à sensation le 9 août, plusieurs journaux, dont *The Times*, téléphonent à Pusztai le 9 août, et le communiqué du 10 août du Rowett donne des détails scientifiques – faux et dont le texte n'a pas été relu par le chercheur. Le jour même de l'émission, avant sa diffusion, *The Times* et l'agence Reuters lancent l'information, sur le thème « un scientifique affirme que les aliments transgéniques sont dangereux » ; le journal a même interrogé le député libéral Norman Baker, qui déclare : « Nous sommes devenus les cobayes d'une expérimentation gigantesque. » Le lendemain matin, tous les quotidiens rebondissent sur le reportage de la veille, et les tabloïds proclament que « Les plantes transgéniques bloquent la croissance » ou titrent sur la *Frankenfood*. Les écologistes grimpent au rideau, des députés demandent un moratoire sur les OGM.

Résumons ce qui s'est passé durant ces deux jours. On voit à la télévision Pusztai dire que, personnellement, il ne mangerait pas d'aliments transgéniques et exprimer le besoin d'études plus approfondies, tandis que le documentaire a souligné l'absence de ces études. Le chercheur n'a pas exposé sa recherche, qui n'a encore donné lieu à aucune publication scientifique. Au téléphone, il a expliqué à des journalistes l'étude qu'il menait – ils sont déjà informés par ailleurs, indique-t-il. L'institut a conféré un cachet scientifique en composant un communiqué donnant des détails. Les journalistes ont extrapolé. Et le feu a pris.

Le directeur de l'institut, Philip James, réagit avec un certain oubli du sens de la nuance. Le 12 août, il publie un communiqué affirmant que Pusztai a mélangé ses données d'observation et insinuant que « des discussions avec les médias en d'autres occasions [que le reportage télévisé] ont conduit à la présentation d'informations induisant en erreur toutes les personnes concernées ». Il suspend le chercheur de son poste, lui confisque ses données d'expérimentation, détourne sa ligne téléphonique et son courrier électronique vers son propre bureau, lui interdit sous peine de poursuite judiciaire de communiquer avec quiconque sur son travail – bref, il lui passe une camisole de force intellectuelle. Le 13 août, la Royal Society – l'équivalent de l'Académie des sciences – publie un communiqué regrettant « la diffusion prématurée et la mauvaise interprétation d'une recherche infondée sur les OGM », avant de vanter l'intérêt potentiel de ceux-ci et d'évoquer les besoins alimentaires de la planète.

James fait ensuite conduire un audit de la recherche – sans y associer aucun nutritionniste de l'équipe de Pusztai ni interroger celui-ci. Le résultat prévisible de l'audit est que la recherche est biaisée, fausse, mal menée. Dans la foulée, l'équipe est dissoute, le financement repris par l'institut, Pusztai interdit de toute conférence ou collaboration scientifique. La réponse de Pusztai à l'audit n'est pas diffusée à ses collègues, et il n'en est pas fait mention quand James présente le dossier à un comité de la Chambre des Lords en octobre. On ne parle plus de l'affaire : Pusztai se tait, on en conclut qu'il a fait et dit n'importe quoi, qu'il s'agit d'un mauvais scientifique.

En fait, de nombreux types de lectines, qu'il y ait ou non transgenèse, sont connues pour être toxiques. Monsanto, d'ailleurs, s'y était intéressée plusieurs années auparavant, et avait décidé de ne pas les étudier plus avant : « On savait par la littérature scientifique que plusieurs de ces protéines pouvaient avoir des effets négatifs sur les humains », dit Roy Fuchs, au siège de la compagnie. De surcroît, elles présentaient une moindre efficacité insecticide que les protéines produites par Bt ; ce sont donc celles-ci qui ont été retenues. Cependant, certaines lectines ne sont pas toxiques, comme celle produite par le perce-neige, avec laquelle Pusztai travaillait – et non avec la lectine d'un haricot, comme l'a affirmé le 10 août le communiqué fautif du Rowett qu'ont repris les journalistes.

Par ailleurs, les études nutritionnelles sont difficiles à mener et à interpréter : « Les rats ne mangent pas des pommes de terre tout le temps, explique Derek Burke, qui a présidé le comité d'experts anglais sur les nouveaux aliments de 1989 à 1997. Il est très facile d'induire une réponse anormale de l'animal, simplement parce que vous lui donnez dix fois plus d'un aliment que ce qu'il en mangerait normalement. » Il est donc fréquent que les chercheurs soient victimes d'un artefact, c'est-à-dire d'un signal provenant non du phénomène étudié, mais des conditions mêmes de l'expérience. Néanmoins, la recherche de Pusztai n'étant pas achevée, il ne l'a pas présentée dans une revue scientifique, et lui-même n'en a pas dit grand-chose dans l'émission télévisée, la réaction de l'institut donne donc l'impression d'une chasse aux sorcières.

À ce stade, l'affaire révèle aussi un problème sous-jacent à la diffusion des OGM : très peu d'études nutritionnelles ont été réalisées à leur propos. Les chercheurs de Calgene en avaient mené une sur la tomate – ils avaient été surpris par les réactions des rats, on s'en souvient –, d'autres chercheurs en ont conduit une en 1996 avec du soja. Guère plus. Et la réaction de l'institut donne des raisons de penser qu'on ne veut pas en mener, par crainte d'aboutir à des résultats négatifs. Les conséquences, il est vrai, en sont lourdes : comme le note Gilles-Éric Séralini, « admettre que Pusztai a raison, c'est admettre que la mutagenèse insertionnelle doit être évaluée » pour chaque plante modifiée, alors que le dogme de « l'équivalence en substance » affirme qu'un végétal modifié n'est pas différent de son parent non modifié, sauf en cas de différence manifeste de sa composition chimique. Si l'on menait une étude poussée sur chaque OGM, les coûts en seraient faramineux, ce qui compromettrait leur équilibre économique. La question posée par Pusztai est donc très dangereuse pour les intérêts industriels.

Cependant, même si la réputation de Pusztai a été brutalement cassée, la méfiance à l'égard des OGM ne faiblit pas. Et le gouvernement de Tony Blair lâche du lest. En octobre, son ministre de l'Environnement, Michael Meacher, annonce un renforcement des études scientifiques, la création d'un nouveau comité ministériel, et surtout un accord des entreprises pour ne pas commercialiser de plantes résistant au Bt dans les trois prochaines années.

3 – *God saves the Charles, Blair saves the industry*

Pendant ce temps, la confusion grandit en Europe. En France, le Conseil d'État suspend l'autorisation du maïs Bt. En Grèce, le gouvernement interdit la commercialisation du colza transgénique. Le Parlement de Strasbourg commence à parler de moratoire. À Bruxelles, la Commission tente de renflouer la barque qui sombre. Elle exerce des pressions sur les États pour qu'ils fassent avancer ce qui peut être réalisé administrativement : elle menace Paris, par exemple, qui fait traîner deux dossiers d'autorisation de colza – il est vrai que la France les avait initialement soutenus, avant de virer de bord. Car l'ironie de la situation est que c'est à la demande des deux pays qui étaient les plus pro-OGM il y a encore quoi ? un an et demi – tout a changé si vite –, à la demande de la France et de la Grande-Bretagne, donc, qu'on a approuvé beaucoup de plantes transgéniques. Et comment y retrouver ses petits, maintenant ? Paris autorise le maïs Bt que la Grande-Bretagne refuse en raison de son gène de résistance à un antibiotique, mais Londres accepte un colza que la France refuse en raison de sa possibilité d'hybridation.

La Commission européenne se tient au cadre légal. Elle a lancé au début de l'année une proposition de modification de la directive 90/220. À l'origine, l'idée était de la simplifier. La rapidité de l'évolution conduit à en inverser le sens : elle propose maintenant de la rendre plus sévère, afin d'endiguer le péril du blocage complet, du moratoire. Le lobby biotechnologique proteste contre les changements envisagés – notamment la limitation à sept ans des autorisations accordées –, invoquant la menace sur « les emplois futurs et la compétitivité européenne ». Mais il n'a décidément plus la main.

En Angleterre, la pression anti-OGM ne se relâche pas. Pour le seul mois de janvier 1999, Monsanto recense 940 articles dans la presse britannique. Le *Daily Mail* fait sa une avec le titre « La Frankenbouffe peut affecter les bébés à naître », d'autres tabloïds titrent « Les plantes mutantes pourraient vous tuer » ou « Ces manipulations terrifiantes », la presse plus respectable participe au charivari avec sa propre musique : *The Guardian* rappelle, le 3 février, le mystère des trente-sept morts du L-tryptophane, *The Independent* lance une campagne demandant un moratoire sur le développement de nouveaux OGM et l'étiquetage de tous les aliments en contenant.

Pusztai revient sur la scène le 12 février, avec un éclat extraordinaire. Pendant l'hiver, plusieurs scientifiques lui ont demandé sa version des faits. Il n'a pas le droit de parler publiquement, mais il leur a communiqué son « rapport alternatif » répondant à l'audit mené par le Rowett Institute. Parallèlement, les corps des rats étudiés ont été rendus à un collaborateur de Pusztai, Stanley Ewen, pathologiste à l'hôpital d'Aberdeen. Celui-ci les a disséqués et a constaté leurs déficiences, qu'il a exposées dans un congrès scientifique en Suède. Des écologistes entrent en contact avec Pusztai, puis avec les scientifiques qui ont lu son texte et qui sont convaincus de la validité de sa démarche. Vingt chercheurs de différents pays écrivent un « Mémorandum » de soutien au mouton noir, le texte est présenté le 12 février en conférence de presse dans une salle de la Chambre des Communes, le parlement anglais. Devant une salle comble, ils présentent leur mémorandum où ils « concluent que les données [de Pusztai] seraient acceptables pour une publication scientifique » et se disent « de l'opinion que, quoique plusieurs résultats soient préliminaires », ceux-ci montrent qu'il y a une différence de poids et de symptômes immunitaires entre les groupes de rats. À ce point, la question pourrait demeurer celle d'un débat scientifique que l'on a voulu étouffer. Mais les écologistes ont soigneusement orchestré l'affaire, et la presse populaire se déchaîne : les aliments transgéniques sont dangereux, il faut les interdire.

Le gouvernement est sous pression. Et plus encore trois jours après quand la presse – peut-elle encore se déchaîner ? il n'y a plus de frein, pendant quelques jours, et tous les titres de une scandent OGM, OGM, OGM –, lorsque la presse, donc, s'en prend au ministre de la Science, lord Sainsbury de Turville : le richissime héritier de la famille Sainsbury, qui possède la chaîne de supermarchés du même nom, y possède des actions qui valent 1 milliard de livres. C'est un ardent promoteur des OGM, et l'on apprend que sa fondation Gatsby a investi 18 millions de livres dans la recherche sur ce thème. Mieux, une des sociétés qu'il possède, Diatech, détient un brevet sur le gène utilisé dans de nombreuses constructions génétiques, issu du virus de la mosaïque du chou-fleur. Comment lord Sainsbury de Turville aurait-il, en tant que ministre de la Science, une approche indépendante ? s'interroge l'opposition, qui demande sa démission. On apprend aussi que David Hill, un proche conseiller de Tony Blair, se révèle être employé par une firme de communication, Bell Pottinger, qui travaille pour Monsanto, et que les firmes développant des OGM ont rencontré plus de quatre-vingts fois des hauts fonctionnaires ou des ministres depuis 1997.

Tony Blair fait front. Son ministre ne démissionnera pas. Et le porte-parole de Downing Street fait savoir que le Premier ministre mangerait « sans hésitation » des produits transgéniques, qu'il croit qu'ils ont été correctement évalués et autorisés à juste titre, et qu'ils pourraient être « plus sains, meilleurs et moins chers » que les non-OGM. *The Mirror* incendie Tony Blair en titrant « The Prime Monster » – « Le Premier monstre » – plutôt que « le Premier ministre », en adaptant ses paroles : « J'ai mangé de la Frankenbouffe et elle est sans danger. » Mais peu importe : Tony Blair traverse la tempête sans dommage. Son sens politique ne le trompe pas : car si le parti conservateur voit dans les OGM un moyen d'affaiblir le chef du gouvernement, ils ne peuvent lui permettre de le contester sérieusement. D'une part, la façon dont les conservateurs ont géré la vache folle ne les met pas en position de donner des leçons de bonne politique alimentaire. De surcroît, c'est sous le gouvernement Major qu'a été délivrée l'autorisation du colza transgénique. Et puis, sur le fond, les dirigeants conservateurs ne sont pas plus opposés que leurs collègues travaillistes aux OGM. Alors, on vitupère à la Chambre, on questionne le gouvernement, on stigmatise le ministre indigne – mais aucun des adversaires ne s'y trompe : ce n'est pas sur les OGM qu'on croisera vraiment le fer.

La presse se calme. On ne ferait pas avaler un quart de petit pois transgénique à l'opinion, mais le coup de chaud est passé. Tony Blair a sauvé les OGM, juge Willy de Greef : « 1999 a été l'année où les écologistes ont essayé de tuer l'industrie. Pour nous, cela a été un coup de chance que cela se soit passé en Angleterre, parce que le gouvernement Blair avait la conviction que les hautes technologies étaient l'avenir de l'Angleterre et de l'Europe, et qu'il ne fallait pas tergiverser. Cela nous a sauvés, à ce moment. »

Les consommateurs, eux, n'en pensent pas moins, si l'on en croit ceux qui les connaissent le mieux, les grandes chaînes de supermarchés : les unes après les autres, au printemps, elles annoncent qu'elles ne distribueront plus de produits contenant des OGM : Sainsbury – oui, Sainsbury –, Safeway, Tesco, Marks & Spencers, Somerfield – bientôt suivies par la chaîne de restaurants McDonald's. Le rejet des OGM est tel que l'on en vient à s'inquiéter de la présence éventuelle de coton transgénique dans les tampons féminins. Et, en décembre, le fournisseur de la cantine de Monsanto, Granada Food Services, décide de servir un menu garanti non transgénique aux employés londoniens de la compagnie américaine.

Andy Coghlan, du *New Scientist*, résume bien l'évolution de l'opinion anglaise : « À l'époque de la BST, les gens étaient méfiants à l'égard de cette technologie. Ils sont passés à un état d'inquiétude de ses effets sur l'environnement, puis de colère par rapport au fait qu'on voulait la leur faire avaler sans leur demander leur avis. Et on est arrivé à une situation où les gens sont terrifiés par ces OGM. »

La tentative d'étouffement d'Arpad Pusztai a joué un rôle dans cette évolution. Et l'épilogue de son histoire est riche d'enseignements. Le scientifique, qui a près de trois cents publications à son actif, connaît les règles du jeu et les respecte : un vrai débat scientifique autour d'une recherche suppose qu'elle soit publiée dans une revue prestigieuse, après relecture par plusieurs experts qui valident sa qualité, cela ne signifiant pas qu'ils en approuvent les conclusions. Depuis qu'il a été honteusement exclu du Rowett Institute – ce qui l'a profondément blessé –, Pusztai s'est bien gardé de parler publiquement, a refusé tout contact avec les journalistes et n'a pas pris position dans la presse. Il discute avec des scientifiques, à qui il répète qu'il n'a jamais cité le détail de ses recherches à la télévision ni ailleurs, contrairement à ce qu'a réussi à faire croire l'institut. Et il cherche à présenter son travail dans une revue de qualité. Avec son collègue Stanley Ewen, il présente un texte au grand journal médical *The Lancet*. Le rédacteur en chef, Richard Horton, soumet l'article à six relecteurs, d'autres scientifiques de la même spécialité qui vont l'examiner et donner leur avis. Après les va-et-vient d'usage avec les auteurs, pour leur demander de corriger ou de préciser certains points, cinq relecteurs jugent l'article acceptable : trois sans réticence, un autre demande des changements dans l'analyse statistique puis l'accepte, un dernier trouve l'article biaisé mais son avis varie selon les sources : l'une rapporte son désaccord avec la parution d'un texte qu'il jugerait erroné, d'autres son accord pour la publication en raison de son intérêt public. Le sixième, John Pickett, refuse l'article. Contrairement à tous les usages – un relecteur ne publie pas ses commentaires –, il s'exprime violemment dans le quotidien *The Independent* contre *The Lancet*, cinq jours avant la publication, expliquant : « C'est un jour très triste quand un journal très distingué de ce genre juge bon d'aller contre l'avis de relecteurs expérimentés. » Il transmet une épreuve du texte de Pusztai et Ewen – ce qui est aussi inhabituel – à la Royal Society. Le 13 octobre, deux jours avant la parution de l'article de Pusztai et Ewen, le rédacteur en chef du *Lancet* reçoit un coup de téléphone de Peter Lachmann, un professeur éminent, secrétaire de la section biologique de la Royal Society. Lachmann dit à Horton à quel point il pense que l'article litigieux constitue « de la très mauvaise science » que *The Lancet* ne devrait pas faire paraître. Selon Horton, mais Lachmann dément, celui-ci le menace même « de conséquences sur sa position » s'il publie l'article. Incidemment, Lachmann a des intérêts dans l'industrie biotechnologique : il est conseiller scientifique pour Geron Biomed et SmithKline Beecham, et fait partie du directoire d'Adprotech.

L'article de Pusztai et Ewen paraît le 15 octobre. Il n'emporte pas l'adhésion de la communauté scientifique. On fait remarquer que les effets observés sur les rats peuvent être dus à la façon dont leur dissection a été menée, ou au fait qu'ils étaient mal nourris et manquaient notamment de protéines. On dit que les chercheurs ont pu être trompés par la variation du taux de glycoalcaloïdes dans les pommes de terre, qu'ils n'ont pas mesurée. Les données biochimiques manquent. Rien n'est donc prouvé. Mais pourquoi a-t-on cherché à museler les chercheurs iconoclastes plutôt que de discuter leurs résultats et de reproduire leurs expériences afin de les vérifier ? Et la question reste ouverte : a-t-on mené suffisamment d'études sur l'innocuité alimentaire des OGM ?

L'affaire Pusztai aura révélé, estime Paul Brown, « la façon dont l'*establishment* scientifique peut se liguer contre un de ses pairs – comme il l'avait fait contre les chercheurs qui lançaient l'alarme depuis des années sur la vache folle. Cela a montré que l'*establishment* scientifique était pro-OGM à 100 % et manquait de crédibilité ».

Chapitre 10

Doutes sur la terre américaine

1 – Les « bio » sauvent leur peau

Il nous faut revenir en arrière pour comprendre ce qui se passe en Amérique. Ce saut de quelques années n'est pas gênant, dans la mesure où l'Europe et les États-Unis suivent, à l'endroit des OGM, des évolutions si divergentes qu'on les dirait sur deux planètes différentes. Car si des activistes, des chercheurs, des décideurs politiques, des lobbyistes font le pont entre les deux continents, ces interactions ne semblent pas affecter en profondeur les icebergs des opinions respectives, qui ne bougent pas au même rythme, poussés par des courants différents. Il y a dans la langue un mot bizarre, peu employé, mais pourtant bien utile : « idiosyncrasie ». Il signifie, nous dit le dictionnaire, une « disposition personnelle particulière à réagir à des agents extérieurs ». Eh bien, face aux agents que sont les OGM, Europe et Amérique sont complètement idiosyncrasiques.

Aux États-Unis, l'agriculture biologique se développe rapidement. Au mitan de la décennie 1990, ses ventes dépassent 3 milliards de dollars et croissent de 20 % par an. C'est minime par rapport aux 400 milliards de l'industrie alimentaire, mais cela représente quand même un secteur économique, des réseaux, des intérêts, une communauté. Début 1994, les associations américaines d'agriculture biologique s'interrogent sur les OGM. Ceux-ci promettent d'utiliser moins d'insecticide, ils recourent à *Bacillus thuringiensis* (Bt), une arme traditionnelle des agriculteurs biologiques : ne sont-ils pas cohérents avec la philosophie de ceux-ci ? En effet, le principe de l'agriculture biologique est le refus d'utiliser pour combattre les ravageurs toute molécule créée par synthèse chimique (ainsi d'ailleurs que le refus des engrais chimiques). Or, *Bacillus thuringiensis* est, on l'a vu, tout ce qu'il y a de plus naturel, et ses sous-espèces expriment plus de soixante protéines, dont chacune est appropriée à telle ou telle famille d'insectes.

Cependant, les agriculteurs biologiques se rendent rapidement compte que les plantes ayant intégré le gène Bt menacent leur activité : car, comme elles l'expriment à haute dose, il est probable que les pyrales vont rapidement développer des résistances au Bt, enlevant de ce fait aux agriculteurs biologiques leur principale arme de lutte contre les insectes. Et cela sonnera la fin de l'alternative à l'agriculture chimique.

De leur côté, les industriels sont bien conscients, dès le début, du problème de développement des résistances. Mais ils ne s'en inquiètent pas, car ils pensent trouver d'autres gènes à introduire – on évoque par exemple des gènes venant des scorpions. La nature n'est-elle pas un immense réservoir de gènes à tout faire ? On trouvera, on trouvera. Un cultivateur de coton américain explique : « Admettons que nous en ayons pour quinze ans. Monsanto a un nouveau gène à l'étude pour prendre la suite. »

Mais les « bio », eux, se forgent une conviction : les techniques transgéniques les menacent. C'est non ! Un refus officialisé en septembre 1996, quand le National Organic Standards Board (NOSB, Bureau national des normes de l'agriculture biologique) décide que les produits alimentaires produits à base d'OGM ne peuvent être réputés provenir de l'agriculture biologique. La décision ne plaît guère aux promoteurs des OGM, qui en vantent le caractère écologique. Or, il n'existe pas de définition légale nationale des produits biologiques : les « certifications » bio sont accordées de manière dispersée dans les différents États. Fin 1997, le département de l'Agriculture (USDA) lance une proposition de définition des standards de l'agriculture biologique. Il y inclut… les OGM et les aliments irradiés : « On aurait dit que le texte avait été écrit par Monsanto et Cargill » (un grand négociant en grains), dit Ronnie Cummins, qui était alors directeur de la *Pure Food Campaign*.

L'équipe de Rifkin se mobilise et alerte tout le réseau bio, appelle les coopératives, distribue des modèles de tracts, édite une lettre type à envoyer au ministère. Ils utilisent maintenant Internet, et non plus le fax comme pendant la bagarre contre la BST, deux ans auparavant : « Pour envoyer 1 500 télécopies, ça prenait la semaine et ça coûtait une fortune. Avec Internet, pour lancer une “alerte électronique”, il suffit d'appuyer sur un bouton. » La communauté des « bio » se mobilise immédiatement : « C'est parti comme un feu de brousse », raconte Cummins. Les gens qui s'intéressent, comme producteurs ou comme consommateurs, à l'agriculture biologique sont plus engagés que le consommateur moyen. Quelques mois plus tard, le ministère de l'Agriculture a reçu 275 000 commentaires opposés au projet de règles, un chiffre qui dépasse de très loin le record précédent du ministère, qui avait été de 8 000 réponses. Dan Glickman, le ministre de l'Agriculture de Clinton, est très favorable aux OGM, mais pas idiot : il abandonne le projet en mai 1998, les écolos ont gagné. Un môle de résistance est implanté aux États-Unis.

Cependant, ce vent de révolte ne touche qu'une communauté somme toute marginale. Il n'arrive pas à déborder sur le grand public, alors que les plantes transgéniques entament leur troisième saison de culture. Chez Rifkin, la *Pure Food Campaign* ne réussit pas à s'élargir. « Rifkin ne parvenait plus à rassembler les fonds nécessaires pour lancer des campagnes nationales, dit Ronnie Cummins. Dans un si grand pays, il faut vraiment lever des millions de dollars pour agir efficacement. » Ses principaux lieutenants quittent Rifkin, Cummins part à l'été 1998 fonder une association de consommateurs d'agriculture biologique, dans un coin perdu du Minnesota sur le lac Supérieur. Rien n'empêche plus les OGM de pousser sur la Prairie.

2 – Une plante n'est pas un gène, monsieur

Vu de Saint Louis, tout va mieux que bien : la saison 1998 s'annonce faramineuse, les commandes de graines transgéniques ont doublé par rapport à l'année précédente, le Roundup écrase ses concurrents. On ne prête guère attention aux problèmes d'acceptation en Europe : des agités, il suffit d'envoyer des directeurs secouer un peu les puces de tous ces gens-là, de faire une bonne campagne de publicité, et les choses vont rentrer dans l'ordre. Comment l'Europe pourrait-elle refuser la révolution biotechnologique, l'alliance de l'écologie et de la prospérité ?

En fait, Bob Shapiro est beaucoup plus mobilisé par un problème stratégique qui perdure depuis des années. Pour le comprendre, il nous faut remonter au début de la décennie, au moment où les plantes transgéniques étaient en phase de prototypage. On se préoccupe alors de préparer leur future commercialisation. Dans l'esprit des gérants de la firme, les semenciers vont acheter sans barguigner sa technologie miraculeuse, par le biais d'accords de licence. Autrement dit, ils acquerront le droit d'adapter dans leurs variétés végétales les constructions génétiques mises au point par Monsanto. L'idée repose sur deux postulats : les semenciers seront avides d'acheter ces constructions, ils seront prêts à les payer cher. Les marges importantes financeront chez Monsanto la mise au point de nouvelles constructions génétiques, qu'on cédera sous licence un bon prix, ce qui générera des marges finançant la recherche de nouvelles constructions, etc.

Mais, à la grande surprise des hommes de Saint Louis, le film ne respecte pas le scénario. Ils s'en rendent compte quand ils rencontrent leurs homologues de Pioneer, le géant du maïs, l'acteur incontournable des plaines du Middle West.

Des Moines, la capitale de l'Iowa, est une ville étrange : elle n'a pas de centre. Oh, bien sûr, il y a un quartier d'affaires avec quelques buildings modernes, il y a la coupole du Sénat de l'État autour duquel se regroupent les bâtiments administratifs, mais il n'y a même pas l'embryon d'un quartier vivant, d'un pôle, que même la plus insipide des cités américaines s'attache à entretenir. Non : la ville de 600 000 habitants s'épand sur des kilomètres au long de boulevards bordés de centres commerciaux ou de rues pavillonnaires. Au nord de cet étrange tache urbaine, à la sortie 131 de l'Interstate 80, il y a Pioneer. Ce qui était, dans les années 1930, une cabane de bois posée sur des champs d'essai de maïs est devenu un « campus » : l'ensemble stéréotypé de bâtiments de verre et de métal parsemé d'arbres, de pelouses et de parkings qu'exhibent les puissantes compagnies de cette fin de siècle. Pioneer est une puissante compagnie de la fin du siècle. « En 1972, on avait la même taille que DeKalb, on avait chacun 23 % du marché américain du maïs, raconte Tom Urban, l'ancien président de Pioneer. En 1995, quand je me suis retiré, DeKalb avait 8 % et nous 45 %. »

Dans les années 1980, la firme en pleine croissance hésite devant les biotechnologies. Son directeur scientifique, Donald Duvick, est prudent : il pense qu'il est rare qu'un seul gène détermine un changement radical. Selon lui, une variété qui réussit dépend d'« interactions délicates et complexes entre de nombreux gènes ». L'agriculteur choisit les semences selon leur performance globale, pas en fonction d'un seul caractère tel que la résistance aux pesticides. La société a bâti son succès sur la sélection de plantes de plus en plus performantes, sa culture est focalisée sur cette « délicate interaction » de facteurs qui permet à un bon sélectionneur, par une méthode qui tient autant du savoir de l'artisan que de la science, de produire une variété intéressante. Et la biotechnologie n'est pas perçue comme s'intégrant aisément dans cette pratique : « Il y a eu beaucoup de discussions à la fin des années 1980, dit Rod Townsend, directeur de la réglementation scientifique, on se demandait : "Est-ce vraiment la voie du futur ? Comment faut-il répartir l'effort de recherche entre sélection classique et biotechnologie ?" » Or, explique Richard McConnell, actuel président, « On savait que les compagnies agrochimiques cherchaient à obtenir une résistance aux herbicides, et on s'est demandé : "Pourquoi nous y mettrions-nous quand Ciba, Sandoz, Monsanto sont déjà dessus ?" »

Les dirigeants de Pioneer « ont fait le pari que le risque d'une rupture technologique est minime, résument à l'époque des économistes de l'INRA, et, de ce fait, manifestent une volonté délibérée de ne pas développer des programmes lourds en recherche fondamentale ». Au début des années 1980, seulement 6 % de l'effort de recherche est consacré au génie génétique. La proportion va augmenter, mais sans que la biotech devienne le cœur de la recherche du maître de Des Moines. La firme obtient d'ailleurs, dans ce domaine, des résultats mitigés : elle met au point le canon à gènes (parallèlement à John Sanford), mais elle échoue à obtenir une luzerne transgénique présentant les qualités requises.

Aussi, quand vers 1991, Bob Shapiro, qui est chez Monsanto depuis peu, arrive dans le bureau de Tom Urban, il n'est pas reçu comme le prophète du monde à venir. Monsanto et Pioneer ont des cultures différentes. « Monsanto était un producteur de phytosanitaires, dit Tom Urban, nous sommes des éleveurs de plantes. » Elles ont des conceptions opposées : pour Monsanto, l'essentiel est le gène ; pour Pioneer, une plante n'est pas seulement UN gène. « Une caractéristique génétique n'est pas un produit en soi, précise Richard McConnell. Il faut l'intégrer dans une combinaison d'attributs agronomiques, bien l'adapter aux variétés. » Et réciproquement, la transgenèse n'est qu'un outil parmi d'autres : « Chaque année, dit Tom Urban, on améliore les plantes, et la biotechnologie est arrivée comme un outil supplémentaire, qu'on a appliqué sans se poser de question particulière. »

Ajoutez à tout cela la différence des tempéraments : Shapiro l'urbain venu de la côte est, beau parleur, intellectuel, ignorant la pratique concrète de l'agriculture ; Urban, fils du premier employé de la maison, carré, aux phrases sèches, qui a toujours travaillé chez Pioneer où il a commencé par nettoyer les poulaillers après ses cours à la Harvard Business School. Le courant ne passe pas. Et le plus malin n'est pas celui qu'on pense. Pioneer ne peut se permettre d'être absente du jeu quand les OGM viendront, et il lui faut la construction génétique que lui propose Monsanto, ne serait-ce que « pour voir ». Mais elle ne veut pas payer le prix demandé. Les péquenauds de Des Moines jouent habilement des rivalités qui existent chez Monsanto entre chimistes, ceux qui vendent le Roundup, et biologistes. Ils finissent à la fin de 1992 par acheter le gène à insérer dans le soja, mais pour une somme dérisoire : un demi-million de dollars. En 1993, Pioneer passe le même accord pour le maïs, pour un montant plus élevé – 38 millions de dollars – mais qui reste minime par rapport aux espoirs de Monsanto.

Les autres firmes de semences ne sont pas plus enthousiastes que leur leader. Elles gagnent bien leur vie dans le système tel qu'il est, pourquoi dépenser des fortunes pour des technologies dont les possibilités ne sont, alors, que putatives ? Il n'y a que dans le coton que Shapiro parvient à un accord convenable, avec Delta & Pine Land. C'est important, mais pas suffisant.

Alors Shapiro va faire le grand pari de sa carrière, le choix décisif, le genre de décision qui, quand un homme se retourne sur son passé, lui apparaît comme le moment où les choses ont vraiment basculé. Il change de stratégie : « Les semenciers ne veulent pas acheter notre technologie ? Nous achèterons les semenciers ! » Conforté dans sa vision par les résultats très positifs des premières saisons de cultures transgéniques, il achète à tour de bras. Il mange un morceau de DeKalb, l'ex-roi du maïs, en janvier 1996 pour 177 millions de dollars, avale les activités soja et maïs d'Asgrow en septembre pour 240 millions de dollars, rafle Holden, qui possède de belles lignées de maïs, en janvier 1997, pour 1 milliard de dollars – la société ne fait que 45 millions de chiffre d'affaires, Wall Street sursaute. Pour se donner de l'air, Shapiro autonomise sa division chimie lourde en 1997, prélude à une séparation ; l'opération fait monter le cours de l'action, ce qui donne un levier pour lever des capitaux. Et les emplettes continuent : en mai 1998, DeKalb est englouti pour 2,3 milliards de dollars, Delta & Pine Land, pour 1,8 milliard. En juillet, Plant Breeding International (PBI), un centre de recherche anglais sur le blé, est mangé pour un demi-milliard de dollars – les Français sont soufflés, ils ont péniblement rassemblé 300 millions de francs pour tenter de reprendre PBI. En octobre, les activités semencières internationales de Cargill sont acquises pour 1,4 milliard de dollars.

Ouf ! Au total, plus de 7 milliards de dollars en trois ans. Par une entreprise dont le chiffre d'affaires en 1996 est de 9,3 milliards. « Il y a eu une sorte d'euphorie, pendant tous ces rachats », note sobrement un cadre de Monsanto. Mais Shapiro a payé cher, trop cher. Même si les OGM sont profitables, ils ne peuvent générer en si peu de temps des marges permettant de financer des investissements si lourds. Cette chevauchée fantastique a endetté l'entreprise, elle est au bord de l'asphyxie.

Il faut trouver un allié aux poches pleines. Shapiro cherche du côté de la pharmacie. Cela allégera le coût de la recherche, par une synergie des efforts, puisque, par le concept des « sciences de la vie », plantes et médicaments sont cousins. Shapiro explique qu'il veut une « fusion entre égaux ». En juin 1998, la fusion avec AHP (American Home Products) est annoncée : AHP représentera 65 % de la nouvelle compagnie, Monsanto 35 %.

Le cours de l'action de Monsanto atteint 64 dollars en août. Ça y est ! L'Everest ! Regardez le ciel, toujours plus haut ! Qu'importent la prothésiste citoyenne et son antibiotique, le prince Charles et ses droits de Dieu, les rats et leurs pommes de terre ! La biotechnologie sera le prochain siècle, nous serons Microsoft !

Le 13 octobre, le projet de fusion avec AHP est annulé. Les dettes sont là. Le cours de l'action Monsanto commence à chuter. Le 27 octobre, à San Francisco, Shapiro est entarté par la Biotic Baking Brigade (Brigade pâtissière biotique). Ça avait l'air beau, le ciel, tu te souviens ?

3 – Percy et les quarante inspecteurs

L'endroit est assez peu fréquenté. Le Saskatchewan, une des provinces de l'ouest du Canada, est une plaine immense. Verte et colorée l'été, sous un ciel bleu qu'agitent des nuages pressés d'aller voir ailleurs – on dit du Saskatchewan qu'il est le « pays des ciels vivants » –, blanche nappe de neige pendant les six mois que dure l'hiver, quand le thermomètre descend à - 28 °C la nuit. Quelque part, Bruno. 700 habitants, des rues qui se croisent au carré, des maisons sans apprêt, une rue principale comprenant un hôtel décati, deux épiceries, un pharmacien francophone, une banque et un restaurant chinois. L'élément le plus pittoresque que peut remarquer l'étranger de passage, c'est le portrait de Mao Zedong au-dessus de la caisse du restaurant chinois.

La maison de Percy Schmeiser se trouve à la sortie du bourg, près de la ligne de chemin de fer. On enlève ses chaussures en entrant, on admire le living – sanctuaire à la moquette flamboyante et kitsch où les photographies encadrées des cinq enfants racontent la vie d'une famille unie – et on va discuter dans la cuisine. La télévision reste allumée pendant le repas, au début duquel on dit le bénédicité : comme beaucoup d'agriculteurs des plaines américaines, venues du centre de l'Europe ou de Scandinavie au siècle dernier, les Schmeiser, catholiques, sont très pieux.

« 1999 a vraiment été l'année terrible », raconte Percy, un homme vigoureux qui paraît moins que son âge (il est né en 1931), le port droit et le cheveu abondant. « On était souvent surveillés par des hommes dans une voiture, là, le long de la voie de chemin de fer. Ils ne disaient rien, ils ne faisaient rien, ils étaient là, à regarder. Une fois, ils sont restés trois jours d'affilée. Quand on allait vers eux, ils partaient en trombe. On recevait aussi des coups de fil anonymes, des gens qui disaient : "On va vous avoir." On avait si peur que j'ai acheté un revolver et une carabine, et on gardait la carabine dans le tracteur quand je travaillais aux champs. Ça s'est calmé, mais la pression n'a jamais cessé. »

Tout a commencé vers 1996. Cette année-là, Monsanto commence à commercialiser au Canada, assez discrètement, son nouveau colza OGM, résistant à l'herbicide Roundup : celui-ci tue toutes les herbes, mais pas le colza transgénique. À ce moment, les agriculteurs du Saskatchewan, qui cultivent majoritairement du blé, subissent de plein fouet la chute des cours de celui-ci. L'année suivante, ils cherchent une plante plus lucrative : les cours du colza sont bons, beaucoup de paysans l'adoptent, et ce sera parfois la nouvelle variété de Monsanto, dont on commence à parler. Percy Schmeiser connaît bien le colza : il cultive depuis près de cinquante ans cette plante rentable mais difficile, et il en est même devenu, avec sa femme, un sélectionneur. En tout cas, il a pour habitude de garder ses propres graines pour les ressemer l'année suivante. En 1997, il découvre du colza résistant au Roundup sur le bord des champs où il passe habituellement l'herbicide. Il est intrigué, passe du Roundup sur une plus large bande, constate que la résistance est assez importante. Il contacte Monsanto, il appelle le département d'Agriculture, et c'est alors, dit-il, à l'automne, qu'il apprend l'existence des OGM. En attendant, et à son habitude, il a ressemé sur ses champs du colza récolté dans l'année.

En août 1998, Monsanto Canada intente une action en justice contre Schmeiser. La firme affirme que le paysan a frauduleusement planté du colza OGM. Des procédures identiques sont engagées au Canada et aux États-Unis contre des dizaines d'agriculteurs. Monsanto a en effet breveté ses variétés transgéniques : elle ne vend les semences aux agriculteurs qu'à la condition qu'ils signent un « accord d'utilisation de la technologie », par lequel ils s'engagent à ne pas réutiliser les graines de leur récolte comme semences à la saison suivante : ils devront en acheter auprès de

Monsanto chaque année. Et pour s'assurer que les paysans respectent cet accord, Monsanto recourt à des agences de détectives privés – Pinkerton aux États-Unis, Robinson Investigations au Canada. Aux États-Unis, elle met en place une ligne téléphonique (1-800-ROUNDUP) permettant aux agriculteurs de dénoncer des voisins qu'ils soupçonnent d'utiliser des OGM sans les avoir achetés – entre 1997 et 1999, elle a ainsi reçu 1 500 dénonciations, à la suite desquelles ont été diligentées 500 enquêtes, produisant 66 poursuites légales. Une telle ligne téléphonique, « pour rapporter toute violation de technologie », est aussi en place, au moins en 1998, au Canada (1.888.772.8477). « Les appelants peuvent choisir de rester anonymes », précise l'annonce. Au Saskatchewan, il arrive que du Roundup soit répandu par hélicoptère sur des champs de colza pour vérifier qu'ils ne sont pas transgéniques. Un agriculteur de Raymore, Edy Kram, a ainsi vu son champ détruit en juillet 1998…

Cette politique vise à réaliser la grande ambition de Monsanto : généraliser à toutes les espèces transgéniques le coup de maître réalisé dans la première moitié du siècle avec les hybrides de maïs. La mise au point d'hybrides de maïs performants a eu, on s'en souvient, une conséquence économique majeure : comme les enfants de l'hybride sont peu productifs, l'agriculteur n'a pas intérêt à les ressemer, il va racheter à la saison suivante les semences au fournisseur de l'hybride. Cette dépendance techniquement déterminée a assuré la fortune de Pioneer, de DeKalb et des autres semenciers de maïs, en leur assurant des revenus leur permettant d'investir dans la sélection de meilleurs hybrides, qui ont séduit les agriculteurs, etc. Shapiro a bien compris le mécanisme. Pour lui, les OGM, nouvelle révolution agricole, constituent l'équivalent des hybrides d'il y a soixante ans. Mais il y a un problème : soja, colza, coton – les points forts de Monsanto – ne sont pas des hybrides. Les agriculteurs américains ont l'habitude de conserver une partie de leur récolte pour la ressemer l'année suivante, afin d'épargner les frais d'achat de nouvelles semences. Dans les années 1990, la tendance est certes à l'achat croissant de semences à des sélectionneurs, mais la pratique de conserver ses graines reste vivace. Par intérêt économique – on économise le coût d'achat de la semence – et aussi parce que c'est un symbole de la liberté de l'agriculteur, de sa maîtrise de la production, de son savoir-faire.

Pour Monsanto, cette perspective menace la rentabilisation « de l'investissement qui a été nécessaire pour développer les semences. En effet, explique la compagnie, une telle protection permet de dégager les moyens nécessaires pour intensifier l'effort de recherche et d'investissement, afin d'améliorer constamment les techniques agricoles de demain. Ainsi, les agriculteurs qui le souhaitent pourront bénéficier au plus vite de semences développées par les biotechnologies ».

Faute de pouvoir imposer à l'acheteur d'OGM une dépendance technologique, Monsanto – à la différence des autres producteurs d'OGM, Agrevo ou Novartis – va inventer une dépendance juridique en étendant le système du brevet à l'agriculture. Pour pouvoir acheter la semence de Monsanto, le paysan devra signer un *Technology Use Agreement* (Accord d'utilisation de la technologie), par lequel il s'engage à ne pas conserver de graines pour en replanter, à laisser à Monsanto le libre accès à ses champs et à ses silos pour les inspecter et y faire des prélèvements – « si possible en présence de l'agriculteur » –, afin de permettre à la compagnie de vérifier qu'il n'a pas replanté les plantes transgéniques. En cas d'infraction, des poursuites peuvent être engagées, à moins que l'agriculteur soupçonné n'accepte l'arrangement qui lui est proposé : par exemple, on promet à un fermier canadien soupçonné de cultiver indûment du colza Roundup Ready d'abandonner les poursuites à son encontre s'il accepte de payer 287 dollars par hectare de culture et de garder l'arrangement confidentiel.

Le plus souvent, les menaces de Monsanto suffisent à faire plier les agriculteurs visés : nombreux sont les cas où ils acceptent de payer des sommes importantes pour éviter d'aller en justice – et il est vrai que, maintes fois, quand les OGM ont commencé à se répandre sur la Prairie, des agriculteurs ont utilisé les semences de Monsanto sans les acheter à des revendeurs de la compagnie ou en ont gardé d'une année sur l'autre. Mais il y a des rebelles : des agriculteurs qui jurent ne pas avoir acheté les graines brevetées, et qui mènent des contre-expertises démentant les résultats des tests menés par les sbires de Monsanto, ou qui affirment que l'OGM retrouvé dans leur champ provient d'une pollinisation émise d'un champ transgénique voisin.

Le résultat de la lutte dépend en fait de la détermination et du courage des agriculteurs, dans des localités où ils sont très dispersés et peu solidaires les uns des autres. Dans le cas de la famille Nelson, par exemple, qui exploite 3 600 hectares à Amenia, dans le Dakota du Nord, la bataille engagée en 1999 durera trois ans. « Ils nous ont attaqués parce qu'on est une grosse ferme, pour l'exemple, afin de faire peur aux autres, dit Roger Nelson, le patriarche de la famille, dans son bureau décoré de têtes de cerfs empaillées d'où il communique par radio avec son fils qui travaille dans les champs. On s'est battus très durement. » En contestant fermement les affirmations de Monsanto, et en recourant à un avocat célèbre, tenace et médiatique. La firme de Saint Louis abandonnera la procédure, en 2001, par un arrangement incluant une clause de confidentialité. « Ils finissent par abandonner de nombreuses poursuites, dit Roger Nelson, soit ils paient les fermiers, soit les fermiers les paient, soit ils abandonnent tout simplement. » Encore faut-il savoir résister à une pression peu amène.

Schmeiser est un de ces rebelles. L'homme a du tonus. Il a été maire de Bruno pendant vingt-cinq ans, jusqu'en 1988, et député à l'Assemblée de la province à la fin des années 1960. Parallèlement à son activité de fermier, il a monté une entreprise de vente de machines agricoles. C'est aussi un globe-trotter, qui a pris l'habitude, avec sa femme, d'occuper la morte saison d'hiver à baguenauder à travers le monde, en Afrique, en Asie ou en Amérique, confiant les enfants à leurs grands-parents et allant passer deux mois dans tel ou tel village pour, dit-il, « aider les gens ». Il gravit le Kilimandjaro en 1984, tente trois fois, sans succès, l'ascension de l'Everest au début des années 1990.

Schmeiser ne se contente pas de refuser de plier. Démentant avec ténacité avoir jamais acheté en fraude de semences OGM ni en avoir utilisé en connaissance de cause, il affirme que son champ a été contaminé par le colza que cultivent ses voisins. Il a notamment racheté en 1997 un champ qui a été cultivé l'année précédente avec du colza OGM. Or, le colza est une plante très vivace : ses graines restent vivantes, enfouies dans le sol, plus de cinq ans ; et, très légères, elles sont facilement emportées par le vent. Schmeiser va aller jusqu'au procès, engageant même une contre-poursuite contre Monsanto. Surtout, il va choisir une stratégie juridique audacieuse. Il ne va pas seulement plaider son innocence. Il remet de surcroît en question la validité des brevets de Monsanto, en affirmant que « l'objet du brevet n'est pas brevetable », parce qu'il porte sur un organisme vivant, la plante.

Pour la compagnie, le danger est immense, beaucoup plus qu'avec les autres paysans courageux : si Schmeiser gagne au Canada, c'est le principe même de toute l'économie des OGM qui risque de s'écrouler. Schmeiser devient l'homme à abattre. Par des pressions continues, pour tenter de l'amener à abandonner, et par l'emploi des meilleurs avocats de Toronto face au petit avocat de Saskatoon.

Mais, quel que soit le courage des Schmeiser et autres Nelson, quelles que soient les méthodes utilisées par Monsanto, il y a un mystère qui échappe alors à l'entendement : les OGM sont un succès aux États-Unis. Partis de rien en 1995, ils y représentent en 1998 25 % de la surface cultivée en maïs, 37 % de celle de soja, 45 % de celle de coton, et, en 1999, respectivement 37 %, 47 % et 48 %. Au Canada, le progrès est du même ordre pour le colza, qui est transgénique à 50 % en 1999. Si les OGM sont un succès, c'est que les agriculteurs les achètent. Donc, soit ils sont fous, soit ils savent ce qu'ils font. Les opposants aux OGM sont bien obligés d'admettre que les agriculteurs américains savent ce qu'ils font. Alors ?

4 – La Reine Rouge et le mystère de l'OGM

C'est un cimetière dans la Prairie, piqué de fleurs jaunes, caressé par le vent qui court sur la plaine infinie. Une vaste pâture où poussent les stèles qui racontent l'histoire d'une conquête, et de la vie qui se retire : les familles Anderson, Stenquist, Hample, Andrus, Ledoux, Skjefte, Whitfield, dont il ne reste ici que les tombes, animaient autrefois un bourg prospère et aujourd'hui endormi. Glover, Dakota du Nord : douze habitants, une ferme en activité, plusieurs maisons abandonnées, une collection de voitures mortes, des rails entre lesquels pousse l'herbe – et l'un des plus beaux cimetières de la Prairie.

Partout dans le Midwest américain, au nord du Missouri, dans le Dakota du Sud, dans le Dakota du Nord, on trouve de ces villages presque morts, où des magasins éventrés, des bars fermés, des banques en ruine, des pompes à essence rouillées, des carcasses de Studebaker ou de Chevrolet des glorieuses années 1960 disent un monde disparu. À la fin du XIXe siècle, les compagnies de chemin de fer ont tracé leur sillon de fer dans la Prairie que ne parcouraient alors que les Indiens et les bisons. Elles ont attiré de nombreux immigrants, qui ont bâti de belles fermes de bois et planté la charrue dans ces terres parmi les plus fertiles du monde. L'agriculture a connu son âge d'or, et puis le destin s'est renversé : les crises agricoles se sont succédé tandis que, concurrencé par la voiture et le camion, le chemin de fer se retirait comme une marée qui reflue. Le déclin a commencé pour ces bourgades qui s'étaient bâties autour des grands silos à grain d'où les wagons emportaient le blé vers les métropoles de l'Est. À partir du sommet atteint en 1920, le nombre de fermes en exploitation n'a cessé de baisser, accélérant même sa chute à partir de 1950. Le nombre de fermes aux États-Unis est passé de 7 millions à la fin des années 1930 à 2 millions au début des années 1980. Et si l'on raisonne en exploitations « à plein temps », elles sont moins de 900 000 en 1997.

Les terres ne sont pas abandonnées, mais exploitées par toujours moins d'agriculteurs. Quand l'un part, son voisin reprend ses terres : tel Darrin Ihnen, qui cultive 3 000 hectares près de Chancellor (Dakota du Sud). Ce matin, il travaille sur son Case STX 440, un énorme tracteur, espèce de monstre à chenilles qui ressemble à un engin de science-fiction. Il attaque le semis de soja sur le champ de son cousin, à côté de la maison de celui-ci, vide : le cousin n'y arrivait plus, il a abandonné l'agriculture et a trouvé un travail au Texas. « J'étais triste, il était un peu plus jeune que moi, on avait grandi ensemble », dit Darrin qui s'accroche avec sa famille de quatre enfants et le drapeau étoilé planté devant sa maison, à quelques kilomètres de là.

L'agriculture américaine ne cesse de se concentrer : au début des années 1980, 7 % des exploitations contrôlent 56 % de la production. Et pour ces quelque 150 000 grandes exploitations, la poursuite de l'activité pendant les deux décennies suivantes est une lutte sans fin pour la survie : le rapport entre le prix auquel elles vendent leurs récoltes et le prix de ce qu'elles doivent acheter pour produire baisse continûment depuis 1975. Il n'y a véritablement qu'une alternative : abandonner ou s'agrandir. « C'est le problème de l'œuf et de la poule, dit Richard McConnell, président de Pioneer : le prix du grain est bas, les coûts augmentent ; les fermiers n'ont d'autre solution que de s'étendre en reprenant la terre des voisins et à augmenter leur production pour maintenir leur revenu. » Donc la production totale ne diminue pas, et le prix du grain reste bas. « C'est la loi darwinienne, les plus adaptés survivent. » Survivent ? Oui. Comme la Reine rouge dans *Alice au pays des merveilles* : il faut courir, courir, courir, pour simplement rester au même endroit.

En 1996, le soja transgénique débarque sur les plaines. À Washington, le Congrès passe un *Fair Act*, une version libérale de la politique agricole qui introduit un changement essentiel : le *Fair Act* supprime l'obligation faite aux agriculteurs de maintenir une jachère annuelle pour obtenir les aides. « Ce faisant, commente l'économiste Jean-Christophe Debar, on renonce au principe de base de la politique agricole menée depuis les années trente qui édictait que l'État ne soutient les producteurs de grandes cultures que s'ils contrôlent leurs emblavements. » Autrement dit, les agriculteurs ne sont plus contraints de limiter la superficie qu'ils exploitent. Or, de l'automne 1996 à la fin de 1997, les prix du soja s'envolent. Dans les plaines, en 1997, les agriculteurs emblavent massivement en soja. Et achètent la nouvelle semence de Monsanto.

Et surtout, ils recommencent l'année suivante, en plus grande quantité, et encore davantage en 1999. Pourquoi ? Assure-t-elle une meilleure production ? Non. Diminue-t-elle la quantité d'herbicide utilisée ? De 10 % sur le soja entre 1996 et 1999, selon les chiffres de Monsanto, ce n'est pas cela qui fait la différence. Est-ce que, globalement, elle assure des recettes meilleures à l'agriculteur ? Pas vraiment. Alors, quel est le truc ?

Le soja non transgénique, tué par l'herbicide, demande des soins particuliers : le labour, puis deux voire trois passages d'herbicide avant que le grain ne lève et, si les herbes adventices reviennent quand le soja a grandi, un contrôle mécanique – c'est-à-dire un arrachage par machine. Le soja OGM, à qui l'herbicide ne fait ni chaud ni froid, réduit le contrôle des herbes adventices à un ou deux passages de Roundup, au moment que choisit l'agriculteur et non quand la végétation l'impose. « Le soja OGM ne donne pas une meilleure récolte, dit Darrin Ihnen, mais, comme il permet de diminuer le travail, il est plus rentable. » L'agriculteur gagne du temps. Il économise des heures de tracteur, donc du carburant. Il peut même adopter la méthode de culture sans labour, dans laquelle on laisse après récolte les résidus de soja sur le sol, ce qui constitue une fumure naturelle. Or, le labour est un moyen de contrôler les adventices : le besoin ne s'en fait plus sentir avec le soja résistant à l'herbicide. Moins de labour, moins de passages d'herbicide, moins de travail, moins de temps. Et quand on gagne du temps, on peut reprendre la ferme du voisin, qui abandonne parce qu'il craque ou parce qu'il est trop vieux. Comme le *Fair Act* ne pose plus de limite à la surface que l'on peut cultiver, on peut s'agrandir. S'agrandir, dans l'agriculture américaine gouvernée par la Reine rouge, c'est survivre.

Le soja est le cas d'école. Peu ou prou, le modèle s'applique au coton – où le coton Bt permet, ici incontestablement, une diminution de la consommation d'insecticide, et un fort gain de temps – et, de manière semble-t-il un peu moins nette, au colza canadien. En revanche, il ne fonctionne pas sur le maïs, qui souffre beaucoup moins des adventices, et pour lequel le maïs Bt n'est efficace que pour un insecte, la pyrale, qui n'infeste pas systématiquement les champs.

5 – Merci, monsieur le bourreau

Leon Bertsch est fier de son nouveau tracteur. Dans la cabine du John Deere 8410 T, doté de chenilles pour moins tasser la terre, il explique l'utilité de l'écran situé à droite du volant : le moniteur du Global Positioning System (GPS), qu'il utilise cette année pour la première fois, lui permet de conduire très précisément l'engin, qui tire un planteur de semences de soja. Cela évite les recouvrements ou les doubles passages quand, au bout du champ immense, il vire pour repartir en sens inverse.

Leon est un solide gaillard de quarante-trois ans, enjoué, barbu, lunettes noires. Ce qu'il aime, dans son métier de fermier ? « Je suis mon propre patron. Cet après-midi, j'ai pu aller à une réunion familiale sans demander l'avis de personne. Et maintenant, je travaillerai jusqu'à minuit. » La liberté. Et puis il y a la terre, lourde et grasse, le miracle de la croissance des plantes, l'espace, la puissance des machines.

Le champ de Leon Bertsch jouxte Blanchard, un bourg déserté où ne vivent plus qu'une vingtaine de personnes. De l'autre côté, au-delà d'un repli de terrain, on aperçoit une ferme en bois à l'air décati. « Le gars, là, il a abandonné l'agriculture, il est devenu chauffeur de camion. On loue sa terre. » La situation de Leon Bertsch n'est pas elle-même florissante : le nouveau tracteur représente une dette de 200 000 dollars, les revenus tirés de l'exploitation de 1 600 hectares ne dégagent qu'une toute petite marge. « La seule solution est de toujours s'agrandir. Mais s'agrandir jusqu'où ? »

En 1998, un économiste californien, Steven Blank, publie *The End of the Agriculture in the American Portfolio*. L'ouvrage passe à peu près inaperçu, sauf auprès des économistes agricoles. Mais son intérêt n'en est pas moins très grand, car Blank soutient une thèse provocatrice et solidement argumentée. « Le grenier du monde est en train d'abandonner l'agriculture », affirme-t-il. « Le portefeuille d'investissements de l'Amérique inclut depuis sa naissance la production alimentaire, parce que c'était une utilisation profitable des ressources. » Mais, au cours des dernières décennies, l'agriculture est devenue « une des activités les moins rentables ». Cela est notamment dû à la concurrence de nouveaux producteurs moins coûteux que les agriculteurs d'Amérique du Nord, le Brésil et l'Argentine, notamment, qui tirent les prix mondiaux vers le bas. « Être efficace n'est pas suffisant pour survivre en tant qu'agriculteur », dit Blank. La conclusion financière logique est que « l'agriculture doit être totalement exclue de notre portefeuille parce qu'elle ne peut pas concurrencer le taux de profit des nouvelles industries » « À un certain point, il est inefficace pour un pays d'investir des ressources dans la production agricole quand d'autres investissements plus rentables contribueront davantage à la richesse de la nation. » Plutôt que de consacrer une part de leurs ressources à l'agriculture, les États-Unis feraient mieux de les investir ailleurs et de se procurer leurs aliments à l'étranger. Blank dévoile de manière élégante la vérité cachée : du point de vue libéral, les agriculteurs américains sont en sursis.

En 1998, le cours mondial du soja repart à la baisse. En bonne partie parce que l'agriculture américaine a vivement réagi aux bons prix des deux années précédentes, en augmentant sa surface cultivée en soja (de 3,7 millions d'ha entre 1997 et 2000), ce qui a relancé la production à la hausse. Les OGM ont favorisé le mouvement, non parce qu'ils sont intrinsèquement plus productifs, mais parce qu'ils permettent d'augmenter la surface de production, donc la production globale. Pour éviter l'effondrement de l'agriculture, les responsables politiques recourent massivement aux subventions, qui passent de moins de 5 milliards de dollars en 1996 à 10 milliards en 1998, puis à 19 en 1999. Comme le dit Roger Nelson : « Je déteste les subventions, mais c'est comme ça : elles font 60 % de notre revenu net. S'il n'y en avait pas, il ne resterait pas beaucoup de fermiers. »

Accompagnant l'évolution structurelle de la concentration de l'agriculture américaine depuis les années 1970, une autre mutation est en cours. « Le système alimentaire s'aligne sur les autres secteurs de l'économie globale, la banque, l'informatique ou l'automobile », dit William Heffernan, un économiste agricole parmi les plus réputés des États-Unis, qui travaille en 1998 à l'université de Columbia, cinquante kilomètres à l'ouest de Saint Louis. Depuis dix ans, il décrypte la concentration de la production et de la transformation alimentaires aux États-Unis. Le mouvement a commencé dans l'élevage des poulets et des porcs, qui est passé d'un modèle d'agriculture familiale à une production contractuelle où l'agriculteur devient un prestataire de services.

Darrin Ihnen illustre bien le phénomène. Il n'a pas de jardin potager – sa femme fait les courses au supermarché – mais, à deux pas des hangars où il range ses tracteurs et autres machines, il y a quatre grandes baraques en tôle ondulée blanche. Chacune abrite 900 cochons, que nourrit automatiquement un réseau élaboré de tuyaux reliant des citernes aux bâtiments maintenus à température constante. Les porcs amenés par la compagnie avec laquelle Darrin Ihnen est sous contrat pèsent alors 20 kg. Il les fait engraisser jusqu'à 125 kg, la nourriture étant fournie par la compagnie qui prescrit les règles d'élevage. Au bout de dix-huit semaines, elle vient chercher les cochons pour les abattre. Darrin Ihnen a adopté ce système en 1996, abandonnant l'élevage autonome qu'il conduisait jusqu'alors en complément de ses cultures. « Si je veux construire un bâtiment, la banque demande une garantie. Si c'est dans le cadre d'un contrat avec une compagnie, elle accepte sans difficulté, dit-il. Je préfère perdre en indépendance et gagner de l'argent que conserver ma liberté sans argent. »

La grande majorité des éleveurs a suivi cette démarche, accompagnant depuis vingt ans la constitution d'une poignée de trusts alimentaires qui déterminent leur façon de travailler. Selon William Heffernan, 49 % de la production américaine de poulets rôtis sont assurés par quatre firmes, ainsi que 79 % de l'abattage de bœufs, 57 % de celui de porcs, 62 % de la production de farine, 80 % du broyage du soja, etc. Les firmes ne sont pas dans chaque cas les mêmes, mais l'on retrouve souvent les noms de ConAgra, Cargill, Archer Daniels Midland, etc. Elles conduisent un processus d'intégration verticale (contrôle de la filière de transformation d'un produit agricole de base) et horizontale (accords entre entreprises ou fusions). Elles amorcent aussi un mouvement de globalisation, s'implantant sur différents continents, par exemple en Amérique latine. « Ces trois processus d'intégration se combinent pour développer un système alimentaire global et industrialisé », dit Heffernan.

Dans les années 1990, ces compagnies exercent une pression pour étendre aux céréales le système de contrat si bien mis en œuvre dans l'élevage de porcs et de volailles. Le libre paysan, l'arrière-petit-fils des fiers et vigoureux pionniers du XIXe siècle se transforme insensiblement en une sorte d'employé des grandes compagnies. Les OGM ne sont pas responsables de ce système, mais ils s'y intègrent parfaitement et l'encouragent. En 1999, troisième année de récolte exceptionnelle, les cours du soja chutent à nouveau. « Cette évolution profite aux industriels de l'alimentation animale », écrit un observateur, Jean-Yves Carfantan. Pas aux agriculteurs.

Oui, les OGM ont été adoptés massivement par les paysans nord-américains. Il est assez rare que les condamnés à mort refusent la dernière cigarette.

Chapitre 11

La planète s'en mêle

1 – Terminator effraie le tiers-monde

Le système inquisitorial mis en place pour faire respecter la propriété intellectuelle des OGM n'est guère enthousiasmant, même pour une entreprise où l'on n'a pas froid aux yeux. Mieux vaudrait créer une dépendance technologique : faire en sorte que le verrou soit situé dans la plante elle-même, de façon à ce que la conservation des semences d'une récolte à l'autre ne présente pas d'intérêt pour l'agriculteur.

Depuis longtemps, toutes les entreprises de biotechnologie végétale cherchent à atteindre un tel résultat, en étudiant les moyens d'induire la stérilité des végétaux mâles. Le but en est envisagé dès le tout début des recherches sur la modification génétique des plantes. Un juriste de l'université Stanford écrit ainsi dans *Science* en 1982 que « le génie génétique sera appliqué afin de rendre la seconde génération de semences artificiellement stérile ». On voudrait, pour le maïs, éviter les opérations manuelles ou mécaniques de la castration. Mais il s'agit surtout de développer des hybrides chez d'autres espèces que le maïs, afin de reproduire le système économique qui a si bien marché depuis que Henry Wallace a lancé Pioneer : produire des variétés dont l'agriculteur ne pourra pas ressemer les graines, afin de l'obliger à acheter chaque année ses semences auprès d'un fournisseur, ce qui garantira la pérennité du revenu de celui-ci. On rêve de stériliser le blé, qui se refuse à l'hybridation, mais aussi le colza, le soja, en fait toutes les grandes cultures commerciales. Pioneer, DeKalb, Cargill, Shell, Rohm & Haas, qui passe un accord en France avec la Coopérative de Pau,

Monsanto, également alliée sur ce sujet en 1985 avec la Coopérative de Pau, y travaillent intensément.

À mesure que, dans les années 1980, la faisabilité de la transgenèse se confirme, la recherche d'un système de stérilité s'accélère. Et ce sont les Belges qui vont remporter le pompon. « Un chercheur de Los Angeles, Bob Goldberg, étudiait les gènes spécifiques des plantes, raconte Jan Leemans, qui était alors directeur scientifique de PGS. Il a mis au point des techniques de détection *in situ* par lesquelles il pouvait visualiser l'expression du gène au microscope. Un jour, il est venu participer à un séminaire sur l'hybridation à Gand et, dans son exposé, il a montré la coupe de cellules différenciées où le gène s'exprime. J'ai vu ça, et je me suis dit : "Bon sang, mais si c'est aussi spécifique, on pourrait l'utiliser pour n'importe quoi !" Je lui ai proposé de collaborer, et on a tout de suite commencé à travailler. » PGS et Goldberg vont réussir en 1990 à élaborer une construction génétique associant un gène produisant une enzyme dégradant les molécules d'un constituant cellulaire et un gène s'exprimant spécifiquement dans le « tapis », couche de cellules entourant le pollen. L'enzyme détruit le tapis, ce qui empêche la formation de pollen, donc la plante est stérile. Mais on n'a fait là que la moitié du chemin : PGS élabore ensuite une technique de restauration de la fertilité en utilisant une construction génétique du même type, mais avec un gène exprimant un inhibiteur de l'enzyme empoisonnée, et ne s'exprimant, là aussi, que dans un endroit déterminé, l'anthère, c'est-à-dire la partie de la fleur où se développe le pollen. Ainsi, en croisant ces plantes à la fertilité restaurée avec des plantes mâles stériles, on reproduit le phénomène d'hybridation du maïs. PGS commence à tester le système et demande en 1997 à la CGB française l'autorisation d'essayer de tels colzas stériles.

La réalisation passe inaperçue des écologistes européens. Pour en saisir l'importance, à un moment où tout le monde essaie simplement de comprendre ce qu'est la transgenèse, il faut être averti de la question des semences et de leur appropriation, un thème qui, dans ces années-là, reste confidentiel. Un tel homme existe, nous l'avons déjà rencontré, c'est Pat Mooney, toujours très actif dans son improbable Manitoba. En Amérique du Nord, les chercheurs n'ont pas attendu que PGS leur livre le secret de l'Eldorado semencier. En mars 1998, une équipe du ministère de l'Agriculture (USDA) dépose conjointement avec Delta & Pine Land un brevet sur un système de « contrôle de l'expression génétique chez les plantes ». C'est une construction génétique comparable à celle de PGS, peut-être plus sophistiquée : un gène stérilisateur est activé par l'expression d'un gène contrôleur quand la plante est adulte, mais seulement au moment de la formation des graines de la deuxième génération – celles qu'il s'agit d'empêcher l'agriculteur de conserver. Un troisième gène, dit répresseur, empêche l'expression du gène contrôleur. Avant la commercialisation des semences, celles-ci seront plongées dans un bain enzymatique, qui dégradera le gène répresseur : le gène contrôleur pourra donner cours à son penchant naturel, activera le gène stérilisateur qui, quand la plante aura poussé chez l'agriculteur, bloquera la reproduction de celle-ci. Et voilà pourquoi votre graine est stérile !

Il n'y a là qu'un brevet, l'expression d'une recherche, et l'on est encore à plusieurs années d'une réalisation commerciale. Mais le sang de Mooney ne fait qu'un tour quand il lit la description de ce brevet n° 5. 723. 765 dans la colonne des annonces de nouveaux brevets du *Wall Street Journal*. Lui et sa collègue Hope Shand se lancent avec leur association RAFI (Rural Advancement Foundation International) dans une campagne contre l'invention, qu'ils qualifient de « Terminator » : c'est un coup de génie sémantique, qui fait d'entrée de jeu gagner la partie à cette obscure ONG canadienne. Car le terme, qui renvoie à un film de science-fiction où un monstre robotisé incarné par Arnold Schwarzenegger extermine les êtres vivants qu'il rencontre, s'associe à merveille au message simple que répandent les activistes : les multinationales cherchent à mettre au point une technologie qui empêchera les paysans pauvres de conserver leurs semences.

Le 11 mai, Monsanto annonce le rachat de Delta & Pine Land. Le rôle que joue le brevet dans la motivation de l'acquisition est incertain. Mais autant l'USDA et Delta & Pine Land retenaient assez peu l'attention des foules, autant Monsanto remplit les salles. Dans l'ambiance surchauffée de ce début de 1998, où les OGM grillent sur les charbons ardents de l'opinion publique européenne, la dénonciation de Terminator se répand comme une traînée de poudre le long des tuyaux d'Internet. Les réseaux de Pat

Mooney lui assurent un retentissement dans les pays du Sud. Le message est transmis en mai à Bratislava aux participants d'une conférence des Nations unies qui discutent d'un protocole sur les OGM. La nouvelle y déclenche les protestations des délégués du tiers-monde.

Elle retentit surtout en Inde, où Vandana Shiva sensibilise depuis plusieurs années les organisations paysannes à l'importance du contrôle des semences. L'annonce de Terminator y intervient alors que plusieurs régions traversent en 1997-1998 une crise sévère, en partie liée à la sécheresse, mais aussi à des difficultés structurelles entraînées par l'échec partiel de la Révolution verte. Celle-ci a bien réussi en stimulant le développement d'une couche de moyennes et grandes exploitations qui ont tiré parti des gains de productivité permis par l'emploi d'engrais et de variétés améliorées de plantes. La production agricole de l'Inde s'est fortement accrue, et le pays a échappé aux famines que prédisaient vingt ans auparavant les prophètes de malheur. Mais de nombreux petits paysans n'en ont pas profité, pris dans une spirale d'endettement suscité par l'achat d'engrais et de pesticides. Beaucoup d'entre eux se sont tournés vers le coton, après la politique d'ajustement structurel impulsée par le FMI en 1991. La culture se révèle souvent décevante, suppose l'emploi de pesticides coûteux et, quand la crise survient, à cause de la sécheresse ou de la chute des cours, de nombreux paysans sont acculés à la ruine. La situation est si grave que l'on recense 360 suicides de paysans en Andhra Pradesh entre décembre 1997 et avril 1998 – le plus souvent accomplis par ingestion d'insecticide.

Dans cette ambiance de crise, et alors que Monsanto essaye d'introduire son coton Bt dans le pays – la firme achète 26 % de l'important semencier local Mahyco en mai –, Terminator est associé au diable et suscite l'opposition immédiate de la presse, des mouvements paysans, et même des scientifiques – l'Inde compte des laboratoires de biotechnologie végétale très compétents. Le directeur général du Conseil indien pour la recherche agricole publie une déclaration affirmant que « nous n'autoriserons pas l'entrée de Terminator dans ce pays ». Pendant l'été, Muhammad Yunus, le prestigieux fondateur de la Grameen Bank, qui a inventé le micro-crédit au Bangladesh, annule l'accord passé avec Monsanto de création d'un centre de « technologie environnementale ». En juillet, Vandana Shiva va manifester à Saint Louis devant le siège de Monsanto – en compagnie des écologistes locaux qui, depuis des années, protestent contre les pollutions de la compagnie chimique et s'opposent maintenant aux OGM. Le 9 août, elle lance la campagne *Monsanto quit India* – c'est la date anniversaire du jour où Gandhi a dit aux Britanniques de quitter l'Inde.

Dans le sud du pays, un mouvement paysan, le KRRS (Karnakata Rajya Ryota Sangha), conduit par le professeur Nanjundaswamy organise la résistance contre le coton Bt de Monsanto et détruit en novembre un essai – les paysans ont compris, à tort, qu'il s'agissait là de plants Terminator. Un autre essai est détruit dans l'Andhra Pradesh. En décembre, l'USDA n'en dépose pas moins une demande de brevet en Inde pour Terminator. Le 23 février suivant, la Cour suprême interdit les essais de coton transgénique tant qu'une réglementation définitive ne sera pas adoptée.

Si les OGM doivent sauver le tiers-monde de la faim, Monsanto a échoué à en convaincre l'Inde. Et ne réussit guère mieux ailleurs. En octobre, une importante institution regroupant des experts agricoles mondiaux, le CGIAR (Consultative Group on International Agricultural Research) déclare son opposition au principe de Terminator : « Le CGIAR n'intégrera dans son matériel de sélection végétale aucun système génétique destiné à empêcher la germination des semences. » C'est la première fois qu'une organisation officielle prend position contre une biotechnologie végétale. Tout l'hiver, Internet bruit de messages contre la compagnie que certains en sont venus à appeler « Monsatan ». En février 1999 – le mois même où la tornade Pusztai secoue le Royaume-Uni –, Zeneca annonce renoncer à sa propre version de Terminator. Monsanto lâche du terrain en avril, en annonçant qu'elle ne commercialisera pas cette technologie avant qu'un débat approfondi n'ait eu lieu.

Dans un autre grand pays du Sud, le Brésil, la controverse sur Terminator et les OGM retourne les esprits contre les plantes transgéniques. Ce pays détient une clé de l'avenir des cultures transgéniques : le Brésil est le deuxième exportateur de soja de la planète. Monsanto y travaille depuis des mois pour obtenir l'autorisation de commercialiser ses OGM. Mais le Brésil est moins intégré au système agroalimentaire des États-Unis que l'Argentine, il est plus indépendant par rapport aux puissantes compagnies du voisin du nord et la greffe ne prend pas. Début 1999, l'État du Rio Grande do Sul, où le Parti des Travailleurs mené par Lula a remporté les élections, choisit d'interdire la culture des OGM. « Le point fort de notre campagne était le développement de l'agriculture familiale », explique le secrétaire d'État de l'Agriculture de l'État, José Hermero Hoffmann. Or, le Rio Grande do Sul est le plus grand producteur de semences de soja du pays. Le 20 avril, le Comité national de biosécurité décide la destruction d'un site d'essai illégal de riz transgénique mené par Agrevo. En mai, les secrétaires d'État à l'Agriculture des différents États du Brésil se réunissent et prennent position contre les OGM. Et le même mois, un autre grand pays latino-américain prend position : le Mexique, terre d'origine du maïs, en refuse la culture transgénique.

Avec Terminator, la bataille des OGM, jusque-là essentiellement européenne, est devenue mondiale.

2 – « Les temps ont changé, et je dis non »

Alors que la controverse occupe le terrain avec fracas, une bataille diplomatique se livre discrètement dans les coulisses. Elle a été lancée par la convention de Rio sur la biodiversité. Il s'agissait de savoir, on s'en souvient, si la communauté internationale appliquerait l'article 19. 3 de la convention. Cet article recommande la mise en œuvre d'un protocole, c'est-à-dire d'un traité spécial, sur les OGM. Les États-Unis, bien sûr, s'y sont opposés, mais leur position est affaiblie du fait qu'ils refusent de ratifier la convention. En 1993, Tewolde Berhan Gebre Egziabher, ou Tewolde, comme on l'appelle le plus souvent, a été nommé coprésident du groupe chargé par le PNUE (Programme des Nations unies pour l'environnement) d'étudier la question. Le groupe a conclu positivement, et décision a été prise en 1995 de lancer la discussion sur un tel protocole.

La diplomatie environnementale, comme la diplomatie en général, compose, au sein de la grande comédie humaine, des scènes très curieuses. Des centaines de négociateurs de tous les pays se retrouvent à intervalles réguliers dans des conférences aux noms bizarres – COP, SBSTTA, GSTB-6, Groupe de travail ouvert *ad hoc*, etc. –, dans des palais des congrès semblables, aux quatre coins de la planète. Ils y vivent pendant quinze jours au milieu de piles de textes polycopiés, de tasses de café froid, de sandwichs rassis, dans un air de plus en plus irrespirable à mesure que les jours passent, en échangeant des propos abscons dans un anglais chatoyant de toutes les prononciations imaginables. Dans les déclarations officielles, ils emploient une langue de bois digne des congrès des partis de l'Union soviétique et ne manquent jamais de saluer « l'atmosphère constructive », « les progrès continus des travaux », « la volonté politique démontrée par les participants d'arriver à un accord ». Au bout de quelques jours, chaque participant est généralement assailli de questions existentielles : mais qu'est-ce que je fais là ? combien tout cela coûte-t-il ? Le doute s'évanouit rapidement dans la frénésie des consultations, réunions, discussions informelles, et autres briefings. À la fin de la conférence, quand il y a vraiment matière à discussion – eh oui, il arrive qu'au fond, certaines réunions n'aient pas grand sens –, les nuits blanches se succèdent et le bras de fer tourne à l'épreuve : diplomates harassés, traits creusés, corps avachis sur les fauteuils forment l'ordinaire peu exaltant de ces batailles pacifiques où la résistance physique et nerveuse est essentielle.

Si l'on ignore les codes, il est aussi palpitant d'observer ces ruches bizarres que de regarder une partie d'échecs sans en connaître les règles. Si l'on sait décrypter leur scénario, les conférences diplomatiques peuvent aussi se comparer aux parties d'échecs : il y en a de très ennuyeuses, il y en a de formidables. La joute entamée sur le protocole allait se révéler comme une partie de grands maîtres, digne de figurer dans les anthologies.

« Pendant longtemps, raconte Tewolde, personne ne nous prenait au sérieux, nous les Africains de la négociation. Beaucoup de gens croyaient que c'est Greenpeace ou d'autres ONG qui écrivaient nos textes. En fait, l'industrie biotechnologique ne s'est pas préoccupée du travail diplomatique avant le début de 1999 : là, ils sont arrivés en force, ils avaient compris qu'on savait ce qu'on disait. » C'est que l'industrie voit le danger. Alors que l'Europe se braque de plus en plus contre les OGM, et tandis que l'on programme une grande conférence de l'Organisation mondiale du commerce (OMC) à la fin de l'année, cette discussion ésotérique à propos d'un protocole sur les OGM se transforme en une mine bourrée d'explosifs qu'il convient de désamorcer.

Le protocole envisagé vise à la « prévention des risques biotechnologiques » pouvant avoir des incidences néfastes sur la biodiversité, ainsi que sur la santé humaine. Et il porte « expressément sur les mouvements transfrontières » des OGM, c'est-à-dire sur leur commerce. Plus les règles régissant ce commerce seront souples, plus les OGM se répandront facilement, et *vice versa*. La stratégie des États-Unis est de faire échouer l'accord, ou de le retarder le plus possible, et d'obtenir qu'échoie à l'OMC la responsabilité des éventuels problèmes suscités par le commerce des OGM. Ils forment le groupe de Miami au printemps 1998, rassemblant leurs alliés, Canada, Australie, Argentine et Chili. En janvier 1999, la Biotechnology Industry Organization (BIO) forme une coalition avec l'American Farm Bureau et d'autres groupes d'entreprises pour constituer le Seattle Round Agriculture Committee.

En février, les négociateurs se retrouvent à Carthagène, sur la côte nord de Colombie, non loin de la demeure de l'écrivain Gabriel García Marquez. Il apparaît d'entrée de jeu que les négociateurs américains ne cherchent pas l'accommodement : « À Carthagène, ils n'étaient pas civilisés, dira plus tard le président de la conférence, le Danois Veit Koester. Je ne peux pas comprendre comment les États-Unis ont pu envoyer des gens comme ça. Ils ne se comportaient pas comme des diplomates polis et courtois. » Pendant toute cette semaine de février, la discussion se poursuit de manière crispée et de plus en plus tendue. Les États-Unis sont soutenus par l'Argentine et le Chili, mais se heurtent à un Brésil très déterminé et fédèrent contre eux les pays d'Afrique et d'Asie. D'ailleurs, ils ne peuvent négocier directement, n'ayant pas ratifié la convention, et sont *de facto* représentés par le Canada. Quant à la délégation européenne, elle est assise entre deux chaises.

Dans cette ambiance d'échec annoncé, une ultime tentative de forger un compromis acceptable a lieu dans la dernière nuit, une nuit sans sommeil, une de plus. Tewolde s'est imposé comme le leader du groupe des pays du Sud. C'est un homme calme, d'une soixantaine d'années, souriant. Il est habile – capable d'unir le groupe toujours divergent des délégations des pays du Sud – mais aussi d'une éclatante sincérité : il est habité par la conviction que les biotechnologies ne bénéficieront pas aux communautés paysannes pauvres, et pense même que leur développement les menace. Or, comme l'explique un délégué indien, les pays du Sud ne sont pas producteurs d'OGM, ils n'y ont pas d'intérêt économique. Le dernier soir, Tewolde se retrouve avec les chefs des délégations européenne et canadienne. « On était tous les trois autour de la table, raconte-t-il, et le Canadien et l'Européen discutaient, presque comme s'ils avaient oublié ma présence. Ils sont arrivés à un accord. Je préfère ne pas vous dire ce que c'était, il vaut mieux l'oublier. Alors je me suis décidé. Je leur ai dit : "Je vous écoute, vous croyez que vous avez l'accord, mais vous vous trompez, parce que s'il est bon pour vous, il n'est pas bon pour nous, et nous constituons la majorité de l'humanité. Il n'est pas raisonnable de votre part de nous ignorer et de continuer à faire ce que vous faites depuis cinq cents ans. Les temps ont changé, et je dis non." Ils étaient très, très en colère. L'Européen, c'est un ami, a hurlé : "Vous ne savez pas ce qui est bon pour vous." J'ai failli réagir d'une manière très négative, le gifler, je lui ai seulement dit : "Taisez-vous." Je n'ai jamais connu de moment plus difficile pendant toutes ces années de négociation. »

Pas de texte vaut mieux qu'un mauvais texte. En fait, cela convient tout à fait aux États-Unis : si l'on échoue à élaborer un protocole sur la biosécurité, les OGM iront à l'OMC, où ils seront bien gardés. Mais, à Carthagène, les délégués ont maintenu ouvert un interstice par où le protocole se faufile : ils ont décidé, non de clore la conférence, mais de la suspendre pour la reprendre un an plus tard, à Montréal. Pendant tout le printemps, les États-Unis agitent la menace de poursuivre l'Europe devant l'OMC, en raison du blocage qu'elle oppose à l'importation des OGM. Au point qu'un industriel européen est obligé de les refréner : « Nous prions le gouvernement des États-Unis de ne pas le faire, déclare publiquement Willy de Greef, au nom de Novartis, en avril. Je peux vous assurer qu'il ne s'agit pas d'une affaire de commerce. »

Washington n'a encore rien vu.

3 – Il ne faut pas tuer Bambi

Il arrive, il arrive le papillon,
Il arrive en volant,
Il arrive en ouvrant ses ailes,
Réjouissez-vous, déjà il ouvre son cœur,
C'est une fleur !

Il y a peu d'animaux aussi étonnants que le monarque, papillon célébré par ce poème aztèque du xve siècle cité naguère par le magazine *Reporterre*. Il pèse à peine un gramme et effectue cependant chaque année en mars une migration de plusieurs milliers de kilomètres, du Mexique au Canada, d'où il revient en septembre. Sa vitesse peut atteindre 48 km/h, il peut voler jusqu'à 3 000 mètres d'altitude, et quand le papillon né au Canada parvient dans les montagnes du Michoacán, il retrouve avec une précision de quelques mètres l'endroit d'où son grand-père s'est envolé quelques mois auparavant. Oui, *Danaus Plexippus* est bien le roi des papillons. Oui, le jeune entomologiste John Losey n'aurait su choisir meilleur lépidoptère pour étudier les effets d'une alimentation au maïs transgénique.

Car, pendant que M. Losey attend avec l'impatience du chercheur ambitieux que la prestigieuse revue *Nature* publie son article, la controverse sur les OGM fait rage. En ce début d'année 1999, l'observateur ne sait plus où donner de la tête, de l'Angleterre, où Tony Blair est obligé de sortir de sa réserve pour affronter la tempête, à Terminator qui agite les quatre coins de la planète, en passant par Carthagène, où une négociation épuisante vient d'échouer. Les consommateurs européens sont plus que jamais opposés aux OGM. En France, le réseau Conso-Info de Greenpeace fait un tabac. En Grande-Bretagne, Sainsbury annonce en mars que la chaîne ne vendra plus de produits OGM sous son label et constitue un consortium avec d'autres distributeurs européens (Carrefour, Migros, etc.), afin d'unir leurs efforts pour éliminer les OGM des produits vendus sous leurs marques. Tesco, Unilever, Nestlé en avril, Danone en mai, annoncent qu'elles élimineront les ingrédients transgéniques de leurs produits. Le président de Carrefour, Daniel Bernard, va jusqu'à s'associer à la création de la Crii-Gen (Commission de recherche et d'information indépendante sur les gènes) lancée en avril par Corinne Lepage avec Jean-Marie Pelt, Gilles-Éric Séralini et Pierre-Henri Gouyon. Carrefour développe aussi une filière d'approvisionnement au Brésil, pays où il est le premier distributeur alimentaire.

En Angleterre, la position des autorités scientifiques évolue. Le 17 mai, la British Medical Association publie un rapport jugeant que les aliments transgéniques présentent un danger potentiel pour la santé, le lendemain la Royal Society conclut qu'on ne peut certifier l'innocuité des OGM – tout en en vantant les mérites –, tandis que, le 29 mai, le prestigieux journal médical *The Lancet* publie un éditorial très critique sur la façon dont le dossier a été traité par les autorités américaines. C'est à peine si l'on remarque que, pendant l'hiver, Monsanto a abandonné la recherche sur la fabrication de plastique par les plantes. Pas en raison de la contestation des écologistes et des consommateurs. Seulement, c'est trop ardu, trop long, trop cher. L'information témoigne de la ruine de la vision futuriste de Robert Shapiro : la génétique végétale est plus compliquée qu'on ne le pensait, les champs ne seront pas des usines chimiques.

Le bombardement va-t-il cesser, le camp transgénique va-t-il souffler ? Non. Le 20 mai, une Grosse Bertha scientifique largue une pleine cargaison d'élytres ravageuses sur la réputation des aliments transgéniques. L'article de Losey parait dans *Nature* ce jour-là : des monarques nourris au pollen de maïs Bt meurent, ce qui n'arrive pas si on les nourrit de pollen non transgénique, annonce-t-il. La presse américaine ne rate pas l'information, qui fait la une de tous les quotidiens des États-Unis, qui s'alarment pour le « Bambi des insectes ». Ronnie Cummins, qui participe à la conférence Biodevastation 3 à Seattle, ne s'y trompe pas : il brandit le *New York Times*, qui publie « Bambi » à la une avec une photo, en criant : « Le siècle biotech n'aura pas lieu ! »

Car le monarque au pollen fait un effet bœuf : en Europe, bien sûr, où le jour même de la parution de l'article, la Commission de Bruxelles suspend les procédures d'homologation des maïs transgéniques. Mais aussi, pour la première fois, aux États-Unis : le grand public découvre les OGM, et pas sous leur meilleur jour. Les associations écologistes américaines, jusque-là hésitantes, basculent dans l'opposition aux OGM : si ceux-ci s'attaquent à la vie sauvage, à la *wilderness* si chère au cœur des Américains, ils ne peuvent décidément pas être bons.

Le débat scientifique qui s'ensuit est instructif. Car, à la différence de Pusztai, qu'on a réduit au silence avant de le laisser exposer en détail sa recherche, Losey a pu publier dans *Nature* : on ne peut le dénigrer d'entrée de jeu, il a dans sa besace la caution de la prestigieuse publication. Certes, des pressions ont été exercées sur lui, des scientifiques de Monsanto et Novartis sont venus le voir longuement, pour essayer de le dissuader de publier son étude, et l'homme de Novartis, à mots à peine couverts, lui a fait savoir que sa carrière « pourrait être en danger ». Certes, ses collègues de laboratoire ne le soutiennent pas et son supérieur dit que l'étude ne méritait pas d'être publiée. Mais, à travers toute l'Amérique, les entomologistes s'interrogent et lancent des études pour vérifier le travail de Losey.

Qu'a-t-il fait, exactement ? Le monarque, un papillon orange assez repérable par ses prédateurs, a trouvé au cours de l'évolution un moyen de se défendre de ceux-ci. Il se nourrit d'asclépias, *alias* laiteron, *alias* « lait d'âne », ainsi dénommé à cause de sa sève blanche. Celle-ci est bourrée de substances toxiques, les cardénolides. La grande majorité des animaux s'en écartent, les chenilles de monarque s'en délectent. Les cardénolides s'accumulent dans les tissus de la chenille devenue papillon, et quand les tueurs de monarque croquent Bambi – crac, ils tombent malades. Si bien qu'au bout d'un moment les divers mangeurs de papillons ont appris à laisser le monarque vivre sa vie – sauf deux espèces d'oiseaux et une souris nocturne, rien n'est parfait en ce bas monde. Par ailleurs, les asclépias poussent assez volontiers à proximité des champs de maïs qui parsèment le Midwest, sur les chemins de migration qu'empruntent chaque année des millions de monarques. Et donc le pollen peut se déposer sur ses feuilles : qui mange les feuilles mangera le pollen.

John Losey a collecté du pollen de maïs Bt et de maïs normal, il a recueilli une série de chenilles de monarques, et il les a placées dans une cage confortable de son laboratoire de Comstock Hall, à l'université Cornell. Un groupe de larves était nourri de pollen Bt, l'autre de pollen non-Bt. Au bout de quatre jours, ce groupe-ci allait très bien, merci, tandis que le premier montrait une mortalité de 44 %. L'expérience a dû s'arrêter là, Losey n'ayant plus assez de pollen.

La discussion scientifique excitée qui s'ensuit – et qui n'est d'ailleurs pas close – ne dément pas la découverte de Losey : le pollen du maïs Bt à haute dose tue bien le papillon. Mais ses collègues montrent que l'expérience ne représente pas la réalité, un monarque ne se nourrissant pas de pollen, et ne mangeant par ailleurs pas seulement les feuilles d'asclépias recouvertes de pollen Bt, mais aussi d'autres feuilles. La dose absorbée par les chenilles était proportionnellement énorme, excessive, on ne peut donc conclure. Le fait n'en reste pas moins là. Il apparaît aussi que les différents maïs Bt, parce qu'ils expriment en quantités variables la protéine empoisonnée, n'ont pas tous le même effet : la variété Event 176 de Novartis est très toxique, les variétés MON 810 et Bt 11 de Monsanto ne menacent pas le monarque.

La discussion révèle deux choses importantes. D'une part, les maïs Bt ne sont pas spécifiquement nocifs pour un insecte, la pyrale, mais peuvent en affecter d'autres. Ce ne devrait pas être une surprise pour les spécialistes, les écologistes Margaret Mellon et Jane Rissler le disent depuis plusieurs années, et en 1998 une étude parue dans *Environmental Entomology* en apporte une première confirmation sur d'autres espèces. Cependant, la clameur autour du travail de Losey met publiquement ce fait en évidence. D'autre part, on comprend aussi à ce moment que l'agence fédérale chargée de l'environnement, l'EPA, n'a mené aucune étude à long terme sur les effets environnementaux des OGM avant de les autoriser, se contentant des données des industriels. De la même manière, l'affaire Pusztai avait révélé que l'on avait commercialisé les OGM sans mener d'études indépendantes quant à leurs effets sur la santé humaine.

Au fait, où en est le cours de l'action de Monsanto ? Elle replonge, fin mai, des 50 dollars où elle était parvenue à se hisser de nouveau au début du mois et rejoint la barre des 40 dollars. Wall Street aime-t-il les papillons ? Hum. C'est plutôt que, le 21 mai, à New York, des experts boursiers de la Deutsche Bank ont publié des conseils ravageurs aux investisseurs : « Nous prédisons que les OGM, écrivent-ils, naguère perçus comme le stimulant d'une hausse des cours du secteur, seront bientôt perçus comme des parias. [...] Nous recommandons une vente du secteur des semences. »

4 – Illégal, mais légitime

« Ça résisterait même à des pavés de Greenpeace », ironise Emmanuel Guiderdoni, généticien du Cirad. Il y a des jours où il vaudrait mieux se taire. Car la parole du chercheur, confiée au journaliste Vincent Tardieu qui la reproduit dans *Le Monde*, ne tombe pas dans l'oreille d'un sourd. En cette fin de février, alors que Carthagène vient d'échouer et que tous les réseaux alternatifs bruissent des dénonciations de Terminator, José Bové lit l'article. Il y découvre, outre la provocation du chercheur, les projets du Cirad (Centre de coopération internationale en recherche agronomique pour le développement) de développer un riz transgénique. « C'est resté dans un coin de ma tête. Quelque temps après, des Verts d'Arles nous ont communiqué des documents montrant que le Cirad négociait avec Agrevo pour développer un riz transgénique. Ils voulaient monter au créneau là-dessus. » En même temps se prépare une caravane de paysans indiens – emmenés par le KRRS – à travers l'Europe : il s'agit pour eux de venir dénoncer les multinationales, le libre-échange et les OGM, au moment où, à travers le monde, les opposants à la mondialisation libérale préparent la *bronca* contre l'OMC. L'idée de mener des actions en commun avec les Indiens émerge : « La problématique de la culture du riz était parfaitement cohérente avec ce qu'ils nous expliquaient », dit Bové. Ainsi sera démontrée la menace commune que font peser, selon le militant agricole, les OGM sur les paysans du Sud ou du Nord. Bové et Riesel – avec qui il en discute tout de suite – veulent aussi démontrer les ambiguïtés de la recherche publique, qui selon eux se coule dans les intérêts des entreprises. Ils vont repérer les lieux, identifient la dernière serre construite et se disent qu'il faut agir vite, avant que les plants ne soient repiqués en Camargue.

Début juin, les paysans indiens sont intervenus en Ariège, fauchant un essai de colza transgénique sous une banderole écrite à la hâte : « Nous très fâchés, nous tout faucher. » Ils se sont retrouvés au Larzac et, le matin du 5 juin, leurs cars descendent vers Montpellier. « Ça s'est passé d'une manière assez simple, dit Bové : il n'y avait personne, c'était un samedi – le jour anniversaire de René, d'ailleurs. On est passés par derrière, du côté de la voie rapide, on a coupé le grillage de la porte d'entrée, on s'est dirigés vers la serre dans laquelle se trouvait le riz et qui était fermée par un système magnétique. J'ai pris un marteau et j'ai tapé sur la porte, ça a débloqué le système, on a ouvert une deuxième porte de la même manière, et on a pénétré dans la serre. L'idée était de sortir les plants de riz. Il n'était pas prévu que les Indiens participent directement, mais, quand ils ont vu les plantes, leur sang n'a fait qu'un tour, et ils se sont déchaînés. » Samedi soir, il ne reste plus grand-chose du projet d'expérience du Cirad. Bové et Riesel sont interpellés le 22 juin, trois jours avant un Conseil des ministres européens sur l'environnement.

L'affaire passe en fait presque inaperçue. Bové est médiatiquement inconnu et, en France, l'opposition aux OGM est beaucoup plus identifiée à Greenpeace qu'à la Confédération paysanne. Dans l'excitation générale de ce premier semestre où les nouvelles sur les OGM fusent de partout, l'intervention au Cirad n'est qu'un élément supplémentaire du décor. Politiquement, toute l'attention est tournée vers le Conseil européen des ministres de l'environnement, alors même que le monarque étend ses ailes sur l'Europe et que l'on apprend qu'en Belgique on distribue du poulet à la dioxine ! Ce n'est qu'en mai que le gouvernement de Bruxelles a informé la population, alors qu'il savait depuis février que des poulets du nord du pays étaient contaminés par le poison chimique. Un retard idéal pour redonner aux consommateurs européens confiance dans les dispositifs de sécurité alimentaire…

Le monarque, Pusztai, Terminator, le poulet, tout le monde est échauffé. Le gouvernement grec prend l'initiative de proposer ce que, trois ans auparavant, seuls des hurluberlus pouvaient imaginer : un moratoire sur les OGM. Le ministre de l'Environnement, Theodoros Koliopanos, écrit à ses collègues, le 26 mai. C'est une décision politique, très réfléchie, significative d'une évolution générale des opinions dans toute l'Europe : loin des scènes stratégiques française et anglaise où la bataille se mène le plus bruyamment, presque tous les pays européens ont viré, de l'Irlande à l'Italie, de la Belgique à la Grèce.

Les écologistes mettent la pression. Rifkin vient en Europe, rencontre les conseillers de Matignon, puis se rend en Espagne. De même, à Washington, l'équipe Clinton tente d'influencer ses alliés les plus proches, intervient avec énergie auprès du Premier ministre irlandais, sonne plus discrètement à Downing Street. En France, Dominique Voynet est décidée à ne pas répéter l'erreur commise il y a si longtemps – à peine dix-huit mois –, quand elle avait accepté la culture du maïs de Novartis : elle met tout son poids dans la balance, et le monarque lui permet de demander au gouvernement de raidir sa position. Le ministre de l'Agriculture, Jean Glavany, évoque l'idée d'un moratoire sur la culture du maïs. En coulisse, l'Élysée est plutôt favorable au moratoire – « La sensibilité du président sur la question des OGM est très aiguë », dit un conseiller du Palais. Jospin hésite encore : son cabinet est partagé, certains de ses conseillers sont très pro-OGM, d'autres sensibles aux thèses écologistes. Il ne veut pas donner de gage explicite aux Verts, à chaud. Il réunit les sept ministres concernés et décide de plaider pour la « suspension de la mise sur le marché » des OGM. S'agit-il d'un moratoire ? Comment, un moratoire ? Non, une « suspension de mise sur le marché », ce n'est pas pareil, voyons.

À Luxembourg, des militants de Greenpeace déguisés en lépidoptères, bien sûr, accueillent ce jeudi 24 juin les ministres européens en déployant une banderole jaune : *« Give butterflies a chance »* (« Donnez une chance aux papillons »). Officiellement, il s'agit de discuter de la révision de la directive 90/220 : les ministres acceptent-ils le texte que propose la Commission – lequel pourra alors être transmis au Parlement européen ? Si ce scénario se déroule, la situation des OGM sera mise en suspens, on considérera qu'ils pourront être commercialisés en attendant que le nouveau texte redéfinisse les règles d'autorisation. Mais, évidemment, la proposition grecque et la détermination française dramatisent le débat.

La journée commence dans la bonne humeur. Les ministres examinent d'entrée de jeu la proposition grecque de suspension de toute nouvelle autorisation de plante transgénique. La majorité la soutient. Dominique Voynet, pour la France, propose de l'assortir d'une déclaration politique. Mais Michael Meacher, le ministre britannique, soulève une difficulté juridique : une déclaration ne risque-t-elle pas d'être un moyen de défense bien faible au cas où un industriel attaquerait devant la Cour de justice le blocage d'une plante transgénique alors qu'il a respecté les procédures de la directive 90/220 ? L'objection est pertinente. On confie à un groupe de conseillers le soin de l'étudier et on passe à la suite de l'ordre du jour, comprenant une longue variété de sujets, parmi lesquels le niveau sonore des tondeuses à gazon.

Les ministres s'enlisent en fin d'après-midi sur une question apparemment accessoire : le destin des épaves automobiles. L'industrie automobile allemande tente depuis plusieurs mois de retarder une directive imposant de réduire les déchets produits par leur destruction, et le ministre germanique, Jürgen Trittin, multiplie les manœuvres dilatoires pour gagner du temps. La soirée s'éternise sur ce sujet, l'énervement gagne. Par erreur, les débats des ministres, qui sont filmés, sont relayés sur une télévision en salle de presse. Les journalistes, qui sommeillaient, sont ravis du spectacle. Les ministres se disputent. À Trittin qui affirme : « Le problème, c'est la reprise des vieilles voitures », son collègue autrichien, Martin Bartenstein, rétorque : « Le problème, c'est toi ! » Trittin s'énerve, menace d'on ne sait quoi, Voynet le reprend fermement : « En deux ans je n'ai jamais vu ça. » Ça n'en finit pas. Dominique Voynet essaye de convaincre : « Ce que propose l'Allemagne, c'est de démembrer la directive. Qu'est-ce qu'on va dire en sortant ? Qu'on a cédé aux pressions des industriels ? Les journalistes vont nous dire : "Encore une fois, vous avez baissé la culotte devant les industriels." » Soudain, le circuit se coupe, la télé s'éteint. Les épaves automobiles sont renvoyées au prochain Conseil.

La discussion passe aux OGM, il est deux heures, trois heures, quatre heures du matin. Les délégations multiplient les brouillons de texte. Il s'agit d'élaborer une déclaration qui ne soit pas « politique », qui ne contienne pas le mot « moratoire », sachant que, parallèlement, le texte de la nouvelle directive est scruté, annoté, transformé. Il est renforcé sur l'étiquetage, la « traçabilité » (le fait de pouvoir suivre les OGM tout au long de leur filière de consommation), la durée des autorisations. Quant à la déclaration, deux groupes se forment : France, Grèce, Italie, Danemark, Luxembourg, d'un côté, Autriche, Belgique, Allemagne, Pays-Bas et Suède, de l'autre. Grande-Bretagne et Irlande s'abstiennent. Finalement, on parvient à deux textes, juridiquement différents, mais substantiellement identiques : le premier groupe produit une « Déclaration sur la suspension de nouvelles autorisations OGM », affirmant que, dans l'attente de la nouvelle réglementation, « ils feront en sorte que les nouvelles autorisations de mise en culture et de mise sur le marché soient suspendues ». Le second groupe s'accorde sur une simple « Déclaration » *(Statement)*, par laquelle ils expriment, « en regard du principe de précaution inscrit dans l'article 174 (2) du Traité [des Communautés européennes], l'intention [...] de ne pas autoriser la commercialisation de tout OGM jusqu'à ce qu'il soit démontré qu'il n'a pas d'effet contraire sur l'environnement ou la santé humaine ». Il est six heures du matin, on va se coucher.

Mais les deux déclarations ont un sens très net : l'Union européenne a adopté un moratoire *de facto* sur les OGM. C'est un coup retentissant à l'encontre des plantes transgéniques. Pour l'Europe aussi, l'acte est majeur : il s'agit d'une vraie décision politique. On sort du cadre procédurier et réglementaire qui paralyse le débat politique sur les OGM, et qui est manifestement contraire à l'opinion du peuple européen, pour le soumettre à nouveau aux États. Les politiques tranchent – et bloquent. Illégal, mais légitime.

5 – OMC, au secours ! ONG attaquent OGM

Le monarque et le blocage européen ont enfin lancé le débat aux États-Unis où la presse a fini par se rendre compte que ces OGM posaient problème. Gerber, fabricant de produits alimentaires pour bébés et filiale de… Novartis, retire les ingrédients transgéniques de ses petits pots. Heinz suit, tandis qu'un fabricant d'aliments pour chiens déclare qu'il ne rachètera pas les maïs refusés pour cause de transgenèse. Des activistes californiens vandalisent deux champs d'OGM. La ville de Berkeley demande aux cantines scolaires de servir des menus biologiques, diverses églises s'inquiètent que l'on puisse absorber des OGM végétaux contenant des gènes animaux.

Alors que Monsanto, en fait, lutte pour sa survie, les agriculteurs américains s'interrogent. En juillet, le Japon, un des clients majeurs de l'agriculture américaine, adopte une loi imposant à l'horizon 2001 l'étiquetage des produits transgéniques. ADM (Archer Daniels Midland), qui commercialise une bonne part des récoltes du Middle West, annonce en septembre qu'elle n'acceptera plus les variétés OGM de maïs refusées par les Européens. Au Japon, le prix du soja transgénique a chuté de 49 % entre novembre 1998 et septembre 1999. Les cours des céréales, déjà bas, subissent encore une pression à la baisse du fait de la diminution des importations européennes. Les producteurs américains de sorgho font savoir que leur céréale n'est pas transgénique.

La rumeur parvient au gouvernement de Bill Clinton. Il est fermement pro-OGM, et ses liens avec Monsanto, on le sait, sont très étroits. Mais il sait écouter son opinion publique. Le 30 mai, le secrétaire à l'Agriculture, Dan Glickman, déclare qu'« on ne peut pas nourrir de force des consommateurs réticents. […] On ne peut arrêter le progrès. Mais cela ne signifie pas qu'il est écrit sur le mont Sinaï qu'il n'y a pas de questions à se poser ». Il évoque en juillet la possibilité d'étiquetage et la FDA décide de lancer des auditions publiques sur les OGM. Cependant, si l'on commence à lâcher un peu de lest à l'intérieur, on continue de contrer fermement la politique européenne, en cherchant à se placer sur le terrain de l'OMC, qui va tenir une grande réunion à Seattle à la fin de l'année.

En juin, à Cologne, les OGM sont rangés, lors du G8, la réunion des chefs des États les plus puissants de la planète, au chapitre des « menaces globales », à côté du sida et du bogue de l'an 2000… Mais les États-Unis bloquent avec ténacité toute référence au principe de précaution dans la déclaration finale. En juillet, ils infligent à l'Union européenne des sanctions commerciales, dont une surtaxation du roquefort, après que l'OMC a jugé que les Européens ont eu tort de refuser les hormones destinées aux bovins. Et le nouvel ambassadeur américain auprès de l'Union, Richard Morningstar, clame haut et fort que cette querelle fera pâle figure auprès de celle que son pays pourrait déclencher à propos des OGM, qui représentent un marché beaucoup plus important. Le lendemain, le 12 août, José Bové et ses camarades démontent un restaurant McDonald's en construction à Millau pour protester contre la surtaxation du roquefort et la logique de l'OMC. L'affaire prend une ampleur inattendue, qui témoigne de la puissance jusque-là cachée de l'opposition au libéralisme économique dans ces années de capitalisme triomphant. Bové passe deux semaines en prison, et le mouvement de solidarité qui l'accompagne lui confère une célébrité internationale.

Pendant tout l'automne, les réseaux contestataires à travers le monde sont en ébullition pour préparer la grande conférence de Seattle, fin novembre, où l'OMC doit lancer un nouveau « round » de discussions pour libéraliser davantage le commerce mondial. Et quand tout ce beau monde se retrouve dans la grande ville de la côte pacifique, le 30 novembre, la grand-messe de la mondialisation tourne à l'émeute. Manifestations, meetings, rues bloquées se multiplient, par lesquels syndicalistes, écologistes, anarchistes, paysans expriment les nuances de dissentiment que leur inspire la consécration de l'OMC. Au milieu des gaz lacrymogènes et des charges de police, on remarque que le refus des OGM s'exprime lui aussi avec la plus grande sincérité.

À l'intérieur du centre de conférences où les négociateurs ont tant bien que mal réussi à pénétrer, ceux-ci tentent de discuter des accords, au détour desquels les États-Unis ont introduit la question transgénique. Dans son discours, le président Bill Clinton soutient la qualité du système de sécurité alimentaire de son pays et demande « à tous nos partenaires commerciaux d'agir avec nous sur ce sujet de manière franche. Chacun doit comprendre que nous n'avons rien à cacher et que nous mangeons cette nourriture ». En pratique, les Américains essaient d'obtenir que soit créé un groupe de travail sur la biotechnologie au sein de l'OMC. Le but est évidemment que le commerce des OGM soit traité selon les règles de l'Organisation et non selon le protocole sur la biosécurité discuté à Carthagène. Le représentant de la Commission européenne, Pascal Lamy, est prêt à céder. Mais de nombreux ministres sont là, parmi lesquels Dominique Voynet, et ils réagissent sèchement à la bévue. « Lamy a été au-delà de son mandat et les ministres du Commerce étaient très courroucés », dit le porte-parole de la délégation britannique. Le lendemain, les Européens publient une déclaration qui rectifie le tir : « Nous rejetons les demandes de traiter de la biotechnologie exclusivement sur le terrain du commerce. Nous rejetons toute tentative de saper le droit de l'Union européenne de réglementer, et nous rejetons toute tentative d'enrayer, d'égarer ou de retarder les discussions sur la biosécurité. » Il est extrêmement rare de publier des textes diplomatiques d'une telle vigueur. Le soutien de la rue a enflammé l'énergie des ministres. En tout cas, les États-Unis ont vu leur manœuvre échouer.

Vont-ils réussir un mois plus tard, dans les frimas canadiens ?

6 – Des ours de couleur dans les neiges de Montréal

Quand un aveugle veut lancer une pierre, dit un proverbe africain, il doit être sûr qu'il a une pierre sous le pied. Oui, quand on est faible, il faut s'assurer de ses moyens avant d'agir. À Tewolde, l'année a fourni quelques pierres à lancer à la puissante Amérique. Car, depuis Carthagène, l'Europe a choisi son camp en adoptant le moratoire et, à Seattle, la jeune génération a fait reculer la prétention de ceux qui veulent voir l'OMC régir la vie économique mondiale. Quand les délégués de plus de 130 pays se retrouvent à Montréal, l'ambiance est donc beaucoup plus chaude qu'un an auparavant sur la côte caraïbe – même si le thermomètre a décidé de s'installer durablement autour de - 10°.

Les négociateurs américains sont beaucoup moins rustres qu'à Carthagène. Ils sont menés par le calme et sémillant David Sandalow, rejoint dans la semaine par le sage et expérimenté Frank Loy. Ils ne cherchent plus ouvertement à empêcher l'adoption d'un texte, mais, comme l'explique Rémi Parmentier, de Greenpeace, à le « décaféiner » le plus possible en laissant toujours planer la menace qu'ils n'y adhéreront pas au dernier moment. « Nous sommes très préoccupés par des propositions qui affecteraient la liberté de commerce dans des proportions inacceptables », explique David Sandalow, pour qui « le protocole n'est pas un lieu pour renégocier l'OMC ».

Toute la négociation va tourner autour de ces points, alors que la délégation européenne – que dynamisent Svend Auken, le ministre danois de l'Environnement, et Dominique Voynet, relayée les derniers jours par Laurence Tubiana, une conseillère de Lionel Jospin – est beaucoup plus offensive qu'elle ne l'était à Carthagène. Comment le commerce des OGM doit-il être régulé, et faut-il identifier les marchandises transgéniques – ce qui signifierait une filière séparée ? Comment le protocole doit-il se référer à l'OMC, alors qu'il implique une restriction du libre-échange ? Va-t-il intégrer le principe de précaution qui, inscrit dans le traité d'Amsterdam, est devenu « un principe fondateur de l'Union européenne », comme l'assure Svend Auken ?

La discussion est difficile, mais se déroule dans une atmosphère presque joyeuse, parce que l'on sent que l'on se dirige vers un accord, et grâce à la bonne humeur efficace du président de la conférence, Juan Mayr. Le ministre de l'Environnement colombien est un homme extraordinairement avenant, sans pour autant être faible. Il raconte aisément comment, jeune photographe, il a commencé à explorer le massif de la sierra Nevada de Santa Marta, qui, avec un sommet à 5 775 mètres d'altitude, est la plus haute montagne côtière du monde. Un endroit superbe où vivait assez tranquillement un peuple indien jusqu'à ce que le massif soit envahi de planteurs de café, de réfugiés politiques, de guérilleros, de planteurs de marijuana, ce qui a entraîné des conflits et la déforestation. Mayr a exercé avec succès ses talents de diplomate en essayant de mettre tout ce monde d'accord sur la nécessité de limiter la coupe des bois et de préserver l'environnement de la montagne. C'est dire que le cirque diplomatique transgénique ne l'affole pas trop. « Je ne sais pas comment je suis devenu ministre », dit-il dans un grand sourire.

Toujours est-il qu'il parvient à faire discuter son monde dans une extraordinaire transparence. Les séances plénières se déroulent selon ce qu'on appelle « le format de Vienne » : chaque groupe de négociateurs délègue trois représentants, qui sont assis à l'une des six tables formant cercle dans la grande salle au sous-sol de l'hôtel Delta. Le président est à l'une d'entre elle, et distribue la parole à chacun des groupes, Union européenne, groupe de Miami, pays du Sud, « groupe de compromis », et pays de l'Europe de l'Est. Tout autour, les délégués, les ONG, les journalistes suivent les échanges qui se déroulent dans la bonne humeur. Juan Mayr sait détendre l'atmosphère, comme ce jour où, à la fin d'une séance, il se lève, prend un sac et en extrait des petits ours en peluche colorés qu'il distribue à chaque groupe…

Il n'empêche : le bras de fer se crispe à mesure que l'on approche du vendredi final, le manque de sommeil commence à se faire sentir, les réunions en petit comité se multiplient, les résistances nerveuses s'érodent – on apprend qu'une négociatrice a fondu en larmes lors d'une réunion agitée entre le groupe de Miami et les Européens. À la dernière nuit, tout semble prêt de rompre. Les Américains remettent en cause l'étiquetage des OGM. « À Carthagène, dit Christoph Bail, le fonctionnaire allemand qui négocie au nom de la Commission européenne, j'ai compris au dernier moment que leur mandat de négociation était "à prendre ou à laisser". Là, je me demande si c'est pareil. » L'épreuve de force finale a lieu dans les bureaux du président, situés dans le building de l'Organisation internationale du transport aérien, aux portes duquel, dans la nuit glaciale, des militants de Greenpeace grelottent sous une tente en buvant de la soupe chaude et en chantant : *« Shame on the Miami Group, shame on the USA »* (« Honte au groupe de Miami, honte aux États-Unis »). Au premier étage, aux portes du bureau du président que gardent les vigiles des Nations unies en chemise bleue, quelques journalistes et lobbyistes font le guet, épuisés, sommeillant sur la moquette ou dans les canapés. Qui cédera ?

« On était à fond derrière les Européens, qui se bagarraient sur l'étiquetage, raconte Tewolde. C'était devenu le point central. » Vers trois heures trente du matin, l'Europe et le groupe de Miami parviennent à un compromis : on écrira sur les cargaisons de céréales « peut contenir des OGM », et on reverra la question dans deux ans. Au nom de la France, Laurence Tubiana conseillait de ne pas accepter pour obtenir mieux, mais l'Europe a choisi ce compromis. La formulation n'enchante pas davantage Tewolde. S'il refuse, le protocole tombe à l'eau. « J'avais à décider rapidement. Je savais que le groupe du Sud suivrait mon opinion, c'était un moment de lourde responsabilité. Mais nous avions un protocole – c'était un mauvais protocole, mais il faut bien commencer par quelque chose. J'ai dit oui. » Il est quatre heures. Le groupe des pays du Sud accepte le texte que lui présente Tewolde. L'assemblée plénière est convoquée à quatre heures trente pour l'adopter formellement. C'est la joie. L'Amérique a cédé. Et Juan Mayr, euphorique, déclare qu'il mènera la séance en espagnol, parce que, après tout, il n'y a pas de raison que la langue anglaise monopolise la parole internationale. Tout le monde applaudit et prend ses écouteurs.

Le protocole sur la biosécurité, dit de Cartagena, adopté ce 29 janvier 2000 à Montréal, est un traité important. Il avalise le principe de précaution, en en faisant non seulement un principe général, mais un outil de décision politique. Le protocole établit en effet une procédure d'accord préalable à l'importation d'OGM. Cet accord peut être refusé du fait de l'incertitude scientifique : « L'absence de certitude scientifique due à l'insuffisance des informations et connaissances scientifiques pertinentes [...] n'empêche pas [un pays] de prendre une décision concernant l'importation, pour éviter ou réduire au minimum ses effets défavorables potentiels. » De plus, le protocole mentionne la possibilité pour un pays de « tenir compte [dans sa décision] des incidences socio-économiques de l'impact » des OGM.

Par ailleurs, si le protocole est placé dans une relation ambiguë par rapport à l'OMC, il ne lui est pas inférieur : certes, « le présent protocole ne sera pas interprété comme impliquant une modification quelconque des droits et obligations d'une partie en vertu d'autres accords internationaux ». Mais aussi, « le présent [texte] ne vise pas à subordonner le protocole à d'autres accords internationaux ». Si d'aventure un pays voulait se tourner vers l'OMC pour se plaindre des limites posées par une autre nation à l'importation des OGM, celle-ci pourrait brandir le protocole. Certes, les États-Unis ne sont pas liés par ce texte, puisqu'ils n'ont pas ratifié la Convention sur la biodiversité dont il découle. Mais, s'ils attaquent l'Europe devant l'OMC, l'Union trouvera un moyen puissant de défense en se référant aux dispositions du protocole. Elle pourra, si elle en a la volonté politique, contester la compétence de l'OMC et renvoyer le conflit aux procédures du protocole.

Enfin, le texte introduit une procédure d'information préalable avant exportation d'OGM et un étiquetage assez lâche des cargaisons. Le détail technique de ces dispositions est en fait renvoyé à plus tard – et à de nouvelles discussions, bras de fer, nuits blanches…

Mais, tandis qu'à l'orée d'un nouveau millénaire le jour se lève sur Montréal étincelante de givre, les activistes se retournent sur deux décennies d'une histoire agitée et sourient en se disant : la révolution transgénique n'a pas eu lieu. Et, oui, il semble bien que la majorité des peuples de la terre considère que c'est une bonne nouvelle.

Chapitre 12

Il ne faut pas vendre la peau de l'ours avant de l'avoir tué

1 – Les OGM contaminants

Il faudrait plus qu'une victoire, cependant, fût-elle aussi éclatante que celle de Montréal, pour clore le débat. Les OGM sont toujours solidement enracinés aux États-Unis, mais aussi au Canada et, de manière jusque-là inaperçue, en Argentine. Ces trois pays comptent plus de 40 millions d'hectares de cultures transgéniques. Certes, le département américain à l'agriculture (USDA) annonce en avril 2000 que les fermiers ont l'intention de semer moins d'OGM que l'année précédente. Certes Monsanto, durablement affaiblie, est absorbée début avril par la grande firme pharmaceutique Pharmacia & Upjohn, qui a l'intention de la filialiser. Mais les promoteurs des OGM ne désarment pas : les grandes firmes concernées, réunies dans le Council for biotechnology information, annoncent qu'elles vont investir 50 millions de dollars en communication dans les années à venir. De plus, la porte n'est pas totalement fermée en Europe : le Parlement de Strasbourg vote le 12 avril de la même année le texte d'une nouvelle directive encadrant les OGM. Il faudra certes le faire valider en Conseil des ministres et revenir devant le Parlement européen, mais les défenseurs des OGM ont l'impression de remporter leur première bataille sur le front européen depuis le moratoire de 1999. On peut imaginer que la voie se dégage ; il suffit d'être patient.

Coup de théâtre ! En mai éclate une affaire de contamination des semences qui va affecter simultanément plusieurs pays européens. Tout commence début avril, lorsque les services agricoles de l'État allemand du Bade-Wurtemberg, à Fribourg, recherchent si un lot de semences de colza contient des graines transgéniques. Ce type de test n'est pas régulièrement effectué en Europe. Le laboratoire constate la présence de 0,5 % de colza OGM dans les semences de la société anglo-néerlandaise Advanta. Celle-ci décide alors d'analyser les autres lots de même provenance : leur localisation est bien connue, l'industrie semencière pratiquant depuis plusieurs décennies une traçabilité rigoureuse de ses produits. L'entreprise constate que des semences de colza de printemps, cultivées en 1998 dans l'État canadien d'Alberta et importées en 1999 et en 2000, sont contaminées à des degrés divers en Grande-Bretagne, en France, en Suède et en Allemagne. Le taux de contamination est, selon Advanta, toujours inférieur à 1 %, mais le Bureau suédois de l'agriculture relève qu'un lot atteint 2,6 %. Plusieurs milliers d'hectares ont été plantés avec ce colza, surtout en Grande-Bretagne, mais aussi quelques centaines en France, en Allemagne et en Suède.

Advanta, qui ne produit pas de colza transgénique, pense que ses semences ont été fécondées en champ au Canada par le pollen de colzas provenant de champs transgéniques voisins. La société choisit en tout cas de retirer ces semences de la vente et d'avertir les gouvernements. La Suède et la Grande-Bretagne informent alors l'opinion publique. Le Bureau suédois de l'agriculture publie un communiqué le 16 mai, indiquant avoir été informé la veille, tandis que le gouvernement britannique choisit le biais d'une réponse à une question parlementaire, le 17 mai.

Hélas pour le gouvernement de Tony Blair, cette communication advient le jour même où est radiodiffusée une conférence du prince Charles sur l'écologie, critiquant les biotechnologies, vantant l'agriculture biologique, et développant l'idée que « nous devons redécouvrir le sens du sacré dans notre relation avec le monde naturel ». Largement relayé par les médias, le discours de l'aspirant monarque amplifie l'impact de l'information gouvernementale.

L'affaire révèle deux choses. D'une part que la contamination par les OGM est particulièrement invasive, puisqu'en l'occurrence, elle a complètement échappé à la firme Advanta qui ne produit pas elle-même de colza transgénique. Confirmation est ainsi donnée au discours des écologistes qui clament que les OGM peuvent s'imposer contre le gré des agriculteurs et des autorités. La réponse des semenciers consiste à expliquer que le taux de contamination est faible, moins de 1 % dans la plupart des cas, et que le scandale vient surtout de ce qu'il n'y a pas de réglementation sur le seuil acceptable d'OGM dans les semences. Mais ce discours technique ne convainc pas. Ce que l'opinion retient, c'est que des semences interdites en Europe sont passées à travers les mailles du filet.

D'autre part, les différents gouvernements n'ont pas eu la même discipline de transparence. Si la Suède et la Grande-Bretagne ont correctement informé leurs populations, la France n'a lâché l'information qu'à la suite des deux autres pays, le 18 mai, et en tentant de minimiser le problème, que le ministre de l'Agriculture, Jean Glavany, qualifie de « tempête dans un verre d'eau ». Pourtant, Jean Saulue, le directeur d'Advanta France, indique à la presse qu'il a prévenu le ministère dès le 25 avril. Si l'affaire ne s'était produite qu'en France, semble-t-il, elle aurait été tue par les autorités.

L'aventure se conclura par la destruction des champs de colza cultivés avec la semence contaminée d'Advanta – 313 hectares sur décision gouvernementale en France, 600 hectares en Suède, 4 700 hectares en Grande-Bretagne – à l'initiative des agriculteurs concernés. Mais d'autres épisodes montrent que le cas n'est pas exceptionnel : le 21 juin, on découvre que des lots de maïs importés en France des États-Unis par la firme Golden Harvest sont contaminés, à moins de 1 %, par des OGM non autorisés.

L'idée de contamination par les OGM est solidement installée. Elle va rebondir en septembre aux États-Unis, quand l'association « Friends of the Earth » (FOE, Les Amis de la Terre) découvre un peu par hasard qu'un maïs interdit à la consommation humaine est utilisé dans des « tacos », chips de maïs très populaires. « On avait testé d'autres produits, raconte Larry Bohlen, qui était alors directeur de FOE aux États-Unis, pour voir s'ils contenaient des OGM. Au passage, j'ai appris que le Starlink n'était pas autorisé, et ça m'a donné l'idée de le tester. J'ai appelé deux fermiers que je connaissais dans le Middle West, et leur ai demandé s'ils séparaient leur maïs transgénique. Ils m'ont répondu que non, qu'ils avaient entendu parler de ça, mais que ce n'était pas une nécessité. Le lendemain, j'ai été au supermarché du coin, à Silver Spring, dans le Maryland, et j'ai acheté tous les produits contenant du maïs que j'ai pu trouver : des corn-flakes, des céréales de petit déjeuner, des chips de maïs, de la farine de maïs, un dîner-TV congelé, etc. En tout, vingt-trois articles. On a acheté ça à minuit, le 28 ou le 29 juillet 2000, et on l'a expédié au laboratoire Genetic ID, un laboratoire réputé situé à Fairfield, dans l'Iowa. Deux semaines plus tard, les résultats sont revenus. Beaucoup de produits contenaient du maïs transgénique, mais seulement un avait du Starlink : les chips Taco Shells fabriquées par Kraft Foods. J'étais réellement étonné : le Starlink n'a été cultivé que sur une assez faible superficie. On en a discuté avec les autres associations, et on s'est dit qu'il fallait refaire les tests, pour être certains de la contamination. Genetic ID a retesté le produit, en utilisant une autre méthode. Il y avait bien du Starlink dans ces chips. Alors, j'ai appelé un journaliste du *Washington Post*, et le lundi, il publiait l'histoire. On a monté une conférence de presse en urgence, et on a eu plus de journalistes que jamais dans l'histoire des Amis de la Terre : 45 reporters, et dix chaînes de télévision. Ca a explosé dans les journaux du pays entier, les quatre principales chaînes ont couvert l'histoire - il y a eu 4000 articles sur cette affaire du Starlink ! »

En fait, ce maïs doté d'un gène de résistance aux insectes, produit par Aventis, est autorisé depuis 1998 pour l'alimentation animale, mais pas pour la consommation humaine, en raison de possibles propriétés allergéniques. Kraft Foods, la compagnie qui distribue les tacos mis en cause, confirme la contamination de ses produits et, le 22 septembre, décide de retirer de la vente les quelque 2,5 millions de boîtes de galettes en circulation. Le 26 septembre, Aventis annonce qu'elle arrête la commercialisation de la variété incriminée. Et quelques jours plus tard, l'EPA et l'USDA enjoignent la compagnie européenne de racheter aux cultivateurs concernés le maïs Starlink en circulation, dont la quantité pourrait atteindre un million de tonnes sur 130000 hectares. Les administrations annoncent qu'elles procéderont elles-mêmes au retrait, et se feront rembourser ultérieurement par Aventis.

2 – La bataille se joue au Sud

En Europe, la cause des OGM est bloquée. Aux États-Unis, l'opinion publique commence à s'interroger. La FDA organise une série d'auditions qui, comme lors des débats sur la tomate de Calgene, naguère, mettent en évidence les inconnues relatives aux OGM. En avril 2000, la chaîne de restauration rapide McDonald's porte un coup des plus rudes : en annonçant qu'elle refusera dorénavant les pommes de terre transgéniques pour faire ses frites, elle ruine l'avenir de cet OGM, dès lors retiré du marché. La demande d'un étiquetage spécifique sur les OGM se fait de plus en plus pressante, et en octobre 2001, l'Agence reçoit 94 000 « commentaires publics » en ce sens. En Californie est lancée une initiative pour l'obtenir ; elle recueille 419 000 signatures.

Cependant, l'industrie marque un point formidable pendant l'été 2000, en vantant les mérites d'un « riz jaune », mis au point par un chercheur suisse à l'intégrité indiscutable, Engo Potrykus. La céréale transgénique est supposée pallier les déficiences en vitamine A des habitants du tiers monde. L'hebdomadaire *Time* fait sa couverture sur le riz miracle, en titrant en grands caractères : « Ce riz pourrait sauver la vie d'un million d'enfants chaque année. » Certes, il n'existe qu'en laboratoire, ses propriétés ne sont pas absolument validées, et il ne saurait être cultivable avant plusieurs années. Mais intelligemment mise en scène, l'opération laisse accroire que les OGM, décidément, sont un moyen privilégié pour lutter contre la faim dans le monde. Cependant, en septembre, le scandale du Starlink fait repasser la balle dans l'autre camp, en illustrant les imperfections du système de contrôle et en soulignant que les OGM pourraient poser des problème de santé.

Avec le nouveau président, George W. Bush, il ne faut cependant pas espérer une oreille attentive à ces interrogations. Il marque dès son arrivée un soutien total aux OGM, organisant en mai 2001 la *National Biotechnology Week (*Semaine nationale de la biotechnologie). « Je me battrai pour m'assurer que les produits américains soient autorisés à entrer dans l'Union européenne », déclare-t-il. Il nomme une ex-membre du conseil d'administration de Calgene, Ann Veneman, secrétaire à l'Agriculture de son gouvernement, puis Linda Fischer, un cadre de Monsanto, n° 2 de l'EPA. On ne sait comment aurait évolué ce conflit latent entre une opinion de plus en plus réticente aux OGM et une administration solidement ancrée dans ses convictions. Car, à partir des attentats du 11 septembre 2001, comme tant d'autres sujets d'intérêt social, les OGM disparaissent du champ de vision des citoyens américains, entrés en état de catalepsie politique.

C'est ailleurs qu'en Europe et aux États-Unis, semble-t-il, que le sort des OGM va se jouer. Mais rien de décisif ne se produit encore. Au Brésil, la position officielle reste au refus du soja transgénique, pourtant en pleine expansion dans l'Argentine voisine, qui l'a accepté dès 1996. Des graines entrent en contrebande au sud du Brésil, dans l'État du Rio Grande do Sul, dont le gouvernement, de gauche, s'oppose aux OGM. Mais l'organe officiel chargé de réglementer ceux-ci, la CTNBio (Commission technique nationale de biosécurité) se dit en juin favorable à ces importations : elle ignore la sentence rendue quatre jours plus tôt par le tribunal régional fédéral de Brasilia de différer toute annonce d'un assouplissement de la réglementation. C'est que la pression des grands fermiers est forte : ils assurent des exportations agricoles florissantes alors que la demande de soja augmente sans arrêt, du fait des importations croissantes de la Chine. Or, ces grands propriétaires se plaignent de la concurrence de leurs voisins argentins, qui bénéficient des moindres coûts de désherbage du soja transgénique. Un épisode ambigu illustre l'indécision qui règne sur la question : en janvier 2001 a lieu à Porto Alegre le premier Forum social mondial, organisé par le mouvement alter mondialiste, alors en pleine santé. José Bové, qui y participe, est invité par le Mouvement des paysans sans terre à participer à l'arrachage d'un champ transgénique de Monsanto, non loin de là. Il s'y rend, et l'action rencontre un plein succès, populaire – plus d'un millier de participants – et médiatique. Mais un député porte plainte contre l'action du Français, et deux jours plus tard, celui-ci doit quitter le Brésil sous peine d'être arrêté ou expulsé.

En 2000 et 2001, cependant, le verrou brésilien de l'interdiction tient encore, même s'il est manifestement fragile. Les voisins latins sont quant à eux beaucoup plus réticents : la Bolivie adopte en janvier une résolution bannissant les OGM, alors que le Mexique a interdit dès 1999 la culture du maïs transgénique. Un épisode de contamination va d'ailleurs conforter cette position.

On apprend fin 2001 que du maïs transgénique a été retrouvé dans le sud du pays. Or, le Mexique est le berceau de la première céréale cultivée au monde. Il est le réservoir de sa biodiversité, essentiel pour fournir, en cas de besoin, de nouvelles qualités génétiques aux variétés cultivées à grande échelle. Mais de nombreux agronomes craignent que les variétés OGM ne finissent par se croiser avec les espèces sauvages et par les éradiquer, suivant le processus écologique de la bio-invasion. Cela conduirait à une réduction de la diversité dangereuse pour la production alimentaire mondiale.

Le maïs pirate a été découvert dans les États d'Oaxaca et de Puebla par une équipe dirigée par un biologiste de l'université de Californie, Ignacio Chapela. C'est par hasard, en 1997, que le pirate a été débusqué. Chapela travaille depuis quinze ans avec des communautés indigènes dans le domaine de la bioprospection, notamment pour les aider à développer des compétences en microbiologie. Dans ce cadre, des instruments d'analyse génétique ont été apportés, et des échantillons de maïs utilisés pour s'entraîner à la pratique de cette analyse. La surprise fut grande de découvrir des échantillons transgéniques. Chapela a communiqué l'information au gouvernement. Selon le chercheur, la plante pirate pourrait avoir été plantée par des paysans des régions reculées : si le Mexique s'interdit la culture du maïs génétiquement modifié, il importe en revanche 5 millions de tonnes de la céréale chaque année des États-Unis, où maïs OGM et non OGM ne sont pas séparés.

L'étude de Chapela est publiée dans le journal scientifique *Nature* en novembre. Elle est contestée quelques mois plus tard par d'autres chercheurs, qui estiment que l'analyse par PCR (*polymerase chain reaction*) a été mal menée. Chapela et son co-auteur, David Quist, maintiennent leur position, que confirment d'autres scientifiques mexicains lors de la Conférence sur la biodiversité qui a lieu en avril 2002 à La Haye. Exequiel Ezcurra, directeur de l'Institut national d'écologie de Mexico (INE), y rapporte qu'Ignacio Chapela l'a informé en mai 2001 de sa découverte, lui proposant de répéter l'analyse afin de la contrôler. Une équipe de l'INE est alors allée collecter des échantillons de maïs dans la région concernée, à environ 700 km de Mexico. L'INE a mené une analyse par PCR. Mais plutôt que d'analyser les épis de maïs broyés, comme Chapela et Quist, il a étudié chaque grain séparément – les grains d'un épi sont autant d'individus génétiques – en les faisant germer et croître avant de les soumettre à la PCR. D'autres analyses ont suivi, selon d'autres méthodes et dans des laboratoires différents, qui confirment la contamination. La controverse paraît close. En tout cas, les OGM n'ont pas gagné le Mexique à leur cause.

En Asie aussi, les OGM peinent à gagner du terrain, face à la résistance de la société civile. En Inde, en septembre 2000, se tient un « tribunal des semences » à Bangalore, qui rassemble 40000 manifestants, dont Vandana Shiva et le KRRS, ainsi que José Bové. Une caravane de protestation parcourt la Thaïlande en octobre, avant qu'une « caravane des peuples » sillonne en novembre l'Inde, le Bangladesh et les Philippines. Aux Philippines, siège d'un important organisme de recherche agricole sur le riz (l'IRRI, International rice research institute), le débat se focalise sur les essais de riz transgénique, auxquels les organisations de paysans s'opposent. En Inde, l'enjeu est l'introduction du coton de Monsanto, que les associations parviennent à bloquer quelques mois. Les autorités tergiversent : par inquiétude devant les risques relatifs aux OGM, mais aussi parce que des centres de recherche locaux et les firmes semencières autochtones craignent que Monsanto ne s'arroge le monopole de la nouvelle technique. En mai 2001, le Sri Lanka décide d'interdire l'importation des OGM, tandis que la Chine adopte une loi rendant obligatoire l'étiquetage du caractère transgénique des importations. Cependant, le coton transgénique commence à être cultivé dans l'empire du Milieu sur plusieurs centaines de milliers d'hectares.

Les experts en développement ne savent que penser. En mai 2001, la FAO (Organisation des Nations Unies pour l'alimentation et l'agriculture) rend un avis très sceptique, qualifiant les OGM « d'arme à double tranchant », tandis que le secrétaire général de l'organisation basée à Rome, le Sénégalais Jacques Diouf, dit que « pour nourrir les 800 millions d'hommes qui ont faim aujourd'hui dans le monde, on n'a pas besoin d'OGM ». Mais en juillet, le PNUD (Programme des Nations Unies pour le développement) prend une position plutôt favorable aux biotechnologies agricoles dans son rapport annuel : les biotechnologies représentent un « énorme potentiel pour accélérer le développement humain », estime-t-il.

Oui, le Sud hésite, entre la crainte de manquer le coche d'une révolution technologique et celle de passer sous les fourches caudines d'entreprises occidentales pour des gains faibles et des risques potentiels. Comment le faire flancher ? La diplomatie américaine n'hésite pas : elle fait pression sur les petits pays pour leur faire annuler les mesures de ban ou de moratoire adoptées à la suite des Européens. Fin 2001, Friends of the Earth révèle – sans être démenti – que Washington a exercé de fortes pressions sur la Bolivie, le Sri Lanka et la Croatie pour les faire renoncer à leurs décisions. Seule la Croatie, confortée par sa prochaine adhésion à l'Union européenne, n'a pas cédé. La menace brandie par les États-Unis a été celle d'un recours auprès de l'OMC, qui pourrait coûter 190 millions de dollars au Sri Lanka, avertissent-ils. La menace a été efficace sur des pays faibles. Et à Washington commence à mûrir l'idée d'assigner l'Europe devant l'OMC. Après tout, c'est la seule instance internationale où se retrouvent les deux protagonistes, puisque les États-Unis n'ont pas signé la Convention sur la biodiversité ni, a fortiori, le Protocole sur la biosécurité. La fête de Montréal n'aurait-elle été qu'une victoire à la Pyrrhus ?

3 – Les ravageurs des essais

C'est sur le terrain que les épisodes suivants vont se jouer en Europe. Car si la destruction – ou neutralisation – des essais d'OGM a jusqu'à présent été épisodique, elle va se multiplier en 2000, en France, mais aussi en Belgique, en Grande-Bretagne, aux Pays-Bas. En France, la Confédération paysanne, avec José Bové, agit à visage découvert à Gaudiès (Ariège) le 13 avril. Mais ce sont des anonymes qui, sous le nom de « Chercheurs dans la nuit », vandalisent des essais de l'INRA et du CNRS à Castanet-Tolosan (Haute-Garonne) le 26 juin ou, sans signature, le maïs de

Biogemma à Longué (Maine-et-Loire) le 9 septembre, ou bien encore, en tant qu'« Overdosés Gravement Mécontents », des semences de Pioneer à Montauban le 29 décembre.

En Belgique, les betteraves de Monsanto sont arrachées à Franc-Waret le 7 mai. En Grande-Bretagne, les activistes se déchaînent, endommageant ou détruisant 32 essais durant l'année, de manière anonyme ou revendiquée par divers groupes, notamment GenetiX Snowball. La justice adopte une attitude compréhensive, acquittant même 28 militants de Greenpeace, le 20 septembre 2000, d'une destruction commise en juillet 1999. Progressivement, les entreprises abandonnent leurs essais, tandis que le gouvernement anglais organise des tests scientifiques sous le contrôle d'experts réellement indépendants, ce qui va largement déminer le terrain.

En France, en revanche, les autorités hésitent toujours sur l'attitude à tenir, ce qui entraîne une guérilla judiciaire interminable. Au départ, le gouvernement se met à l'écart de la loi. Car, malgré la transparence célébrée par le ministre de l'Agriculture Jean Glavany, malgré une loi spécifiant le droit du public à l'information sur les organismes génétiquement modifiés, malgré de nombreux avis favorables de la Commission d'accès aux documents administratifs (CADA), les citoyens se voient refuser l'accès aux « fiches d'information du public » décrivant les essais.

La question est régie par la loi du 13 juillet 1992 sur la dissémination d'OGM et par son décret d'application du 18 octobre 1993. La loi indique que « toute personne a le droit d'être informée sur les effets » de la dissémination d'un OGM, précisant que le lieu de cette dissémination ne peut être « considéré comme confidentiel ». Le décret précise quant à lui que « le ministre tient cette fiche (décrivant la culture de l'OGM) à la disposition du public ». Or, à toutes les demandes des associations ou des citoyens de consulter les « fiches d'information du public », la DGAL (Direction générale de l'alimentation au ministère de l'Agriculture) et les services départementaux répondent par le silence ou par l'envoi de documents incomplets. Les requérants se tournent vers la CADA. Celle-ci, depuis mars 1999, donne de manière constante un avis favorable aux demandes, précisant le plus souvent que le document doit être communiqué « avec le nom de la commune ».

Le problème concerne la localisation des essais : le ministère craint que sa communication favorise leur destruction par des opposants aux cultures transgéniques. Mais de ce fait, les habitants des communes concernées sont tenus dans l'ignorance, ce qui est anormal. L'attitude du gouvernement français contraste avec celle du gouvernement anglais : celui-ci a publié intégralement la carte des essais, et recourt à la justice contre ceux qui auraient enfreint la loi en détruisant les parcelles. La démocratie n'est-elle pas mieux respectée par un procès public ? Le gouvernement français ne devrait-il pas appliquer la transparence qu'il prêche, et laisser la justice examiner les faits ? C'est la position de José Bové, qui a déjà été condamné à huit mois de prison avec sursis, en février 1998, par le tribunal d'Agen, pour avoir endommagé une culture transgénique, et qui récidive à Gaudiès.

Ce manque de transparence n'empêche pas la vandalisation des essais, mais affaiblit la position de respect de la loi que prône le gouvernement : n'est-il pas le premier à l'enfreindre ? D'ailleurs, il finira par se rendre à la règle, en publiant en juin 2001 la liste précise des essais de l'année, à la veille d'une énième audience du tribunal administratif de Paris devant lequel l'a traîné la fédération d'associations « France nature environnement » – une nouvelle fois, puisque le tribunal a déjà sanctionné le ministère de l'Agriculture le 1er mars pour le même motif.

Transparence ou pas, les opposants annoncent la couleur : lors du procès qui lui est fait à Millau en juin 2000 pour sa participation à l'action, un an auparavant, contre le restaurant McDonald's de la ville, près de vingt mille manifestants se rassemblent dans la ville pour soutenir José Bové. Le porte-parole de la Confédération paysanne, maintenant célèbre et porté par un mouvement altermondialisation en pleine vigueur, appelle à détruire les cultures transgéniques : « Il faut sortir de la légalité, ou plutôt déplacer le cadre de la loi », dit-il lors du meeting qui a lieu la veille du procès.

Pourtant, la Confédération paysanne n'intervient plus dans les champs dans les mois qui suivent, les actions enregistrées étant le fait, on l'a vu, de personnes anonymes. C'est en 2001 que la hache de guerre est vraiment déterrée, après un lever de rideau spectaculaire : en février, José Bové et René Riesel se retrouvent devant le tribunal de Montpellier pour leur participation à la destruction de la serre du Cirad deux ans auparavant. Très médiatisé, le procès, qui dure treize heures le premier jour, avec l'audition des nombreux témoins, renverse l'accusation et se transforme en mise en cause de la légitimité de la recherche sur les OGM. « Le temps perdu par la recherche est du temps gagné pour la conscience », proclame René Riesel, qui a le sens de la formule. L'argument essentiel des défenseurs du Cirad est en effet qu'il s'agit de ne pas prendre de retard sur les États-Unis : « Un secteur gigantesque va être ouvert dans ce domaine, explique Philippe Kourilsky, directeur général de l'Institut Pasteur. Il serait paradoxal que la France et l'Europe se privent de cet outil et deviennent dépendantes des États-Unis pour les innovations. » A quoi répond, pour la défense, Pierre-Henri Gouyon, de l'Université Paris-Sud : « Ou les OGM sont bien, ou ils ne sont pas bien. Mais s'ils ne sont pas acceptables, ce n'est pas parce que d'autres en font qu'il faut en faire. » Le lendemain, le procureur invoque le progrès : « Les OGM sont-ils un danger pour l'humanité ? Fallait-il, en son temps, s'opposer à la création du silex, du feu ou de l'atome ? Fallait-il, parce qu'il allait y avoir Hiroshima et Tchernobyl, saccager le laboratoire de Pierre et Marie Curie ? » L'avocat des prévenus, François Roux, répond sur le même mode : « L'utopie est le nom que l'on donne aujourd'hui aux idées qui seront les réalités de demain. » Le jugement est mis en délibéré.

Un mois plus tard, le verdict tombe : dix mois de prison avec sursis pour Bové et pour Riesel. Le coup est rude, mais ne suffit pas à ébranler la détermination des anti-OGM. Un élément nouveau, d'ailleurs, apparaît durant l'année 2001 : de plus en plus nombreuses, des communes rurales prennent des arrêtés municipaux interdisant la culture transgénique sur leur territoire. La contestation des OGM a pénétré en profondeur dans le pays, la France rurale s'insurge contre cette technologie dont elle ne voit pas l'intérêt et qu'on prétend lui imposer. Systématiquement, les préfets cassent les arrêtés municipaux et, parfois, conduisent le maire au tribunal. Mais cela ne suffit pas à freiner le mouvement, qui se poursuit toute l'année, jusqu'à ce que l'on recense plus de mille communes ayant pris de tels arrêtés.

Le 23 juillet, l'Afssa rend un rapport constatant la contamination, à des taux certes minimes, de 41 % des lots de semences de maïs examinés. Cela pousse la Confédération paysanne à lancer aussitôt un ultimatum au gouvernement, l'enjoignant d'empêcher les essais d'OGM, faute de quoi, elle les détruira. Les autorités ne bougent pas, et le 12 août, les « neutralisations » commencent, après que le syndicat paysan eut été doublé par « Les limes à grain » qui vandalisent un champ de maïs dans la Drôme dans la nuit du 10 au 11. C'est à visage découvert que 150 militants de la « Conf' » arrachent une parcelle à Beaucaire (Gard) le 22 août. D'autres destructions suivent, et même le jour d'une intervention télévisée du Premier ministre, Lionel Jospin, le 28 août. La tension monte, et le gouvernement se décide à dépêcher des forces de l'ordre pour empêcher les actions, début septembre. Les intellectuels s'en mêlent, et François Ewald – ancien secrétaire de Michel Foucault, devenu directeur de la recherche à la Fédération française des sociétés d'assurance – et le philosophe Dominique Lecourt signent dans *Le Monde* un texte rageur, rapportant les destructions d'OGM « à la période la plus glacée du terrorisme révolutionnaire » et accusant José Bové, de « profaner les monuments des arts et des sciences ». C'est au « savant » que ce « terroriste » s'attaque, le savant qui est « peut-être le héros républicain par excellence ». L'accusation est démontée quelques jours plus tard avec ironie par le sociologue Bruno Latour, qui stigmatise « les épistémologues d'État, qui interdisent toute discussion puisqu'il y a d'un côté, une modernisation indiscutable, républicaine, rationnelle et laïque, et de l'autre, des vandales obscurantistes qui sapent le pacte républicain, enterrent l'avenir et la France ».

Mais parle-t-on bien du même sujet ? Ces essais sont-ils scientifiques, alors que la majorité d'entre eux visent à vérifier l'adaptation aux conditions agronomiques locales des variétés transgéniques conçues ailleurs, afin de préparer leur commercialisation ? D'ailleurs, la majorité d'entre eux sont conduit par des firmes privées. C'est cette confusion des genres que pointe la Confédération paysanne, et que ne veulent pas voir les autorités, qui se retranchent derrière un légalisme de façade.

En tout cas, la justice choisit de durcir le ton, et en appel, en décembre 2001, Bové et Riesel sont condamnés à six mois de prison ferme pour l'affaire du Cirad. En ces temps d'après 11 septembre 2001, l'heure n'est pas à la mansuétude à l'égard de tout ce qui pourrait s'apparenter au « terrorisme » ou à la violence.

Mais la répression est-elle la meilleure solution ? Le gouvernement a chargé « quatre sages » d'organiser un débat public sur cette épineuse question des essais. Leur choix garantit un vrai débat : Jean-Yves Le Déaut, favorable aux OGM, et président de l'Office parlementaire des choix scientifiques et technologiques, Jacques Testart, très critique à l'égard des OGM, président du Comité français de développement durable, et deux hommes plus neutres, Didier Sicard, président du Comité national d'éthique, et Christian Babusiaux, président du Conseil national de l'alimentation. Cette « procédure d'utilité polémique », selon le joli mot du ministre de l'Environnement, Yves Cochet, se déroule en février 2002 au Conseil économique et social et donne lieu pendant deux jours à des débats passionnants. Le problème judiciaire posé apparaît avec netteté pour la première fois : il y a dissymétrie entre les poursuites à l'encontre de ceux qui fauchent les essais et l'absence de sanction des contaminations de cultures ou d'aliments non OGM par les produits transgéniques.

Un mois plus tard, les quatre sages rendent leurs conclusions : « Sauf à arrêter toute recherche, les essais aux champs sont inévitables. » Mais ils recommandent que l'on évalue l'intérêt socio-économique des OGM testés. Et jugent qu'il faut limiter ces essais : privilégier la recherche scientifique sur les essais de productivité ; ne passer au champ que si une recherche approfondie a été menée en milieu clos ; n'opérer les essais qu'à distance des cultures d'agriculture biologique, pour éviter de les contaminer. Enfin, il faut renforcer le pouvoir des maires en la matière et renforcer l'indépendance des experts consultés par rapport aux firmes privées. Des recommandations très utiles… dont il ne sera tenu aucun compte dans les mois qui vont suivre. Car Lionel Jospin est balayé aux élections présidentielles d'avril 2002, et le nouveau gouvernement qui émerge dans une France groggy par la présence de Jean-Marie Le Pen au deuxième tour ne se sent nullement tenu par ce rapport de « sages » à coloration de gauche. Les autorisations d'essai sont donc accordées au printemps comme auparavant. Ici encore, comme lors de la conférence des citoyens de 1998, on néglige l'intérêt de la procédure de « démocratie participative », qui a représenté la conférence publique menée par les quatre Sages et qui aboutit pourtant à des conclusions pondérées.

En France, le mouvement de destruction est cependant suspendu par le feuilleton judiciaire dont José Bové est le héros : il passe 44 jours en prison, entre le 19 juin 2002 et le 1er août, pour son action sur le McDonald's. Et en novembre, la Cour de cassation lui assène une peine de quatorze mois de prison ferme pour l'affaire du Cirad. Cela commence à faire lourd, d'autant que, ici et là, d'autres militants écopent de diverses peines ou amendes. La répression aura-t-elle le dernier mot ?

4 – La révolte des affamés

Sur le continent africain se joue discrètement une partie décisive. Dès septembre 2000, des associations de consommateurs du Burundi avaient protesté contre la présence d'OGM dans l'aide alimentaire fournie par les États-Unis. De même, en Inde, Vandana Shiva accusait le gouvernement américain « d'utiliser les fonds publics destinés à l'aide pour créer des profits et des marchés pour l'industrie biotechnologique ». A l'appui de ses dires, son organisation, la RSTE, prélevait des échantillons de l'aide distribuée après le cyclone qui avait ravagé l'Orissa, un état de l'est de l'Inde, fin 1999. Analysés par le laboratoire Genetic ID, les deux échantillons révélaient la présence de maïs transgénique, alors même que l'Inde n'avait pas autorisé sa consommation. Cette découverte, cependant, ne faisait pas de vagues.

La question ressurgit deux ans plus tard, lors du Sommet mondial de l'alimentation tenu à Rome en juin 2002. Des ONG sud-américaines révèlent alors qu'elles ont retrouvé du Starlink dans les sacs d'aide alimentaire envoyés par les États-Unis. Pour Ana Lucia Bravo, d'Accion Ecologica (Équateur), « il est inadmissible que des produits interdits soient distribués aux enfants mal nourris d'Amérique latine ». A quoi l'administrateur de l'organisme américain d'aide (USAID), Andrew Natsios, répond qu'« aux États-Unis aussi, on pourrait trouver le Starlink à l'état de trace. Les citoyens américains mangent le même maïs que celui que nous donnons à ceux qui en ont besoin ». Ce qui est bon pour les États-Unis n'est-il pas bon pour le monde ?

Eh bien bizarrement, beaucoup de gens ne le pensent pas. En Afrique australe, alors qu'une crise alimentaire se dessine au printemps 2002, le président du Zimbabwe, Robert Mugabe, déclare en mai qu'il n'acceptera pas l'aide américaine si elle n'est pas garantie sans OGM. La politique du quasi-dictateur est généralement jugée détestable, mais sur ce point, il touche juste : et ses voisins, Lesotho, Malawi, Mozambique, Swaziland et Zambie manifestent la même défiance à l'égard de l'aide contaminée. Une crainte est qu'une partie des graines livrées soit semée, ce qui provoquerait la contamination des cultures locales de maïs. D'autre part, dans des pays ravagés par le Sida, la présence de gènes de résistance aux antibiotiques dans les OGM est un autre motif de refus.

C'est en Zambie, beaucoup plus démocratique que le Zimbabwe, que les discussions sont le plus ouvertes. Lors d'un débat au Parlement, la représentante d'un mouvement de femmes, Emily Sikazwe, résume l'opinion générale : « Oui, nous sommes affamés, mais nous disons non à la nourriture que les Américains veulent nous faire avaler de force. » La Zambie va missionner un groupe de scientifiques pour enquêter sur les risques des OGM : après un voyage d'étude aux États-Unis et en Europe, les scientifiques zambiens rendent un avis négatif en novembre. Une solution de compromis est trouvée pendant l'été : le Programme alimentaire mondial moud le grain fourni, ce qui empêche sa plantation, tandis que des dons d'autres pays que les États-Unis, comme le Japon et les Pays-Bas, permettent d'acheter du maïs non transgénique.

Les États-Unis ont perdu la bataille. Ils vont également la perdre sur le plan éthique. Washington essaye de convaincre l'opinion occidentale que le blocus européen conduit les Africains à la famine. En janvier 2003, un éditorial du *Wall Street Journal* reprend le jugement du représentant américain au Commerce, Robert Zoellick, qualifiant d'« immorale » l'attitude des Européens qui pousseraient l'Afrique à refuser l'aide alimentaire. Quatre jours plus tard, dans le même journal, cinq commissaires européens répondent vertement, accusant Washington d'utiliser la crise alimentaire africaine « pour faire avancer le dossier transgénique ou pour cultiver les plantes transgéniques pour l'exportation ».

Mais cela ne clôt pas la discussion. En avril 2003, le Sénat américain adopte même un amendement liant l'aide destinée aux victimes du Sida à l'acceptation par les pays concernés des aliments transgéniques. En juin, le président Bush déclare : « Pour le bien du continent menacé par la famine, j'exhorte les gouvernements européens à cesser de s'opposer à la biotechnologie. Nous devrions encourager la diffusion d'une biotechnologie sûre et efficace pour gagner la bataille contre la famine à l'échelle planétaire. » Les Européens réagissent sèchement : « Les allégations des États-Unis sont simplement fausses », rétorque un porte-parole, Gerassimos Thomas. Le président du Parlement européen, Pat Cox, va enfoncer le clou : « L'Union européenne et ses États membres dépensent trois fois plus d'argent en aide au développement que les États-Unis, dit-il. Nous sommes le plus grand fournisseur d'aide alimentaire du monde entier, et nous n'avons pas de leçons à recevoir sur les priorités humanitaires. »

En fait, la polémique permet de comprendre que l'aide alimentaire est déstabilisatrice pour les agricultures concernées. « Les OGM sont à l'opposé de la façon dont on pratique l'agriculture chez nous, expliqua Mwananyanda Lewanika, directeur de l'Institut national zambien de la recherche (NISIR). Le futur de notre agriculture réside dans l'amélioration des circuits de commercialisation, dans l'assistance aux petits paysans, notamment sous forme de garantie de prix, dans la possibilité de bénéficier d'engrais. »

Par ailleurs, on comprend que le don d'aliments déstabilise les marchés locaux en abaissant brutalement les prix, ce qui fragilise les paysans. C'est pourquoi depuis 1996, l'Union européenne a modifié sa politique, apportant l'aide alimentaire essentiellement sous forme d'argent pour acheter la nourriture nécessaire sur les marchés des pays concernés. Les Quinze reprochent en fait aux États-Unis d'utiliser les dons alimentaires pour aider leurs exportations agricoles. La mise en cause de cette subvention cachée est d'ailleurs intégrée dans les négociations de l'OMC sur l'agriculture comme un « instrument commercial pour se débarrasser d'excédents ». C'est l'arroseur arrosé. Les États-Unis se retrouvent sur le banc des accusés, tandis que l'Afrique refuse, pour l'essentiel, les OGM.

Chapitre 13

Les victoires indécises

1 – Le blé ne sera pas transgénique

Tout le continent nord-américain est convaincu des bienfaits, ou du moins de l'innocuité, des OGM. Ce lieu commun est-il certain ? Pas tout à fait, comme le démontre un épisode décisif mais passé presque inaperçu de la guerre des OGM : l'industrie échoue à commercialiser le blé transgénique. Depuis plusieurs années, discrètement, Monsanto et Syngenta cherchent à mettre au point, le premier un blé supportant son herbicide, le RoundUp, le second un blé résistant à un fléau de cette plante, le champignon *fusarium*. Monsanto y travaille depuis 1997, et a réalisé des dizaines d'essais au Canada. Syngenta prépare en 2003 des essais en Allemagne et en Grande-Bretagne. Mais outre-Atlantique, la révolte gronde : elle part des agriculteurs biologiques qui ont vu comment le colza transgénique, en contaminant tous ses voisins, a rendu impossible la culture d'un colza biologique. C'est dans l'Etat de Percy Schmeiser que s'organise d'abord la contestation, autour du « Saskatchewan Organic Board », qui va bientôt rallier des organisations écologiques comme Greenpeace Canada et le Conseil des Canadiens. Mais surtout, le doute gagne les organisations professionnelles de fermiers, qui ne sont pas aveugles : elles constatent que la réticence des Européens, mais aussi d'autres grands importateurs de produits agricoles, comme le Japon et la Corée du sud, gêne l'exportation des céréales. Encore le maïs ou le soja transgéniques sont-ils essentiellement destinés aux animaux : mais le blé est un aliment pour humains, la matière du pain quotidien, et une plante ô combien symbolique en Occident. Il est évident que les consommateurs, européens mais aussi américains, ne vont pas avaler le blé transgénique sans broncher.

La discussion se cristallise en 2003, tant au Canada qu'aux États-Unis, dans le Dakota par exemple, où le représentant des exportateurs de grain *(North Dakota Grain Dealers Association)*, Tony Johannesen, explique à un comité du Sénat : « Sur le marché, la perception est la réalité. Aujourd'hui, la perception, qu'elle ait raison ou tort, peu importe, n'est pas en faveur des OGM. » Et comme 50 % de la production de blé américain est exportée, aucun professionnel ne veut prendre le risque de proposer du blé transgénique.

On découvre dans le Kansas des traces de maïs et soja OGM dans du blé conventionnel ! La conclusion est évidente pour tout le monde : « Si nous ne pouvons pas empêcher le maïs ou le soja de se retrouver dans le blé, comment allons-nous être capables de séparer le blé transgénique du blé normal ? » interroge un meunier américain cité par *Reuters*. La messe semble dite, alors que même le gouvernement du Saskatchewan, pourtant un ardent défenseur des biotechnologies végétales, fait savoir en août à Ottawa qu'il n'est pas favorable à l'autorisation du blé de Monsanto. Ottawa cède, et en janvier 2004, Agriculture Canada fait savoir qu'il arrête la recherche sur le blé transgénique menée depuis 1997 avec Monsanto. De son côté, l'USDA, d'habitude assez peu farouche sur les dossiers d'autorisation d'OGM, adresse une longue liste de questions à Monsanto.

La firme de Saint Louis n'est pas sourde. En octobre 2003, elle ferme ses centres européens de recherche sur le blé. Et en mai 2004, elle annonce qu'elle annule aux États-Unis son budget de recherche sur le blé transgénique, une décision prise après « une consultation exhaustive des clients dans l'industrie du blé ».

2 – Le Brésil bascule

Mais l'industrie agrobiotechnologique va trouver un énorme ballon d'oxygène en Amérique latine. La pression des faits va faire virer le Brésil, pays qui est en train de devenir une puissance agricole de premier plan. Dans le sud, les graines de soja transgénique s'introduisent en contrebande depuis l'Argentine, les cultivateurs du Rio Grande do Sul n'acceptant plus de se voir défavorisés par rapport à leurs voisins argentins, où le soja OGM apporte des économies incontestables en coûts de production. Un autre élément joue en faveur des semences introduites : la culture « sans labour » s'est beaucoup développée au Brésil, et la technique transgénique y est très bien adaptée. Ainsi, les cultures transgéniques gagnent du terrain, de moins en moins souterrainement. Dès la saison 2001, des estimations portent à près de 45 % la part des cultures transgéniques dans les superficies emblavées en soja du Rio Grande do Sul. Les autorités tentent de résister : en octobre 2001, puis en mars 2002, plusieurs tonnes des semences illégales sont brûlées par la police. Mais dans le même temps, le gouvernement cherche à légaliser les OGM au Parlement, tandis que le Président Cardoso prend clairement position en leur faveur.

Le leader du Parti des Travailleurs, Luiz Inacio Lula da Silva, candidat à la succession de Cardoso, est opposé aux OGM. C'est du moins ce qu'a compris tout le monde, à commencer par les mouvements de petits paysans et de « sans terre » qui constituent sa base rurale, mais aussi les mouvements de consommateurs et d'écologistes. Lula et ses conseillers pensent que le marché étranger pour le « non-OGM » est suffisamment important pour permettre au pays de refuser le transgénique. Mais ce marché, s'il existe, s'avère limité : peu d'importateurs sont prêts à payer un surcoût pour un soja qui, dans la majorité des cas, va être transformé en tourteaux et donné aux animaux d'élevage. Grands négociants aussi bien que grands exploitants sont carrément sceptiques.

L'enjeu est essentiel pour le pays : la légumineuse assure 10 % des exportations brésiliennes. Quand Lula est élu président, en octobre 2002, il va chercher à ne pas braquer contre lui un secteur économique aussi puissant : après tout, c'est la première fois que le Brésil a un président de gauche, il faut être prudent. D'ailleurs, Lula a choisi pour ministre de l'Agriculture Roberto Rodrigues, un représentant des grands exploitants, face auquel les ministres du Développement rural, Miguel Rosetto, et de l'Environnement, Marina Silva, pèsent peu. Sur le terrain, les cultures transgéniques sont toujours plus nombreuses, bien qu'elles soient illégales, et l'on estime en mars 2003, au moment des semailles, que 80 % des cultures de soja du Rio Grande do Sul sont transgéniques, la proportion étant entre 10 et 30 % pour tout le pays. Le gouvernement publie en avril un décret imposant l'étiquetage sur les aliments transgéniques. Les exploitants et les négociants n'en tiennent aucun compte.

Le marché, d'ailleurs, absorbe tout : l'Europe, qui tord habituellement le nez dès qu'on prononce le mot « OGM », achète le soja transgénique sans se poser de questions. La vache folle a eu un effet favorable sur ces importations : il faut remplacer les farines animales données naguère aux bovins, et la légumineuse américaine s'engouffre dans le créneau. Les farines à remplacer représentent environ 2,5 millions de tonnes de tourteaux en Europe. Les écologistes n'arrivent pas à convaincre le consommateur qu'un bovin nourri au tourteau de soja transgénique pourrait être mauvais pour la santé – ce qui est indémontrable : l'argument n'est pas sérieusement avancé. L'expansion de la culture du soja se fait aux dépens de l'Amazonie ? La culture et le commerce en sont aux mains des grands exploitants, et se développent au détriment des petits agriculteurs ? Certes. Mais ces arguments – bien fondés et pas contestés, eux – ne touchent pas l'opinion publique.

Par ailleurs, la Chine est devenue un importateur de premier plan, avec plus de 18 millions de tonnes de soja achetées chaque année. Certes, elle a adopté des règles, en juin 2001, qui ont un temps bloqué les importations en provenance des États-Unis, d'Argentine et du Brésil. Mais elles s'assouplissent rapidement et, début 2004, l'obstacle est définitivement levé. Le nouveau Grand a besoin de soja : il n'en produit plus assez pour fournir sa demande intérieure, tirée par l'élévation du niveau de vie qui fait croître la consommation de viande. Il est en revanche très réticent à autoriser les OGM pour la consommation humaine, mais c'est une autre histoire, qui ne concerne pas le Brésil.

Ainsi, quand Brasilia autorise en septembre 2003 la culture transgénique « jusqu'à la fin de l'année », la partie est gagnée pour les OGM. Ce que confirme en mars 2004 l'adoption par le Parlement de la nouvelle loi sur la biosécurité, qui assure la victoire du lobby agro-industriel. Un de ses représentants, le député

Darcisio Perondi, se réjouit : « Nous avons infligé une défaite à l'aile conservatrice et médiévale du gouvernement », tandis que le ministère de l'Environnement publie un communiqué critique de la loi qui, selon lui, crée « un sérieux déséquilibre dans le processus de prise de décision concernant les OGM au détriment des précautions nécessaires ». Mais Marina Silva a perdu. Au Brésil, le soja est roi, et l'OGM est le roi du soja.

3 – Les hésitations de l'Europe

Le Brésil se débloque. L'Europe ne va-t-elle pas bouger elle aussi ? En 2002, en France, le mouvement des paysans faucheurs est sonné par l'incarcération de José Bové et par les poursuites judiciaires engagées contre des militants moins connus : « C'est une période noire pour nous », résume Bernard Moser, de la Confédération paysanne. D'ailleurs, tout le mouvement social est ébranlé par le choc du 21 avril, qui a vu Lionel Jospin, Premier ministre socialiste, battu au premier tour de l'élection présidentielle par Jean-Marie Le Pen, le leader d'extrême-droite. Tout à l'enthousiasme de la dynamique altermondialiste, il n'a rien vu venir – non plus, d'ailleurs, que la classe politique, les médias et la société. Ne faut-il pas se remettre en cause ? Et se résoudre à la progression inéluctable des OGM ?

Cependant, ailleurs en Europe, on n'est pas sur la même longueur d'onde. Outre-Quiévrain, la saison 2002 est un festival d'arrachages signés par des joyeux drilles tels que « Les impatients dans la tente », « Les restaurateurs de fertilité », « Les fées de serre », « Les faucheurs de tabou », « Le commando de résistance et d'actions citoyennes », « Les diables rouges », « L'aigle Bayer et ses serres universitaires ». Aux Pays-Bas, un site sur quatre est détruit. En Écosse, le seul essai en cours est dévasté en octobre par « Scottish GM Action ».

Mais en France, les autorités choisissent la répression : José Bové est condamné en septembre à 3000 euros d'amende, avant que la cour de cassation ne confirme en novembre sa condamnation à quatorze mois de prison ferme (ainsi que René Riesel, que les médias oublient alors), peine qui sera réduite plus tard à dix mois. La sanction abasourdit les anti-OGM : « Si on n'était pas passé à l'action, la France entière serait couverte d'OGM, s'exclame un éleveur de la Confédération paysanne. Il faut bien le dire : on est passé à l'acte en raison de l'incurie des politiques, de leur inaction devant les multinationales agrochimiques. » Mais Bové n'abuse-t-il pas de sa position de figure médiatique, comme le lui reproche son ancien ami René Riesel ? *Le Monde* relève que « José Bové a pris conscience qu'il ne pouvait à lui tout seul changer la réalité. Que les "coups" ne pouvaient à eux seuls se substituer aux rapports de force ou pallier les mobilisations collectives insuffisantes ».

L'idée germe que puisqu'il est facile pour l'appareil judiciaire de s'en prendre à un seul homme, il faut mettre en avant d'autres porte-drapeaux. Le 16 janvier 2003, des « têtes d'affiche » – l'actrice Anémone, l'évêque Jacques Gaillot, le député Noël Mamère, vingt-neuf autres personnalités – arrachent un champ de colza transgénique dans la Marne. Mais l'action ne pèse pas suffisamment lourd, aucune poursuite n'est engagée, et le printemps se passe sans, qu'en France, le gouvernement reprenne l'avantage. Certes, plus de mille communes ont pris des délibérations, voire des arrêtés anti-OGM, mais les préfets défèrent ces actes aux tribunaux administratifs qui les cassent systématiquement. Le ministère de l'Agriculture publie la liste des essais autorisés. Et le dimanche 22 juin, à l'aube, des dizaines de gardes mobiles – accompagnés d'un engin blindé ! – débarquent par surprise chez José Bové, brisent la porte vitrée de sa maison du Larzac, et l'emmènent en hélicoptère à la prison de Villeneuve-les-Maguelone, près de Montpellier. La loi s'impose. L'ordre va-t-il enfin régner à Ogéhèmeland ?

À Bruxelles, la situation semble peu à peu se débloquer. En 2000, le Parlement européen a adopté une directive, dite 2001-18, qui remplace la 90-220 en la renforçant beaucoup : un des arguments qui justifiaient le moratoire adopté en 1999 tombe, pense la Commission européenne. Mais les Quinze, parmi lesquels l'Italie se révèle toujours plus opposée aux OGM, ne sont pas chauds pour avancer. Rien ne doit bouger, conviennent-ils en février 2001, avant que soit établi un règlement sur l'étiquetage des produits transgéniques. L'attente s'impose. Les opinions publiques sont toujours aussi peu enthousiastes, comme en Angleterre où, en août 2002, la torpeur estivale est troublée par la révélation que des essais d'Aventis ont été semés avec des OGM interdits… sans que les inspecteurs officiels s'en rendent compte. Le gouvernement doit reconnaître qu'il s'agit là « d'une très sérieuse brèche » de la réglementation.

La Commission s'impatiente : « Nous ne pouvons pas continuer éternellement avec ce moratoire », s'exclame David Byrne, le commissaire à la Santé et à la Protection des consommateurs, d'autant plus que la menace d'une plainte des États-Unis auprès de l'OMC se profile. Mais là aussi, l'affaire lambine : avec la préparation de la guerre en Irak, Washington a d'autres préoccupations que les OGM, et ne tient pas à s'aliéner l'Europe, qu'elle espère rallier contre Saddam Hussein. Les ministres de l'Agriculture parviennent enfin, en novembre 2002, à se mettre d'accord sur l'étiquetage. Le moratoire va-t-il pouvoir être levé ? Pas si vite ! Un nouveau problème apparaît : et la coexistence entre agriculture conventionnelle et OGM ? Comment la régler ? Qui sera responsable des conséquences financières des contaminations ? Il faut discuter, c'est-à-dire attendre.

D'ailleurs, qui veut des OGM ? En Espagne, quelque 32 000 hectares de maïs transgénique (soit 5 % des cultures de maïs) sont exploités sans que cela ne gêne personne. Bien. Mais partout ailleurs, l'hostilité est de rigueur. En France, l'agence de sécurité sanitaire, l'Afssa, publie un avis critiquant l'évaluation de plusieurs OGM en cours d'autorisation au niveau européen. En Grande-Bretagne, des sondages montrent que l'opposition aux aliments transgéniques transcende les attaches partisanes : les électeurs y sont opposés à près de 60 %, qu'ils soient conservateurs, travaillistes ou libéraux. En Suisse, la Chambre basse du Parlement se prononce pour un moratoire de cinq ans. En Italie, on découvre que près de 400 hectares de maïs sont contaminés par un OGM interdit, et le gouvernement ordonne leur nettoyage.

4 – La fin du moratoire

En France, l'emprisonnement de Bové en 2003 réveille le mouvement. Le soutien au prisonnier est beaucoup plus vif que l'année précédente : des chercheurs prennent même position pour le soutenir, tandis que tous les jours, un concert de casseroles à proximité de la prison de Villeneuve-les-Maguelone lui rappelle qu'il n'est pas seul. De sa geôle, il s'affirme toujours insoumis : « Si tout est fait pour que l'expression soit encore muselée, il ne reste plus à ceux qui refusent l'inacceptable qu'à dire “non” et à sortir du cadre de la loi, dit-il. La désobéissance civile est un moyen, pas une fin en soi. C'est la seule force des faibles, quand tous les autres moyens ont été épuisés. » Dehors, les fauchages reprennent, histoire de montrer aux autorités et à l'opinion que le mouvement existe indépendamment de son plus célèbre représentant. Pendant tout l'été, on recense dix-neuf vandalisations d'essais, le plus souvent anonymes. Au point que les scientifiques se rebellent : une pétition, lancée par Alain Toppan, un agronome coordinateur de la recherche chez Biogemma, rassemble 1 500 signatures de scientifiques excédés, dont celles des prix Nobel Jean-Marie Lehn et Pierre-Gilles de Gennes : « Ces saccages répétés, écrivent-ils, portent un grave préjudice aux activités de recherche et de développement en biologie végétale, secteur pour lequel la France se place encore parmi les meilleurs au plan international. »

Mais pendant l'été, ceux qu'on va bientôt appeler les « Faucheurs », ont repris des forces. Bové est libéré le 2 août. Et il se rend sur le Larzac où quelques jours plus tard a lieu pendant trois jours une grande fête pour affirmer que « d'autres mondes sont possibles ». Le rassemblement a un succès inattendu, près de 100 000 personnes viennent écouter des concerts, mais aussi participer à des dizaines de débats sur les sujets de la gauche alternative et glâner de l'information au long des stands tenus par toutes les associations écologistes et sociales de France et de Navarre. Au milieu de cette fête à mi-chemin entre *rave-party* et meeting politique géant, une initiative naît assez discrètement, qui va changer la donne sur les OGM. Elle part d'un homme de soixante-dix ans, aux yeux pétillants de gaieté, qui parle comme le vieux sage à barbe blanche qu'il est : « Je trouvais injuste que les paysans portent le poids de notre responsabilité à tous, explique Jean-Baptiste Libouban, animateur de l'Arche, communauté fondée par Lanza del Vasto, un disciple de Gandhi, pour prêcher la non-violence. Alors j'ai proposé à José de monter une action de "faucheurs volontaires" par laquelle des gens affirment, en conscience, sans parti ni syndicat, leur opposition à l'inacceptable. » En pratique, il s'agit de signer l'engagement de participer à visage découvert à des « neutralisations » d'OGM et d'en accepter les conséquences juridiques. Concrètement, cela permettra de dédouaner la Confédération paysanne des poursuites judiciaires, puisque ce n'est plus le syndicat paysan qui revendiquera les destructions. « En l'absence de tout recours démocratique », explique la Charte des Faucheurs volontaires, le signataire « se porte volontaire pour détruire les cultures de plantes transgéniques de plein champ ». Elle est signée sur le Larzac par quelques centaines de personnes, et va continuer à faire son chemin toute l'année dans les réseaux alternatifs.

Tout ceci change-t-il la donne à Bruxelles ? En tout cas, le climat y reste morose. Les États-Unis ont finalement mis à exécution la menace qui faisait trembler la Commission : ils attaquent l'Union devant l'OMC en mai 2003, au motif que le moratoire européen enfreint les règles de la liberté du commerce. On apprendra plus tard qu'ils demandent 1,8 milliards de dollars d'indemnités. La Commission va se trouver dans la situation inconfortable de défendre la conduite des Européens dont elle déplore par ailleurs la lenteur à sortir du moratoire. Car les États membres ne sont toujours pas pressés, et guère impressionnés par la procédure à l'OMC ; celle-ci, d'ailleurs, va se dérouler avec une sage lenteur. S'agirait-il d'une épée de bois ? En juin, Palau ratifie le Protocole sur la biosécurité, ce qui va permettre l'entrée en vigueur de celui-ci. L'événement rappelle qu'en matière d'OGM, l'OMC n'est pas le seul juge international.

Le moratoire européen pourrait cependant être levé à l'automne. Mais une étude scientifique anglaise retarde le processus : en octobre, des experts indépendants nommés par le gouvernement britannique publient le résultat d'études lancées en 1999 sur l'effet environnemental des OGM. Il en ressort que le colza et la betterave transgéniques – mais pas le maïs – ont un impact notable sur la flore et les insectes. Le conseiller scientifique de Tony Blair, David King, explique que le gouvernement est moins enthousiaste que naguère : « Le gouvernement encourageait fermement en 1999 les cultures transgéniques parce qu'il était persuadé que la biotechnologie est une source future de richesses pour le pays. Mais aujourd'hui, il est moins évident que les plantes transgéniques créeront de la richesse, tandis que leur non-adoption ne menace pas le reste de notre industrie biotechnologique, qui est très dynamique. » En Italie, le ministre de l'Agriculture est encore plus net : « Pourquoi privilégier une technique qui viole la nature ? interroge Gianni Alemanno. Nous devons demander que l'Europe soit cohérente : on ne fait pas la réforme de la politique agricole commune d'un côté en fermant de l'autre les yeux sur les OGM. » Et il enfonce le clou : « Le destin de l'Union européenne est-il de recopier ce qu'ont fait les États-Unis ou d'agir différemment ? » Ainsi, bien que la Commission publie le 18 octobre les nouveaux réglements sur l'étiquetage et la traçabilité, le moratoire... reste en place. Pendant tout l'hiver, les gouvernements n'arrivent pas à s'accorder pour autoriser un OGM, geste qui signifierait la levée du moratoire. Les hasards de la procédure font qu'il s'agit du maïs dit Bt 11 produit par Syngenta. Or, son innocuité n'est pas totale, juge l'Afssa, qui critique les méthodes d'expérimentation qu'il a subies. Si bien que la France vote contre son autorisation (alors que la Grande-Bretagne et l'Italie ont finalement voté pour).

En mars 2004, la Grande-Bretagne donne le feu vert à la culture sur son sol d'un maïs transgénique autorisé avant 1999 ; mais elle doit être entourée de conditions restrictives, et betteraves et colzas restent interdits. Si bien que Bayer CropScience annonce qu'elle ne cultivera pas le maïs concerné, le Chardon LL, sur le territoire de Sa Grâcieuse Majesté, du fait que les conditions posées sont « économiquement non-viables ».

La galère européenne continue : en France éclate une polémique sur la validité des tests des OGM. L'association Criigen, qu'anime Corine Lepage, transmet au *Monde* des documents internes à la

CGB qui montrent qu'il y a eu débat sur l'innocuité du maïs MON 863. Les procès-verbaux confidentiels de la CGB révèlent que les experts ont été très troublés par des malformations observées sur un échantillon de rats nourris avec du MON 863. S'agit-il d'un artefact, comme l'affirment les experts européens et la majorité de la CGB, qui va revenir sur un premier avis défavorable ? Ou s'agit-il d'un vrai problème de santé ? La question est d'autant plus difficile à trancher que le processus d'expertise est particulièrement opaque et que les résultats précis des tests réalisés par les industriels, considérés comme un « secret commercial », ne peuvent être publiés ! Une autre question se pose : les essais sur les rats sont-ils menés avec suffisamment de rigueur ?

À Bruxelles, on patauge. En avril 2004, aucune majorité ne se dégage pour autoriser ou rejeter le maïs Bt 11. A la fin du mois, les régions européennes opposées aux OGM se réunissent à Linz, en Autriche : il ne s'agit pas d'associations, mais bien d'exécutifs régionaux, avec un geste politique clair. Le « Réseau des régions libres d'OGM » regroupe dix régions de sept pays, et va s'élargir dans les trimestres suivants. En France, les élections régionales ont vu un basculement presque total des régions vers la gauche, et leurs conseils vont prendre des résolutions anti-OGM. En Poitou-Charente, celle qui n'est encore que présidente de la région, Ségolène Royal, déclare qu'elle veut en faire « un territoire encourageant le développement de l'agriculture bio ou labelisée ou de production de qualité. Les OGM sont incompatibles avec cet objectif. Donc, la région se déclare opposée à tout essai public ou privé d'OGM ».

La Commission maintient pourtant la pression pour lever le moratoire. Comme il est impossible de réunir une majorité au Conseil des États, elle décide, comme les textes l'y autorisent, de prendre elle-même la décision : le 19 mai, elle autorise le maïs Bt 11. C'est la levée du moratoire tant attendue par l'industrie et les promoteurs des OGM. Mais la première réaction de la firme Syngenta, qui produit le Bt 11, est d'annoncer… qu'elle n'en vendra pas aux consommateurs ! Ils « ne sont pas prêts », indique la firme. Les producteurs de maïs doux s'empressent eux aussi de rappeler qu'ils ne vendront pas le Bt 11 : « L'engagement des fabricants français est de répondre à la demande des consommateurs qui ont, en grande majorité, exprimé leur volonté de ne pas avoir d'OGM dans leur alimentation. » La levée du moratoire semble une victoire à la Pyrrhus. Les mois suivants, les pays européens se révèlent toujours aussi incapables d'autoriser de nouveaux OGM, et le colza GT 73 est recalé, puis le maïs NK 603 – c'est la Commission qui doit elle-même l'autoriser. Mais la légitimité politique de ce système est très faible. Il est évident que, si l'Europe avale au compte-gouttes les OGM, c'est contrainte et forcée.

5 – La victoire est-elle au bout de la faux ?

En France, les « Faucheurs volontaires » sont maintenant bien constitués. C'est un collectif, sans personnalité morale : si les autorités veulent les poursuivre, il faudra impliquer les individus eux-mêmes. En juillet, ils disent être 2700. On apprend qu'un essai de pommes de terre transgéniques a été détruit aux Pays-Bas par un groupe s'intitulant « Monde Futur », et qu'un essai a été détruit anonymement à Guyancourt, dans les Yvelines. Mais c'est à visage découvert que les "Faucheurs volontaires" vont agir. Ils se retrouvent le 25 juillet à Verdun-sur-Garonne (Tarn-et-Garonne). José Bové s'adresse à la foule des militants : « Les pouvoirs nous refusent le débat public. Nous allons le mener dans les prétoires du sud-ouest, que nous allons transformer en maisons du peuple, pour bâtir un monde sans OGM. » La colonne automobile part vers Menville, à quelques kilomètres de là et, descendus de voiture, les quelques centaines d'activistes débordent facilement les gendarmes débonnaires, mais qui photographient abondamment les participants. Femmes, enfants, vieillards, et beaucoup de jeunes, dévastent avec énergie une parcelle de maïs transgénique dissimulée derrière un rideau de tournesols. Un agriculteur biologique, Philippe Cotinaud, résume le sentiment général : « Si les OGM sont autorisés, dans quatre ans, on pourra faire une croix sur la culture biologique. S'il y avait une vraie démocratie et un vrai débat sur le sujet, je ne sortirais pas de chez moi. » La première action des Faucheurs est un succès.

Ils agissent à nouveau le 14 août, dans le Puy-de-Dôme et dans le Loiret. Mais la situation se tend début septembre : le gouvernement a décidé de ne plus laisser faire, et les Faucheurs se retrouvent face à des gendarmes en tenue de combat (dite « de maintien de l'ordre »), rangés derrière des barrières métalliques et survolés par un hélicoptère. Le champ de maïs de Solomiac (Gers) est vite noyé sous les gaz lacrymogènes, tandis que José Bové, parmi d'autres, est interpellé et évacué dans un fourgon. L'action échoue, et la violence de la réaction policière interloque les Faucheurs, qui ne s'attendaient certes pas à cela. La même scène se répète le 25 septembre à Valdivienne : alors que les Faucheurs descendent derrière une banderole vers la parcelle entourée de gendarmes, une pluie de grenades lacrymogènes s'abat sur eux. Les manifestants continuent cependant d'avancer. Des bruits assourdissants éclatent ici et là, provoqués par des grenades à effet de souffle. Leur explosion projette de mini-éclats induisant de petites blessures sanglantes chez ceux qui se trouvent à proximité. Malgré la fumée, les plus déterminés des anti-OGM parviennent aux barrières métalliques, avant de reculer peu à peu. Décision est prise de se replier. On compte une quinzaine de blessés légers. Le mode d'action va devoir changer : « Il n'est pas question d'envoyer des militants pacifiques se faire massacrer », résume José Bové.

La scène suivante se déroule au tribunal correctionnel de Toulouse, le 8 novembre. Les applaudissements crépitent, la salle se lève, les cris fusent, les prévenus rayonnent de joie, on embrasse les avocats : l'auguste salle d'audience du palais de justice de Toulouse, au plafond peint d'allégories, n'avait sans doute jamais vu une telle fête. Il est 13 heures ce lundi 8 novembre, et la présidente du tribunal correctionnel, Colette Pesso, vient de rendre sa décision : le tribunal donne acte à 250 personnes de leur demande de comparution volontaire. Autrement dit, elle reconnaît le droit aux « Faucheurs volontaires » d'être poursuivis, comme ils le réclament, pour le fauchage des champs transgéniques, au même titre que ceux que le parquet aura désignés.

« C'est la première fois que je vois des dizaines de personnes applaudir à tout rompre le fait d'être renvoyés en justice », s'amuse Dominique Plancke, un des Faucheurs et conseiller régional Vert du Nord-Pas-de-Calais. En ouvrant l'audience, trois heures plus tôt, le tribunal avait à juger neuf prévenus mis en cause pour l'action de Menville : Jové Bové, Noël Mamère (député Vert de Bègles), Gérard Onesta (député européen Vert), Gilles Lemaire (secrétaire général des Verts), Jean-Baptiste Libouban, de la Communauté de l'Arche, François Simon, Pierre Labeyrie, Michel Daverat et Jean-Aimé Gravas. Mais les avocats ont convaincu les juges que ces neufs prévenus ne peuvent être seuls mis en cause. C'est la victoire souhaitée par les Faucheurs, qui croient voir leur démarche collective reconnue.

Ils vont engranger un nouveau succès, inattendu, quand, en avril 2005, une mission parlementaire pourtant conduite par deux députés favorables aux OGM, Jean-Yves Le Déaut et Christian Ménard, proposent de faire une pause des essais : « Tant qu'on n'a pas mis en place le Conseil des biotechnologies que nous proposons, estime Jean-Yves Le Déaut, il ne faut pas faire de nouvelles expérimentations en 2005. »

Mais une hirondelle ne fait pas le printemps. Le 14 avril 2005, la cour d'appel de Toulouse décide ne pas poursuivre 222 Faucheurs, comme l'avait décidé le tribunal correctionnel, mais les neuf prévenus. Les fauchages vont reprendre pendant l'été, mais se confronter à une nouvelle réalité : les paysans sur le terrain desquels se déroulent les essais sont ulcérés de la destruction de leurs champs et tentent de s'y opposer énergiquement. Le 27 août, à Nonette, dans le Puy-de-Dôme, on manque d'en venir aux mains. La méthode des fauchages volontaires atteint décidément ses limites. Et d'autant plus que, pendant que l'on se focalise sur les essais, on oublie que des cultures commerciales, avec les maïs autorisés avant 1999, peuvent se dérouler : il y en aurait 1 000 hectares, révèle *Le Figaro* en septembre. Certes, le gouvernement a caché ces cultures que, selon la directive 2001-18, il aurait dû rendre publiques, mais le fait est là. Et en novembre, la Cour d'appel de Toulouse condamne José Bové à quatre mois de prison ferme, tandis que Noël Mamère et Gérard Onesta écopent de trois mois de prison avec sursis. Décidément, la lutte contre les OGM n'est pas une sinécure.

6 – La baudruche OMC se dégonfle

Si les Faucheurs ont enchaîné en France succès et revers, la situation n'a guère évolué au niveau européen, où les OGM sont exclus de facto de la plupart des États, tandis que la levée du moratoire n'a pas vraiment changé la donne. La position de la Commission, qui continue à autoriser, par intermittence, les plantes transgéniques, est encore affaiblie en avril 2005 quand on apprend qu'un maïs interdit en Europe, le Bt 10, a été importé en petites quantités des États-Unis sans que les autorités s'en rendent compte. Syngenta est fautive, qui a confondu en laboratoire deux lignées très proches. Une fois de plus, la réalité des contaminations et de la difficulté du contrôle des OGM est mise en exergue. L'épisode permet à la Commission de faire la leçon aux États-Unis, qui se trouvent après tout à la racine du problème.

Elle essuie un sérieux revers en juin, quand vingt-deux États sur vingt-cinq lui refusent de sanctionner les cinq États qui ont invoqué des « clauses de sauvegarde » pour s'opposer à l'entrée de certains OGM pourtant autorisés à Bruxelles. Comme le reconnaît le commissaire à l'environnement, Stavros Dimas, le vote « constitue un message politique des États membres ». Certes. Et l'on observe au passage que les nouveaux membres d'Europe de l'Est sont aussi sceptiques sur les OGM que les anciens. D'ailleurs, ô surprise, la Suisse adopte en novembre un moratoire : les agriculteurs n'auront pas le droit d'y cultiver les plantes transgéniques jusqu'en 2010.

Et l'OMC, qui faisait si peur à la Commission européenne ? Elle finit par rendre sa décision – confidentielle – en février 2006. Le texte, que se sont procuré les « Friends of the Earth », reconnaît le droit de l'Europe à une réglementation et, s'il condamne les bans posés par quelques pays sur certains OGM, ne propose pas une sanction pécuniaire. Le texte final est publié en septembre : il confirme l'absence de sanction. Les États-Unis ont joué, ils ont perdu. Le cavalier seul de l'Europe peut se poursuivre.

Pourtant, les OGM continuent à progresser : les statistiques de l'ISAAA montrent que les surfaces transgéniques sont passées en 2005 à 90 millions d'hectares, soit 9 de plus que l'année précédente, une progression largement due au revirement du Brésil. Mais si l'on examine attentivement les chiffres, on se rend compte que la progression annuelle (+ 11 %) est la plus faible depuis 2001. La poussée des OGM se ralentit-elle enfin, va-t-elle plafonner ? Selon le chercheur de l'ISAAA, Clive James, l'avenir dépend de la Chine : « Quand elle aura accepté les OGM, ils se répandront dans toute l'Asie. » Diagnostic sans doute exact. L'enjeu, c'est le riz transgénique. Mais il s'agit là d'un aliment humain, l'équivalent en Asie du blé en Occident. C'est tout différent d'un soja qu'on donne aux vaches et aux cochons. Pékin le choisira-t-il ?

Conclusion

La nature n'est pas un Meccano génétique

La transgenèse est un projet ambitieux d'artificialisation de la biosphère. On le sait, cette artificialisation est déjà effectuée depuis le néolithique par la généralisation de l'activité agricole à l'ensemble de la planète. Mais les prophètes des OGM visaient autre chose : couler l'agriculture dans les méthodes industrielles, lui faire perdre le caractère de dialogue savant avec la nature qui constitue son essence pour la transformer en une entreprise aux caractères précisément définis et contrôlés.

Monsanto et les zélateurs de la biotechnologie agricole voulaient faire de l'agriculture une industrie aux résultats aussi prédictibles que ceux de la production manufacturière. Il s'agissait de faire des « produits agricoles » présentant des caractéristiques biochimiques précises, répondant aux contraintes ou aux desiderata des industries de transformation alimentaire. L'être humain lui-même s'intégrerait ensuite dans la chaîne : on ferait des aliments dont le contenu nutritionnel serait adapté à telle ou telle maladie, défini d'après les prédispositions génétiques de l'individu.

Ce projet a été bien compris par ses opposants et c'est pourquoi ils l'ont combattu : « Cette technologie, dit Benedikt Haerlin, va trop loin dans l'adaptation des principes industriels à un système complètement différent : convertir les cycles du métabolisme naturel aux règles de fonctionnement de l'industrie. »

Le soubassement philosophique de cette vision est celui qui animait les généticiens des années 1950 : la nature est une machine, elle est un système de fonctions commandées par des gènes.

L'échec des OGM exprime le rejet populaire de cette conception mécaniste. Comme l'écrivait en 1996 Guy Paillotin, alors président de l'INRA : « Notre société n'est absolument pas prête à recevoir l'idée que la nature est un vaste Meccano dépourvu de cohérence et de nécessité, qu'il nous appartient d'agencer au gré de nos besoins. Elle rejette l'image insupportable d'un Homme sans âme dans un univers dépourvu de sens, et postule à l'inverse l'existence d'une profonde correspondance entre l'Homme et la Nature. Elle recherche le sens de notre présence dans la Nature, et c'est la demande fondamentale qu'elle adresse aux scientifiques. »

Crépuscule de la civilisation rurale ou aube d'un nouveau monde ?

Quel que soit le sort des OGM, leur aventure aura réactivé la question de la nature dans la société moderne – qui est devenue la question de la place que doit y tenir l'agriculture, puisque les espaces non humanisés n'existent plus sur terre.

Une voie possible d'évolution de l'agriculture est ouverte par les États-Unis, terre d'élection des transgènes et qui comptent aujourd'hui plus de prisonniers que d'agriculteurs. Tom Urban, l'ancien président de Pioneer, en dessine le cadre : « L'agriculture, dit-il, est en train de disparaître dans les pays développés. La production agricole sera assurée par des organisations, parce que ce sera la façon la plus efficace d'utiliser les ressources. Comme toute activité économique, l'agriculture sera gouvernée par la loi de l'efficacité. »

Les grandes entreprises maîtriseront-elles l'agriculture ? Dès 1985, Jack Doyle observait : « Aujourd'hui, avec l'ingénierie génétique et la biotechnologie, [...] la pratique et le contrôle de l'agriculture et de l'élaboration de l'alimentation se transfèrent brutalement des agriculteurs vers les scientifiques et, ce qui est plus important, vers ceux qui possèdent la science. [...] Ce qui est en train de se passer et va continuer ici et à travers le monde est un couplage entre la génétique et le pouvoir des grandes entreprises. » En fait, il s'agit de transférer la plus-value qui subsiste au niveau du paysan – qui élève les plantes, et dont on nie le savoir-faire, l'expérience, l'art – vers les entreprises utilisatrices de ces matières premières agricoles.

Dans la société massivement urbanisée d'aujourd'hui, où les agriculteurs apparaissent comme une minorité en survie, la révolte contre les OGM est-elle l'ultime sursaut de la civilisation agricole ? Ou annonce-t-elle un nouveau monde, qui redécouvrirait ses liens avec la nature par le biais d'une autre agriculture et d'une approche écologique de son environnement ?

Au Sud : avec les paysans ou contre eux ?

La question prend sa dimension universelle dans les pays du Sud, où plus de 50 % de la population est rurale. Le problème de la faim continue à y aiguillonner de nombreux pays et les promoteurs des OGM ont abondamment utilisé cet argument pour plaider leur cause.

Celui-ci était fallacieux en ce qu'il a tenté de faire croire que les OGM apportent une réponse immédiate au problème alors que les transgènes pouvant réellement intéresser les pays du Sud – « riz doré », plantes résistant à la sécheresse ou à l'eau salée – n'étaient pas prêts, ne le sont pas et ne le seront, au mieux, que d'ici à plusieurs années.

Mais cette politique de communication s'appuyait sur une question pertinente : comment augmenter la production alimentaire d'ici à un demi-siècle pour nourrir une population mondiale qui devrait croître de moitié ?

Comme le remarque Tom Urban, la question qui se pose aux pays du Sud est spécifique : « Depuis cinquante ans, on a pu fournir dans les pays développés du travail aux agriculteurs qui abandonnaient la terre. Le problème est qu'aujourd'hui le monde en développement n'a pas cette possibilité. » La question n'est donc pas seulement d'augmenter la production agricole, mais de le faire dans des conditions qui ne se traduisent pas par un exode rural massif. Or, le coût d'une technologie sophistiquée comme celle des OGM joue à l'encontre des petits paysans du tiers-monde dont le problème essentiel est le manque de moyens pour investir.

L'Académie des sciences relevait en 1993 que « la pratique de la transgenèse demande une maîtrise de technologies dont il est à craindre qu'elle ne puisse être facilement atteinte au sein des pays défavorisés : génétique moléculaire, biologie du développement, etc. Mais surtout, la guerre des brevets, les protections industrielles renforcées, la détention par certaines sociétés d'espèces animales ou végétales prototypes risquent de rendre les pays en développement encore plus tributaires des stratégies commerciales des grandes compagnies industrielles ».

De surcroît, le choix des méthodes agronomiques est en partie déterminé par la politique menée en aval. Comme l'explique Benedikt Haerlin, « la bataille en Asie porte sur la souveraineté des petits paysans : leur système agronomique sera-t-il converti en une agriculture industrielle nourrissant les riches et produisant des matières premières exportables, ou réussiront-ils à développer leurs propres systèmes pour nourrir leur peuple ? ». Or les plantes transgéniques développées dans les deux dernières décennies sont précisément destinées aux grandes cultures d'exportation.

Au total, il y a assez peu de raisons de penser que les OGM pourraient être la meilleure solution au problème agricole de l'humanité. Et d'autant moins que, sans même rentrer dans le débat sur les structures agricoles (réforme agraire, échange inégal, subventions agricoles dans les pays du Nord), l'éventail des alternatives aux OGM est très large.

Il n'y a pas que les OGM !

Le plus grand succès des promoteurs des plantes transgéniques aura été de faire croire qu'il n'y avait pas d'autre alternative qu'entre la stagnation et les OGM, et qu'ils possédaient les clés du progrès, d'un progrès unidirectionnel. Bravo ! Mais l'idée est fausse : la transgenèse n'est qu'une voie technique parmi beaucoup d'autres. Voici un échantillon de celles-ci.

Au premier rang figure la sélection classique des semences, c'est-à-dire la recherche de nouvelles variétés au moyen de croisements multiples attentivement observés. Un agronome américain,

Vernon Ruttan, observe que dans les pays développés, « les progrès de production dans les cultures principales approchent les limites physiologiques, qui ne sont pas très au-dessus de ce qu'obtiennent les meilleurs agriculteurs ou les stations de recherche agricole ». Mais, dans les pays en développement, il y a encore une très grande marge de manœuvre avant d'atteindre ce plafond physiologique, et il faudrait donc, affirme Ruttan, adopter une « stratégie encourageant la sélection agronomique classique, combinée avec de plus hauts niveaux d'inputs techniques ». Plusieurs variétés performantes obtenues récemment découlent de cet effort continu. Les vainqueurs du *Millenium World Food Prize* de 2000, Evangelina Villegas et Surinder Vasal, ont par exemple développé un maïs à haut degré en protéines, tandis que Huang Danian, de l'Institut national chinois de recherche sur le riz, a créé un riz à long grain, sans passer lui non plus par la transgenèse.

La sélection classique peut d'ailleurs recourir à la biotechnologie, qui ne se confond pas avec la transgenèse. Une variété de riz très productive et adaptée aux terroirs ouest-africains, le Nerica, a été mis au point en croisant deux espèces de riz éloignées et en passant par une étape de culture de cellules. Le décryptage du génome des plantes aide à identifier les traits intéressants pour une situation agronomique donnée et à opérer des choix génétiques au sein d'une même espèce : se développe ainsi la « sélection par marqueurs ».

Une deuxième voie cherche à améliorer les méthodes culturales. Le sol peut être vivifié en dynamisant la microfaune – vers de terre et termites –, par l'utilisation d'engrais naturels ou en pratiquant des rotations de cultures appropriées. L'association dans un même champ des arbres et des cultures, qu'on appelle l'agroforesterie, assure de son côté des rendements élevés tout en limitant les invasions de parasites. La combinaison de plusieurs cultures apparaît comme un moyen efficace d'augmenter les rendements, comme l'ont prouvé des agronomes chinois en associant plusieurs cultures de riz. La bonne gestion de l'eau est un paramètre crucial, dans des pays fréquemment victimes de sécheresse : en Inde, la « récolte de l'eau » *(rainwater harvesting)*, ou recueil de l'eau de pluie, se répand rapidement, tandis que, dans le Sahel, les *zaïs*, une préparation du terrain qui évite le ruissellement et la perte des précipitations, montre que la désertification n'est pas une fatalité.

L'agriculture biologique est aussi une voie d'avenir pour les paysans du Sud qui, recourant peu aux engrais et aux pesticides en raison de leur dénuement, y sont, si l'on ose dire, prédisposés. La recherche de fumures agricoles, l'apprentissage du compost, la diversité des associations culturales limitant l'attaque des parasites sont autant de techniques élaborées et efficaces qui requièrent surtout un investissement public en formation. La « lutte biologique », c'est-à-dire l'emploi de prédateurs pour lutter contre les parasites, systématiquement étudiée, obtient quant à elle des résultats positifs – tels les trichogrammes, petits insectes qui détruisent les œufs de la pyrale et protègent, en France, plus de 40 000 hectares de culture de maïs.

On n'aurait garde, enfin, d'oublier de noter les progrès des pesticides, qui atteignent une même efficacité avec des quantités réduites et à toxicité limitée : on voit apparaître des herbicides efficaces dans la proportion de trois grammes par hectare, tandis que les semences prétraitées pour résister aux insectes se développent.

Tout cela n'est qu'une esquisse rapide et partielle des possibilités techniques alternatives. Avant toute analyse, il faut confronter les OGM à cette palette de solutions.

La trahison des scientifiques

Si les partisans des OGM ont pu faire croire que la transgenèse était la seule voie possible du progrès, ils y ont été encouragés par le monopole que la biologie moléculaire est parvenue à se constituer dans le champ des sciences du vivant.

Or les biologistes moléculaires ont une compétence restreinte : ils connaissent les propriétés génétiques d'une plante, mais ignorent le jeu des interactions entre organismes dans un habitat et, plus généralement, les modes de régulation des écosystèmes. Ils ont dès lors soigneusement veillé à écarter du débat les spécialistes des sciences de l'environnement – écologistes, taxinomistes, agronomes – ou les généticiens dissidents, par le dénigrement, la censure et, surtout, par l'usage des lieux de pouvoir que sont les académies, commissions et directions des organismes scientifiques.

Ce monopole de l'approche transgénique s'est appuyé de surcroît sur une imbrication avec les intérêts économiques qui a empêché les chercheurs d'exercer l'esprit critique que leur formation et leur culture auraient cependant dû avoir développé. Aux États-Unis, 70 % des agronomes travaillent pour des compagnies privées, a indiqué lors d'une audition au Congrès Tim Galvin, un administrateur de l'USDA, si bien qu'on trouve difficilement des experts à la fois qualifiés et indépendants pour expertiser les OGM. Un constat répété par la Société royale du Canada, qui observait début 2001 que « 90 % des sociétés américaines du secteur des sciences de la vie qui ont été interrogées entretenaient des rapports avec le milieu universitaire. Dans un tel climat, il pourrait devenir de plus en plus difficile de trouver des chercheurs universitaires indépendants ayant la motivation, ou même la liberté, d'évaluer les prétentions de l'industrie ».

De même, en France, notait en 1998 Pierre-Benoît Joly, « parmi les chercheurs des organismes publics, rares sont ceux qui ne travaillent pas en partenariat avec l'industrie ». En 1997, une étude de Sheldon Krimsky montrait qu'un tiers des auteurs principaux d'articles publiés dans quatorze journaux de biologie cellulaire, moléculaire et médicale avaient un intérêt financier direct dans les travaux dont ils rendaient compte. Ainsi, tout en affirmant parler au nom de la « science », les chercheurs ont promu les OGM au nom de l'intérêt collectif qu'ils ont réduit à l'intérêt économique, lui-même confondu avec l'intérêt des entreprises.

Ce comportement d'une partie de la communauté scientifique a conduit à un jugement collectif biaisé. En particulier, il a été jugé que la dissémination des OGM dans l'environnement ne présentait pas un caractère de gravité particulière, alors même que, comme l'avouait un chercheur, il s'agissait d'« une expérience agronomique à grande échelle ». La population américaine a ainsi été soumise à une expérimentation géante, l'exposition aux OGM, sans en être informée et sans qu'aucune démarche soit entreprise pour en suivre les effets – qui seront donc difficiles à identifier. Or, comme le rappellent des observateurs critiques, « la première des conditions nécessaires à la connaissance scientifique, c'était la séparation étanche du milieu artificiel de l'observation et de l'expérimentation, d'une part, et de la confusion du monde, d'autre part ».

Ainsi un enjeu de la bataille transgénique aura-t-il été et reste-t-il d'enlever aux biologistes moléculaires le pouvoir exorbitant de décider pour la société ce qu'il est bon de faire.

L'Amérique est malade

Les responsables européens ont le plus souvent raisonné comme si le système de contrôle alimentaire des États-Unis était plus rigoureux que son équivalent européen. On en a déduit que ce qui avait été autorisé aux États-Unis avait dû être examiné scrupuleusement. Cette hypothèse a rendu plus difficile le travail d'expertise européen, qui n'avait pas seulement à se confronter aux faits, mais aussi aux préjugés, ce qui est beaucoup plus délicat.

Mais la FDA, l'EPA ou l'USDA, portant le double fardeau d'être des agences fédérales et de se trouver en situation de porter ombrage aux entreprises, ont été prises dans le feu de la déréglementation reaganienne : douze ans d'administration Reagan puis Bush *senior*, suivis de plusieurs années d'un Congrès républicain sous la présidence Clinton, puis la présidence de George W. Bush ont affaibli la capacité de ces agences de résister aux intérêts industriels. Ceux-ci, on l'a vu, sont d'ailleurs souvent représentés dans les organes de direction des agences.

Ainsi l'hormone BST a-t-elle été autorisée alors que son effet sur la santé des vaches – environ 25 % de mammites – est attesté et que de forts doutes subsistent sur l'innocuité du lait lui-même, en raison de l'augmentation de taux d'IGF-1 qu'il suscite. De même la tentative de l'administration Clinton en 1994 de renforcer les pouvoirs de l'USDA en matière de contrôle alimentaire a-t-elle été efficacement combattue par le Sénat républicain. Lorsque la crise de la vache folle s'est déclarée en Europe, la FDA a certes interdit de nourrir les animaux avec des cadavres de bovins, mais elle a continué à autoriser l'alimentation du bétail avec des cadavres de porcs, de chevaux et de volailles, ainsi qu'avec les déchets des usines de poulets.

Ces quelques exemples laissent à penser que la plus scrupuleuse rigueur n'a pas été apportée à l'examen des OGM, qui étaient promus comme une voie d'avenir par le pouvoir politique. En effet, la FDA ne teste pas elle-même les produits transgéniques, considérant que c'est aux entreprises de s'assurer que leurs produits sont sûrs. Dans son exposé de 1997 sur la procédure suivie, l'Agence explique : « Pendant la procédure de consultation, la FDA ne conduit pas une revue scientifique exhaustive des données fournies par le développeur » (le demandeur de l'autorisation). La FDA a par exemple accepté des tests menés, non avec la protéine produite par la plante (en l'occurrence, la pomme de terre de Monsanto), mais avec un substitut de la protéine. Par ailleurs, l'Agence ne requiert pas d'étude nutritionnelle à long terme avec des aliments transgéniques. On a également appris lors des auditions publiques menées en 1999 que plusieurs experts au sein de la FDA avaient émis des critiques à l'encontre des OGM et de l'hypothèse selon laquelle les produits transgéniques sont équivalents aux aliments non transgéniques, critiques dont la direction n'a pas tenu compte.

De son côté, l'EPA classe les plantes modifiées pour exprimer le gène Bt comme « plantes pesticides » et les soumet à une réglementation allégée. Elle n'a pas mené d'étude sur les effets environnementaux des OGM. Une autre agence, l'USDA, intervient dans l'autorisation de ceux-ci. Un comité de l'Académie des sciences, peu hostile aux plantes transgéniques, observait début 2002 que, dans sa procédure, « il n'y a pas de contribution scientifique indépendante ou publique », toutes les données étant fournies par l'entreprise pétitionnaire. Le comité a jugé « superficiel » le traitement par l'USDA du développement éventuel de résistance des insectes à l'OGM, et observé qu'il n'y avait pas de suivi des cultures OGM, sans lequel « on ne peut s'assurer qu'aucun dommage environnemental ne se produit ».

On ne saurait dire quel lien existe entre la morbidité des Américains et la politique de sécurité alimentaire de leur gouvernement. Toujours est-il que les États-Unis ont le plus fort taux d'obésité de tous les pays développés : 55 % des adultes sont en surpoids, 22 % sont « cliniquement obèses ». Par ailleurs, selon le Center for Disease Control, 76 millions d'Américains sont victimes chaque année d'intoxications alimentaires, 325 000 en sont hospitalisés, et 5 000 en meurent. Ces données suffisent à mettre en doute la rigueur des contrôles alimentaires menés outre-Atlantique et conduisent à analyser avec le plus grand scepticisme les normes que les États-Unis tentent d'imposer en matière agricole et alimentaire.

Vive l'Europe !

Le 16 décembre 1773, à Boston, quelque 150 hommes déguisés en Mohicans grimpèrent à bord de trois navires de l'East Indian Company et jetèrent à l'eau 342 caisses de thé. Cet acte de révolte manifestait la rébellion contre une fiscalité inique instaurée par la monarchie britannique à l'encontre de ses colonies américaines. Il marqua le début de la lutte victorieuse pour l'indépendance de ce qui allait devenir les États-Unis d'Amérique. La *Boston Tea Party* reste dans la mémoire américaine comme un événement fondateur.

Le 6 novembre 1996 restera-t-il comme une date fondatrice de l'Union européenne, quand les manifestants ont bloqué l'*Ideal Progress* et lancé la rébellion contre les OGM qu'on tentait de répandre en catimini ? En refusant avec vigueur la nouvelle technologie, le peuple européen a manifesté sa profonde identité culturelle. La dynamique de la révolte ressemble à une course de relais : quasiment chaque pays en a porté l'étendard à tour de rôle – l'Allemagne dans les années 1980, les Pays-Bas, l'Autriche et le Danemark au début des années 1990, la France, l'Irlande, la Grande-Bretagne ensuite. L'Italie, la Grèce, de manière plus discrète, ont rejoint le mouvement, à l'écart duquel restaient cependant l'Espagne et le Portugal.

Ce mouvement revendiquait une démocratie du quotidien qui pourrait s'exprimer par : « C'est moi seul qui peux décider ce que je veux manger, ce n'est pas vous qui me l'imposerez. » Il a manifesté une conscience collective nouvelle, marquée par le rejet d'une uniformisation de ce fait de civilisation qu'est l'alimentation. En se libérant du monopole biotechnologique, l'Europe a fait vivre sa diversité fondatrice : de pays, de cultures, d'aptitudes – et c'est dans cette diversité reconnue que se forge son unité. Que l'Europe se soit ici trouvée en harmonie avec la majorité des pays du Sud est gros de promesses. Et la bataille des OGM dessine ainsi le nouveau visage de la mondialisation : uni et solidaire, mais selon des voies qui respectent la variété des cultures et la richesse de chacune.

Sources

Ce livre s'appuie sur de nombreux articles, rapports, documents et livres, ainsi que sur les reportages, prises de notes et entretiens réalisés depuis que je m'intéresse au sujet, à savoir 1996 (une première exploration a été menée en 1992). Sa chair repose sur les entretiens approfondis menés spécifiquement pour cet ouvrage avec les personnes suivantes. Je les remercie chaleureusement de leur accueil et de leur aide. Puisse ce livre être l'écho de leur passion et de leur sincérité, quelles que soient les opinions de chacun.

Arnaud Apoteker, Gary Barton, Leon Bertsch, Larry Bohlen, José Bové, Paul Brown, Derek Burke, Frederick Buttel, Mark Cantley, Alain Chalandon, Gérard Choplin, Andy Coghlan, Willy de Greef, Alain Deshayes, Tewolde Berhan Gebre Egziabher, Daniel Evain, Yann Fichet, Roy Fuchs, Philippe Gay, Pierre-Henri Gouyon, Benedikt Haerlin, William Heffernan, Marie-Angèle Hermitte, Bob Horsch, Darrin Ihnen, Pierre-Benoît Joly, Tony Juniper, Paul Lannoye, Jan Leemans, Patrick Legrand, Corinne Lepage, Jean-Baptiste Libouban, Richard Mahoney, Richard McConnell, Annette Millet, Pat Mooney, Christian Morin, Roger Nelson, Tom Nickson, Ingo Potrykus, Channapatna Prakash, René Riesel, Jeremy Rifkin, François Roux, Percy Schmeiser, Gilles-Éric Séralini, Michelle Sheather, Vandana Shiva, Alain Toppan, Rod Townsend, Tom Urban, Marc Van Montagu, Étienne Vernet, Dominique Voynet.

Racines

– Sur l'histoire du Dakota : Ken Brovald, *Silent Towns on the Prairie*, Pictorial Histories Publishing Co., 1999.

– Sur la recherche agronomique jusqu'en 1900 : Chantal Ducos et Pierre-Benoît Joly, « L'industrie des semences face aux biotechnologies », thèse de doctorat de sciences économiques, université des sciences sociales de Toulouse, 1987, p. 208.

– Sur la mise au point des techniques d'hybridation : John Culver et John Hyde, *American Dreamer, The Life and Times of Henry A. Wallace*, W. W. Norton & Company, 2000 – qui décrit notamment les festivals du maïs. Jack Doyle, *Altered Harvest*, Penguin Books, 1986 (1re éd. 1985). Donald Duvick, « Biotechnology in the 1930s : the development of hybrid maize », *Nature Review Genetics*, vol. 2, janvier 2001, p. 69.

– Hétérosis : Duvick, art. cit.

– Nomination de Frederik Richey : Jacques Grall et Bertrand Roger Lévy, *La Guerre des semences*, Fayard, 1985, p. 57. Edgar Kendrick, « USDA/Agricultural research service cereal crops research. Some history », New ARS Cereal Scientists Workshop in Pocatello, Idaho, 22-24 mai 1990.

– Sur l'industrie des semences : Ducos et Joly, *op. cit.* Jean-Pierre Berlan, *et al.*, *La Guerre au vivant*, Agone, 2001. Entretien avec Tom Urban, 16 mai 2002.

– Sur les liens entre la biologie et la physique après la Seconde Guerre mondiale : François Jacob, *La Logique du vivant*, Paris, Gallimard, coll. « Tel », 1970, p. 270 *sq.* Michel Morange, *Histoire de la biologie moléculaire*, Paris, La Découverte, 1994.

– Sur la découverte de la structure de l'ADN : James Watson, *La Double Hélice*, Hachette, coll. « Pluriel », 1984.

– « (1) Tous les processus » : Edward L. Tatum, « A case history in biological research », *Nobel Lecture*, 11 décembre 1958.

– <Edward Tatum évoque la synthèse> : Tatum, *op. cit.*

– Caroll Hochwalt : Cité par Robert Shapiro, « The welcome tension of technology : the need for dialogue about agricultural biotechnology », *The CEO series*, n° 37, Saint Louis, Center for the Study of American Business, février 2000.

– L'histoire de Lucien Ledoux est précisément décrite dans Paul Lurquin, *The Green Phoenix*, Columbia University Press, 2001.

– « Je me souviens… » : Entretien avec Marc Van Montagu, 19 septembre 2002.

– Sur les réalisations de Berg et de Cohen et Boyer : David Jackson *et al.*, « Biochemical method for inserting new genetic information into DNA of simian virus 40 », *Proceedings of the National Academy of Sciences*, vol. 89, octobre 1972, p. 2904. Morange, *op. cit*, p. 244 *sq.* Susan Wright, *Molecular Politics*, The University of Chicago Press, 1994, p. 72 *sq.*

– Danielli et Brenner : Cités par Wright, *op. cit.*, p. 69 et 76.

– <Deux généticiens français> : Pierre Tiollais et Alain Rambach, « Génie génétique ou manipulations génétiques ? », *La Recherche*, octobre 1977, p. 832.

Chapitre 1. Un génie accueilli avec méfiance

1 – Et si un virus mortel s'échappait ?

– Texte fondateur de SESPA : *Announcing the formation of a new organization of Scientists dedicated to vigorous Social and Political Action*, 1969.

– « Quand les biologistes » : Susan Wright, *Molecular Politics*, The University of Chicago Press, 1994, p. 48.

– <Les découvertes biologiques « nous ont fourni »> : Robert Sinsheimer, « Recombinant DNA : on our own », *BioScience*, vol. 26, octobre 1976, p. 599.

– <Herman Muller a dès 1963> : Hermann Muller, « Means and aims in human genetic betterment », *in* Sonneborn (dir.), *The Control of Human Heredity and Evolution*, 1965 ; cité par Wright, *op. cit.*, p. 123.

– <Rollins Hotchkiss, qui invente> : Rollins Hotchkiss, « Portents for a genetic engineering », *Journal of heredity*, vol. 56, 1965, p. 199 ; cité par Wright, *ibid.*

– <Robert Sinsheimer, en 1966> : Robert Sinsheimer, « The end of the beginning », *Engineering and Science*, vol. XXX, n° 3, décembre 1966, p. 10.

– <Le prix Nobel Joshua Lederberg> : Joshua Lederberg, « Genetics », *Encyclopaedia Britannica. Yearbook of science and the Future*, 1969, p. 321. Cité par Michel Morange, *Histoire de la biologie moléculaire*, La Découverte, 1994, p. 240.

– « Un dommage irréversible », et les citations suivantes de Watson : James Watson, « Moving toward the clonal man », *Atlantic*, mai 1971.

– La lettre des trois jeunes chercheurs de Harvard : J. Shapiro, L. Eron et J. Beckwith, « More alarms and excursions », *Nature*, vol. 224, 27 décembre 1969, p. 1337.

– « Je piquais une crise » : Interview de Robert Pollack, cité dans Agata Mendel, *Les Manipulations génétiques*, Seuil, 1980, p. 176.

– Berg abandonne le projet : Wright, *op. cit.*, p. 73. Paul Berg, « Dissections and reconstructions of genes and chromosomes », *Nobel Lecture*, 8 décembre 1980.

– « Les coups de téléphone » : Michael Rogers, « The Pandora's box congress », *Rolling Stone*, 19 juin 1975 ; cité dans Mendel, *op. cit.*, p. 24.

– Maxine Singer et Dieter Soll écrivent à *Science* : Maxine Singer et

Dieter Soll, « Guidelines for DNA hybrid molecules », *Science*, vol. 181, 21 septembre 1973, p. 1114.

– Lettre du comité Berg à *Nature* et à *Science* : Paul Berg *et al.*, « Potential biohazards of recombinant DNA molecules », *Science*, vol. 185, 26 juillet 1974, p. 303.

2 – Asilomar : la science aux scientifiques !

– Pour tout le débat préparant et suivant Asilomar, j'ai essentiellement suivi le travail approfondi de Susan Wright, *op. cit.* Autre source très précieuse : Agata Mendel, *op. cit.* Des éléments utiles dans Pierre Lambert, « Un débat sur le contrôle de la science », *La Recherche*, octobre 1977.

– Pour la conférence d'Asilomar, j'ai suivi le récit très vivant de Michael Rogers : Rogers, « The Pandora's box congress », art. cit. ; repris dans Mendel, *op. cit.*, p. 23 *sq.* Ainsi que Wright, *op. cit.*, p. 144 *sq.*

– <Cela aurait, expliquera Paul Berg> : Marcia Barinaga, « Asilomar, vingt-cinq ans après », *La Recherche*, juin 2000, p. 83.

– <Comme l'explique, dans un autre contexte> : Jonathan King, lors des auditions au Congrès de mars 1977, cité par Mendel, *op. cit.*, p. 200.

3 – Les politiques s'en mêlent

– <Science for the People dénonce la mainmise> : texte cité par Mendel, *op. cit.*, p. 178.

– Lettre de Chargaff à *Science* : Erwin Chargaff, « On the dangers of genetic meddling », *Science*, vol. 192, 4 juin 1976, p. 938.

– « Les recherches, dit-il, doivent être poursuivies » : Cité par Pierre Lambert, « Un débat sur le contrôle de la science », *La Recherche*, octobre 1977.

– « Quand l'activité scientifique » : *Recombinant DNA research act of 1977 hearings before the subcommittee on health and environment*, 95e Congrès, 1977 ; cité par Mendel, *op. cit.*, p. 198.

– Confinement requis pour les virus de plantes : Colin Norman, « Genetic manipulation : guidelines issued », *Nature*, vol. 262, 1er juillet 1976, p. 2.

– Rifkin perturbe le forum de l'Académie : Wright, *op. cit.*, p. 224.

– <On le traitera de tous les noms> : – Rifkin « mouche du coche » : « Biotech gadfly buzzes Italy », *Washington Post*, 17 janvier 1988. – « Prédicateur » : Peter David, « Rifkin's regulatory revivalism runs riot », *Nature*, vol. 305, 29 septembre 1983, p. 349. – « Idiot, parasite » : Roger Salquist, de Calgene, cité par Belinda Martineau, *First Fruit*, McGraw-Hill, 2001, p. 148 et 191.

– Biographie de Rifkin : Entretien avec Jeremy Rifkin, 29 septembre 2002.

– *Who should play God ?* : 1977 ; trad. fr., Ted Howard et Jeremy Rifkin, *Les Apprentis sorciers*, Ramsay, 1979.

4 – Des soixante-huitards contre les mandarins

– « La littérature consacrée » : Martine Allain-Régnault, « Les manipulations génétiques : des risques, des réalités, des fictions », *Le Monde*, 18 septembre 1974.

– La crise à l'Institut Pasteur est racontée dans Mendel, *op. cit.*, p. 213 *sq*.

– Le manifeste du GIB : « Trois cent vingt travailleurs scientifiques demandent l'arrêt des expériences de manipulations génétiques », *Le Monde*, 12 juin 1975.

– La réponse de la direction : « L'Institut Pasteur : des assertions dénuées de tout fondement », *Le Monde*, 17 juin 1975.

– Sur le conflit à Jussieu : Mendel, *op. cit.*, p. 229 *sq*. Et entretien avec Philippe Gay, janvier 2002.

– « Le prononcer à voix haute » : Pierre Tiollais et Alain Rambach, « Génie génétique ou manipulations génétiques ? », *La Recherche*, octobre 1977.

5 – Le monde a si faim

– « La bataille pour nourrir » : Paul Ehrlich, *The Population Bomb*, Ballantine Books, 1968, p. XI.

– « L'abondance actuelle régnant » : François Gros, François Jacob et Pierre Royer, *Sciences de la vie et société*, *Rapport présenté à M. le président de la République*, Seuil, 1979, p. 123.

– « Un jeune Californien bronzé » : Rogers, art. cit., repris *in* Mendel, *op. cit.*, p. 31.

– « Quand le génie génétique » : Entretien avec Robert Horsch, mai 2002.

– « Les chercheurs aux États-Unis » : Entretien avec Marc Van Montagu, septembre 2002.

– Biographie de Pat Mooney : Entretien avec Pat Mooney, juin 2002.

– Investissements des grandes entreprises dans les semences : Jack Doyle, *Altered Harvest*, Penguin Books, 1986 (1re éd. 1985), p. 94 *sq*. Chantal Ducos et Pierre-Benoît Joly, « L'industrie des semences face aux biotechnologies », thèse de doctorat de sciences économiques, université des sciences sociales de Toulouse, 1987, p. 370 *sq*. Jacques Grall et Bertrand Roger Lévy, *La Guerre des semences*, Paris, Fayard, 1985, p. 152 et 205.

– Augmentation du prix de la semence : Doyle, *op. cit.*, p. 47.

– « On a compris trois choses » : Entretien avec Pat Mooney, juin 2002.

– *Seeds of the Earth* : Pat Mooney, *Seeds of the Earth, A Private or Public Resource ?*, Londres, ICDA (International Coalition for Development Action), 1979.

– « Il y avait là un réseau » : Entretien avec Pierre-Benoît Joly, mars 2002.

Chapitre 2 – L'Eldorado…

1 – Des risques ? Non, pas du tout

– Nombre de projets et d'expériences recensés : Susan Wright, *Molecular Politics*, The University of Chicago Press, 1994, p. 225 et 282.

– *New York Times :* « No Sci-Fi nightmare after all », *New York Times*, 24 juillet 1977, cité par Wright, *ibid.*, p. 252.

– Association des Américains pour une action démocratique : National Board, Americans for Democratic Action, « Recombinant DNA and government control of research », 26 juin 1977, *Recombinant DNA History Collection*, MIT Libraries ; cité par Wright, *ibid.*, p. 271.

– « Le souci du président » : Wright, *ibid.*, p. 284.

– <Le nouveau comité des NIH> : *Ibid.*, p. 354.

– <Paul Berg conclut> : *Ibid.*, p. 387.

2 – Il faut sauver les États-Unis

– Produit intérieur brut : Monique Fouet, « États-Unis d'Amérique. Ni reflux, ni renaissance… », *L'État du Monde 1981*, François Maspero, 1981, p. 105.

– Taux de croissance : Fouet, *ibid.*

– <Le terme de Silicon Valley> : Don Hoeffler, « Silicon Valley », *Electronic News*, cité par Jacques Mauduy, *Les États-Unis*, Armand Colin, 1996, p. 135.

– <La biotechnologie est une science> : Robert Bud, « In the engine of industry : regulators of biotechnology, 1970-86 », *in* M. Bauer (dir.), *Resistance to New Technology*, Cambridge University Press, 1995, p. 294-295, p. 305.

– <Ainsi l'administration Reagan> : Wright, *op. cit.*, p. 56.

– <Le RAC, le comité des NIH, annonce> : *Ibid.*, p. 395.

– « Nous nous dirigeons rapidement » : James Rowe, « Occidental

Oil, Iowa Beef firm, announces agreement to merge », *Washington Post*, 2 juin 1981, cité par Jack Doyle, *Altered Harvest*, Penguin Books, 1986 (1re éd. 1985), p. 28.

– « Si la population mondiale » : Mary Jean Pramik, « Atlantic Richfield builds research team for agricultural applications in biotechnology », *Genetic Engineering News*, mai-juin 1982, cité par Doyle, *ibid.*, p. 111.

– William Teweles, *The New Plant Genetics*, cité par Doyle, *ibid.*, p. 105.

– Estimation par Rhône-Poulenc et études aux résultats variables : Cité par Chantal Ducos et Pierre-Benoît Joly, « L'industrie des semences face aux biotechnologies », thèse de doctorat de sciences économiques, université des sciences sociales de Toulouse, 1987.

– <Une tonne d'engrais azoté requiert> : Jacques Grall et Bertrand Roger Lévy, *La Guerre des semences*, Fayard, 1985, p. 86.

– <La puissante chimie allemande> : Joachim Radkau, « Learning from Chernobyl for the fight against genetics ? Stages and stimuli of German protest movements – a comparative synopsis », *in* M. Bauer (dir.), *op. cit.*, p. 345.

– <Union Carbide, effrayée> : Doyle, *op. cit.*, p. 80.

3 – Wall Street aime la science

– Citation de la Cour suprême : *Diamond v. Chakrabarty,* 447 US 303 (1980), US Supreme Court.

– *Wall Street Journal* : Cité par David Dikson, « Genentech makes splash on Wall Street », *Nature*, vol. 287, 23 octobre 1980, p. 669.

– <Jack Doyle en établit une liste> : Doyle, *op. cit.*, p. 432 *sq.* Voir aussi Wright, *op. cit.*, p. 87-89, et Ducos et Joly, *op. cit.*, p. 429-430. Les exemples d'accords économiques ou d'investissement sont tirés de ces trois sources.

– <Au total, 800 millions de dollars> : Wright, *op. cit.*, p. 99.

– Informations pour la France : Grall et Lévy, *op. cit.* Ainsi que Daniel Chevallier, *Rapport sur les applications des biotechnologies à l'agriculture*, Assemblée nationale, 12 décembre 1990.

– Citations de l'étude de l'OCDE : A. Bull, G. Holt et M. D. Lilly, *Biotechnologie. Tendances et perspectives internationales*, OCDE, 1982, p. 7, 10 et 14.

4 – La science aime l'argent

– Prédictions des chercheurs de Arco Plant Research et de l'université d'Arizona : Ducos et Joly, *op. cit.*, p. 246.

– « Le patron était enthousiaste » : Entretien avec Pierre-Benoît Joly, mars 2002.

– Enquête de *Science* : John Walsh, « Biotechnology boom reaches agriculture », *Science*, vol. 213, 18 septembre 1981, p. 1339.

– Participation des chercheurs aux entreprises : Wright, *op. cit.*, p. 82-83, et Doyle, *op. cit.*, p. 339-341.

– Étude de Sheldon Krimsky : Sheldon Krimsky, « The corporate capture of academic science and its social costs », *in* A. Milunsky et G. Annas (dir.), *Genetics and the Law III*, Plenum Press, 1984.

– Al Gore : US House of Representatives, Science and Technology Subcommittee on Investigations and Oversight, Hearings, « University/ Industry cooperation in biotechnology », cité par Doyle, *op. cit.*, p. 371.

– « L'énergie nucléaire » : M. Bauer (dir.), *op. cit.*, p. 10.

– Budget des NIH et autres données sur le budget de recherche : Wright, *op. cit.*, p. 24 *sq.*

– Budget de la recherche agronomique : Frederick Buttel, « Le caractère idéologique du développement des biotechnologies aux États-Unis », *Cahiers d'économie et de sociologie rurales*, n° 24-25, 1992, p. 84.

– Liens entreprises et universités : Tableau dans Wright, *op. cit.*, p. 101. Voir aussi Doyle, *op. cit.*, p. 358-359.

– « Quand le génie génétique » : Wright, *op. cit.*, p. 107.

Chapitre 3 – La course aux plantes

1 – On peut manipuler les végétaux !

– La recherche sur *Agrobacterium* est bien expliquée dans Mary-Dell Chilton, « L'introduction de gènes étrangers dans les plantes », *Pour la science,* août 1983 ; Id., « *Agrobacterium.* A memoir », *Plant Physiology*, vol. 125, 2001, p. 9, ainsi que dans Paul Lurquin, *The Green Phoenix*, Columbia University Press, 2001. L'entretien avec Marc Van Montagu, en septembre 2002, a été très éclairant ; la plupart des détails concernant le travail de l'équipe de Gand en proviennent.

– Démonstration du transfert par *Agrobacterium* en 1977 : Chilton *et al.*, « Stable incorporation of plasmid DNA into higher plant cells : the molecular basis of crown gall tumorigenesis », *Cell*, vol. 11, 1977, p. 263.

– <Monsanto fournit à l'équipe de Gand> : Entretien avec Marc Van Montagu, septembre 2002.

– Colloque de Miami : Outre Lurquin, *op. cit.*, un compte rendu utile dans Daniel Charles, *Lords of the Harvest*, Perseus Publishing, 2001, p. 1 *sq*. Les références des publications des trois équipes, données par Lurquin, sont : Herrera-Estrella *et al.*, *Nature*, 1983, vol. 303, p. 209 ; Fraley *et al.*, *PNAS*, 1983, vol. 80, p. 4803 ; Bevan *et al.*, *Nature*, 1983, vol. 304, p. 184.

2 – Monsanto sur la voie sans retour

– Les informations sur Saint Louis au début du XXe siècle proviennent essentiellement des textes de l'exposition permanente du Missouri historical museum, Saint Louis, visité en 2002.

– L'anecdote du ténor suffoqué : Dan Forrestal, *Faith, Hope & $ 5 000,* Simon & Schuster, 1977, p. 15.

– Histoire de Monsanto : *Ibid.*

– Monsanto fournisseur de Fort Detrick : Department of the Army, *US Army Activity in the US Biological Warfare Programs*, vol. 1, 24 février 1977, p. 93.

– Citation de Charles Sommer : Forrestal, *op. cit.*, p. 201.

– Histoire de Monsanto après 1975 : Karen Keeler Rogers, « Fields of promise, Monsanto and the development of agricultural biotechnology », *Monsanto Magazine*, 1997. Des éléments utiles dans Jack Doyle, *Altered Harvest*, Penguin Books, 1986 (1re éd. 1985), ainsi que Jacques Grall et Bertrand Roger Lévy, *La Guerre des semences*, Fayard, 1985, et Charles, *op. cit.*

– « Nous étions plus petits », et autres citations : Entretien avec Robert Horsch, mai 2002.

– <Monte Throdal est convaincu que> : Forrestal, *op. cit.*, p. 240.

– « Avec la nouvelle biotechnologie » : Howard Schneiderman, « Some thought on biotechnology », *Chemical and Engineering News*, 1er février 1982.

– Laboratoire baptisé Uphoria : Entretien avec Tom Nickson, de Monsanto, mai 2002.

– « Parce que la valeur ajoutée », ainsi que les autres citations de Mahoney : Entretien téléphonique avec Richard Mahoney, mai 2002.

– Le programme PGR : Entretien avec Tom Nickson, mai 2002. Charles, *op. cit.*, p. 38-40.

3 – Des Belges en remontrent aux Américains

– Biographie de Marc Van Montagu : Entretien avec Marc Van Montagu, septembre 2002.

– Création PGS : Entretien avec Marc Van Montagu. Entretien avec Jan Leemans, décembre 2002.

– Travail financé par Rohm & Haas : Entretien avec Jan Leemans.

– Publication sur Bt : Mark Vaeck *et al.*, « Transgenic plants protected from insect attack », *Nature*, vol. 328, 2 juillet 1987, p. 33.

– Travail sur la résistance au Basta : Entretiens avec Marc Van Montagu et Jan Leemans.

– « C'était un temps de pionniers » : Entretien avec Willy de Greef, février 2002.

4 – Maintenant, il faut ren-ta-bi-li-ser

– Recherche de la résistance au Roundup : Entretien avec Robert Horsch, mai 2002. Charles, *op. cit.*, p. 60 *sq.*

– Calgene annonce dans *Nature* : L. Comai *et al.*, « Expression in plants of mutant aroA gene from *Salmonella typhimurium* confers tolerance to glyphosate », *Nature*, vol. 317, 24 octobre 1985, p. 741.

– Accord Calgene et Rhône-Poulenc : Jugement Monsanto Co. *v.* Aventis Cropscience SA, 30 septembre 2002.

– DuPont, Ciba-Geigy, et autres équipes : Chantal Ducos et Pierre-Benoît Joly, « L'industrie des semences face aux biotechnologies », thèse de doctorat de sciences économiques, université des sciences sociales de Toulouse, 1987, p. 259.

– Les carnets vérifiés de Monsanto : Charles, *op. cit.*, p. 20 ; de Calgene : Belinda Martineau, *First Fruit*, McGraw-Hill, 2001, p. 48.

– Citations de Van Montagu et Horsch : Entretiens de septembre et mai 2002.

– <Dès 1982, l'OCDE s'inquiète> : A. Bull, G. Holt et M. D. Lilly, *Biotechnologie. Tendances et perspectives internationales*, OCDE, 1982, p. 9.

– « Le domaine de la transgenèse végétale » : Lurquin, *op. cit.*, p. 98.

Chapitre 4 – Le réveil de la contestation

1 – Des bactéries sur les pommes de terre

– « Certains experts » : A. Bull, G. Holt et M. D. Lilly, *Biotechnologie. Tendances et perspectives internationales*, OCDE, 1982, p. 9.

– Sur l'essai de Lindow : OTA (Office of Technology Assessment), *New Developments in Biotechnology. 3. Field-testing Engineered Organisms*, OTA, 1988, p. 49 *sq.* Jack Doyle, *Altered Harvest*, Penguin Books, 1986 (1re éd. 1985), p. 236 *sq.* Steve Connor, « Genes on the loose », *New Scientist*, 26 mai 1988. Stephen Budiansky, « Frost damage trial halted », *Nature*, vol. 305, 13 octobre 1983, p. 564.

« Who's playing God now ? », *Nature*, vol. 305, 29 septembre 1983, p. 347. Entretien avec Jeremy Rifkin, septembre 2002.

– Dommages causés par le gel : OCDE, *Considérations de sécurité relatives à l'ADN recombiné*, OCDE, 1986, p. 19.

– <En 1982, les NIH ont changé leurs règles> : Susan Wright, *Molecular Politics*, University of Chicago Press, 1994, p. 440.

– Auditions au Congrès : US Congress, *Environmental Implications of Genetic Engineering*, 98th Cong., 2nd Sess., 22 juin 1983 ; cité par Doyle, *op. cit.*, p. 237-238.

– <La polémique atteint Saint Louis> : OTA, *op. cit.*, p. 52. Bill Lambrecht, *Dinner at the New Gene Cafe,* Thomas Dunne Books, 2001, p. 34 *sq.*

– <Richard Mahoney écrit> : Lambrecht, *op. cit.*, p. 74.

– *Coordinated Framework* : Publié dans *Federal Register*, vol. 51, 1986, p. 23301.

– Principe d'équivalence : NAS, *Introduction of Recombinant DNA-Engineered Organisms into the Environment : Key Issues*, 1987. Cité par NRC (National Research Council), *Genetically Modified Pest-protected-plants : Science and Regulation,* National Academy Press, 2000, p. 5.

– Coût d'un dossier d'autorisation : Erik Lichtenberg, « Cost of regulating transgenic pest-protected plants », *in* NRC, *op. cit.*

– <Ses organes militaires soulignent> : Wright, *op. cit.*, p. 443.

– Essais de Lindow et d'AGS en 1987 : OTA, *op. cit.*, p. 50. Kathleen Hart, *Eating in the Dark. America's Experiment with Genetically Engineered Food*, Pantheon Books, 2002, p. 70.

– Citation d'Alain Deshayes : Entretien avec Alain Deshayes, juillet 2002.

– Essai de juin 1987 de Monsanto : Lambrecht, *op. cit.*, p. 38. Entretien avec Robert Horsch, mai 2002.

– Tabac modifié d'Agracetus : Office of Technology Assessment, *New Developments in Biotechnology : Field-testing Engineered Organisms. Genetic and Ecological Issues*, mai 1988, p. 53.

– Sur le canon à gènes : Daniel Charles, *Lords of the Harvest*, Perseus Publishing, 2001, p. 75 *sq.*

2 – Les Européens se rebiffent

– Programme de recherche européen et lutte interne à la Commission : Entretien avec Mark Cantley, juillet 2002. Mark Cantley, « The regulation of modern biotechnology : a historical and european perspective », chap. 18 du vol. 12 de H.-J. Rehm et G. Reed (dir.), *Biotechnology*, VCH, Weinheim, 1995.

– Intervention de Fredrikson : Cantley, *ibid.*, p. 518.

– « Livre bleu » de l'OCDE et citation : OCDE, *Considérations de sécurité…*, *op. cit.*, p. 8.

– « Le nucléaire avait préparé » : Entretien avec Benedikt Haerlin, juillet 2002.

– Débat en Allemagne : Cantley, *loc. cit.*, p. 583. Joachim Radkau, « Learning from Chernobyl for the fight against genetics ? Stages and stimuli of German protest movements – a comparative synopsis », *in* M. Bauer (dir.), *Resistance to New Technology*, Cambridge University Press, 1995.

– Rapport Catenhusen : Deutscher Bundestag, Bericht der Enquete-Kommission, *Chancen und Risken der Gentechnologie* ; cité par Cantley, *loc. cit.*, p. 584.

3 – Deux rebelles se rencontrent, les OGM trinquent

– Biographie de Haerlin : Entretien avec Benedikt Haerlin, juillet 2002. Charles, *op. cit.*, p. 205 *sq.*

– Conversion de l'extrême gauche à l'écologie : Entretien avec Benedikt Haerlin. Daniel Cohn-Bendit, *Une envie de politique*, La Découverte, 1999, p. 25.

– Rencontre Rifkin-Haerlin : Entretien avec Jeremy Rifkin, septembre 2002. Entretien avec Benedikt Haerlin.

– Essai de Laminière : Entretien avec Alain Deshayes, juillet 2002. Essai décrit dans Éric Lefol, « Étude génétique, arophysiologique et écophysiologique de tabacs *(Nicotania tabacum)* transgéniques », DEA soutenu le 29 octobre 1987, université de Paris-XI.

– Essai de Dijon : Jean-François Augereau, « L'expérience de Dijon », *Le Monde*, 9 juillet 1987. Voir aussi Dominique Leglu, « Les gènes prennent la clef des champs », et interview de Alain Deshayes par Guy Benhamou, *Libération*, 9 juillet 1987.

– Citations de Marcel Blanc : Entretien téléphonique avec Marcel Blanc, janvier 2002.

– « Les dangers d'une pareille expérience » : Cité par Jean-Marie Boehm, « Des bactéries sont lâchées en plein champ », *Le Monde*, 9 juillet 1987.

– <La une de *Libération*> : *Libération*, 9 juillet 1987.

– Citations de Patrick Legrand : Entretien avec Patrick Legrand, avril 2002.

4 – Les écolos patinent, les industriels trépignent

– <Seize prix Nobel européens> : Cité par Cantley, *loc. cit.*, p. 561.

– « À l'heure où les biotechnologies » : Cité par Jean-Luc Nothias, « Des lapins-usines à l'affiche », *Le Figaro*, 26 mai 1989.

– <L'ambassadeur des États-Unis> : « International harmonization in the biotechnology field », cité par Cantley, *loc. cit.*, p. 560.

– <Le terme et le sigle OGM> : C. B., « La CEE contrôle les gènes modifiés », *Libération*, jeudi 22 mars 1990. Catherine Vincent, « L'Europe des gènes verts », *Le Monde*, 11 avril 1990. OCDE, « Surveillance des organismes génétiquement modifiés introduits dans l'environnement », communiqué de presse, 11 décembre 1990.

– Opposition aux essais : – Aux Pays-Bas : Hayo Canter Cremers, « Sabotage sets back Dutch biotechnology », *New Scientist*, 22 août 1992. Martin du Bois, *The Wall Street Journal*, repris par *Courrier international*, « L'Europe découvre le terrorisme écolo », 1er octobre 1992. – Au Danemark : Corinne Bensimon, « Les pétunias de l'angoisse », *Libération*, 18 avril 1990. – En Allemagne : Debora MacKenzie, « Jumping genes confound German scientists », *New Scientist*, 15 décembre 1990. Antje Dietz, *Stuttgarter Zeitung*, 15 mai 1990, traduit dans *La Tribune d'Allemagne*, 3 juin 1990. – En Suisse : Martin du Bois, art. cit.

– « Le débat restait » : Entretien avec Paul Lannoye, février 2002.

– <Nombre de compagnies> : Chantal Ducos et Pierre-Benoît Joly, « L'industrie des semences face aux biotechnologies », thèse de doctorat de sciences économiques, université des sciences sociales de Toulouse, 1987, p. 375-376.

– « Le secteur de l'agroalimentaire » : *Les Échos Industrie*, 24 mai 1989.

– « Plus personne ne songe » : Catherine Vincent, « Le mauvais génie des biotechnologies », *Le Monde*, 7 novembre 1990.

– « Le développement de la biotechnologie » : Cité par Jean Quatremer, « Bruxelles n'a pas tiré les leçons de la vache folle », *Libération*, 1er novembre 1996.

– « C'était la première fois » : Entretien avec Marie-Angèle Hermitte, mars 2002.

– « Au tournant des années 1990 » : Entretien avec Willy de Greef, février 2002.

– « À défaut d'une politique » : Communiqué de presse du CEFIC (Conseil européen des fédérations de l'industrie chimique), 30 janvier 1990, « L'industrie en faveur d'une politique européenne en matière de biotechnologie ».

– « La compétitivité européenne » : Communiqué de presse du CEFIC, 11 juin 1990, « Industry says European competitiveness in biotechnology is declining ». Présentant l'étude : « Community policy for biotechnology : competitiveness and economic benefits », SAGB, juin 1990.

– <Par exemple, en Grande-Bretagne> : Andy Coghlan, « Industry slams draft law on novel organisms », *New Scientist*, 25 janvier 1992. Andy Coghlan, « Revised gene law panders to industry », *New Scientist*, 8 août 1992.

– <Ed Dart, de Zeneca> : Cité par « Laxer laws ? », *New Scientist*, 10 avril 1993.

– <L'Allemagne… un pays sous-développé> : Cité par Taryn Toro, « … While Germans flee paperwork », *New Scientist*, 8 août 1992. Exemples de compagnies : Taryn Toro, « Ease gene laws, say German MPs », *New Scientist*, 21 novembre 1992. Debora MacKenzie, « … while German report confronts industry claims », *New Scientist*, 16 octobre 1993. Sheila Jasanoff, « Product, process, or programme : three cultures and the regulation of biotechnology », *in* M. Bauer (dir.), *op. cit.*, p. 322.

– <Un assouplissement de la loi allemande> : Debora MacKenzie, « Germany relaxes rules on gene research », *New Scientist*, 5 juin 1993.

– « Nous avons d'abord pensé » : Cité par Sylvain Ephimenco, « Aux Pays-Bas, la patate transgénique a terrassé les écoterroristes », *Libération*, 3 janvier 1994.

– « Au sein de Greenpeace » : Entretien avec Benedikt Haerlin, juillet 2002.

– Intervention à Colmar : Entretien téléphonique avec Alain Deshayes, août 1992. Entretien téléphonique avec Arnaud Apoteker, août 1992. Gilbert Charles, « Les nourritures extraterrestres », *L'Express*, 9 juillet 1992.

– Enquête d'opinion aux Pays-Bas : Andy Coghlan, « Dutch lack appetite for genetically altered foods », *New Scientist*, 17 août 1991.

– Opinion en Grande-Bretagne : Andy Coghlan, « Gene industry fails to win hearts and minds », *New Scientist*, 19 juin 1993.

– Étude sur l'opinion européenne : CE, « Eurobaromètre 39. 1. Biotechnologie et génie génétique. Ce qu'en pensent les Européens » ; cité par A. F. Deshayes, « Environmental and social impacts of GMO's : what have we learned from the past few years », *Proceedings of the 3th International Symposium on the Biosafety Results of Field Tests on Genetically Modified Plants and Microorganisms. November 13-16 1994*, Monterey, Californie, 1994.

5 – Les vaches qui ne rient pas

– Sur la BST : Jean-Yves Nau, « Le "lait aux hormones" pourrait être autorisé aux États-Unis », *Le Monde*, 30 août 1990. Corinne Bensimon, « Une victoire pour l'hormone à lait », *Libération*, 3 avril 1991. Marie-

Laure Moinet, « Faut-il avoir peur de l'hormone laitière ? », *Science et Vie*, n° 918, mars 1994. Scientific Committee on Veterinary Measures relating to Public Health, *Report on Public Health Aspects of the Use of Bovine Somatotrophin*, Communautés européennes, mars 1999.

– « C'est le premier produit » : Cité par Charles, *op. cit.*, p. 94.

– « Au début des années 1990 », et citation suivante : Entretien avec Ronnie Cummins, mai 2002.

– 1 700 grands chefs cuisiniers : Gail Vines, « Guess what's coming to dinner ? », *New Scientist*, 14 novembre 1992.

– « J'y étais opposé » : Entretien avec Jeremy Rifkin, septembre 2002.

– Liens entre la NFCC et l'Europe : Entretien avec José Bové, octobre 2002.

– Rôle de Linda Bullard : Entretien téléphonique avec Gérard Choplin, janvier 2003.

– Position des paysans européens : Communiqués de la Coordination paysanne européenne, « L'hormone de croissance bovine (BST) : un mépris délibéré des agriculteurs et des consommateurs », 16 octobre 1987 ; « Journées européennes d'action contre la BST », 23 mai 1989.

– Manifestation devant le Berlaymont : Entretien téléphonique avec Gérard Choplin.

– Occupation du siège de Monsanto Europe : J. Bové et F. Dufour, *Le monde n'est pas une marchandise*, La Découverte, 2000, p. 113.

– L'Europe prend son temps : Jacques Docquiert, « La CEE veut suspendre l'hormone de lactation », *Les Échos*, 13 septembre 1989. Jean-Yves Nau, « Les autorités européennes ne se prononceront pas avant 1992 sur le "lait aux hormones" », *Le Monde*, 1er février 1991. Debora MacKenzie, « Doubts over animal health delay milk hormone », *New Scientist*, 18 janvier 1992. « BST bans stays », *New Scientist*, 24-31 décembre 1994.

– Décision du Canada : Andy Coghlan, « Milk hormone faces growing opposition », *New Scientist*, 23 janvier 1999.

– La Norvège refuse la pomme de terre : Debora MacKenzie, « Transgenic tobacco is European first », *New Scientist*, 18 juin 1994.

6 – L'éveil du Sud

– Sur la Consumers' Association : David Pearce, *Green Warriors*, The Bodley Head, 1991, p. 176-179.

– Sur Martin Khor : Hervé Kempf, « Martin Khor, directeur du Third World Network, Une voix du Sud », *Le Monde* du 27-28 janvier 2002.

– « En aidant des communautés de base » : *Ibid.*

– Déclaration de Bogève : *The Bogève Declaration*, 12 mars 1987.

– « C'est lors de ce colloque » : Vandana Shiva, *Le Terrorisme alimentaire*, Fayard, 2001, p. 9.

– « La première chose » : Entretien avec Vandana Shiva, avril 2002.

– Biographie de Vandana Shiva : Idem. Pearce, *op. cit.*, p. 269-271.

– « Les pays en développement » : Entretien avec Marie-Angèle Hermitte, mars 2002.

– « On allait à chaque réunion » : Entretien avec Vandana Shiva, avril 2002.

– « Les Parties examinent » : Article 19-3 de la Convention sur la diversité biologique.

– Citations de Tewolde Behran Egziabher : Entretien, avril 2002.

– Réunion de Penang : « International conference on "Redefining the life sciences" », 7-10 juillet 1994, liste des participants. Entretien avec Étienne Vernet, janvier 2001. Entretiens avec Vandana Shiva et Tewolde Behran Egziabher.

Chapitre 5 – La France militante des OGM

1 – La commission (des amis) du génie biomoléculaire

– <Le président de Peugeot> : Interview de Jacques Calvet au *Matin* le 25 juin 1985, citée par Philippe Roqueplo, *Pluies acides : menaces pour l'Europe*, Economica, 1988, p. 45.

– LVMH et la vigne : « Wines and roses », *New Scientist*, 4 avril 1992.

– Citations de Guy Paillotin : « L'INRA, l'environnement et le génie génétique », *Courrier de la cellule environnement*, n° 3, janvier 1988.

– « Les crédits alloués à la recherche » : Francis Guthleben, « L'INRA veut multiplier les essais », *L'Alsace*, 26 mai 1992.

– Accord Monsanto-INRA : Entretien avec Alain Deshayes, juillet 2002.

– <Au ministère de l'Agriculture, on pense> : Idem.

– <Mais la Commission ne comporte> : Marie-Angèle Hermitte, in *Génie génétique. Des chercheurs citoyens s'expriment*, Sang de la terre, 1997, p. 126.

– <La Commission prend appui> : Alexis Roy, *Les Experts face au risque : le cas des plantes transgéniques*, PUF, 2001, p. 3.

– « La philosophie générale de la Commission » : Ministère de l'Agriculture et de la Forêt, *La Commission du génie biomoléculaire : activité en 1988*, Direction générale de l'alimentation, 1989, p. 6. Cité par Roy, *op. cit.*, p. 146.

– « Nous étions des acteurs » : Entretien avec Alain Chalandon, mars 2002.

– « Sous l'impulsion d'Axel Kahn » : Entretien avec Alain Deshayes, juillet 2002.

– <Ainsi la commission anglaise> : Roy, *op. cit.*, p. 173.

– « Rien n'a été fait » : Entretien avec Alain Chalandon, mars 2002.

– <Dès 1990, la CGB sait> : Roy, *op. cit.*, p. 150.

– <Comme le recommande de son côté> : Entretien téléphonique avec Derek Burke, décembre 2002.

– <Et conseille aux industriels> : Catherine Vincent, « La Commission du génie biomoléculaire a doublé son activité en 1990 », *Le Monde*, 11 avril 1990.

– « Au stade d'une utilisation » : Commission du génie biomoléculaire, *Compte rendu de la réunion sur les relations entre la Commission du génie biomoléculaire et les personnes, sociétés et organismes scientifiques déposant des dossiers pour procéder à des expérimentations d'organismes transgéniques en milieu ouvert*, 1991 ; cité par Roy, *op. cit.*, p. 170.

– <Le député Daniel Chevallier> : Daniel Chevallier, *Rapport sur les applications des biotechnologies à l'agriculture*, Assemblée nationale, 12 décembre 1990, p. 61.

2 – Un militant charismatique

– « Industrie aux promesses prodigieuses » : Axel Kahn, « Une suspicion injustifiée », *Le Monde,* 27 mai 1992.

– Autonomie de la CGB : Roy, *op. cit.*, p. 102.

– « Il est frappant » : Hermitte, *loc. cit.*, p. 127.

– Biographie d'Axel Kahn : Entretien avec Axel Kahn, avril 1998. Voir aussi Hervé Kempf, « Axel Kahn, quelle santé ! », *La Recherche*, n° 310, juin 1998.

– « J'ai un gros laboratoire » : Entretien avec Axel Kahn, avril 1998.

– « Les journalistes » : Idem.

– « L'émergence d'une idéologie » : Appel de Heidelberg, reproduit dans *Global Chance,* n° 1, décembre 1992, p. 24.

– <Au contraire, il explique> : Axel Kahn, « La science pour l'écologie », *Libération,* 12 juin 1992.

– « Axel Kahn est une pointure au-dessus » : Entretien avec Marie-Angèle Hermitte, mars 2002.

– « L'opposition aux biotechnologies » : Entretien téléphonique avec Axel Kahn, août 1992.

– <Il se sent en position d'« asymétrie »> : Entretien téléphonique avec Axel Kahn, janvier 1998.

– « Aux yeux des tenants » : Axel Kahn, *Société et révolution biologique*, INRA Éditions, 1996, p. 19.

– « De nouvelles espèces », « carburant vert » : Kahn, « Une suspicion injustifiée », art. cit.

– « Les biotechnologies modernes » : Axel Kahn, « La chose, le vivant et l'humain », *Libération*, 13 décembre 1991.

– « Des bases idéologiques douteuses » : Kahn, « La science pour l'écologie », art. cit.

3 – Les mandarins sortent du bois

– « La pression industrielle » : Entretien téléphonique avec Daniel Chevallier, septembre 1992. Cité par Hervé Kempf, « Faut-il craindre les mutants ? », *Ça m'intéresse,* novembre 1992.

– « Sous l'effet conjugué » : Kahn, « Une suspicion injustifiée », art. cit.

– Sur le L-tryptophane : Belongia *et al.*, « An investigation of the cause of the *eosinophilia-myalgia* syndrome associated with tryptophan use », *New England Journal of Medicine*, vol. 323, 9 août 1990, p. 357. Dan Charles, « Impurity blamed for food supplement deaths », *New Scientist*, 23 novembre 1991. Raphals, « Does medical mystery threaten biotech ? », *Science*, vol. 249, 1990, p. 619. Luke Anderson, *Genetic engineering, food, and our environment*, Chelsea Green Publishing Company, 1999, p. 17.

– « La conséquence inéluctable » : Kahn, « Une suspicion injustifiée », art. cit.

– « Les opposants se sont fait entendre ! » : Cité par Catherine Goupillon, « Les risques de la dissémination des plantes transgéniques pour l'environnement », *Le Courrier de l'environnement de l'INRA*, n° 27, avril 1996, p. 9.

– Manifestation de Greenpeace : Francis Guthleben, « Maïs : Greenpeace contre Ciba-Geigy », *L'Alsace*, 26 mai 1992.

– Appel des prix Nobel et autres : « Vingt-cinq scientifiques critiquent le projet de loi sur l'utilisation des organismes génétiquement modifiés », *Le Monde*, 16 juin 1992.

– Note du cabinet : Note Cab4 DH/MS/524, octobre 1991 ; citée, sans réf. de date, par *Le Dossier du Hérisson* (FNE), n° 137, mai 1992.

– « Comme pour le nucléaire », et citations suivantes : Marie-Laure

Lambert, « Législation sur mesure : les biotechnologies à l'abri des regards », *Le Hérisson*, n° 137, mai 1992.

– Texte de la loi : Loi n° 92-654, *Journal officiel de la République française*, 16 juillet 1992, p. 9523.

– « Situation d'autant plus gênante » : Pierre-Henri Gouyon et Christine Noiville, « Principe de précaution et organismes génétiquement modifiés. Le cas du maïs transgénique », *in* Philippe Kourilsky et Geneviève Viney, *Rapport au Premier ministre. Le Principe de précaution*, 29 novembre 1999, p. 13.

– « 1er postulat » : Claudio Pési, « Comment créer un danger majeur pour l'environnement en quatre leçons », *Le Courrier de l'environnement de l'INRA*, n° 16, avril 1992.

4 – Des avertissements ignorés

– Citations de Daniel Chevallier : Chevallier, *op. cit.*, p. 85 et 87.

– « Ils adoptent la même démarche » : Entretien avec Pierre Delacroix, août 1992.

– « Ne recommençons surtout pas » : Cité par Françoise Harrois-Monin, « Ces plantes qu'on "bricole" », *L'Express*, 29 juin 1990.

– Rapport de l'Académie : Académie des sciences-CADAS, *Les Techniques de transgenèse en agriculture*, Tec & Doc, 1993, p. 53.

– Sondage européen de 1991 : *Ibid.*, p. 80.

– « La recherche d'un équilibre » : *Ibid.*, p. 81.

– « Il faut porter attention » : *Ibid.*, p. 84.

Chapitre 6 – À l'assaut du marché

1 – La tomate de tous les espoirs

– <Un marché, apprend le *Wall Street Journal*> : Margaret Studer, *The Wall Street Journal*, repris par *Courrier international* du 27 octobre 1994.

– L'American Medical Association se prononce : Kathleen Hart, *Eating in the Dark*, Pantheon Books, 2002, p. 82.

– Réglementation de l'administration Bush : FDA, « Statement of policy : Foods derived from new plant varieties », *Federal Register*, 29 mai 1992, vol. 57, n° 104, p. 22984. Voir aussi Hart, *op. cit.*, p. 80-81.

– Sur Calgene, son histoire et le processus d'autorisation de la FDA, la source majeure est Belinda Martineau, *First Fruit*, McGraw-Hill, 2001. Des éléments utiles dans Daniel Charles, *Lords of the Harvest*, Perseus Publishing, 2001, p. 126 *sq*.

– « Ils se sont rapidement tournés » : Entretien avec Willy de Greef, février 2002.

– Étude de la FDA en 1972 sur les antibiotiques : Citée par Jack Doyle, *Altered Harvest*, Penguin Books, 1986 (1re éd. 1985), p. 368.

– <En 1983, plus de trois cents chercheurs> : Eliot Marshall, « Scientists endorse ban on antibiotics in Feeds », *Science*, vol. 322, p. 601, 11 novembre 1983.

– <Stuart Levy, de l'université Tufts> : Steve Connor, « Genes on the loose », *New Scientist*, 26 mai 1988.

– <Gagner 1 % de taux de matière sèche> : Hart, *op. cit.*, p. 17.

– Campbell écrit à Rifkin : « Soup-er gene », *New Scientist*, 16 janvier 1993.

– <Nestlé, qui fabrique> : Entretien avec Alain Deshayes (qui travaillait chez Nestlé dans les années 1990), juillet 2002.

– « Ils ne pouvaient pas dire grand-chose » : Entretien avec Andy Coghlan, décembre 2002.

2 – Un gourou chez Monsanto

– Le produit Simplesse : « Huge biotech harvest is a boon for farmers – and for Monsanto Co. », *The Wall Street Journal*, 28 octobre 1996.

– Le Roundup génère la moitié de la marge nette : *Ibid.*

– « Une équipe de commercialisation » : Entretien avec Robert Horsch, mai 2002.

– Production de saccharine arrêtée en 1972 : Dan Forrestal, *Faith, Hope and 5 000 $*, Simon & Schuster, 1977, p. 216.

– Lancement de Krilium et citation du *New York Times* : *Ibid.*, p. 136, 143 et 265.

– Biographie de Shapiro : Michael Specter, « The Pharmageddon riddle », *The New Yorker*, 10 avril 2000. David Barboza, « Could Monsanto's special culture survive a merger ? », *New York Times*, 3 mars 1999. Beaucoup d'éléments se trouvent sur les sites, officiels ou d'entreprise, consultés sur Internet, pour Shapiro, pour Donald Rumsfeld, et pour les autres personnes citées dans la suite de ce chapitre.

– Auditions sur l'aspartame : *Congressional Record*, Congressional Printing Office, 1er août 1985 ; cité par Alex Constantine, *Nutrapoison*, <www.sumeria.net/health/npoi1.html>, consulté le 14 janvier 2003.

– Rapport du GAO : *Food and Drug Administration. Food Additive Process followed for Aspartame*, GAO, GAO/HRD-87-46, juin 1987.

– <Il obtient de Coca Cola> : Charles, *op. cit.*, p. 114.

– « Il était très intelligent » : Entretien téléphonique avec Richard Mahoney, mai 2002.

– « Avant lui » : Entretien avec Tom Nickson, mai 2002.

– Shapiro reçoit *Fortune* sans cravate : Linda Grant, « Monsanto's bet », *Fortune*, 14 avril 1997.

– <Il leur fait abandonner le « D building »>, et citation suivante : Entretien avec Tom Nickson.

– La séance avec les directeurs : Rick Desloge, « From bosses to consensus managers », *St. Louis Business Journal*, 18 octobre 1996.

– « Je leur ai demandé » : Interview dans *Harvard Business Review*, janvier-février 1997.

– *Global Forum* à Chicago : *Monsanto Magazine*, n° 3, 1995.

– « Et voilà que le dernier soir » : Grant, art. cit. Photos dans *Monsanto Magazine*, *op. cit.*

– Parle énergiquement, refoule ses larmes : Specter, art. cit.

– « Il pensait » : Entretien avec Gary Barton, mai 2002.

– « Il était possible » : Entretien avec Yann Fichet, avril 2002.

– « Organiser les gens », et citation suivante : *Harvard Business Review*, *op. cit.*

– <Shapiro lui-même s'est engagé> : Grant, art. cit.

– <20 millions de dollars en 1997> : Specter, art. cit.

– « La technologie est la seule alternative », et citations suivantes : *Harvard Business Review*, *op. cit.*

– <Pour Robert Fraley> : Charles, *op. cit.*, p. 270.

– <Alors on annonce> : Vincent Tardieu, « Dans l'antre du géant Monsanto », *Le Monde*, 12 juin 1998.

– <Les compétences pharmaceutiques> : Conférence de presse de Hendrick Verfaillie, vice-président de Monsanto, à Paris, le 26 mars 1998.

– <Et mieux encore : la connaissance du génome> : *Ibid.*

3 – Le triomphe des OGM

– « Une plante en pleine santé » : Entretien avec Yann Fichet, avril 2002.

– « Les essais ont produit » : Richard Stone, « Large plots are next test for transgenic crop safety », *Science*, 2 décembre 1994.

– <Au printemps 1996, la semaison commence> : Charles, *op. cit.*, p. 150. Vincent Tardieu, « Le coton transgénique à l'assaut du Texas », *Le Monde*, 12 juin 1998.

– <45 millions de dollars> : « Huge biotech harvest... », art. cit.

– <La concurrence doit massacrer ses prix> : Erik Lichtenberg, « Cost of regulating transgenic pest-protected plants », *in* National Research Council (NRC), *Genetically Modified Pest-protected-plants : Science and Regulation*, National Academy Press, 2000, p. 235.

– <1,7 million d'hectares> : Clive James, « Global review of commercialized transgenic crops : 2000 », *ISAAA Briefs*, n° 23, 2001, p. 3.

– « Nous avons ressenti » : Entretien avec Robert Horsch, mai 2002.

– « Être bon pour les gens » : Grant, art. cit.

– <Calgene avait essayé> : Martineau, *op. cit.*, p. 103.

– « On pensait que les OGM » : Entretien avec Larry Bohlen, avril 2002.

– « La neutralité des mouvements écologistes » : Entretien téléphonique avec Richard Mahoney, mai 2002.

– « On a fait une erreur » : Entretien avec Jeremy Rifkin, septembre 2002.

4 – Des utopistes… brutaux

– « Nous sommes les experts » : Robert Shapiro, « The welcome tension of technology : the need for dialogue about agricultural biotechnology », *CEO Series*, n° 37, février 2000.

– « À PGS, on les respectait beaucoup » : Entretien avec Willy de Greef, février 2002.

– « Ils arrivent dans la pièce à dix » : Bill Lambrecht, *Dinner at the New Gene Cafe*, Thomas Dunne Books, 2001, p. 250.

– « Monsanto a toujours été » : Entretien avec Alain Chalandon, mars 2002.

– Lessive anti-moussante *all* : Forrestal, *op. cit.*, p. 145.

– Monsanto pendant la guerre : *Ibid.*, p. 95 *sq.*

– <Monsanto a été un fournisseur> : Department of the Army, *US Army Activity in the US Biological Warfare Programs*, vol. 1, 24 février 1977, p. 93.

– 30 % de l'agent orange : Peter Schuck, *Agent Orange on Trial : Mass Toxic Disasters in the Courts*, Harvard University Press, 1987 ; cité par Brian Tokar, « Monsanto : a checkered history », *The Ecologist*, vol. 28, n° 5, septembre 1998.

– « Je regarde Monsanto opérer » : Lambrecht, *op. cit.*, p. 195.

– Sur Michael Taylor : Peter Montague, « Hormones in milk : no right to know », *Rachel's Environment and Health News*, n° 381, 16 mars 1994. <www.rff.org/about_rff/web_bios/taylor.htm>, consulté le 14 janvier 2003.

– <D'autres fonctionnaires> : Jennifer Ferrara, « Revolving doors : Monsanto and the regulators », *The Ecologist*, vol. 28, n° 5, septembre 1998.

– « Les citoyens sont libres » : « Monsanto répond au dossier de *The*

Ecologist publié par *Courrier international* », *Courrier international*, n° 456, 29 juillet 1999.

– <Réserves... étouffées par leurs supérieurs> : Julian Borger, « Food agency “hid GM disquiet” », *The Guardian,* 1er décembre 1999. Hart, *op. cit.*, p. 83.

– Linda Fisher : US Environmental Protection Agency, « US Senate confirms Linda J. Fisher as EPA Deputy Administrator », *Environmental News,* 25 mai 2001.

– William Ruckelshaus : US Environmental Protection Agency, « William D. Ruckelshaus : first term », s.d.

– John Robson : <www.groundup.org/monsanto/politics.htm>, consulté le 8 novembre 2002.

– Mickey Kantor : « Government Workers go biotech », The Edmonds Institute, 19 mai 1997.

– Marcia Hale : Al Karmen, « Clinton assistant going private », *Washington Post,* 21 avril 1997, p. A 15 ; cité par Steven Gorelick, « Getting the government on your side », *The Ecologist*, vol. 28, n° 5, septembre 1998.

– <Il remet personnellement> : Hart, *op. cit.*, p. 88.

– <Il nomme Robert Shapiro> : Office of the Press Secretary, « President Clinton names five new members to the advisory committee for trade policy and negociations », The White House, 15 juin 1999.

– Visite du Bureau ovale : Lambrecht, *op. cit.*, p. 196.

– Pressions sur le Premier ministre irlandais : *Ibid.*, p. 197. Charles, *op. cit.*, p. 166. Tom Rhodes, « Bitter Harvest », *The Sunday Times*, 22 août 1999.

– Intervention auprès de Lionel Jospin : Entretien téléphonique avec un conseiller de Matignon en décembre 1998.

– Les pressions sur WTVT : Hart, *op. cit.*, p. 40 *sq.* Sheldon Rampton et John Stauber, « Monsanto and Fox : Partners in censorship », *PR Watch*, vol. 5, n° 2, 1998. Luke Anderson, *Genetic Engineering, Food, and our Environment*, Chelsea Green Publishing Company, 1999, p. 105. <www.foxBGHBsuit.com/home.htm>, consulté en janvier 2003.

– Études scientifiques : June Chan *et al.,* « Plasma-insulin-like growth factor-I and prostate cancer risk : a prospective study », *Science,* vol. 279, 23 janvier 1998, p. 563. Susan Hankinson *et al.,* « Circulatory concentrations of insulin-like Growth factor-I and risk of breast cancer », *The Lancet,* vol. 351, 9 mai 1998, p. 1393.

Chapitre 7 – Les Européens se révoltent

1 – La méfiance et la « vache folle »

– Étude de Thomas Hoban : Citée par Linda Grant, « Monsanto's bet », *Fortune*, 14 avril 1997.

– Attention de la presse européenne : G. Caskell *et al.,* « Worlds apart ? The reception of genetically modified foods in Europe and the US », *Science,* vol. 285, 16 juillet 1999, p. 384.

– Loi norvégienne : Torben Hviid Nielsen *et al.*, « Norway : biotechnology and sustainability », *in* George Gaskell et Martin Bauer (dir.), *Biotechnology 1996-2000*, Science Museum, 2001.

– Conférence des citoyens en Grande-Bretagne : Andy Coghlan, « Biotechnology faces trial by jury », *New Scientist*, 12 novembre 1994.

– Parlement danois : Erling Jelsøe *et al.*, « Denmark : the revival of national controversy over biotechnology », *in* Gaskell et Bauer (dir.), *op. cit.*

– Lois suédoise : Björn Fjæstad *et al.*, « Sweden : the lid is on, but for how long ? », *ibid.*

– Sondages de l'Union européenne : George Gaskell *et al.*, « In the public eye : representations of biotechnology in Europe », *ibid.*

– « Les gens en charge » : Entretien avec Christian Morin, avril 2002.

– Danemark, Suède et Autriche demandent l'étiquetage : Debora MacKenzie, « Trouble in the wind over altered soya beans », *New Scientist*, 2 décembre 1995.

– « Dès 1990 » : Entretien téléphonique avec Derek Burke, décembre 2002.

– Position de Ciba-Geigy sur le marché : Entretien avec Christian Morin, avril 2002.

2 – Qui veut du maïs aux antibiotiques ?

– « Le collège invisible » : Cité par Agnès Bertrand, entretien en novembre 1999.

– Préparation de l'appel au moratoire : Entretien avec Étienne Vernet, janvier 2001.

– Texte conçu par le TWN : « Appel des scientifiques, des médecins et des professionnels de la santé pour un contrôle des applications du génie génétique », in *Génie génétique. Des chercheurs citoyens s'expriment*, Sang de la terre, 1997, p. 145.

– Signataires de l'appel : *Ibid.*, p. 157.

– Pelt et Lannoye : Propos recueillis lors de la conférence, le 28 mai 1996.

– Texte de l'appel : « Résumé de l'appel des scientifiques, des médecins et des professionnels de la santé pour un contrôle des applications du génie génétique », in *Génie génétique*, *op. cit.*, p. 155.

– Études de *Nature* : Citées par Vincent Tardieu, « Le colza transgénique laisse échapper ses gènes », *Le Monde*, 26 juin 1996.

– « On voit cette pétition », et citation suivante : Entretien avec Pierre-Henri Gouyon, février 2002.

– En Autriche : Helge Torgersen, « Austria : narrowing the gap with Europe », *in* Gaskell et Bauer (dir.), *op. cit.*, p. 131. Courriers électroniques avec Petra Grabner, institut de sciences politiques, université de Salzbourg, janvier 2003.

– « Je ne connaissais pas cette affaire » : Entretien avec Corinne Lepage, juillet 2002. Voir aussi Corinne Lepage, *« On ne peut rien faire, Madame le ministre »*, Albin Michel, 1998, p. 49.

– Greenpeace au Conseil des ministres : Communiqué de presse de Greenpeace Luxembourg, « Le maïs transgénique de Ciba menace notre santé », 25 juin 1996.

– <Le Conseil ne peut statuer> : Commission européenne, *Compte rendu succinct de la 1 939e session du conseil « Environnement »*, SI (96) 653, 26 juin 1996, p. 1. Andy Coghlan, « Engineered maize sticks in Europe's throat », *New Scientist*, 6 juillet 1996.

– Sur la logique de vote de la directive 90/220 : Pierre-Henri Gouyon et Christine Noiville, « Principe de précaution et organismes génétiquement modifiés. Le cas du maïs transgénique », *in* Philippe Kourilsky et Geneviève Viney, *Rapport au Premier ministre. Le Principe de précaution*, 29 novembre 1999, p. 8 et 19-20.

3 – « Alerte au soja fou »

– Sur Greenpeace au début des années 1990 : Philippe Lequenne, *Dans les coulisses de Greenpeace*, L'Harmattan, 1997. Hervé Kempf, « Greenpeace a réussi à assainir sa situation financière en 1998 », *Le Monde*, 21 août 1999.

– Sur le groupe informel : Entretien téléphonique avec Arnaud Apoteker, janvier 2003.

– Étude sur les conséquences des OGM : I. Meister et S. Mayer, *Genetically Engineered Plants : Releases and Impacts on Less Developed Countries*, Greenpeace International, 1994.

– <Il est même question d'embaucher>, et citation suivante : Entretien téléphonique avec Arnaud Apoteker, janvier 2003.

– « Il y a eu de longues discussions », comme toutes les citations suivantes de Haerlin : Entretien avec Benedikt Haerlin, juillet 2002.

– Préparatifs et actions de l'automne 1996 : Entretien téléphonique avec Michelle Sheather, janvier 2003. Entretien téléphonique avec Arnaud Apoteker. Entretien avec Benedikt Haerlin. Communiqués de presse de Greenpeace International. Cyrus Paques, « Des livraisons (momentanément) bloquées à Anvers et Gand », *Le Soir*, 12 novembre 1996. David Evans, « More protests to hit US soy ships in Europe », *Reuters,* 6 novembre 1996. Youssef M. Ibrahim, « Genetic soybeans from the US alarm the Europeans », *New York Times,* 7 novembre 1996.

– La une de *Libération* : Entretien téléphonique avec Vincent Noce, janvier 2003.

– « Les médias ont mordu très fort » : Entretien avec Paul Lannoye, février 2002.

– « Le rejet n'avait rien à voir » : Entretien avec Andy Coghlan, décembre 2002.

– Déclaration du FEDIOL : Vincent Noce, « Des tonnes de soja génétiquement modifié débarquent en Europe », *Libération*, 1er novembre 1996.

– « Il me reçoit » : Entretien avec Étienne Vernet, janvier 2001.

– Annonce de Jérôme Bédier : Pascal Galinier, « La grande distribution ne veut pas du soja génétiquement modifié », *Le Monde*, 14 novembre 1996.

– « Ça énervait les industriels » : Entretien avec Alain Deshayes, juillet 2002.

– « L'industrie des semences » : Entretien avec Willy de Greef, février 2002.

– « Il n'est pas nécessaire » : Cité par Jean Quatremer, « Bruxelles n'a pas tiré les leçons de la vache folle », *Libération*, 1er novembre 1996.

– « Entraver indûment » : Cité par Catherine Vincent, « Les organismes génétiquement modifiés sous haute surveillance », *Le Monde*, 21 novembre 1996.

– « 4 000 à 5 000 tonnes de maïs » : Catherine Vincent, « Bruxelles devrait autoriser le maïs américain génétiquement modifié », *Le Monde*, 18 décembre 1996.

– « Une véritable provocation » : Communiqué de presse de la Coordination paysanne européenne, « Autorisation du maïs génétiquement modifié », 20 décembre 1996.

– « Ç'a été l'explosion » : Entretien avec Christian Morin, avril 2002.

– « Ces nouvelles formes de vie » : Communiqué de presse de Greenpeace France, « Les coûts environnementaux du génie génétique », janvier 1997.

Chapitre 8 – Le pas de deux des Français

1- Juppé et les générations futures

– La préparation de la décision Juppé : Entretien avec Corinne Lepage, juillet 2002.

– Le gouvernement interdit la culture : Catherine Vincent, « Alain Juppé interdit la culture du maïs transgénique », *Le Monde*, 14 février 1997.

– « Ç'a été un coup de tonnerre » : Entretien avec Pierre-Henri Gouyon, février 2002.

– « Un *crash* » : Entretien avec Yann Fichet, avril 2002.

– « Un événement déclencheur » : Entretien avec José Bové, octobre 2002.

– Motifs de la démission d'Axel Kahn : Catherine Vincent, « M. Kahn, président de la Commission du génie biomoléculaire, démissionne », *Le Monde,* 15 février 1997.

– « Sans raison scientifique crédible » : Axel Kahn, « Pourquoi tant de haine contre ce pauvre maïs ? », *Le Monde,* 9 décembre 1997.

– « C'est aux ministres » : Entretien téléphonique avec Derek Burke, décembre 2003.

– Moratoire en Italie : Agnes Allansdottir *et al.*, « Italy : from moral hazards to a cautious take on risks », *in* George Gaskell et Martin Bauer (dir.), *Biotechnology 1996-2000*, Science Museum, 2001.

– Boycott en Allemagne : Jürgen Hampel *et al.*, « Biotechnology boom and market failure : two sides of the German coin », *ibid.*

– <En mars, encore, une étude> : Jean-Yves Nau, « Les antibiotiques utilisés en élevage ont des conséquences néfastes chez l'homme », *Le Monde,* 8 mars 1997.

– <Début avril, le Parlement> : Marcel Scotto, « Le Parlement européen condamne le commerce du maïs transgénique », *Le Monde*, 10 avril 1997.

– Pétition en Autriche : Helge Torgersen, « Austria : narrowing the gap with Europe », *in* Gaskell et Bauer (dir.), *op. cit.*, p. 133 et 143.

2 – Les paysans contre les « plantes folles »

– Subventions au maïs : Jean-Paul Besset, « Le maïs, plante miracle ou mauvais génie ? », *Le Monde*, 2 mars 1999.

– Biographie de René Riesel, et autres citations de R. Riesel : Entretien, novembre 2002.

– Biographie de José Bové : Denis Pingaud, *La Longue Marche de José Bové*, Seuil, 2002.

– Bové sympathise avec Arnaud Apoteker : Entretien avec José Bové, octobre 2002. Entretien téléphonique avec Arnaud Apoteker, janvier 2003.

– « Ils m'ont contacté » : Entretien avec Gilles-Éric Séralini, mars 2002.

– <Philippe Gay garde un souvenir différent> : Entretien téléphonique avec Philippe Gay, janvier 2003.

– <En fait, explique une agricultrice> : « Les épiciers apprentis sorciers », *Campagnes solidaires*, juillet-août 1997.

– À Saint-Georges-d'Espéranche : Brigitte Zaccaria, « Une moisson symbolique », *Campagnes solidaires*, juillet-août 1997. Et photos p. 32.

3 – Jospin et Voynet vont dans une galère

– « Proposer, à l'échelon européen » : *Texte politique commun Verts-PS (version définitive suite à la réunion Verts/PS du 28 janvier 1997).*

– Réunion interministérielle : Entretien avec Dominique Voynet, octobre 2002.

– <Militante de toujours> : Murielle Szac, *Dominique Voynet, une vraie nature*, Plon, 1998, p. 42.

– Sur la décision de novembre : Catherine Vincent, « Le gouvernement autorise la mise en culture du maïs transgénique », *Le Monde*, vendredi 28 novembre 1997. « Conférence de presse sur les organismes génétiquement modifiés » *in* Commission du génie biomoléculaire, *Activité en 1997*, ministère de l'Agriculture, ministère de l'Environnement, p. 36.

– <Bernard Kouchner proclame> : Cité *in* « Les organismes génétiquement modifiés », *Bulletin d'information du ministère de l'Agriculture* (BIMA), n° 1468, janvier 1998.

– <Dominique Voynet explique> : *Ibid.*

– Réaction des Verts : Marie-Hélène Aubert et Noël Mamère, « Génie génétique et génie politique », *Le Monde*, 5 décembre 1997.

– <Nombre de socialistes renâclent> : Ariane Chemin et Clarisse Fabre, « Des députés socialistes et écologistes critiquent la décision du gouvernement sur le maïs transgénique », *Le Monde*, 5 décembre 1997.

– Laurent Fabius : *Ibid.*

– <Le gouvernement s'est appuyé sur un avis> : « Conférence de presse sur les organismes génétiquement modifiés », *op. cit.*, p. 37.

– <Surprise dudit Comité> : Communiqué de presse du ministère de l'Environnement, « Compte rendu de l'audience d'experts organisée par les membres du Comité de la prévention et de la précaution le 5 septembre dernier », 3 décembre 1997. Hervé Kempf, « L'OGM, le gouvernement et les experts », *La Recherche*, février 1998.

– <Un article du *Monde*> : Axel Kahn, « Pourquoi tant de haine contre ce pauvre maïs ? », art. cit.

– Salaire d'Axel Kahn chez Rhône-Poulenc : Entretien avec Axel Kahn, avril 1998. Hervé Kempf, « Axel Kahn, quelle santé ! », *La Recherche*, n° 310, juin 1998.

– « Tous les experts français », et citation suivante : Kahn, « Pourquoi tant de haine contre ce pauvre maïs ? », art. cit.

– <Deux ans auparavant> : Cité *in* Catherine Vincent, « Risques et promesses des plantes modifiées par la génétique », *Le Monde*, 24 octobre 1996.

4 – Les paysans entrent en scène

– Récit de Nérac : Entretiens avec José Bové et René Riesel.

– « Les semences transgéniques étaient ailleurs » : Entretien téléphonique avec Christian Morin, janvier 2003.

– Procès d'Agen : Elian Da Silva, « Maïs transgénique : la désobéissance de trois syndicalistes agricoles », *Le Monde*, 18 et 19 janvier 1998. Catherine Vincent, « Trois agriculteurs opposés au maïs transgénique comparaissent devant le tribunal d'Agen », *Le Monde*, 5 février 1998. René Riesel, *Déclarations sur l'agriculture transgénique et ceux qui prétendent s'y opposer*, Éditions de l'Encyclopédie des nuisances, 2001, p. 95 *sq.*

5 – La bataille des antibiotiques

– Initiative de protection génétique et votation suisse : Natalie Levisalles, « Gêne éthique chez les Helvètes », *Libération*, 3 février 1998. Robert Koenig, « Switzerland : biologists mobilize against anti-genetics referendum », *Science*, vol. 275, 31 janvier 1997, p. 607. Heinz Bonfadelli, « Biotechnology in Switzerland : from street demonstrations to regulations », *in* Gaskell et Bauer (dir.), *op. cit.*

– Texte exact soumis aux électeurs suisses cité *in* Jean-Yves Le Déaut, *De la connaissance des gènes à leur utilisation*, t. I, *Conclusions du rapporteur*, Office parlementaire d'évaluation des choix scientifiques et technologiques, 1998, p. 118.

– <35 millions de francs suisses> : Jacques Minerowicz, *Sciences et démocratie : le couple impossible ?*, Éditions Charles Léopold Mayer, 2000, p. 61.

– <Monsanto contribue pour 250 000 dollars> : Bill Lambrecht, *Dinner at the New Gene Cafe*, Thomas Dunne Books, 2001, p. 212.

– <Un observateur note> : Bruno Latour, « Faut-il avoir peur des Suisses ? », *La Recherche*, septembre 1998.

– Description de la construction génétique du maïs Bt 176 : Ministère de l'Agriculture, de la Pêche et de l'Alimentation, « Arrêté du 4 février 1997 portant autorisation de mise sur le marché de lignées de maïs [...] », *Journal officiel*, n° 30, 5 février 1997, p. 1949.

– Pourquoi Ciba a gardé le gène : Entretien téléphonique avec Philippe Gay, janvier 2003.

– Raison du retard de Monsanto : Entretien téléphonique avec Jan Leemans, décembre 2002.

– « Livre Blanc », et citations suivantes : Axel Kahn (dir.), *Les Plantes transgéniques en agriculture. Dix ans d'expériences de la Commission du génie biomoléculaire*, John Libbey Eurotext, 1997, p. 46.

– Axel Kahn à Bruxelles : Lettre à *La Recherche*, n° 311, juillet-août 1998, p. 7.

– « Ce gène ne posait aucun problème » : Axel Kahn, « Pourquoi tant de haine contre ce pauvre maïs ? », art. cit.

– Congrès international : « Des scientifiques émettent des réserves sur le maïs transgénique », *Le Monde*, 9 mai 1998.

Article de Courvalin : Patrice Courvalin, « Plantes transgéniques et antibiotiques », *La Recherche*, mai 1998, n° 309.

– « Élément psychologique » : Entretien avec Patrice Courvalin, mars 1998.

– Yves Chupeau : Cité par Catherine Vincent, « Les écologistes relancent l'offensive contre les plantes transgéniques », *Le Monde*, 26 septembre 1997.

– « Ces gènes » : Patrice Courvalin, « La vache folle ne suffit-elle pas ? », *Le Pèlerin*, 4 septembre 1998.

– <Si un jour « il arrivait »> : Pierre-Henri Gouyon et Christine Noiville, « Principe de précaution et organismes génétiquement modifiés. Le cas du maïs transgénique », *in* Philippe Kourilsky et Geneviève Viney, *Rapport au Premier ministre. Le Principe de précaution*, 29 novembre 1999, p. 22.

– <La polémique bat son plein> : Voir le graphique 4. 1, « La distribution des articles publiés » *in* Pierre-Benoît Joly *et al.*, *L'Innovation controversée : le débat public sur les OGM en France*, INRA Grenoble, Rapport, janvier 2000, p. 77.

– Sociologues de l'INRA : Joly *et al.*, *op. cit.*, p. 33.

– « Certains responsables nationaux » : *Ibid.*

– Citations de Philippe Gay : Entretien, janvier 2002, et entretien téléphonique, janvier 2003.

– Astronome de Tintin : voir *L'Étoile mystérieuse*.

– Biographie d'Arnaud Apoteker : Entretien téléphonique, janvier 2003.

– « Nous n'avons pas d'opposition » : Cité *in* Office parlementaire d'évaluation des choix scientifiques et technologiques, *Conférence de citoyens sur l'utilisation des organismes génétiquement modifiés dans l'agriculture et dans l'alimentation*, samedi 20 et dimanche 21 juin 1998 (ronéotypé), p. 108.

– « Les industriels étaient nuls » : Entretien avec Étienne Vernet, janvier 2001.

– « Tenants de l'écologie profonde » : Axel Kahn, « Le vivant nouveau que produit le génie génétique est, au départ, beaucoup plus prévisible », *Annales des Mines*, juillet 1997.

– « Militant type » : Entretien avec Gilles-Éric Séralini, mars 2002.

– « C'est un terrorisme » : Klaus Amman, « Les OGM entre mensonges et hystérie », *La Recherche*, novembre 1999.

– Claude Allègre : Audition de M. Claude Allègre, *in* Jean-Yves Le Déaut, *De la connaissance des gènes à leur utilisation*, t. II, *Comptes rendus des auditions publiques*, Office parlementaire d'évaluation des choix scientifiques et technologiques, 1998, p. 283.

– Association contre la technologie et son monde : « De la démocratie génétiquement modifiée », Association contre la technologie et son monde, 22 juin 1998, tract distribué à l'entrée de la conférence de presse clôturant la Conférence des citoyens.

6 – L'économie ou la démocratie ?

– « Au début, on pensait » : Entretien avec Robert Horsch, mai 2002.

– <Hendrick Verfaillie jure de ne plus utiliser> : Interview de Hendrik Verfaillie par Hervé Kempf, *La Recherche*, n° 309, mai 1998, p. 9.

– Lobby pro-OGM vivace à Matignon : Entretien téléphonique avec un conseiller de Matignon, décembre 1998.

– Intervention de la Maison-Blanche : *Ibid.* Voir aussi Audition de M. Louis Le Pensec, ministre de l'Agriculture, *in* Le Déaut, *De la connaissance des gènes à leur utilisation*, t. II, *op. cit.*, p. 113.

– « Dans mes relations avec les ministères » : Entretien avec Yann Fichet, avril 2002.

– Pages de publicité de Monsanto : *Le Monde*, 9, 10, 11, 12, 13, 16, 17, 18 et 19 juin 1998.

– Pages de publicité de Rhône-Poulenc : *Le Monde*, 18, 19, 20, 21-22 et 23 juin 1998.

– Pages de publicité de Novartis : *Le Monde*, 10, 17 et 24 juin 1998.

– Publicité de Hoechst : Photo *in* C. Bn., « L'agrochimie part en campagne », *Libération*, 16 juin 1998.

– Synthèse de l'INRA : Corinne Bensimon, « Les transgéniques poussent-elles trop vite ? », *Libération*, 16 juin 1998.

– Sur la Conférence des citoyens : Catherine Vincent, « Un débat public sur les plantes transgéniques va être organisé », *Le Monde*, 14 février 1998. Catherine Vincent, « Examen de passage populaire pour les plantes transgéniques », *Le Monde*, 20 juin 1998. Catherine Coroller, « Citoyens sans gene [*sic*] face aux spécialistes », *Libération*, 22 juin 1998. Liste des citoyens et thèmes de la formation *in* Pierre-Benoît Joly *et al.*, *op. cit.*, p. 189 et 190. Notes prises sur place. Le script des débats se trouve dans Office parlementaire [...], *Conférence de citoyens* [...], *op. cit.*

– Citations de la Conférence : Office parlementaire [...], *op. cit.*, p. 163, 168, 20, 126 et 26.

– « La défiance qu'expriment » : Catherine Vincent, « Les citoyens appellent à la prudence face aux plantes transgéniques », *Le Monde*, 23 juin 1998.

– Conclusions de la Conférence des citoyens : *In* Le Déaut, *De la connaissance des gènes à leur utilisation*, t. I, *op. cit.*, p. 105. « Le "Oui mais" des citoyens aux plantes transgéniques », *Le Monde*, 24 juin 1998.

– <Le blocage des OGM « peut signifier à terme »> : Le Déaut, *op. cit.*, t. I, p. 15.

– <Il reprend les chiffres de Rhône-Poulenc> : *Ibid.*, p. 25.

– Chiffres de l'Académie : Académie des Sciences-CADAS, *Les Techniques de transgenèse en agriculture*, Tec & Doc, 1993, p. 56.

– Maïs dans le Loir-et-Cher et le Haut-Rhin : Loir-et-Cher : Communiqué de presse de Greenpeace France, « Du maïs transgénique planté sans autorisation », 13 octobre 1998. Alsace : Lettre du secrétaire général de la préfecture du Haut-Rhin à M. Adnot, président de l'association Alsace Nature, 12 novembre 1998.

– Avis du Conseil d'État : Gouyon et Noiville, art. cit., p. 14. Rafaele Rivais, « Le commerce du maïs transgénique suspendu au nom du principe de précaution », *Le Monde*, 28 septembre 1998.

– « Un défaut sérieux de la procédure » : Pierre-Benoît Joly *et al.*, *op. cit.*, p. 41.

Chapitre 9 – La bataille d'Angleterre

1 – Dieu a-t-il des droits ?

– Privatisation : « Plant breeding is the last shot in privatization locker », *Nature*, vol. 327, 21 mai 1987, p. 176.

– Préparation de la commercialisation de la purée de tomates : Brandon Mitchener, « Safeway, Sainsbury's say novel paste hits the spot in Britain », *The Wall Street Journal*, 16 novembre 1998.

– Vente à perte : Daniel Charles, *Lords of the Harvest*, Perseus Publishing, 2001, p. 168.

– « Quand le gouvernement Major », comme toutes les citations suivantes de P. Brown : Entretien avec Paul Brown, décembre 2002.

– Le 6 août : « GM Crop destroyed », *Genetix Update, Bulletin*, n° 3, août-septembre 1997.

– En Irlande, fin septembre : Kevin O'Sullivan, « McKenna praises genetic beet crop sabotage », *The Irish Times*, 2 octobre 1997. « Saboteurs destroy Ireland's first GMO crop », *ENDS Daily*, 30 septembre 1997.

– Le 4 novembre : « Global days of action – UK report back », *Genetix Update, Bulletin*, n° 5, novembre 1997.

– Lettre à la NFU : Press Release, « Global days of action againts genetic engineering », 9 octobre 1997.

– « Le relâchement sans retour » : *Ibid.*

– *The Guardian* : articles publiés les 17 et 18 décembre 1997 sous le titre générique « The Food revolution ».

– Publicité de Iceland : Citée *in* Mitchener, « Safeway, Sainsbury's say novel paste hits the spot in Britain », art. cit.

– <Ses ventes augmentent de 12 %> : Bill Lambrecht, *Dinner at the New Gene Cafe*, Thomas Dunne Books, 2001, p. 228.

– Genetix Snowball : « Genetix Snowball », *Genetix Update, Bulletin*, n° 8, avril-mai 1998.

– La Soil Association se mobilise : Charles, *op. cit.*, p. 217. Geoffrey Gibbs, « Devon crop destroyed by gene activists », *The Guardian*, 5 août 1998.

– « J'en suis venu à penser » : The Prince of Wales, « Seeds of disaster », *The Daily Telegraph*, 8 juin 1998.

– Essais « décontaminés » : Nick Hopkins, « Sowing new seeds of dissent », *The Guardian*, 13 juin 1996. « 30 decontaminated release sites

– so far ! », *Genetix Update, Bulletin*, n° 9, juin-septembre 1998. Kathleen Hart, *Eating in the Dark. America's Experiment with Genetically Engineered Food*, Pantheon Books, 2002, p. 24-26. Andy Coghlan, « An acquired distaste », *New Scientist*, 20 juin 1998.

– En août, près de Totnes : Geoffrey Gibbs, « Devon crop destroyed by gene activists », *The Guardian*, 5 août 1998.

– « On a écrit un article sur Monsanto » : John Vidal, « Monsanto admits misjudging consumer concerns over genetically modified crops », *The Guardian*, 17 avril 1998.

– « Ils tapaient sur la table » : Entretien avec John Vidal, décembre 2002.

– Monsanto se plaint et est déboutée : Scott Kilman et Helene Cooper, « Monsanto falls flat in bid to sell Europe bioengineered food », *The Wall Street Journal*, 11 mai 1999.

– La proportion de consommateurs britanniques : *Ibid.*

– D'autres sondages : Andy Coghlan, « An acquired distaste », art. cit.

– Politique de communication « très inepte » : Entretien téléphonique avec Richard Mahoney, mai 2002.

– « Monsanto a fait quelque chose » : Kilman et Cooper, art. cit.

– « Ils avaient une approche » : Entretien avec Benedikt Haerlin, juillet 2002.

2 – Les rats n'aiment pas les pommes de terre

– L'histoire d'Arpad Pusztai : Hart, *op. cit.*, p. 48-49. *Supplementary memorandum submitted by Dr Arpad Janos Pusztai*, Select Committee on Science and Technology, The United Kingdom Parliament. Arpad Pusztai, « Academic freedom in the age of biotechnology – myth or reality ? », non publié. Andy Coghlan et Kurt Kleiner, « Spud U dislike », *New Scientist*, 15 août 1998. Martin Enserink, « Bioengineering : preliminary data touch off genetic food fight », *Science*, vol. 283, p. 1093, 19 février 1999.

– Contenu du reportage : Script de l'émission « World in action », effectué par Tellex Monitors Ltd – The Broadcast Reporting Service, Job A98-090614, 10 août 1998.

– Communiqué de presse du Rowett Institute : Press Release, « Genetically modified foods », Rowett Research Institute, 10 août 1998.

– Lettre du président de l'institut : Press Release, « Genetically modified foods », Further Information from Mr James Provan, 10 août 1998.

– Article du *Times* : Nigel Hawkes, « Genetically modified potatoes can damage the immune system of rats », *The Times*, 10 août 1998.

– Agence Reuters : « Altered-gene potatoes hurt rats, report says », Reuters, 10 août 1998.

– <Les tabloïds proclament> : « The wild card », *New Scientist*, 15 août 1998.

– Communiqué du 12 août : Press Release, « Genetically modified foods », Rowett Research Institute, 12 août 1998.

– La Royal Society : Press Release, « Genetically modified foods – Royal Society calls for a rational debate », Royal Society, 13 août 1998.

– « On savait par la littérature » : Entretien avec Roy Fuchs, mai 2002.

– « Les rats ne mangent pas » : Entretien téléphonique avec Derek Burke, décembre 2002.

– Étude de 1996 : Bruce Hammond *et al.*, « The feeding value of soybeans fed to rat, chickens, catfish and dairy cattle [...] », *The Journal of Nutrition*, 1996, vol. 126, p. 717.

– <Guère plus> : Daniel Charles, *op. cit.*, p. 227 et 325, cite une étude hollandaise : Noteborn *et al.*, *in* Engel, Takeoka, Teranishi (dir.), *Genetically Modified Foods : Safety Issues*, ACS Symposium Series 605, 1995.

– « Admettre que Pusztai a raison » : Entretien avec Gilles-Éric Séralini, mars 2002.

– Annonce du ministre de l'Environnement : News release, « Government announces fuller evaluation of growing genetically modified crops », Department of Environment (DETR), 21 octobre 1998.

3 – God saves the Charles, Blair saves the industry

– Situation en Europe : Hervé Kempf, « La demande d'un moratoire s'étend au niveau européen », *Le Monde*, 14 octobre 1998.

– Projet original de révision : Projet du 23 février, *Journal officiel des Communautés européennes,* 4 mai 1998, cité par Hervé Kempf, « Les OGM englués dans le labyrinthe européen », *Le Monde,* 13-14 décembre 1998.

– « Les emplois futurs » : Cité *in* « Directive sur les OGM : les industriels contestent le changement proposé », AFP, 28 octobre 1998.

– Monsanto recense 940 articles : Lambrecht, *op. cit.*, p. 316.

– Titres des tabloïds : *Ibid.*, p. 232-233.

– Le retour de Pusztai : « Food scandal exposed », *The Guardian*, 12 février 1999.

– Lord Sainsbury : « Revealed : Lord Sainsbury's interest in key gene patent », *The Guardian*, 16 février 1999.

– David Hill : Lucy Ward, « GM foods row splits Labour », *The Guardian*, 15 février 1999.

– Rencontres des firmes avec le Labour : *Ibid.*

– Réponse de Tony Blair : Citée par George Jones et Polly Newton, « Blair gives his blessing to GM foods », *The Daily Telegraph,* 16 février 1999.

– *The Mirror* : Cité par Charles, *op. cit.*, p. 237.

– « 1999 a été l'année » : Entretien avec Willy de Greef, février 2002.

– Coton transgénique dans les tampons : Sam Hart, « Poison risk from GM tampons », *The Big Issue*, 29 novembre 1999. Voir aussi Hart, *op. cit.*, p. 162.

– La cantine de Monsanto : Andrew Hibberd, « Monsanto's chefs banish GM food », *The Daily Telegraph,* 22 décembre 1999.

– « À l'époque de la BST » : Entretien avec Andy Coghlan, décembre 2002.

– L'affaire du *Lancet* : « Scientists revolt at publication of "flawed GM study" », *The Independent,* 10 octobre 1999. Roger Highfield, « Rats at centre of GM food furore "were starving" », *The Daily Telegraph,* 15 octobre 1999.

– Intervention de la Royal Society et position de M. Lachmann : Laurie Flynn et Michael Sean Gillard, « Pro-GM food scientist threatened editor », *The Guardian,* 1er novembre 1999.

– L'article litigieux : S. W. B. Ewen et A. Pusztai, « Effets of diets containing genetically modified potatoes expressing *Galanthus nivalis* lectin on rat small intestine », *The Lancet*, vol. 354, 15 octobre 1999, p. 1353.

– Critiques scientifiques de l'article de Pusztai : Andy Coghlan, Debora MacKenzie et David Concar, « It's that man again », *New Scientist,* 16 octobre 1999.

– « La façon dont l'*establishment* scientifique » : Entretien avec Paul Brown, décembre 2002.

Chapitre 10 – Doutes sur la terre américaine

1 – Les « bio » sauvent leur peau

– <Début 1994, les associations> : Sally Lehrman, « Organic farms face dilemma over new gene technology », *Nature*, 13 janvier 1994.

– « Admettons que nous en ayons » : Daniel Charles, *Lords of the Harvest*, Perseus Publishing, 2001, p. 185.

– Refus du NOSB en 1996 : « Engineered food », *New Scientist*, 28 septembre 1996.

– Campagne sur l'agriculture biologique : Entretien avec Ronnie Cummins, mai 2002. Entretien avec Jeremy Rifkin, septembre 2002.

– 275 000 commentaires : Bill Lambrecht, *Dinner at the New Gene Cafe,* Thomas Dunne Books, 2001, p. 133.

2 – Une plante n'est pas un gène, monsieur

– « En 1972, on avait la même taille », comme les autres citations de T. Urban : Entretien avec Tom Urban, mai 2002.

– « Interactions délicates » : Donald Duvick, « Recombinant DNA molecule research potential for agricultural crop plants », présentation devant le National Research Council Committee, le 13 avril 1977.

– « Il y a eu beaucoup de discussions » : Entretien avec Rod Townsend, mai 2002.

– « On savait que les compagnies » : Entretien avec Richard McConnell, mai 2002.

– <Les dirigeants de Pioneer « ont fait le pari »> : Chantal Ducos et Pierre-Benoît Joly, « L'industrie des semences face aux biotechnologies », thèse de doctorat de sciences économiques, université des sciences sociales de Toulouse, 1987, p. 392.

– <Au début des années 1980> : Jacques Grall et Bertrand Roger Lévy, *La Guerre des semences*, Fayard, 1985, p. 196.

– Canon à gènes : Charles, *op. cit.*, p. 78.

– Échoue sur la luzerne : Entretien avec Rod Townsend, mai 2002.

– Pour les négocations entre Monsanto et Pioneer, j'ai suivi Charles, *op. cit.* Son récit m'a été confirmé par mes interlocuteurs des deux compagnies.

– <Nettoyer les poulaillers> : Entretien avec Tom Urban, mai 2002.

– <Les Français sont soufflés> : Entretien avec Alain Chalandon, mars 2002.

– « Il y a eu une sorte d'euphorie » : Entretien avec Yann Fichet, avril 2002.

– Projet avec AHP : « American Home is to buy Monsanto in $ 35 billions deal », *Wall Street Journal*, 2 juin 1998.

– Cours de l'action : David Barboza, « Could Monsanto's special culture survive a merger ? », *New York Times*, 3 mars 1999.

– Biotic Baking Brigade : « Monsanto corporation CEO Robert Shapiro gets a pie ! », <www.urban75.org/archive/news029.html>.

3 – Percy et les quarante inspecteurs

– « 1999 a vraiment été l'année terrible », et autres citations de P. Schmeiser : Entretiens avec Percy Schmeiser, janvier 2000 et avril 2002.

– <Ses soixante-neuf ans> : Percy Schmeiser est né en 1931.

– Ligne téléphonique et inspections : Rick Weiss, « Gene police raise farmers fears », *The Washington Post,* 3 février 1999. Charles, *op. cit.*, p. 187.

– Ligne téléphonique au Canada : Document publicitaire, « Roundup Ready Canola », Monsanto Canada, 1998.

– Edy Kram : Entretien avec Edy Kram, janvier 2000.

– Rentabilisation « de l'investissement » : Communiqué de presse de Monsanto, « Gene protection technologies : a Monsanto background statement », avril 1999.

– Accord d'utilisation de la technologie : *Technology Use Agreement*, Roundup Ready Canola (colza), 1998. Pour les coton, maïs et soja, le *Monsanto Technology Use Agreement* de 1998 présente des dispositions légèrement différentes, mais de même esprit.

– <On promet à un fermier canadien> : 115 dollars par acre (un acre égale 0,4 hectare). Lettre de Monsanto Canada à M. – (je n'indique pas son nom) du 12 novembre 1998.

– Cas de la famille Nelson : Robert Schubert, « Monsanto sues Nelson Farm », *Cropchoice.com*, 16 février 2001. Entretien avec Roger Nelson, mai 2002.

– <Les OGM sont un succès aux États-Unis> : Biotech Industry Organisation, cité par Julie Vorman, « US biotech crop plantings rise again in 2002 », Reuters, 2 avril 2002.

4 – La Reine rouge et le mystère de l'OGM

– Nombre de fermes en exploitation : Jack Doyle, *Altered Harvest*, Penguin Books, 1986 (1re éd. 1985), p. 117 et 128. Voir aussi US Department of Agriculture (USDA), National Agricultural Statistics Service, « 20th century time capsule », <www.usda.gov/nass/pubs/trends/index.htm>, consulté le 30 décembre 2002.

– « J'étais triste » : Entretien avec Darrin Ihnen, mai 2002. La situation décrite est celle de 2002, le cousin de D. Ihnen ayant quitté son exploitation début 2002.

– <Au début des années 1980> : Doyle, *op. cit.*, p. 28.

– Rapport entre prix de vente et prix d'achat : USDA, *op. cit.*

– « C'est le problème de l'œuf », et citation suivante : Entretien avec Richard McConnell, mai 2002.

– Sur le *Fair Act :* Jean-Christophe Debar, « États-Unis : les avatars de la régulation agricole », in *Déméter 2001*, Armand Colin, 2000.

– Diminution de 10 % de la quantité d'herbicide : Robert Krueger, « The public debate on agrobiotechnology : a biotech company's perspective », *AgBioForum*, vol. 4, 2001, p. 209.

– « Le soja OGM » : Entretien avec Darrin Ihnen, mai 2002.

5 – Merci, monsieur le bourreau

– « Je suis mon propre patron » : Entretien avec Leon Bertsch, mai 2002. La situation décrite est celle de 2002.

– « Le grenier du monde » : Steven Blank, *The End of Agriculture in the American Portfolio*, Quorum Books, 1998, p. 1.

– « Le portefeuille d'investissements », et citation suivante : *Ibid.*, p. 4.

– « Être efficace n'est pas suffisant » : Steven Blank, « A portfolio of threats to American agriculture », *Contemporary Economic Policy*, vol. 20, 2002, p. 381.

– « L'agriculture doit être totalement exclue » : Blank, *op. cit.*, p. 4.

– « À un certain point » : Blank, art. cit., p. 384.

– Surface cultivée en soja : Jean-Yves Carfantan, *La Mondialisation déloyale*, Fayard, 2002, p. 151.

– Les subventions augmentent : Entretien avec Jean-Christophe Debar. *Agric. US Analyse*, avril 2002.

– « Je déteste les subventions » : Entretien avec Roger Nelson, mai 2002.

– « Le système alimentaire » : Entretien avec William Heffernan, mai 2002.

– « Si je veux construire un bâtiment » : Entretien avec Darrin Ihnen, mai 2002.

– <49 % de la production américaine> : William Heffernan, « Consolidation in the food and agriculture system », Report to the National Farmers Union, 5 février 1999.

– « Cette évolution profite » : Carfantan, *op. cit.*, p. 155.

Chapitre 11 – La planète s'en mêle

1 – Terminator effraie le tiers-monde

– <Un juriste de l'université Stanford> : John H. Barton, « The international breeder's rights system and crop plant innovation », *Science*, vol. 216, 4 juin 1982, p. 1071.

– Recherches de Pioneer, Dekalb, etc. : Jacques Grall et Bertrand Roger Lévy, *La Guerre des semences*, Fayard, 1985, p. 195, 198 et 88. Chantal Ducos et Pierre-Benoît Joly, « L'industrie des semences face aux biotechnologies », thèse de doctorat de sciences économiques, université des sciences sociales de Toulouse, 1987, p. 363 et 417.

– « Un chercheur de Los Angeles » : Entretien téléphonique avec Jan Leemans, décembre 2002.

– Sur le travail de Goldberg et PGS, voir Sylvie Collin, « Une nouvelle arme dans la guerre des semences », *La Recherche,* décembre 1992.

– <Demande en 1997 à la CGB> : Commission du génie biomoléculaire, *Activité en 1997*, ministère de l'Agriculture, ministère de l'Environnement, p. 4 et 15.

– « Contrôle de l'expression génétique » : Catherine Vincent, « La stérilisation végétale, nouvelle arme biotechnologique », *Le Monde*, 12 mars 1999.

– Mooney et la campagne « Terminator » : Daniel Charles, *Lords of the Harvest*, Perseus Publishing, 2001, p. 218. Bill Lambrecht, *Dinner at the New Gene Cafe,* Thomas Dunne Books, 2001, p. 110 *sq*. Kathleen Hart, *Eating in the Dark. America's Experiment with Genetically Engineered Food*, Pantheon Books, 2002, p. 134 *sq*.

– La nouvelle à Bratislava : Charles, *op. cit*., p. 220.

– Les OGM et la crise en Inde : A. Sudarshan Reddy *et al*., *Gathering Agrarian Crisis, Farmers' Suicides in Warangal District, India,* Warangal, Center for Environmental Studies, juin 1998. Geeta Bharathan, « Bt-Cotton in India : anatomy of a controversy », *Current Science*, vol. 279, 25 octobre 2000, p. 1067. Vandana Shiva, *Le Terrorisme alimentaire*, Fayard, 2001. Entretien avec Vandana Shiva, avril 2002.

– <Le directeur général du Conseil indien> : Cité par Geeta Bharathan, art. cit.

– Dénonciation de l'accord passé avec Monsanto : J. Mann, « Partnership takes bioscience to Bangladesh », *Washington Post,* 3 juillet 1998.

– L'USDA dépose une demande de brevet : Bharathan, art. cit.

– Décision de la Cour suprême : H. K., « Les pays pauvres risquent de devenir un terrain d'essai », *Le Monde*, 26 mai 1999.

– Position du CGIAR : Cité par Vincent, art. cit.

– Zeneca renonce : Nicolas Chevassus-au-Louis, « La bataille non terminée de Terminator », *La Recherche*, janvier 2000, p. 81.

– <Monsanto lâche du terrain> : « Gene protection technologies : a Monsanto background statement », Monsanto, 20 avril 1999.

– « Le point fort de notre campagne » : José Hermero Hoffmann, propos recueillis pendant sa conférence de presse à Paris, le 12 mai 1999.

– Sur le Brésil, voir aussi H. K., art. cit.

– Refus du Mexique : Doug Palmer, « Biotech concerns dominate world AG forum meeting », Reuters, 27 mai 1999.

2 – « Les temps ont changé, et je dis non »

– « Pendant longtemps », et citations suivantes de Tewolde : Entretien avec Tewolde Behran Gebre Egziabher, avril 2002.

– <Le protocole envisagé vise> : *Protocole de Cartagena sur la prévention des risques biotechnologiques relatif à la Convention sur la biodiversité biologique*, Secrétariat de la Convention sur la diversité biologique, 2000.

– Coalition BIO et autres : Hart, *op. cit.*, p. 177.

– Conférence de Carthagène : Hervé Kempf, « L'avenir du commerce des produits génétiquement modifiés se joue à Carthagène », *Le Monde*, 17 février 1999. Id., « Le commerce mondial des OGM échappe à une réglementation internationale », *Le Monde*, 26 février 1999. Lambrecht, *op. cit.*, p. 318 *sq.*

– « À Carthagène, ils n'étaient pas civilisés » : Cité par Lambrecht, *op. cit.*, p. 353.

– <Comme l'explique un délégué indien> : Entretien avec Rajen Habib Khwaja, 28 janvier 2000.

– « Nous prions le gouvernement » : Cité *in* « Novartis urges US caution on GMO sales », Reuters, 19 avril 1999.

3 – Il ne faut pas tuer Bambi

– Poème mexicain et vie du monarque : Michel Mabit, « Un papillon au long cours », *Reporterre*, n° 3, mars 1989.

– Les supermarchés éliminent les OGM : Hart, *op. cit.*, p. 9 et 284. Arnaud Apoteker, « Raz-de-marée anti-OGM en Europe », *Greenpeace*, été 1999. Laure Belot et Pascal Galinier, « La grande distribution attise le débat sur les aliments transgéniques », *Le Monde*, 7 mai 1999. Pascale Mollard-Chenebenoit, « Les trois grands de l'agroalimentaire européen évitent les OGM », AFP, 21 mai 1999.

– Carrefour et le Crii-Gen : « Projet d'un équivalent de la CRII-RAD pour les gènes présenté à Metz », AFP, 8 avril 1999. Catherine Petitnicolas, « OGM : la résistance s'organise », *Le Figaro*, 13 avril 1999.

– British Medical Assocation et Royal Society : Hervé Kempf, « L'opinion britannique se détourne des OGM », *Le Monde*, 26 mai 1999. Hart, *op. cit.*, p. 128.

– Monsanto abandonne le plastique : Hervé Kempf, « Le plastique végétal n'est pas pour demain », *Le Monde*, 21 juin 2001.

– L'affaire du monarque : Charles, *op. cit.*, p. 243 *sq.* Hart, *op. cit.*, p. 138 *sq.*

– Ronnie Cummins brandit le *New York Times* : Hart, *op. cit.*, p. 137.

– Commission européenne : « Monsanto minimise le danger du maïs transgénique pour les papillons », AFP, 21 mai 1999.

– Visites de Monsanto et Novartis à Losey : Charles, *op. cit.*, p. 245-246.

– <Son supérieur> : *Ibid.*, p. 246. Hart, *op. cit.*, p. 164.

– Variété Event 176 toxique : Résultats publiés dans *PNAS* en septembre 2001 ; cité par Hart, *op. cit.*, p. 265. Charles, *op. cit.*, p. 247.

– <Confirmation sur d'autres espèces> : Angelika Hilbeck *et al.*, « Effects of *Bacillus thuringiensis* corn-fed prey on mortality and development time of immature *Chrysoperla carnea* », *Environmental Entomology*, vol. 27 n. 2, 1998. Séverine Duparc, « Le maïs transgénique s'attaque à des insectes utiles », *Le Figaro*, 29 avril 1998. Hart, *op. cit.*, p. 141, 170 et 176.

– Rapport Deutsche Bank : Timothy Ramey *et al.*, « GMOs are dead », Deutsche Bank Research, 21 mai 1999.

4 – Illégal, mais légitime

– « Ça résisterait » : Cité par Vincent Tardieu, « La France mobilise pour exploiter les gènes des céréales », *Le Monde*, 24 février 1999.

– « C'est resté dans un coin de ma tête », et citations suivantes de J. Bové : Entretien avec José Bové, octobre 2002.

– « Nous très fâchés » : Jean-Paul Besset, « Indiens et Ariégeois contre les OGM : "Nous très fâchés, nous tout faucher" », *Le Monde*, 5 juin 1999.

– Theodoros Koliopanos : Hervé Kempf, « La bataille des OGM : les Européens sont divisés face aux Américains », *Le Monde*, 24 juin 1999.

– Préparation du Conseil des ministres : Catherine Coroller, « L'Europe repoussera-t-elle l'assiette transgénique ? », *Libération*, 24 juin 1999. Sylvia Zappi, « Dominique Voynet demande au gouvernement de "revoir sa position" sur les OGM », *Le Monde*, 27 mai 1999. Paule Bonjean, « Glavany n'exclut pas un moratoire sur la culture du maïs », Reuters, 26 mai 1999.

– L'Élysée est plutôt favorable au moratoire : Entretien téléphonique avec un conseiller de l'Élysée, mai 1999.

– Jospin hésite encore : Entretiens téléphoniques avec des conseillers de Matignon, mai 1999.

– <Plaider pour la « suspension »> : Sylvia Zappi, « Le gouvernement va demander une nouvelle directive européenne sur les plantes transgéniques », *Le Monde,* 25 juin 1999.

– Conseil des ministres : Notes prises sur place. Entretien avec Dominique Voynet en octobre 1999. Press release 9406/99 (Presse 203), « 2 194th Council meeting-Environment-Luxembourg, 24/25 june 1999 », Council of the European Union, General Secretariat. Hervé Kempf, « L'Europe adopte sans le dire un moratoire sur les organismes génétiquement modifiés », *Le Monde*, 26 juin 1999.

5 – OMC, au secours ! ONG attaquent OGM

– Gerber : Lucette Lagnado, *Wall Street Journal*, 30 juillet 1999, repris par « Pas d'OGM dans les petits pots des bébés américains », *Courrier international*, 9 septembre 1999.

– Aliments pour chiens : « Les chiens non plus », repris par *Courrier international*, 9 septembre 1999.

– Activistes californiens : « Round-up Ready corn under attack in California », Organic Consumers Association, 28 juillet 1999.

– La ville de Berkeley : Patrice de Beer, « Les consommateurs américains manifestent leurs premières craintes », *Le Monde*, 2 septembre 1999.

– <Le Japon adopte une loi> : « Japan label plan seen affecting US GM crop output », Reuters, 24 août 1999. Jérôme Rivet, « Les Japonais apprécient de moins en moins les OGM au bout de leurs baguettes », AFP, 7 octobre 1999. Hart, *op. cit.*, p. 192.

– <ADM annonce en septembre> : « Une minoterie américaine demande de séparer les graines OGM », AFP, 2 septembre 1999. Charles, *op. cit.*, p. 253. Nikki Tait, « Cold comfort from crop segregation », *Financial Times*, 11-12 septembre 1999.

– <Au Japon, le prix du soja> : Rivet, art. cit.

– <Les producteurs américains de sorgho> : « Worried about GM corn ? try sorghum, US farmers say », Reuters, 22 juillet 1999.

– Glickman : Cité par « US Turns spotlight on genetic engineering », *St. Louis Post Dispatch*, 30 mai 1999.

– <Il évoque en juillet> : « EU welcomes United States moves on GMOs », Reuters, 15 juillet 1999.

– <La FDA décide> : « Europeans welcome FDA biotechnology move », Reuters, 20 octobre 1999.

– Les OGM au G8 : « GM food "threatens the planet" », *The Observer*, 20 juin 1999.

– <Et le nouvel ambassadeur américain> : Alasdair Murray, « US warns Europe of trade war over GM food », *The Times*, 12 août 1999.

– Discours de Bill Clinton à Seattle : Cité par Hart, *op. cit.*, p. 184.

– « Lamy a été au-delà » : Cité par Andy Coghlan, « The word still can't agree on how to regulate biotech trade », *New Scientist*, 11 décembre 1999.

– « Nous rejetons » : Cité *ibid.*

6 – Des ours de couleur dans les neiges de Montréal

– Conférence de Montréal et citations y afférentes : Notes et entretiens sur place, janvier 2000. Voir aussi Hervé Kempf, « Le libre commerce des OGM est l'enjeu de la conférence de Montréal », *Le Monde,* 26 janvier 2000. *Protocole de Cartagena sur la prévention des risques biotechnologiques relatif à la Convention sur la biodiversité biologique*, Secrétariat de la Convention sur la diversité biologique, 2000. Hervé Kempf, « OGM : Europe et pays du Sud imposent une réglementation internationale », *Le Monde*, 1er février 2000.

– « On était à fond » : Entretien avec Tewolde Behran Gebre Egziabher, avril 2002.

Ch. 12 – Il ne faut pas vendre la peau de l'ours avant de l'avoir tué

1 – Les OGM contaminants

– « Les grandes firmes vont investir » : Véronique Lorelle, « Après sa fusion avec Monsanto, Pharmacia doit relever le défi des OGM », *Le Monde*, 6 avril 2000.

– Contamination des semences d'Advanta : Beffni Bolze et Lise Van Long, *L'affaire Advanta Seeds,* mai 2000, École des mines de Paris, février 2001. Hervé Kempf, « La découverte fortuite d'OGM relance le débat sur leur contrôle en Europe », *Le Monde,* 22 mai 2000.

– « Tempête dans un verre d'eau » : Jean Glavany, cité par Benoit Hopquin, « La France prise en flagrant délit de manque de transparence total », *Le Monde,* 22 mai 2000.

– Jean Saulue a prévenu le ministère : Benoit Hopquin, *id.*

– Contamination par la firme Golden Harvest : Hervé Kempf, « 4 800 hectares auraient été pollués dans le Sud-Ouest par du maïs contaminé aux OGM », *Le Monde,* 23 juin 2000.

– Récit de Starlink par Larry Bohlen : entretien avec l'auteur en avril 2002.

2 – La bataille se joue au Sud

– Série d'auditions de la FDA : Kathleen Hart, *Eating in the dark. America's experiment with genetically engineered food*, Pantheon Books, 2002, p. 197 et 271.

– McDonald's et les pommes de terre : « McDonald's, other fast food chains pull Monsanto's bio-engineered potatoes », *Wall Street Journal*, 28 avril 2000.

– *Time* sur le riz « miracle » : *Time*, 31 juillet 2000.

– « National biotechnology week » : Hart, *op. cit.*, p. 276.

– Bush : « Je me battrai… » : cité par Florence Bal, « Le soutien des consommateurs aux OGM commence à faiblir », *Le Monde*, 20 octobre 2000.

– Au Brésil : Jean-Jacques Sevilla, « Le Brésil à l'épreuve d'une invasion rampante », *Le Monde*, 8 juillet 2000. Jean-Jacques Sevilla, « L'agriculture brésilienne en passe de succomber aux sirènes du soja génétiquement modifié », *Le Monde*, 17 octobre 2000.

– José Bové à Porto Alegre : Pingaud, *op. cit.*, p. 180 *sq*.

– « La Bolivie adopte en janvier » : Friends of the earth, « US and biotech corporations impose genetically modified organisms worldwide under WTO threats », communiqué de presse, 17 décembre 2001.

– « Le maïs pirate a été découvert » : Hervé Kempf, « Les pirates OGM envahissent la mère de tous les maïs », *Le Monde*, 2 octobre 2001.

– Publication de Chapela dans *Nature* : David Quist and Ignacio Chapela, « Transgenic DNA introgressed into traditional maize landraces in Oaxaca, Mexico », *Nature*, 29 novembre 2001, p. 541.

– Contestation de leur étude et réplique : Matthew Metz et Johannes Fütterer, *Nature*, 11 April 2002, p. 600. David Quist et Ignacio Chapela, *Nature*, 11 April 2002, p. 602.

– Récit d'Exequiel Ezcurra : Rapporté par Hervé Kempf, « Des chercheurs mexicains confirment la contamination du maïs local par des OGM », *Le Monde,* 8 mai 2002.

– « Tribunal des semences » à Bangalore : Pingaud, *op. cit.*, p. 178.

– Caravane en Thaïlande en octobre : Hongthong, Pennapa, « Farmers rally againts GMOs », *The Nation*, 17 septembre 2000.

– Caravane des peuples : Hervé Kempf et Martine Laronche, « OGM : les industriels s'attaquent aux pays du Sud », *Le Monde*, 17 octobre 2000.

– Jacques Diouf et la FAO : Jacques Diouf, Propos recueillis par Babette Stern, *Le Monde,* 11 mai 2001. FAO, « Les OGM, une arme à double tranchant », communiqué de presse, 3 mai 2001. FAO, *Problèmes d'éthique dans les secteurs de l'alimentation et de l'agriculture*, mai 2001.

– Position du PNUD : UNDP, *Human Development report 2001*, p. 34.

– « Fin 2001, Friends of the Earth révèle » : Friends of the earth, « US and biotech corporations impose genetically modified organisms worldwide under WTO threats », communiqué de presse, 17 décembre 2001. Friends of the earth, « US Government threatens Croatia's GMO moratorium with WTO action », communiqué de presse, 10 décembre 2001.

3 – Les ravageurs des essais

– « Mais ce sont des anonymes qui » : « Les actions contre les OGM se sont poursuivies en 2000 », *Le Monde,* 9 février 2001.

– « En Belgique, les betteraves de Monsanto » : Sabine Dorval, « Ils avaient foulé des OGM aux pieds. Namur. Quatorze manifestants devant la chambre du Conseil », *Le Soir,* 17 janvier 2002.

– « En Grande-Bretagne, les activistes se déchaînent » : « A list of decontaminations in 2000 », *Genetix Update,* n° 17, mars 2001, p. 5.

– « La transparence célébrée par le ministre » : Jean Glavany, « Sécurité alimentaire : l'ardente obligation », *Le Monde*, 3 & 4 octobre 1999.

– Ministère de l'Agriculture sanctionné le 1er mars : « Le ministère de l'Agriculture condamné sur la transparence des essais OGM », *Le Monde,* 3 mars 2001.

– José Bové, « Il faut sortir de la légalité » : cité par Benoit Hopquin, « Millau : un mois de prison ferme requis contre José Bové », *Le Monde,* 4 juillet 2000.

– Récit et citations du procès de Montpellier : Hervé Kempf et Vincent Tardieu, « Le procès de José Bové se transforme en débat sur la recherche », *Le Monde*, 10 février 2001. Hervé Kempf et Vincent Tardieu, « Trois mois de prison requis contre José Bové pour la destruction de riz transgénique », *Le Monde*, 12 février 2001.

– Les communes anti-OGM : Gaelle Dupont, « Les mille maires qui veulent interdire les OGM », *Le Monde,* 24 janvier 2003.

– Rapport de l'Afssa sur la contamination : Afssa, *Avis relatif à l'évaluation, en termes de santé publique, de la signification d'un signal positif à 0,2 % par une sonde 35 S (…),* 23 juillet 2001.

– Article de François Ewald et Dominique Lecourt, et réponse de Bruno Latour : François Ewald et Dominique Lecourt, « Les OGM et les nouveaux vandales », *Le Monde*, 4 septembre 2001. Bruno Latour, « José Bové est-il un vandale ? », *Le Monde*, 13 septembre 2001.

– « Procédure d'utilité polémique » : cité par Hervé Kempf, « Débat public sur la poursuite des essais d'OGM en plein champ », *Le Monde,* 7 février 2002.

– Rapport des « Sages » sur les essais : Christian Babusiaux, Jean-Yves Le Déaut, Didier Sicard et Jacques Testart, *Rapport à la suite du débat sur les OGM et les essais au champ,* La Documentation française, mars 2002.

– Essais détruits aux Pays-Bas, en Allemagne et en Belgique : Europabio, Communication personnelle, courriel du 15 septembre 2002. Cage Bruxelles, communication personnelle, courriel du 12 septembre 2002.

– Essai détruit en Écosse : « GM crop trial "destroyed" », *BBC News*, 8 octobre 2002.

4 – La révolte des affamés

– Le Burundi avait protesté : « Burundi : "Genetically-modified" US food aid suspect », *Net Press News Agency*, Bujumbura, 5 septembre 2000.

– Vandana Shiva et l'Orissa : Hervé Kempf, « L'aide alimentaire, vecteur des céréales transgéniques ? », *Le Monde*, 17 octobre 2000.

– Liste des contaminations en Amérique latine, *in* Robert Vint, « Force-feeding the world », *Genetic food alert*, 23 août 2002.

– Ana Lucia Bravo et Andrew Natsios, cité par Hervé Kempf, « Le sujet des OGM trouble le Sommet mondial de l'alimentation », *Le Monde,* 12 juin 2002.

– Débat en Afrique australe : Fabienne Pompey, « Dans l'urgence humanitaire, le maïs génétiquement modifié force les résistances et les frontières », *Le Monde,* 17 août 2002. Jason Lott, « We need more reasoned public debate over GM food », *Mail & Guardian* (Johannesburg), 7 août 2002. Rick Weiss, « Zimbabwe ends altered corn dispute », *Washington Post*, 10 août 2002.

– Emily Sikazwe, citée par Brighton Phiri, « US comes under attack over GMOs », *The Post* (Zambie), 13 août 2002.

– Compromis trouvé pendant l'été : « WFP says seeks non-GM food aid for Zambia », *Reuters*, 9 octobre 2002.

– Éditorial du *Wall Street Journal* et réponse des commissaires européens : « Immoral'Europe », *Wall Street Journal*, 13 janvier 2003. Pascal Lamy, « EU Doesn't Tell Africa GM Foods Are Unsafe », *Wall Street Journal*, 17 janvier 2003. Robert Zoellick, « The Human Costs of Biotech Fear-Mongering », *The Wall Street Journal*, 24 janvier 2003.

– Amendement du Sénat sur le Sida : « Amendments to H. R. 1298 United States leadership against HIV/AIDS, tuberculosis, and malaria act of 2003 ».

– Déclaration de Bush en juin et réaction de Thomas Gerassimos, citées par « La polémique sur les OGM est relancée », *Le Monde*, 26 juin 2003.

– Président du Parlement européen, cité par « No Washington lectures over GMOs », *Reuters*, 2 juillet 2003.

– Mwananyanda Lewanika, citée par Hervé Kempf, « Querelle euro-américaine sur les vices et vertus des produits transgéniques face aux crises alimentaires en Afrique », *Le Monde,* 24 mai 2003.

Ch. 13 – Les victoires indécises

1 – Le blé ne sera pas transgénique

– Tony Johannesen, explique à un comité du Sénat, cité par « Grain elevator operators resist transgenic wheat », *Environmnental News Service* (ENS), 16 avril 2003.

– Contamination dans le Kansas et citation du meunier : Carey Gillam, « Tests find traces of GM crops in US wheat supply », *Reuters*, 3 juin 2003.

– Gouvernement du Saskatchewan : Jason Warick, « Sask. Government opposes GM wheat », *The Leader-Post* (Regina), 8 août 2003.

– Ottawa cède : « Ottawa abandons Monsanto project », *Globe & Mail,* 12 janvier 2004.

– Monsanto abandonne : Monsanto, « Monsanto to Realign Research Portfolio, Development of Roundup Ready Wheat Deferred », communiqué de presse, 10 mai 2004.

2 – Le Brésil bascule

– Estimation 2001 Rio Grande do Sul : « Genetically modified soya gains a foothold in the South », *South American Business,* 8 juin 2001.

– Semences brûlées par les autorités : « Brazil burns soy in battle over biotech foods », *Reuters,* 2 mars 2003.

– Cardoso prend position : Alastair Stewart, « Brazil to reinforce pro-GMO stance », *Dow Jones*, 28 janvier 2002.

– Lula candidat contre les OGM : Reese Ewing, « Lula government would favor GM-free Brazil », *Reuters,* 7 octobre 2002.

– Estimation 2003 au Rio Grande do Sul : Peter Blackburn, « Brazil GM soy move sparks green fury, farmer doubt », *Reuters*, 27 mars 2003.

– 2,5 millions de tonnes de tourteaux : Véronique Lorelle, « Le recours aux protéines végétales passe par des importations massives », *Le Monde,* 14 novembre 2000.

– Règles d'importation de la Chine : « China to extend GMO interim rules for 9 mths », *Reuters*, 11 octobre 2002. Keith Bradsher, « Opening door to U. S., China allows import of genetically modified crops », *The New York Times*, 24 février 2004.

– Darcisio Perondi et ministère de l'Environnement, cités par Jorge Svartzman, « Brésil : autorisation des cultures OGM : une victoire du lobby agricole », *AFP*, 4 mars 2004.

3 – Les hésitations de l'Europe

– « C'est une période noire », cité par Aline Thebal, « José Bové, sorti de prison, part en campagne contre les conditions de détention », *Le Monde*, 2 août 2002.

– Essais détruits en Belgique : Les impatients dans la tente (le 9 avril à Smetlede), Les restaurateurs de fertilité (à Herzele le 6 mai), Les fées de serre (à Velzeke-Ruddershove), Les faucheurs de tabou (le 6 mai, à Estaimpuis), Le commando de résistance et d'actions citoyennes (le 26 avril à Estaimpuis), Les diables rouges (le 8 juillet à Verrebroek, L'aigle Bayer et ses serres universitaires : OGM non merci (le 15 août à Afsnee). Source : CAGE-Bruxelles, communication personnelle par courriel du 12 septembre 2002.

– Essai au Pays-Bas : Europabio, communication personnelle, courriel du 15 septembre 2002.

– Essai en Écosse : « GM crop trial "destroyed" », *BBC News*, 8 octobre 2002.

– Bové condamné à 3 000 euros : « José Bové condamné à 3 000 euros d'amende », *Le Monde*, 24 octobre 2002.

– « Si on n'était pas passés à l'action », cité par Caroline Monnot, « Le recours à M. Chirac, crève-cœur des partisans de José Bové », *Le Monde*, 22 novembre 2002.

– « *Le Monde* relève que » : Caroline Monnot, « "Il n'y a jamais eu chez moi de vocation de martyr", affirme le leader paysan », *Le Monde*, 21 novembre 2002.

– Engin blindé : selon José Bové, dans « José Bové : "Pas question que je m'agenouille devant M. Chirac" », propos recueillis par Caroline Monnot, *Le Monde*, 30 juin 2003.

– « En 2000, le Parlement européen » : Hervé Kempf et Rafaele Rivais, « Le Parlement européen rouvre la voie à la culture d'OGM », *Le Monde*, 14 avril 2000.

– Essai d'Aventis en Grande-Bretagne : Paul Kelbie et Woolf, « Ministers suspend GM crop-testing », *The Independent*, 16 août 2002.

– David Byrne, cité par « EU'Byrne says keen to end moratorium on GM crops », *Reuters*, 11 septembre 2002.

– Avis critique de l'Afssa : Afssa, *Avis sur les compléments d'information (...) de la lignée MON 863 (...),* 2 décembre 2003.

– Sondage en Grande-Bretagne : Michael McCarthy, « Blair faces huge resistance to his support for GM crops », *The Independent,* 28 avril 2003.

– En Suisse, moratoire : « La Chambre basse du parlement suisse pour un moratoire sur les OGM », *AFP,* 7 mai 2005.

– En Italie, champs contaminés : « Le Piémont ordonne la destruction de champs de maïs », *Reuters,* 12 juillet 2003.

4 – La fin du moratoire

– Des chercheurs prennent position : Hervé Kempf, « Des agronomes et des généticiens défendent José Bové », *Le Monde,* 28 juin 2003.

– « Si tout est fait pour que l'expression » : « José Bové, "Pas question que je m'agenouille devant M. Chirac" », propos recueillis par Caroline Monnot, *Le Monde,* 30 juin 2003.

– Pétition des scientifiques : Hervé Kempf, « Une pétition dénonce les destructions d'essais d'OGM intervenues pendant l'été », *Le Monde,* 19 septembre 2003.

– Jean-Baptiste Libouban, cité par Hervé Kempf, « Les "faucheurs volontaires" relancent la bataille des OGM », *Le Monde,* 26 juillet 2004.

– « On apprendra plus tard qu'ils demandent » : Paul Brown, « US seeks £1bn from Europe over GM ban », *The Guardian,* 27 avril 2004.

– Étude anglaise : Firbank, LG (ed.), « The Farm-Scale Evaluations of Spring-Sown Genetically Modified Crops », *Philosophical Transactions : Biological Sciences*, Royal Society, 16 octobre 2003. Hervé Morin, « En Angleterre, les surprises de l'effet mauvaise herbe », *Le Monde,* 22 octobre 2003.

– David King : propos recueillis par Hervé Kempf, « Les études britanniques sur les OGM font reculer la perspective d'une levée du moratoire européen », *Le Monde,* 20 octobre 2003.

– Gianni Alemanno : « Le ministre italien de l'Agriculture contre les OGM », *AFP,* 6 novembre 2003.

– Bayer CropScience annonce : Bayer CropScience, « Bayer CropScience discontinues further efforts to commercialise GM forage maize in the UK », communiqué de presse, 31 mars 2004.

– Débat sur le MON 863 : Hervé Kempf, « L'expertise confidentielle sur un inquiétant maïs transgénique », *Le Monde,* 23 avril 2004. La CGB donnera finalement un avis favorable le 14 décembre 2004 : Stéphane Foucart, « Polémiques autour d'un OGM », *Le Monde,* 15 décembre 2004.

– Ségolène Royal : propos recueillis par Hervé Kempf, « La région se déclare opposée à tout essai, public ou privé », *Le Monde,* 7 mai 2004.

– « Les producteurs de maïs doux » : Adepale (Association des entreprises de produits alimentaires élaborés), « Il n'y aura pas d'OGM dans le maïs doux vendu par les fabricants français », communiqué de presse, 19 mai 2004.

5 – La victoire est-elle au bout de la faux ?

– Destruction aux Pays-Bas : « Dutch activists destroy GM potatoes », *Associated Press,* 21 juillet 2004.

– « José Bové s'adresse à la foule », cité par Hervé Kempf, « Les "faucheurs volontaires" ont détruit une parcelle de maïs génétiquement modifié », *Le Monde,* 27 juillet 2004.

– « Un agriculteur biologique, Philippe Cotinaud », cité par Hervé Kempf, « Les "faucheurs volontaires" ont détruit une parcelle de maïs génétiquement modifié », *Le Monde,* 27 juillet 2004.

– José Bové, « Il n'est pas question », cité par Hervé Kempf, « Les faucheurs d'OGM se sont une nouvelle fois heurtés aux gendarmes », *Le Monde,* 28 septembre 2004.

– Le Déaut, « Tant qu'on n'a pas mis en place », cité par « La mission parlementaire propose une pause sur les essais d'OGM en 2005 », *AFP,* 14 avril 2005.

– « révèle Le Figaro » : Yves Miserey, « OGM, déjà un millier d'hectares en France », *Le Figaro,* 6 septembre 2005.

6 – La baudruche OMC se dégonfle

– Dimas Stavros, cité par Rafaële Rivais, « La commission européenne essuie un revers sur les OGM », *Le Monde,* 27 juin 2005.

– Moratoire suisse : Agathe Duparc, « Un moratoire de cinq ans sur les OGM voté en Suisse », *Le Monde,* 29 novembre 2005.

– Décision de l'OMC : Hervé Kempf, « L'OMC n'a pas condamné l'Europe pour ses mesures sur les OGM », *Le Monde,* 3 mars 2006. Hervé Kempf, « L'OMC rend une décision mitigée sur les OGM », *Le Monde,* 1er et 2 octobre 2006.

Conclusion

La nature n'est pas un meccano génétique

– « Contenu nutritionnel » : idée exprimée par Richard McConnell, entretien en mai 2002.

– « Cette technologie » : entretien avec Benedikt Haerlin en juillet 2002.

– « Notre société » : Guy Paillotin, « Postface », *in* : Axel Kahn, *Société et révolution biologique*, INRA Editions, 1996, p. 91.

Fin de la civilisation rurale ou nouveau monde ?

– « Plus de prisonniers que d'agriculteurs » : Eric Schlosser, *Fast Food Nation,* Perennial, New York, 2002, p. 8.

– « L'agriculture, dit-il » : entretien avec Tom Urban en mai 2002.

– « Dès 1985 » : Jack Doyle, *Altered Harvest,* Penguin Books, 1986, p. XV et p. 29.

Au Sud : avec les paysans ou contre eux ?

– « Comme le remarque » : entretien avec Tom Urban en mai 2002.

– « L'Académie des sciences soulignait » : Académie des Sciences-CADAS, *Les techniques de transgenèse en agriculture*, Tec & Doc, 1993, p. 93.

– « Comme l'explique » : « Interview with Benny Haerlin », *Seedling magazine,* octobre 2002.

Il n'y a pas que les OGM !

– « Un agronome américain » : Vernon Ruttan, « Biotechnology and agriculture : a skeptical perspective », *AgBio Forum,* vol. 2 n° 1, hiver 1999.

– Millenium World Food Prize : « Miracle maize creators win world food prize », *Environment News Service,* 12 octobre 2000.

– Huang Danian : Joseph Kahn, « China's rule son modified food protect trade », *New York Times,* repris par *Le Monde,* 27 et 28 octobre 2002.

– Le Nerica : Judith Rueff, « Grains d'espoir en Afrique », *Libération,* 13 et 14 octobre 2001.

– « Vers de terre et termites » : Christine Galus, « Mieux connaître la diversité des sols tropicaux », *Le Monde,* 10 janvier 2003.

– Youyong Zhu, *et al.*, « Genetic diversity and disease control in rice », *Nature*, vol. 406, p. 718, 17 août 2000.

– Au Sahel, les zaïs : Hervé Kempf, « Au Burkina Faso et au Niger, des paysans regagnent sur le désert », *Le Monde,* 18 et 19 juin 2000.

La trahison des scientifiques

– « Aux États-Unis, 70 % des agronomes » : Cité par : Kathleen Hart, *Eating in the dark. America's experiment with genetically engineered food,* Pantheon Books, 2002, p. 121.

– « 90 % des sociétés américaines » : *Eléments de précaution : recommandations pour la réglementation de la biotechnologie alimentaire au Canada,* Société royale du Canada, 5 février 2001, p. 237.

– « Parmi les chercheurs des organismes publics » : Pierre-Benoit Joly, « Quelles sont les stratégies des firmes industrielles sur le marché des OGM ? », *in : Organismes génétiquement modifiés à l'INRA. Environnement, agriculture et alimentation,* INRA Editions, 1998.

– « Une étude parue dans *Nature* » *:* Meredith Wadman, « Study discloses financial interests behind papers », *Nature*, vol. 385, 30 juin 1997. Cité par : Jean-Pierre Berlan & Richard Lewontin, « La menace du complexe génético-industriel », *Le Monde Diplomatique*, décembre 1998.

– « Une expérience agronomique », cité par Catherine Vincent, « Les écologistes relancent l'offensive contre les plantes transgéniques », *Le Monde,* 26 septembre 1997.

– « La première des conditions nécessaires » : *Remarques sur l'agriculture génétiquement modifiée et la dégradation des espèces,* Editions de l'Encyclopédie des nuisances, 1999.

L'Amérique est malade

– « La tentative de l'administration Clinton » : Eric Schlosser, *Fast Food Nation,* Perennial, New York, 2002, p. 210 *sq*.

– « Lorsque la crise de la vache folle » : *ib*., p. 272.

– « La FDA ne teste pas elle-même » : Hart, *op. cit.,* p. 85.

– « Pendant la procédure de consultation » : *Guidance on consultation procedure foods derived from new plant varieties,* FDA, octobre 1997. Cité par : Hart, *op. cit.,* p. 85.

– « Un substitut de la protéine » : Hart, *op. cit*., p. 108.

– « Par ailleurs, l'agence ne requiert pas » : *ib*., p. 110.

– « On a également appris » : *ib*., p. 85.

– « De son côté, l'EPA » : *ib*., p. 108.

– « Elle n'a pas mené » : Wolfenberger, L. L., & Phifer, P. R., « The ecological risks and benefits of genetically engineered plants », *Science,* vol. 290, p. 2088, 15 décembre 2000. Hart, *op. cit.,* p. 170 et 176.

– « Un comité de l'Académie » : « Regulation of transgenic plants should be reinforced », National Academies, 21 février 2002.

– « 55 % des adultes » : Gary Taubes, « Demographics : as obesity rates rise, experts struggle to explain why », *Science,* vol. 380, p. 1367, 29 mai 1998.

– « Par ailleurs, selon le Center for Disease Control » : Jennifer Ackerman, « L'alimentation », *National Geographic France,* mai 2002.

Chronologie

29 septembre 2006	l'OMC publie sa décision dans le conflit entre les États-Unis et l'Europe. Elle ne condamne pas celle-ci à une sanction financière.
25 juillet 2004	première action des « Faucheurs volontaires » à Menville (Haute-Garonne).
10 mai 2004	la Commission européenne lève le moratoire en autorisant le maïs Bt 11.
10 mai 2004	Monsanto annonce qu'elle renonce à commercialiser le blé GM.
13 mai 2003	les États-Unis attaquent l'Union européenne à l'OMC.
29 janvier 2000	adoption à Montréal du Protocole sur la biosécurité.
25 juin 1999	le Conseil des ministres européens de l'Environnement décide un moratoire *de facto*.
8 janvier 1998	la Confédération paysanne sabote les semences de maïs transgénique Novartis à Nérac.
Mai 1997	aux États-Unis, la FDA accepte de ne pas ranger les OGM dans l'agriculture biologique.
12 février 1997	décision d'Alain Juppé de ne pas cultiver le maïs Bt de Novartis.
6 novembre 1996	la cargaison de soja OGM américain arrive à Hambourg sur l'*Ideal Progress*.
Printemps 1996	commercialisation du soja Roundup Ready de Monsanto.

Février 1992	la Maison Blanche édicte les règles sur la dissémination des OGM dans l'environnement, n'établissant pas de distinction avec les autres technologies.
22 mars 1990	le Conseil européen adopte les deux directives 90/219 et 90/220.
Été 1989	première destruction d'un essai en champ d'OGM aux Pays-Bas.
25 juin 1987	premier essai en champ d'une plante transgénique en France.
30 mai 1986	premier essai en champ d'une plante transgénique par Agracetus, aux États-Unis.
18 janvier 1983	Monsanto, Chilton et Van Montagu annoncent la réalisation d'une construction génétique végétale.
16 juin 1980	la Cour Suprême des États-Unis autorise la brevetabilité d'un organisme vivant (arrêt Chakrabarty).
24-27 février 1975	conférence d'Asilomar.
1972	« invention » du génie génétique avec l'expérience de Paul Berg *et al.*
25 avril 1953	publication de l'article de Watson et Crick décrivant la structure de l'ADN.

Index

Table

RÉALISATION : PAO ÉDITIONS DU SEUIL
IMPRESSION : NORMANDIE ROTO IMPRESSION S.A.S. À LONRAI
DÉPÔT LÉGAL : AVRIL 2007. N° 93219
N° D'IMPRIMEUR : 070814
IMPRIMÉ EN FRANCE